華文文學評論

第七辑

Review of World
Chinese Literature

四川大学出版社

项目策划：张伊伊
责任编辑：张伊伊
责任校对：毛张琳
封面设计：墨创文化
责任印制：王　炜

图书在版编目（CIP）数据

华文文学评论．第七辑 / 曹顺庆，张放主编．— 成都：四川大学出版社，2020.9
ISBN 978-7-5690-3886-6

Ⅰ．①华… Ⅱ．①曹… ②张… Ⅲ．①华文文学—现代文学—文学评论 Ⅳ．①I106

中国版本图书馆 CIP 数据核字（2020）第 185162 号

书名　华文文学评论（第七辑）
HUAWENWENXUEPINGLUN(DIQIJI)

主　编	曹顺庆　张　放
出　版	四川大学出版社
地　址	成都市一环路南一段 24 号（610065）
发　行	四川大学出版社
书　号	ISBN 978-7-5690-3886-6
印前制作	四川胜翔数码印务设计有限公司
印　刷	四川盛图彩色印刷有限公司
成品尺寸	170mm×240mm
印　张	23
字　数	436 千字
版　次	2020 年 12 月第 1 版
印　次	2020 年 12 月第 1 次印刷
定　价	68.00 元

扫码加入读者圈

◆ 读者邮购本书，请与本社发行科联系。
电话：(028)85408408/(028)85401670/
(028)86408023　邮政编码：610065
◆ 本社图书如有印装质量问题，请寄回出版社调换。
◆ 网址：http://press.scu.edu.cn

四川大学出版社
微信公众号

目　录

杨牧专题

文学茶吧

余光中研究

洛夫研究

罗门研究

百家成阵

学人风采

文学讲座

文学稽考

悼念流沙河

震惊文坛！诗人杨牧辞世　享寿 80 岁

2020－03－13　17：12 联合报/记者陈宛茜/即时报道

诗人杨牧今天于台北国泰医院辞世，享寿 80 岁，震惊文坛。杨牧近年身体不佳，呼吸系统与心脏皆有问题，前几天病情恶化住进加护病房。据了解，杨牧遗孀刚已向友人发简讯告知。

杨牧本名王靖献，1940 年生于花莲，东海大学毕业，美国爱荷华大学硕士，柏克莱（即伯克利）加州大学博士、东华大学讲座教授。有散文、诗集、戏剧、评论、翻译、编纂等中英文著作 50 余种，代表作包括《叶珊散文集》《杨牧诗集》《山风海雨》等，2000 年获台湾文艺奖。

前排从左到右为诗人罗行、向明、蓉子、杨牧、罗门、辛郁

杨牧自中学便矢志新诗创作、主编诗刊。他早年笔名叶珊，深受浪漫主义诗人的影响；1966 年赴柏克莱攻读博士学位，见证了 20 世纪 60 年代的学生运动，32 岁改笔名为杨牧，尝试以诗介入社会。1976 年，他与中学同学叶步荣、诗人痖弦、生化学家沈燕士共同创办洪范书店，成为台湾纯文学出版

重镇。

杨牧诗艺的展现，在于镕铸中西文学传统；散文的经营，则讲究诗化的修辞和造境，体制严谨、格局宏大。去年辞世的诺贝尔文学奖评审马悦然相当喜欢杨牧的作品，多次翻译杨牧诗作。因此多年来，杨牧也被认为可能是第一个拿到诺贝尔文学奖的台湾作家。

杨牧晚年选择回归故乡花莲，是东华大学创校阶段最重要的教授，还曾出马竞选东华大学校长。小说家、东华大学华文文学系教授吴明益表示，杨牧强调自由学风，在他的坚持下，东华大学成为台湾第一个没有钟声的大学。他经常在湖畔、绿荫下上课，带学生读诗、赏诗，“杨牧就是东华大学开放校风的象征”。

杨牧先以叶珊为笔名，成名后却毅然在32岁那年改名为杨牧，象征创作与生命重新开始。他成名甚早，但晚年依然持续尝试新风格，曾告诉记者：“变不是一件容易的事，然而不变即是死亡！”

但他也是个怀旧的人，在高科技时代，他写作时依然使用钢笔、打字机，他还有自己专用的300字稿纸，行、格之间的距离都由他亲自设计。

杨牧创作、翻译时字斟句酌，一首诗往往修改多次才会定稿。因此他的稿纸，行与行之间的距离特意加宽，留下大片修改的空间。他曾在纪录片中表示，写诗喜欢“拯救不再被人使用的字或词”，帮字“找到应该被放的地方”。

杨牧热爱自然。多年来，他的足迹从西雅图、香港、花莲，到南港中研院、东华大学，每个落脚的书房总紧傍青山绿水。连在最都市化的香港，窗前都是一片湛蓝海景。在大自然的眷顾下，杨牧不仅有双好眼睛，更有一双敏锐的耳朵，他曾形容在花莲东华大学的书房，“连蛙跳、飞鸟钻过树枝的声音，都听得好清楚”。

“耳朵”是杨牧写作时的指挥家。他曾向记者形容自己的创作过程：“心里有声音时，耳朵会嗡嗡地响。这时诗人要把耳朵调好音，让耳朵指挥你的手，写出诗句。”他告诉记者，当年住在长兴街时，有天在书房里写了一句诗，接着步行到台大文学院。一路上，诗的气势与音乐感仍持续酝酿。到了教室，他趁着帮学生监考时，把这首诗完成了。

诗人陈义芝表示，杨牧近年身体老化，脑部、心脏都出了问题，行动有些不便，但意识还相当清楚。过年前他到杨牧家中，为杨牧念了散文和新诗，杨牧显得相当高兴。

我心目中的杨牧，是根植台湾的文学巨树

向阳*

东华大学“杨牧文学研究中心”日前举行揭牌仪式，我当天有事，未能前往花莲参加盛会，向杨牧先生贺喜。事后看报道，知道当天仪式由杨牧亲自揭牌，他辞词时表示：“自己一生研究别人，像是世界文学家但丁、陀思妥耶夫斯基、川端康成等，也研究花莲的木瓜山、立雾溪，研究透彻又完整，然后为山、为水写诗。没想到有一天会成为被研究的对象。”看完不禁莞尔。

杨牧先生过谦了。1940 年出生于花莲的他，1955 年就读花莲中学高级部时，年方 15 岁，就开始以笔名“叶珊”发表诗作；1960 年还是东海大学历史系一年级学生，就已经由蓝星诗社出版了他的第一本诗集《水之湄》，并主编《东风杂志》，当年 9 月转入外文系就读；1963 年 1 月，他读大学四年级，再由蓝星诗社出版第二本诗集《花季》；1966 年，由文星书店出版《叶珊散文集》和第三本诗集《灯船》，受到读书界的喜爱。

60 多年来他的创作生涯繁复多变，但从未间断，诗与散文并茂，间及评论，已有 50 余种。他曾先后获得吴三连奖、台湾文艺奖、美国纽曼华语文学奖、马来西亚花踪文学奖及瑞典蝉奖。他以卓越的文学创作成就，早已成为被研究的对象。

文学创作成就之外，杨牧先生在学术与教育领域也颇有建树。1964 年他赴美就读爱荷华大学诗创作班，两年后取得艺术硕士学位，随即进入加州柏克莱大学，受教于陈世骧，于 1970 年以《诗经》研究取得比较文学博士学位，方过而立之年的他此后在美国任教，长达 30 年。

1995 年他返台协助东华大学成立人文社会科学院，次年担任首任院长，引进首创的驻校作家制度，也开启了东华大学旺盛的文学创作活力；2002 年他受聘为“中研院”中国文哲研究所特聘研究员兼所长，四年后卸任。他的学术成就也备受肯定。

如果说杨牧先生还有什么未获应有的重视之处，那大概就是他致力于台

---

* 向阳，台湾著名诗人，台北教育大学教授。

湾文学传播的这一块吧。1970 年，当台湾的出版界还停滞于固有的文艺创作和翻译小说出版模式之际，他和林衡哲医师合作，为颇受台湾读书界喜爱的志文出版社编选“新潮丛书”，引领台湾出版界重视文史哲新知识的新风潮。

1975 年担任台大外文系客座教授一年，受《联合副刊》主编马各之托，为联副主审现代诗来稿，拔擢战后时代青年诗人，大量刊登他们的诗作，为其后的台湾现代诗发展栽培生力军、带来全新气象。

1976 年他与中学同学叶步荣、诗人痖弦、生化学家沈燕士共同创办洪范书店，为台湾的文学出版带来正向影响，与纯文学、尔雅、九歌、大地等出版社被誉为“五小”，缔造了 80 年代台湾文学出版与阅读的高峰记录。这一个部分，是历来杨牧研究的不足之处，或许值得甫成立的“杨牧文学研究中心”和学界进一步探讨吧。

二

高中时期我就已是叶珊诗与散文的读者，《水之湄》《花季》《灯船》和《叶珊散文集》，这些杨牧“叶珊阶段”具有浪漫主义情怀的诗文，给了我美丽的想象和意象的启发，也是我不断琢磨自己不成熟作品的镜照。至今我仍然记忆深刻的是他写于 1964 年的这首《给时间》：

告诉我，什么叫遗忘
什么叫全然的遗忘——枯木铺着
奄奄宇宙衰老的青苔
果子熟了，蒂落冥然的大地
在夏秋之交，烂在暗暗的阴影中
当两季的蕴涵和红艳
在一点挣脱的压力下
突然化为尘土
当花香埋入丛草，如星殒
钟乳石沉沉垂下，接住上升的石笋
又如一个陌生者的脚步
穿过红漆的圆门，穿过细雨
在喷水池畔凝住
而凝成一百座虚无的雕像
它就是遗忘，在你我的
双眉间踩出深谷

如没有回音的山林
拥抱着一个原始的忧虑
告诉我，什么叫记忆
如你曾在死亡的甜蜜中迷失自己
什么叫记忆——如你熄去一盏灯
把自己埋葬在永恒的黑暗里

对年轻的习诗者来说，这首诗带有迷人的、意象缤纷但又暧昧的魅力，半是因为它的意象，通过纷沓而至的象征与譬喻，当时的叶珊以“枯木铺着/奄奄宇宙衰老的青苔”和“果子熟了，蒂落冥然的大地”两句譬喻什么是“全然的遗忘”；紧接着“化为尘土”“花香埋入丛草，如星殒”到“一百座虚无的雕像”这一串缤纷的意象，都用来譬喻首句的“什么叫遗忘”。

诗的最后，则以“什么叫记忆”作为对照，譬喻记忆是“如你曾在死亡的甜蜜中迷失自己”“如你熄去一盏灯/把自己埋葬在永恒的黑暗里”——这些大抵来自生活中常见的自然意象，因为诗人的绝妙安排而再现了“时间”的可感。从死到生，从生到死，形成循环（或是“宇宙”），而“遗忘”和“记忆”也就一如死与生之难分难离。生生死死，分分合合，无始无终，所谓时间，此之谓也。

左起为陈芳明、杨牧、刘正伟
摄于 2013 年 9 月 21 日

当时还是高中生的我并未能体会这么多，但这首诗却一直萦绕于脑海中，直到 1975 年我大二开始认真作诗时还难以忘怀这些句子。1975 年是我严肃对待诗创作的第一年，开始向各个诗刊、副刊投稿。

这年 8 月，杨牧先生回台，在台大任教，但我并不知道联副请他选诗，我将新写的一首情诗《或者燃起一盏灯》投给联副，很快就被发表了，并且将我的笔名以签名的样式登在报上，这是对一个新人最大的鼓舞了。这首诗的关键词“燃起一盏灯”，于今看来，应该是对《时间》中“熄去一盏灯”的化用吧，原来我早在潜移默化中接受了杨牧诗作。

杨牧为联副选诗，有一个很明显的倾向，或许是他回台任教的关系，让他接触到 50 年代出生的战后时代诗人，但更重要的是，他以诗人之眼，敏锐地看到了正在崛起的新世代的身影，尽管仍然稚嫩，他不吝于给予掌声、不吝于伸出手来提携。

他选诗的一整年,《联合副刊》出现了不少当时开始写诗的校园诗人作品,如杨泽、罗智成、陈家带、陈黎、陈义芝……他的慧眼,果然助燃了战后时代诗人的创作的火花,一时之间,诗坛新锐大量在联副登场。

杨牧的做法无形中使得与他同世代的诗人作品无法顺利、快速登出,他应该承受了不少抱怨才是;从诗史的角度看,其后浪一般袭来的新世代,翻转了以超现实主义为宗的前行代诗风,应该也与杨牧选诗的“推波助澜”有相当重大的关联。

多年之后,我在马各写的文章中,看到他请托杨牧帮忙决定刊登诗稿的回忆,才晓得当年联副刊出的诗作,都先由杨牧审阅,我在那一年中发表于联副的诗作,原来他就是第一个读者,也是第一个裁判员啊。

时隔多年,约莫是杨牧回到东华大学任教之后,有一天我到他台北住家访他,谈到 1975 年的旧事,他很兴奋地说:“向阳,我还有当年的剪报,等我一下。”接着回书房拿出一本剪贴簿,贴的不是他的诗,而是当年经他筛选,刊登于联副的战后时代诗人的作品。他眼中发亮,一一指点剪贴簿上的作品,“这是杨泽的、这是罗智成的……这是你的”。时序已进入 21 世纪的那个午后,我眼前坐着的,恍惚就是 30 年前拣选诗稿的杨牧。

二

1975 年的杨牧,35 岁,英姿勃发,创作力丰盛,深受大学校园诗人仰慕,在这之前,他已推出诗集《传说》(1971)、评论集《传统的与现代的》(1974);在这之后,他一连出版诗集《瓶中稿》(1975)、散文集《年轮》(1976)、散文集《柏克莱精神》(1977)、诗集《北斗行》(1978),结集第一阶段创作的《杨牧诗集(1956—1974)》(1978),以及诗集《禁忌的游戏》(1980)、《海岸七叠》(1980),均备受喜爱。

他顺利地从笔名“叶珊”更易为“杨牧”,成功地从一个浪漫主义者转型为古典与现代相融、抒情与批判并存的诗人,而无违和之感。他写的诗,如《十二星象练习曲》《让风朗诵》《瓶中稿》《林冲夜奔》《孤独》《热兰遮城》《带你回花莲》《有人问我公理和正义的问题》等,更是传诵至今,已成经典。

1982 年我主持的《阳光小集》诗杂志发信给 44 位战后时代青年诗人,票选心目中的十大诗人,42 岁的杨牧在 28 张有效票中得 23 票,仅次于余光中(26 票)、白萩(24 票),十大诗人上榜者也以他最年轻。就细项看,他的诗作,结构和语言驾驭两项都独占鳌头,意象塑造仅次于洛夫,音乐性仅次于余光中，影响力也仅次于余光中。这个票选活动只是参考值，无关于杨牧诗艺，但已可见出他在战后时代诗人心目中的重要性和高度影响力。

由于杨牧先生长年在美国任教，我真正和他见到面，应该是他于 1983 年再度返台，在台大外文系担任客座教授之时。在我模糊的记忆中，他相当寡言，似乎不易亲近，多次见面后就不再有这种感觉，尽管谈话无多，他对后辈的关怀仍可从眼神中看到。他鼓励我要持续写诗，对我上大学时发表在联副的诗还记得。

1984 年 7 月，我将从 1974 年开始创作的十行诗辑为《十行集》，由九歌出版社出版，拿到书，就寄了一本给杨牧先生，很快地收到他的回信：

> 承赐十行集大作，已拜收。大作中诗多已在刊物中读过，于吾兄追求风格之功力成就，至为钦佩，今得藏全部，不胜欣喜之至也。弟在台工作即将结束，不日赴美，如离去前未能谋聚，日后吾兄可来美，盼来舍下一游。

这信写得太客气了，字里行间的关爱则让我感动。我的十行诗，最早的一首有意识的书写是《小站十行》，写于 1976 年 3 月，获刊于同年 7 月 31 日联合副刊，正是杨牧先生为联副选诗之时，十行诗的被采用，坚定了我朝向新格律之路的试验，方才有这本《十行集》的付梓。我以虔敬之心寄呈诗集，意在表达对前辈提拔后进的感谢罢了。

信末提到如赴美可到“舍下一游”一事，以我当时在报社的工作，则不敢痴想。没想到接信第二年，我接获聂华苓女士来信，邀请我前往爱荷华大学参加“国际写作计划”而成行。我与小说家杨青矗于 1985 年 8 月底同行，在爱荷华（这曾是杨牧修硕士阶段的母校）生活了三个月，聊天时，聂华苓大姐偶会笑谈当年杨牧在此求学的点滴，倍感亲切。

结束邀访计划之后，回台途中，我和青矗兄安排了美西之旅，其中一站到西雅图，夜宿时在华盛顿大学修读博士的陈芳明家中，次日前往华盛顿大学为台湾同学会演讲。

讲后，芳明兄问我要不要去看杨牧？我当然欣喜答应，于是在他的带领下，与方梓一起进入杨牧先生的研究室。杨牧先生看到我们前来，相当惊喜，我们聊了一些台湾时局的事，叙旧之后，他要我稍等，随即站起来，从书架中拿出一本苏格兰传教士杜嘉德（Carstairs Douglas）编于 1873 年的《厦门音汉英大辞典》（*Chinese－English Dictionary of Vernacular of Spoken Language of Amoy*），表情慎重地对我说：“你写诗，这本辞典或许用得到，送给你。”

30 多年过去，我一直记得当天在研究室的这幅画面。这本书是研究厦门音闽南语必备的辞典，甚为厚重，我从杨牧先生手上拿下厚礼，竟哑口不知如何谢他，只是频频点头。出国前，报社为我出版的诗集《土地的歌》，来美前虽带了几本，到西雅图已经没书了，也无以还赠，就这样匆匆告辞。

回台的飞机上，想起习文以来杨牧先生对我在诗的道路上的指引、提携，都以不着痕迹的方式出之，十行诗如是，连我孤独尝试的台语诗也如是，观机窗外浮云落日，竟有天地至美之感。

大概是 1998 年吧，有一天我接到洪范书店叶步荣兄来电，说洪范书店希望出版我的诗选，让我大感意外，细问之下，才知这是杨牧先生提议、交代的。洪范书店并不轻易为诗人出版诗选，我的诗能获洪范书店垂青，让我倍感喜悦，因此更不敢造次，直到次年才将书稿交出，由洪范书店于 9 月出版了《向阳诗选》，封面使用我自刻的版画《平埔母子》，书封折页的内容简介则出于杨牧先生之手：

> 诗人向阳以融合传统与乡土，兼现代感知和写实，自辟蹊径，蔚成风格。本书为向阳 20 余年诗创作之选萃，由诗人自订，收已出 7 种诗集之精华及近期新作。向阳诗艺繁复多姿，其情采、声韵，均有可观；读其诗，最能感受一特定时代中，才具、有情的知识分子如何感慨、批判，继之以文学心灵之认知与提升。

杨牧先生如此一路厚爱拔擢，真让我感铭于心。

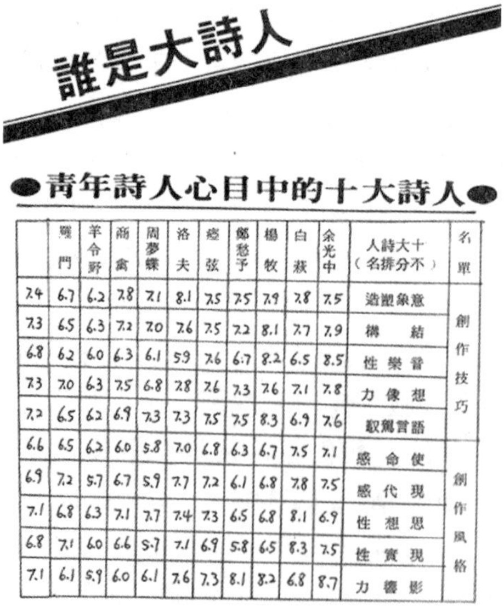
誰是大詩人

青年詩人心目中的十大詩人

	羅門	羊令野	商禽	周夢蝶	洛夫	瘂弦	鄭愁予	楊牧	白萩	余光中	十大詩人（不分排名）	名單
7.4	6.7	6.2	7.8	7.1	8.1	7.5	7.5	7.9	7.8	7.5	意象塑造	創作技巧
7.3	6.5	6.3	7.2	7.0	7.6	7.5	7.2	8.1	7.7	7.9	結構	
6.8	6.2	6.0	6.3	6.1	5.9	7.6	6.7	8.2	6.5	8.5	音樂性	
7.3	7.0	6.3	7.5	6.8	7.8	7.6	7.3	7.6	7.1	7.8	想像力	
7.2	6.5	6.2	6.9	7.3	7.3	7.5	7.5	8.3	6.9	7.6	語言駕馭	
6.6	6.5	6.2	6.0	5.8	7.0	6.8	6.3	6.7	7.5	7.1	使命感	創作風格
6.9	7.2	5.7	6.7	5.9	7.7	7.2	6.1	6.8	7.8	7.5	現代感	
7.1	6.8	6.3	7.1	7.7	7.4	7.3	6.5	6.8	8.1	6.9	思想性	
6.8	7.1	6.0	6.6	5.7	7.1	6.9	5.8	6.5	8.3	7.5	現實性	
7.1	6.1	5.9	6.0	6.1	7.6	7.3	8.1	8.2	6.8	8.7	影響力	

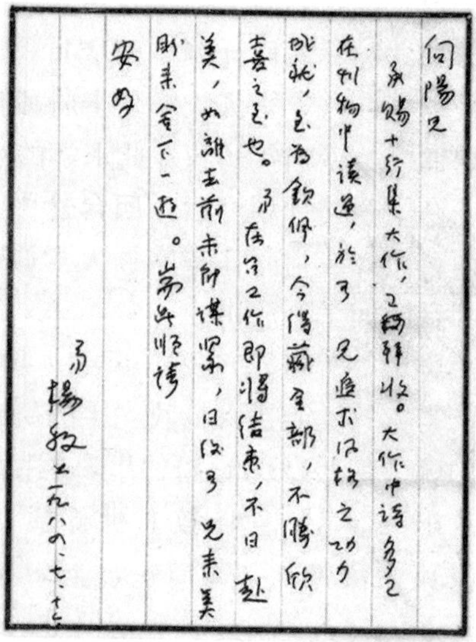
向陽兄
承賜十行集大作，已拜收。大作中詩多已
在刊物中讀過，於吾兄追求風格之功力
既稔，且為欽佩，今得窺全部，不勝欣
喜之至也。弟在此工作即將結束，不日赴
美，如離去前未能謀聚，日後吾兄來美
則來舍下一遊。專此順請
安好
弟
楊牧 一九八〇、七、十七

上图中左侧为 1982 年《阳光小集》诗杂志发信给 44 位战后时代青年诗

人，票选心目中的十大诗人，杨牧以“结构”和“语言驾驭”两项取胜。右侧为 1984 年 7 月，杨牧致向阳信函。

三

1999 年 3 月，《联合副刊》评选的“台湾文学经典三十”的结果公布，在入选的 30 本经典中，杨牧横跨散文与新诗两文类，有两书入选，一是散文集《搜索者》，一是诗集《传说》。尽管这个活动在当时曾经引起争议，但杨牧的诗和散文并茂的成就则属公论。

活动后，联副为 30 本书举办“台湾文学经典研讨会”，陈义芝兄嘱我为《传说》撰写论文，我以《树的真实：论杨牧（叶珊）〈传说〉》为题写了近万字，在细看年轻时阅读的时集《传说》之后，从符号学的取径切入，发现年轻时以为至柔美、至浪漫的杨牧的诗，连同他的散文，其实别有深沉的寓意，我在文末这样说：

> 杨牧喜于用树自喻，一如他的擅长采取寓言和比喻，前者寄寓幽情，后者喻依天地景象。他的诗和他的散文，交错的纹理中，透露了他的生命和认同的声音，也显映着他来自的土地和历史的色泽。身为一个写诗的人，我在展读叶珊时期的《传说》的过程中，先是看到一棵无以名之的树，带着甜美的隐晦，“一排钟声/童年似地传来”；继而发现这树，枝叶井然、自然，根植在台湾的大地上，绝无半点隐瞒。

没错，对照 1986 年之后他出版的诗、文集，如诗集《有人》（1986）、《完整的寓言》（1991）、《时光命题》（1997）、《涉事》（2001）、《介壳虫》（2006）、《长短歌行》，特别是他的自传散文集《奇莱前书》（2003）和《奇莱后书》（2009），其中透露的，不就是他一以贯之的“生命和认同的声音”吗？显映的，不就是他所来自的“土地和历史的色泽”吗？

我心目中的杨牧，是根植台湾的文学巨树。

（原载 2019 年 1 月 1 日《文讯》399 期，第 131～137 页。本文摘自《写真年代：台湾作家手稿故事 3》）

随笔二题*

赵毅衡

一、几个美国华裔诗人

美华文学，即居美华人的文学，实际上分成两部分，即美华汉语文学和美华英语文学。有的研究者分别称之为第一代美华文学和第二代美华文学（用国内惯用的话来说就是华侨文学与华裔文学）。

用汉语写作的美华作家和诗人往往是在中国长大后才来美国的，汉语是他们的母语和写作语言；而用英语写作的美华作家和诗人往往都是出生在美国，以英语为母语和写作语言。这个说法只是大致准确而已。例如，在美华英语诗人中，刘庶凝（斯蒂芬·刘）出生在中国南京，读大学才来美国，李立扬则出生在雅加达，十多岁才来美国。

赵毅衡教授近照

美华文学的这两个语种差别，实际上使美华文学分裂成两个完全不同的文学世界。美华汉语文学实际上是现代中国文学的一个分支，其作者与中国文学界的联系远超过与英语文学界的联系，他们只是侨居美国而已。而美华英语文学，则是现代美国文学的一部分，他们的作品，是本文研究的对象。

这些诗人，绝大部分无法逃避两种文化的冲突，因此也是中国文化西传

* 此二文系赵毅衡先生旧文，在征得同意后，收入本书时赵毅衡先生作了增补与修改。

的结果。但是，他们还是中国人，可以把他们看作中国文化的特殊载体。

这些诗人的美华英语诗散见于各种出版物之中。早在 1987 年，笔者与伯克利少数民族系教授王灵智（Ling-chi Wang）合作，编辑了第一本美华英语诗选（*Chinese American Poetry：An Anthology*），上海文艺出版社 1990 年出版了该书的中译选本，题为《二条河的意图》。这个标题借自美华诗人梅梅·伯森布鲁格的一首诗题，神来之笔。

无论是美华英语文学还是汉语文学，在 20 世纪 60 年代之前都只有个别作家在进行孤独的创作，他们的作品常被忽视，也很少有结集的努力。60 年代中期后，两个文学界都出现了繁荣的盛况。原因完全不同，只是时间上巧合。美华汉语文学，是由于留学生的大量涌入美国，也是由于港台现代文学勃兴以及 80 年代大陆文学的繁荣；而美华英语文学，则是随着 60 年代美国民权运动席卷全国，与其他少数民族文学，以及女权文学等“反主流文化现象”一齐兴起的。

向中国古代文化学习并不是美华诗人在艺术上的唯一倾向，我们看到他们的作品展开了一条五光十色丰富多彩的艺术光谱。纽约诗人约翰·姚（John Yau，姚强）的作品明显受超现实主义影响，他与美国当代诗歌的“纽约派”联系比较多，他的诗集由名诗人约翰·阿什布里（John Ashberry）作序，曼哈顿市区变幻莫测的生活现实在语言经验的高压中被扭曲了。他的许多首诗读来就像达利的画，是尸体与镜面的世界，是死亡和幻想的结合，他的诗不断地在这个主题上变奏：

刀子悬着
对准时间的喉咙
正要把目的
切开，变成
两个分歧的选择

——《尸体与镜子变奏之三》

这是纯然的恐怖，它不仅控制着诗的想象，它还是现代大都市生活的产物。在约翰·姚的诗中，夜场电影、棺材工厂甚至邻居的花园，都不可避免地变形。在《鲤鱼与金鱼》中，诗人指出了这一点：“有的鱼我们撕开吃，只留下骨头。有的鱼吞下我们，只留下虚构。”诗，语言艺术，参与了渗透一切的幻想，这就是为什么约翰·姚特别喜欢娴熟地操纵诗歌语言来逗弄读者，因为幻想就是现实的一种似真似假的逗弄。

黛安娜·张（Diana Chang，张粲芳）也是纽约诗人。因为她本人是画家，她在诗中往往追求现代绘画的“至简风格”(Minimalist)，而把大部分实体留给读者自己去补足。例如《内向爆炸》一诗这么开场：

有人讲了件可爱的事
在黄昏时分
我们听着
每家都放下气窗
意义告诉我们它们的意义
又一句话降临

现代造型艺术的影响在她的另一首诗《密码》中表现得更明显：

一个波动
太多的脚
穿过道路
那步子好像在说
被人看见它会脸红
是只猫

在这里，诗描绘的对象猫成了次要的东西，正如在现代绘画中，形体的肖似并不被重视。而一种动感，一种势态，成为诗的主要对象。

新墨西哥诗人梅梅·伯森布鲁格(白萱华)的诗风有几次转变。她早期的诗作轻盈、妥帖，就像马赛克镶嵌，强烈的视觉形象被语言固定下来。

星期五你会来的。在三角洲
汇流。图案在沙子上
扇形地展开。日落潮回时
我能涉过河，手提着鞋

——《两条河的意图》

但是她最近的集子《移情》(*Empathy*)则完全改变了风格，她使用了长长的吟哦句式，像惠特曼或金斯堡的某些诗。据她自己说这些诗是用来作为伴舞的朗诵用的。她曾长期作为舞蹈编导在纽约工作。

……音乐可以随空气变冷变热，像树枝上蓝色的变色龙，
似乎你能透过树叶看到天空。我会卷起
袖子，带着战役细节的多重复杂性。颜色
从远看，变成了读得懂的色调。

很可能中译文失去了原诗行的乐感，不过这种诗句的确是一种语言的舞

蹈，一种长长的旋律摆动。诗的内容往往是论辩性的，但所辩的问题其实并不重要。在这里诗句的旋律与我们阅读程式中的旋律之间形成了一种张力，从而把阅读注意力由诗句的论述引向诗句的语言本身。

华盛顿州诗人阿伦·刘（刘肇基）是一个政治性强，同时又独具一格诗才的老诗人。他的力作《岩石中的水泉》把散文与诗交织在一起，令人想起威廉·卡洛斯·威廉斯的《裴特森》(Paterson)，想起黑人诗人罗伯特·海顿的《中路》(Middle Passage)。抒情的和记事的文体并列，使作品具有一种史诗式的幅度，从而使诗歌有了历史的纵深感，而使原本容易消逝的愤怒沉积下来。

刘肇基的另一首诗《寻找太平天国之魂》在艺术上也很有特色。诗人在中国西南部，在大渡河畔漫游，而诗句似乎也被牺牲的太平军鬼魂迷住似地失落在荒蛮的原野里：

> 我的思想停止在这景象上
> 我没法不让自己走入迷途
> 远处，一架水车自愿地唱歌
> 用水的语言

芝加哥诗人李力扬（Liyang Lee），是近年在美国诗坛颇受人注意的新的声音。他的作品似乎证明了在后现代主义的当代美国诗坛上，抒情，简朴的抒情，依然能唱出使人迷醉地倾听的乐曲。他歌咏不绝的题材，是他的华侨父母。无法抑制的柔情在诗行中满溢出来。由于我们很能体会这种感情，很容易共鸣，所以我们觉得他的诗表达的远远超过廉价的感伤。

> 所有的幻景以及我的解释
> 都取决于我亲眼见到的，
> 而在我的两眼之间
> 永远是雨，是飘忽不定的雨。
>
> ——《幻景与解释》

因此，我们看到，美华英语诗坛，从 60 年代民权运动时期兴起以来，渐渐向各个方向扩散开去，使美华诗歌像一个复杂的多面棱镜，向许多方向散发出耀眼的辉光。这一大批诗人们所创造的，是一种独特的美国诗歌新流派。单一化地解释这个流派固然是歪曲的，但指出几个主要方向还是可能的。

首先我们看到的是美华诗人们通过艺术上的追求，力图取得对唐人街传统——他们先祖在美国的历史——一个比较平衡的态度。在现代世界上，祖先崇拜当然无法使任何民族生存，但是文化意识的丢失也是危险的。我们看到，“战斗性”比较强的诗人，如耐丽·王、玛丽琳·陈、珍妮·林等，越来越快地走出单纯种族意识的视野，走出肤色的自我圈限。默尔·吴的诗《语言学》认为诗人的事业超越民族，甚至超越语言（她的诗标题往往用国际音标拼出）；而卡洛琳·刘原先从现代女权主义的立场去重视中国的头号女神观音，后来却认为中国的第一个现代女权主义者秋瑾是为革命，而不是为女权事业而牺牲，更值得崇敬。杰孙·黄（黄仁凯）在《我自己》一诗中想象与父亲在“即将来到的现时”会面，而这个“现时”又是“史前”洪流的冲积：

我站在我父亲站过的地方
足迹像用蓝墨水描在沙滩上
一部抒情诗的乐谱
讲述欢乐的会合

所以这是个历史性的圆满结局。但是，我可以说，对绝大部分美华诗人来说，文化传统与现代意识的大团圆还未到来。这样，一个自然会出现的问题是：在当代美国诗坛上美华诗人的地位究竟如何？将会如何？在20世纪初美国诗人接受中国影响的过程中，由于当时华侨文化水平较低，缺少横跨两种文化的媒介者，使中国诗与日本诗或印度诗相比处于很不利的地位。现在，我们看到了一批有能力也有意愿横跨两种文化的诗人，我相信研究这批诗人将是中西比较文学下一章的重要课题。美华小说家和汤婷婷、谭恩美等人，早就由于她们在美国文坛上的成就引起国人注意，美华诗人却始终没有得到应有的关注。诗这种文体地位在现代下降，固然是原因之一，但这并非最主要的原因。我们的批评界有一种“等美国人先承认”的态度，应当说，这是缺乏自信的表现。

美华诗人独立的地位也正在上升之中，他们并不只是影响主流的配角，不少人正在升入主流。我们高兴地看到约翰·姚（姚强）、阿瑟·施（施家彰）、李立扬、卡洛琳·刘（刘玉珍）等人的作品已经引起了领导美国诗坛的批评家们的注意，有的人已经攻入美华诗人很少能进入的“大出版社”。例如卡洛琳·刘的风格独特的诗集《我的说法》得到“哥伦布之前基金会”颁发的“美国图书奖”。

当然，用得奖多少、大小这些标准来衡量年龄尚幼小的美华英语诗坛，是不合理，也是不公平的。但是美华诗人们自己感觉到新的力量正在升起，新的局面正在形成。玛丽琳·陈（陈美玲）自信的诗句可以用作一个乐观主义的结局：

……祖父

在你百日诞辰之日，我已能够回答
你留下的最后的谜语。

二、蒋希曾：不该被忘记的诗人

1978 年 2 月 3 日华盛顿国会图书馆柯立治大厅举行演出会，纪念美国著名进步音乐家西格夫人（Ruth Crawford Seeger），节目中有两首作于 20 世纪 30 代初的歌曲《萨柯｜梵塞蒂》和《支那人洗衣房》，歌词取自华裔英语诗人蒋希曾（H. T. Tsiang）的诗集《中国革命诗》。

笔者为此在路过华盛顿时到国会图书馆查询，后得该图书馆现代文化史专家韦恩·薛利（Wayne D. Shirley）先生来函，详为答复。据他说，他在整理西格夫人留下的手稿和通信时，未发现有关蒋希曾的任何材料，看来她是读了《中国革命诗》后颇受感动，遂有谱曲之念。薛利先生并向至今尚存的 20 世纪 30 年代美国左翼文化运动的参与者询问蒋希曾其人，他们似乎都记得这个中国作家，因为他每次集体会必定参加，随身带着几本他写的小说，但似乎没一个人知道他的详细情况。

笔者又通过各种途径请教美国许多关心美华文学史或美国华侨史的学界人士，所能得到的也只是片段零星的材料，知其人者甚多，而了解其人者一个也找不到。

至于他的五部作品，现在已非常难找，全美国只有极个别图书馆有一本两本。

看来这是一个被忘却的人，最后几个老人正在带着他的记忆逝去。

然而他却是一个不应该被忘却的人。

他不是在美国第一个用英语写作的中国人，但他是美华文学的先驱之一。

与其他早期华裔作家不同的是，他在二三十年代的文学创作始终以中国革命事业和美国华人走向革命的过程为题材，应当说，他是第一个美华左翼文学家。

他与美国 30 年代左翼文化运动关系密切，这也使他成为研究中美文化交流史时一个不可不论的人物。

薛利先生在来函最后说：

> 这两首歌的演出获得巨大成功，我真希望已故的西格夫人在座，也希望蒋也在座，如果我们能找到他的话。

然而他没有在座，纪念音乐会组织者不知道他的下落。

按常例，我们从他的家庭背景着手查找他的一生经历。可惜，第一关就过不去，他的生年和籍贯我们至今未能考出，只知道他是江苏人。在《中国革命诗》卷首有如下英文题词：

> 纪念我的母亲
> ——一个劳动妇人
> ——一个中国劳动妇人
> ——一个中国劳苦寡妇。

因此，他幼时家境想必非常清苦。可能是靠了基督教青年会的帮助，20年代初他毕业于南京的东南大学。

他来美国的详细情况未考。一本研究二三十年代美国唐人街情况的书——*Chinatown Inside Out*（Leong Gor Yun，1938）报道了一些他的独特经历：

> 宁汉分裂在（英国的）中国报界产生了特殊影响，《中国少年晨报》的编辑蒋希曾突然受人注意。蒋自称是共产主义者，此时被一帮右翼分子从编辑部驱出，不久连左翼分子（指国民党“左翼”）也跟他断了关系。后来他被美国当局作为共产主义宣传者而逮捕，准备引渡回国。幸亏他与美国一些重要人士有关系，因此被释放。他到了纽约，写小说自行出版销售，因而出了名。

这段记载过于简略。救蒋希曾出狱的美国“重要人士”是谁？蒋希曾一年后出版的《中国革命诗》，短序中点出了几位他的支持者：

> 我希望借此机会感谢《民族》（*The Nation*）杂志前文学编辑马克·梵·多伦（Mark van Doren）先生，哥伦比亚大学英语教授阿许利·霍雷思·桑戴克（Ashley Horace Thorndike）先生，哥伦比亚大学哲学教授约翰·杜威（John Dewey）先生，以及其他阅读了我的手稿并给予指正的人。

而诗集扉页上印有名作家厄普登·辛克莱专为此书而写的激动的荐词：

> 随着时间推移，整个白色世界，所谓的文明世界，都不得不倾听这个声音。我不是指这个中国青年诗人，而是指他所描写的这个运动：世界上被压迫被剥削的民族正在觉醒，正在要求他们做人的权利。美国政府当局想把这个中国青年学生引渡给中国国内的刽子手。他写的诗并不完美，却是青年中国的完美的声音，在抗议那一帮卑劣的坏蛋。

这几位蒋希曾的赞助者都是二三十年代美国进步文化界的著名人士，甚至现在被视为右翼，至少是自由主义者的杜威，在20年代也是接近进步文化界的。这段故事，应是中美文学交流史上的重要史实，二三十年代几乎整个美国文化界对中国革命持深切同情态度。

《中国革命诗》是蒋希曾的第一本书，九首诗有五首曾在美共报刊《工人日报》和《新群众》刊登过。除了本文开头提到的两首诗外，其余几首《山东》《上海》《五卅》和《广州苏维埃》都是写中国革命的。最后这首诗有六百行，诗风明显受当时美国著名的“现代行吟诗人”伐切尔·林赛风格的影响，以半诗剧或表演诗形式写的。

从整体来说，这本诗集有炽烈的革命热情，但技巧不足，处理颇为简单化，与国内诗坛一些青年革命诗人诗风颇为相似。

诗集是蒋希曾自费出版的，是否得到美国人士的经济支持不得而知，作者及出版人地址是哥伦比亚大学，可见蒋希曾到纽约后曾在哥大至少留到1929年。此后不久他就离开哥大，在纽约做过各种职业谋生，曾经有相当长一段时间在饭店打零工，但他坚持文学创作。30年代他写了三本小说：《中国红》（*China Red*，1931），《金拜》（*The Hanging on Union Square*，1931），《“出番”记》（*And China Has Hands*，1931），以及三幕剧《死光》（*China Marches On*，1939）。这些书的中文标题是作者写在封面上的，与英文标题不相应。

蒋希曾的第一部小说《中国红》是书信体，故事读来像半自传：1926年6月，一个国民党青年来到美国斯坦福大学读书，由于未婚妻不断来信，介绍国内的革命形势，他改变了信仰，转向共产主义。他被美国当局逮捕，约翰·杜威组织了一个“中国人权利委员会”来为他辩护，但未成功。主人公被引渡给南京当局，但这时原来促使他转变的未婚妻却被白色恐怖吓坏而“向右转”，在主人公牺牲前两人分道扬镳。

这是一部充满了革命理想精神的小说，主人公思想转变过程令人信服，但是小说的书信体裁使情节的展开不够熨帖。可能是由于这个原因，美国作家德莱塞给了此书如下的评语：“《中国红》此书有不少动人的、精彩的段落。把争论双方的观点都摆出来，这种做法总是令人感兴趣的。”（见该书里封）

蒋希曾30年代初的两部小说在美国反应如何，笔者无法找到任何资料，但是在1935年的《“出番”记》中，蒋希曾自己作为一个有点可笑的人物三次加入情节，对自己作了一番自我解嘲式的介绍。

女主人公张珍珠邂逅“作者”，“这时他袋里只有四分钱”，无法请张珍珠上饭馆，只好飨之以滔滔不绝的自述：“我的第一本小说《中国红》，在苏联被认为‘是一个最大运动的可贵缩影，是即将诞生的新中国的声音’。但是美国的骗子却指责说：‘我们不能被作者迷惑人的、虚有其表的同情所吸引。’我写了第二本小说《金拜》，起先这本书被赞扬为‘一本写失业者的有趣的实验性小说，可能是第一本以无产阶级为题材而用表现主义风格写成的小说’。但这些骗子不久突然改变主意，指责我说：‘此人算不上什么作家，他主要受颓废作家格屈鲁德·斯坦因的影响。’”

这里说的“美国骗子”是谁，未能考出。看来是美国左翼报刊上的评论，某些问题，似乎关系到30年代左翼文化阵营内部关于艺术风格问题的争论。至少在左翼文化界，蒋希曾30年代初的两部小说受到注意。

但无论从哪方面看，1935年由纽约斯皮勒出版社出版的《“出番”记》是蒋希曾最好的一部作品，它也是蒋唯一一本由出版社经营的书。今天我们读来，也有超出文学史意义外的兴味。

小说女主人公张珍珠（Pearl Chang）是黑人和中国人的混血儿，从美国南方初到纽约。她性格泼辣大胆，热情但头脑单纯。在纽约她无固定职业，到处打零工，但中国使馆不愿雇她，因为她“中国血统不纯”。

男主人公王万里孤行海外，开洗衣店维生，小本经营，胼手胝足，却不断受到警察、政客和种族主义分子的勒索，濒临破产。

张珍珠路过王万里的店，生活极为单调的王万里喜出望外，但他无钱娶妻，不敢做非分之想。

王万里无力还债，店铺被夺，只好到饭店做下手小工，在那里他重逢正在做侍者的张珍珠。

但这时王万里已自觉地投身于政治运动，积极参加罢工，最后，由于参加示威抗议日本侵华而被一个日本浪人借机枪杀。

这些情节，与蒋希曾本人在纽约的生活经历有关系。据斯皮勒出版社老板给我来信介绍，他出版此书时，蒋希曾在曼哈顿的文人聚居区格林尼治村一家店里当侍者，生活相当窘困。《“出番”记》在描写纽约下层华人生活时，给人很强的真实感。至于书中描写的纽约华人的罢工和示威游行，也是蒋希曾熟悉的。我曾打长途电话询问纽约一位老华裔，据她回忆，当年她还是一个中学女生时，曾多次帮助蒋希曾在抗日游行集会中散发传单。

全书临近结束时，“作者”的确与小说的两位主人公一齐走在示威游行的队伍中。这个一向蓬首垢面的作家改了形象：“既然厄尔·白劳德（当时的美共领袖）不再吸烟斗而改吸雪茄，我们的作者作为他的一个同情者和追随者也刚理了一回发。”

这句玩笑背后隐藏了蒋希曾的迷惘感，在遽变的新政治形势下，尤其是被白劳德领导扰乱了思想的美国共产党正无所适从，蒋希曾或许也感到难以自处。而阶级斗争与民族斗争的错综重叠，也许使他感到不易看清方向。我想这也就是为什么《“出番”记》的结局过于复杂，与全书力求简练的叙述方式不太相应。

而在蒋希曾的最后一部文学作品——三幕剧《死光》中，这种困境终于变成了公式化。这本戏写 1937 年上海抗战：美军士兵琼尼偷溜出租界兵营，去帮助正在苦战的中国军队；日本侵略军士兵 Nikochi 也越过战线来帮助中国军队，坚守在某仓库的中国军队均战死，只剩下一个女战士木兰。三人在战地相会，却发现三人应是兄弟姐妹；琼尼在美国的华人养父与 Nikochi 在日本的华人养母原来是木兰的亲生父母，日军入侵东三省时，这对农家夫妻分路逃亡而失散。最后三兄妹在炮火纷飞中合唱“中国在进军”。

剧本无疑有点牵强生硬，不像出于写了《“出番”记》那样较成熟作品的作家之手。

据纽约陈伊范（Jack Chen）先生来信提供的资料，蒋希曾在 30 年代纽约大众戏剧运动中相当活跃，联合广场与十四街附近的街头经常能看到他参加的戏剧演出，他还经常在街上散发小剧场戏票。或许这出戏正是为这种小型演出而写的，公式化的情节的安排，看来是为现成演员凑的戏。

蒋希曾 30 年代后似乎突然消失了，所有认识作家蒋希曾的人都不知道他的去向，似乎他突然与以前的生活环境断了联系。

一次偶然的机会，我在一本旧的《好莱坞人名录》上找到 T. H. Tsing 的简短介绍。该条目说蒋希曾是作家、诗人，“一九二八年进入影剧界”，这与我们从其他方向得到的资料相符，但同样明显的是：他在纽约似未能长期做演员，而是以写作活动为主。

据该书载：蒋希曾 40 年代初移居好莱坞，成为职业电影演员，曾先后在八部电影中担任角色，分别是《紫心》（1944）、《王国的钥匙》（1944）、《每星期天有鸡》（1948）、《国务院六四九号文件》（1949）、《街头的惊乱》（1950）、《走私者之岛》（1951）、《大洋二号》（1960）、《冬季舞场》（1965）。

我在洛杉矶加州大学艺术系档案库借到《王国的钥匙》拷贝，得见蒋希曾真容。说实话，蒋希曾作为一个演员，并没有非常突出的表现，这八部电影也毫无革命气息。看来他晚年生活上有了保障，但与革命与文学都绝了缘。我至今未能找出其中的确切原因，但是从美国 30 年代左翼文化运动的变迁，从蒋希曾的文学创作经历，我们可以了解到一些背景。久居美国，长期不接触中国人民斗争的现实，或许正是这使他最后搁笔。

据这部《好莱坞人名录》记载，蒋希曾于 1971 年 7 月 16 日逝世于加利福尼亚州好莱坞。笔者曾多方寻找他的后人，未果。

追记一：

此文写成后，接到旧金山研究美国华人史的 Yuk Ow 先生来函，慷慨介绍他收集到的蒋希曾资料。据他说蒋希曾自东南大学毕业后，到广州革命政府任职，此时他参加国民党，因政治观点右倾难在广州容身，转来美国到斯坦福大学读研究生，同时任国民党外交部的中文报纸《中国少年晨报》编辑。但由于他政治观点渐渐变化，因而被迫离开编辑部。此后他参与出版一份左倾的中英文周刊《中国道报》(*The Chinese Guide*)。由于南京政府发出的逮捕令，美国移民局将他逮捕。出面营救他出狱的是两个组织："国际劳工保护会"(The International Labor Defense) 和"美国公民自由同盟"(American Civil Liberty Union)。

这段情况，与《中国红》中男主角从右到左的转变完全相符，甚至连细节都互能印证。看来蒋希曾转向革命的经过颇为复杂，但他在革命最困难时投身革命，此后又长期在贫困艰苦的条件下从事革命文学创作，凭这点，他就是一个值得纪念的人物。笔者发表这些材料，目的就是希望蒋希曾生前友人，在尚未太晚以前，应该想起他，纪念他，使有关资料不至于湮没，使美国华裔文学史的这重要一页，不至于像我这篇文字一样残缺不全。

追记二：

蒋希曾的老母和胞妹尚健在，居住于家乡南通。本文于《读书》杂志发表后，她们致信说这是自 30 年代中叶以来第一次知道蒋希曾的情况，我文章中说蒋已去世使她们很悲哀。

看来蒋希曾在好莱坞做电影演员后，无颜告诉江东父老，情愿与家人断绝音信，这是挺奇怪的心理。

由于本文的介绍，据说蒋希曾已被列入南通地方志的人物卷，他的家人也进入地方政协。我不知道蒋假若知道他左翼小说家的经历有此"成果"，会作何想。

蒋希曾的昔日广州时期战友李先生，80 年代任上海出版局局长，拟出版蒋希曾的著作，我们请中国社科院语言所的杨成凯先生翻译。可惜在书籍出版迅速市场化之时，译文已成，却未能有出版机会。

追记三：

2001 年南通钱键先生来电子信，说蒋的老母、胞妹均已去世，家中仅剩一个甥女，但是南通市已宣布蒋希曾为本地历史人物，将出版《蒋希曾文集》云云。钱先生希望我能代为找到蒋希曾的后人，以期推进"中美人民友好"。

追记四：

《中国新闻网》2011 年 9 月 20 日消息：南通华侨博物馆新馆位于南通市城区中心位置的“寺街名人文化区”内，占地面积约 3500 平方米，由主展馆和五大名人馆组成，包括中美文化交流的先驱蒋希曾馆。南通华侨博物馆新馆用地规划的确定，表明了南通市政府对南通华侨博物馆建设的支持和对侨联事业的关怀。

另类书写

——周洁茹《我在圣弗朗西斯科做什么》序

曹惠民

最早知道周洁茹这个名字应该是在20多年以前，20世纪90年代中后期。那时教学之余，会关注一些新出道的青年作家，北京的陈染、大连的黑孩（现旅居日本）和常州的周洁茹是印象最为深刻的几位。其中“隔壁邻居”周洁茹又最小，比60后的陈染、黑孩要小十几岁，是最年轻的新进作家，直觉她的前途未可限量。她的长篇小说处女作《小妖的网》（女主角名茹茹）在中国文坛引起过不小的轰动，首印就是两万册！她还用“小妖精茹茹”做她网络的名字。有点另类，有点叛逆，自然也让人多少有点愕然，也不免让读者对作者和女主角的关系有点好奇，称得上是个一读难忘的作家。后来就不大听到她的消息，直到前些年，看到她在《香港文学》上发表的作品，才知道她到了香港，又进入《香港文学》编辑部。当年一去万里，在美国待了10年，终返香港。

曹惠民教授摄于美加边境 2010**年**10**月**

机缘天定。去年11月初，我应浙江越秀外国语学院之邀，到绍兴出席第六届新移民文学国际研讨会，竟然和这位20多年前即闻其名而一直没能见面的她不期而遇，初见甚欢。那天洁茹一身黑装（这是她衣着的保留色吧），典型的江南女子的模样，给我的第一印象是气质很好，人很安静。不说是一见如故吧，也真有点似曾相识之感。大会开幕的前一天下午，主办方特为刘以鬯这位浙江先贤及《香港文学》创刊总编辑安排开了个纪念研讨会。也许是我和刘先生有过交集，还写过刘老的评论，朱文斌副校长请我和现任《香港文学》总编辑的洁茹一起主持了这个研讨会，朋友们发言积极，会开得可谓顺利圆满。她还送给我一本由她主编、出版不久的书——《期颐的风采——怀念刘以鬯先生》。半个月后，《香港文学》杂志社和宁波文学界还召开了刘老的作品研讨分享会，洁茹又特地从香港再飞浙江与会，足以见出洁茹对前辈的敬重和人品的高洁，可谓人如其名。

西游多年、封笔多年的她，归来仍是少年！近年出版了多部作品，笔涉中国常州、香港和美国。这本《我在圣弗朗西斯科做什么》所收大多是20年前的旧作，也有2019年写的最新的文章，不少篇章写的是她在这几个地方的见闻经历。文后（或标题后）标明的写作时间，有的具体到何月何日，但入书时，并不一律按时序排，有的并未标注时间，不免给人一种时空穿越乃至倒错的幻觉。

看着《我在圣弗朗西斯科做什么》的电子文档，感觉作者思路灵动，运笔自如，左右逢源，纵横恣肆，滔滔不绝，奇思妙想，纷至沓来，行文别致有异韵，似乎无不可写无不能写，想写什么就写什么，想怎样写就怎样写，没有条条框框，更不见套路陈规。她会逼得（或引得）你不能（或不敢）偷懒，故而读起来并不轻松，但也不免油然而生赞赏之意，“原来文章也可以那样写！”

就看最前面的《周友记》吧，别人口头常说“球友”“牌友”“笔友”……到她这里，却连“文友”都不用，而自创了个专用头衔——“周友”。何人才能称为“周友”？好在她笔下的十几位“周友”，也有几位是我的熟人，如周蜜蜜、荆歌、陶然等。还清楚地记得，那一年陶然传来一篇题为《陶然》的短文，一看，作者周洁茹，跑上来第一句话就是“刚刚到香港的时候，我只有陶然”。哇，这话说得好有个性！当时还打趣了他一下。她写周蜜蜜的表情，是“从来没有见过那样温柔又和气的表情，好像月亮一样”，有月亮的味道，而月亮的味道，是“甜甜的好多眼泪”。写荆歌在她身边跳来跳去地拍照片，她一看到就转过身去或用头发遮住自己的面孔，让我又想起了和我见过几面的荆歌，忍俊不禁。说起巫昂和阿丁，夸就夸出个极致：“肯定是全地球最好的好人”，不用去顾虑他人如何个想法。

对于一般认为的私密的情况，她也并不讳言，并不遮遮掩掩，总是真率直言，“我就想呈现最本真的自己，写东西是这样，做人也是这样”。行走半生只为坚持“做独一无二的自己”，“写最与众不同的东西”。随意真性情与书中所写少时的她并无二致，也在任性随意的书写中得到一种不可替代的宣泄的满足快意。即使那些威胁生命的节点，父亲的病、自己的病也会写到纸上。从江南常州到大湾区的香港，从西半球的美利坚到东方的华夏神州，从知名的荆歌到不知名的酒吧哥，从西点到家常豆腐、萨其马、生煎包，还有好多好吃的菜式，从天使的欲望到家常琐事到自己的爱恨情仇，家住乌溪沙，儿子肖恩、女儿乔安，还有那个神龙见首不见尾的另一半李博士——水利土木工程师，事无不可对人言。至于最亲近的大靠山父母双亲，在家里和他们相处的种种日常琐细，那种任性随意，字里行间更弥散出一种温馨的氛围。写在美国的经历与日常生活，写时间凋零中难以割舍的亲情和乡思，写女性心理的秘密一角，从中不难得见她的内心思绪，读来似乎深不可测，有时又如孩童稚语。这个被放逐的“异乡人”，对香港这一真正的“异乡”有点难以亲近。却能洒脱地站在疏离的中间地去思考和书写，反倒发掘出许多别人看不见或不想看见的东西。内在生命体验随心任性，全无刻意为之，妙就妙在那种似有似无、若即若离，读者读来好像懂了又好像没懂，朦胧惝恍之间又有多少未解之谜。天秤座的周洁茹是个有想法的人，再怎么繁杂纷乱、似乎无法梳理，但总是有一个真人作者在，想来何其不易。

移居香港后，周洁茹近年出版的小说、散文作品集（如《岛上蔷薇》《香港公园》《九龙公园》《到香港去》《在香港》《请把我留在这时光里》《一个人的朋友圈，全世界的动物园》）记述她自美国至香港的见闻、生活，仍然不脱日常琐细、“周友”路人，也没有放弃虚构想象、奇思异想，也仍然关注女性的生存与自我，当然还有对文学、写作的感悟。

除了作家，如今的周洁茹另一个身份是《香港文学》总编辑。创刊已经35年的《香港文学》是近百年来香港历史上存在时间最长的纯文学刊物，是香港文学的一个品牌，也是世界华文文学界公认的一块高地。近两年前，她出任总编辑，刊物外貌大变，蓝色成为刊物封面的基色，澄明，高远，辽阔，深邃，给人新的希望。使人相信，这一方天地，终将由地标式的存在成为历史性的存在！

2020年3月15日

“哀其往生，庆其脱解”

——余光中诗创作论

刘正伟*

摘　要： 余光中诗与散文的创作成果丰硕，其乡愁主题作品广获全球华人传诵，他常随着环境的变化与冲击，不断尝试新的创作题材与风格。他早期诗风格的转变与成长，几乎代表着台湾当时新诗发展的轨迹。余光中诗作有一千多首，在华文诗人中，实属多产。其诗题材之广，包罗万象，从古至今，从东方至西方，上天下海，几乎无所不包，无不尝试。他的诗作富有深度，技巧丰富，不同时期的作品各有风格，本文将分析他各阶段新诗的创作风格与变化。

哀其往生，庆其脱解。

——余光中语

2017年12月14日近午，在高速公路的车上听到中广电台头条新闻：“著名诗人余光中逝世……”一时心中五味杂陈，余光中是早期蓝星诗社的主要诗人之一，也是华人世界重要的作家。

2017年2月18日，同为蓝星诗人罗门的追思礼拜上，我见他与张晓风等人为痛失挚友而泣涕、痛心疾首的状貌，甚为动容。今天余光中去世，他与罗门同为1928年出生，皆享年90岁。

欲评论余光中的诗文，一则以忧一则以喜：忧的是余光中文名远播，现今世界上只要有华人的地方，几乎就有余光中诗文的传播，评论他的文章何

* 刘正伟，台湾桃园人，文学博士，现任上饶师范学院文学与新闻传播学院副教授。研究方向：中国文学、现当代文学。

止千百篇，要跳出前人的成就或窠臼，非费一番苦功不可；喜的是余光中文字明朗、清通，音调铿锵、节奏优美，不论阅读欣赏或者评论赏析，都是一大乐趣。①

读诗，是悼念诗人最好的方式。让我们来了解他的诗路历程与创作风格之变化。

一、生平概述

余光中（1928—2017），福建永春人，九月九日生于南京。青少年时期适逢抗战和国共内战，而辗转南京、上海、重庆、厦门、香港等地，1950 年随家人来台。曾在厦门大学外文系读了半年，1952 年从台大外文系毕业，1958 年到美国进修，一年后获得爱荷华大学艺术硕士学位。先后担任台湾师范大学英语系教授、政治大学西语系主任、中山大学文学院院长兼外文研究所所长。曾在 1964 年与 1969 年先后两度赴美讲学共四年。自 1974 年起到香港中文大学任教 11 年（期间返台客座一年）。与覃子豪、钟鼎文、夏菁、邓禹平等人发起蓝星诗社。曾主编《文星》诗辑与《现代文学》《蓝星周刊》《蓝星诗页》《文学杂志》等刊物。

《余光中传》封面

余光中诗文双璧，著译等身，是极具特色和影响力的作家。他是学院诗人，一生创作、著述丰硕而多元，在 1967 年的《五陵少年》自序中，曾说自己是“艺术的多妻主义者”。

---

① 黄维樑所编著的两本评论集《火浴的凤凰——余光中作品评论集》（台北：纯文学出版社，1979 年版）与《璀璨的五彩笔——余光中作品评论集》（台北：九歌出版社，1994 年版），可说为“余学”奠定了基础。钱学武的《自足的宇宙——余光中诗题材研究》（香港：香江出版有限公司，1998 年版），对余光中诗题材的研究，可说是巨细靡遗。其他关于余光中的评论，网络搜寻可得者在千篇以上。

2017 年 2 月 18 日罗门追思会笔者与诗人夫妇合影

余光中活跃于华人文艺界，多年来参与中华民国笔会工作，并曾担任会长。经常赴海外演讲，担任文学奖评审，也多次获得文学奖，包括中国文艺协会新诗奖（1962）、第 15 届诗歌类国家文艺奖（1990）、吴三连奖、中国时报文学奖、金鼎奖等。也曾获选为 10 大杰出青年（1966）。除写诗外，也写散文、评论，从事翻译、编辑，被黄维樑誉为手握“璀璨的五彩笔”的著名作家。

二、作品评析

余光中在其居于南京与厦门时已经开始创作新诗，在报刊发表。1950 年来台后，更积极从事新诗的创作与其他文学的活动。他在《舟子的悲歌》的后记中自言：“影响我最大的还是英诗的启发，其次是旧诗的根底，最后才是新诗的观摩。”[①] 关于他早期创作风格演变有不同的分期，大抵是以其诗集创作与出版的先后来分：[②]

① 余光中：《舟子的悲歌》，台北：野风出版社，1952 年版，第 69 页。

② 相关的分期说法，可参见余光中：《从古典诗到现代诗》，《掌上雨》，台北：大林出版社，1980 年版，第 180～182 页。刘朱迪：《论余光中诗风的演变》，《文讯》1986 年 8 月第 25 期，第 128～150 页。钱学武：《自足的宇宙——余光中诗题材研究》，香港：香江出版有限公司，1998 年版，等等。

（一）格律诗时期（1949—1956）

这一时期以《舟子的悲歌》《蓝色的羽毛》《天国的夜市》[①] 为代表。三部诗集所录多为豆腐干体的格律诗作，明显上承新月派余绪，大多数篇章均为二段或三段，每段四行，二、四句普遍都押韵。以其最早的诗集《舟子的悲歌》来看，收录的早期作品的诗风与形式，都属于中国早期的格律新诗与自由诗形式，并无特别出色之作品。例如：

秋月照在海岸上。
他背后的刺刀
闪出冷冷的清光。
他独自站在高岗上，
向海水的尽头凝望，凝望。
——《中秋夜》[②]

你原是她的游子，
我原是她的迷羊。
今夜，我邀你对倚一枕，
陪着我一同怀乡。
——《伊人赠我一发歌》[③]

昨夜，
月光在海上铺一条金路，
渡我的梦回到大陆。
在那淡淡的月光下，
仿佛，我瞥见脸色更淡的老母。
——《舟子的悲歌》[④]

---

① 1956 年余光中原拟出版第三册诗集《魔杯》，但因故拖到 1969 年才由三民书局印行，书名也一并改为《天国的夜市》。

② 余光中：《舟子的悲歌》，台北：野风出版社，1952 年版，第 15～17 页。

③ 余光中：《舟子的悲歌》，台北：野风出版社，1952 年版，第 45～46 页。

④ 余光中：《舟子的悲歌》，台北：野风出版社，1952 年版，第 23～25 页。

《舟子的悲歌》《钟乳石》封面

上面的三首诗，都以思乡情怀为主，凝望、怀乡、梦回的都是不可企及的故乡。诗人用《舟子的悲歌》诗名当书名，或许是形容自己当时如浮萍般漂泊的处境，随着大时代情势的变化，不断地迁移，从重庆、南京、厦门、香港再到台北，恍如“不系之舟”。此时，却隐约可以看出其思乡情怀等思念故土的作品，都属于其自由诗与格律诗风格时期的怀乡少作。

此一阶段的代表作应为《天国的夜市》里的《饮一八四二年葡萄酒》，品酒思古，音调和谐，文字华美，结构严谨，有新月派余韵。

（二）现代化时期（1957—1959）

这一时期以诗集《钟乳石》《万圣节》为代表，开始大量衍出长短错落的自由诗与现代化的句式。这两册诗集相继在 1960 年的 8 月与 10 月出版，写作期间几乎一致，只是作者刻意将其留学美国期间的感触与体验（或者冲击），都收入《万圣节》中，以显示其在美国受到现代艺术的影响，境界一新、诗风大变。其实余光中留美前夕已经逐步接受现代主义的洗礼与启示，爱荷华大学的写作训练与艺术课程启迪了余光中对现代艺术的接触，吸收西洋音乐乐风，作品开始有抽象的趋势。作者认为读者如能以立体派或抽象派的观点去读，将更可以把握诗中的精神。[①] 例如：

零度。七点半。古中国之梦死在
新大陆的席梦思上。
……

① 余光中：《万圣节》，台北：蓝星诗社，1960 年版，第 4 页。

早安，忧郁。早安，寂寞。
早安，第三期的怀乡病！
——《新大陆之晨》

零下的异国。我的日记里
有许多加不成晴朗的负数。
——《当风来时》

毛玻璃的三月，
冬之平面外逡巡着
太阳的铜像。
——《毛玻璃外》①

以上三首诗，尤其《毛玻璃外》中，诗人把季节形象化、具体化了，三月在美国仍寒冷，仿佛冬天的尾巴，可是三月又像是初春的传令兵，告诉人们暖阳初临的讯息。《万圣节》中的《我之固体化》一诗，以“一块拒绝融化的冰”自喻，清晰呈现出诗人在中西文化之间的抉择与困境：

在此地，在国际的鸡尾酒会里，
我仍是一块拒绝融化的冰——
常保持零下的冷
和固体的坚度。

我本来也是很液体的，
也很爱流动，很容易沸腾，
很爱玩虹的滑梯。

但中国的太阳距我太远，
我结晶了，透明且硬，
且无法自动还原。②

诗中“国际的鸡尾酒”是指其在写作班的各国同学，也可能是美国这一

① 余光中：《万圣节》，台北：蓝星诗社，1960年版，第8～11、32、30～31页。
② 余光中：《万圣节》，台北：蓝星诗社，1960年版，第50～51页。

民族大熔炉的隐喻。之所以拒绝融化，显然跟作者坚守对中国传统文化的认同有关。这类中西文化、传统与现代间的持续抗衡与拉锯，在余光中的创作里反复出现，说明他对寻找、重建自我主体定位的关切与急迫。这类彷徨无助、尚无法自我定位的"主体"在《万圣节》中，甚至有些虚无倾向，找不到新的主体创作的方向，只有固守，不被融化（同化）。

《西螺大桥》则是《钟乳石》中最具气势的代表作，以"矗然，钢的灵魂醒着。/严肃的静铿锵着"开篇；以倒装句"矗立着，庞大的沉默。/醒着，钢的灵魂"结束，现实世界的大桥化身为一座潜意识之桥，命运的自觉唤醒理想的创作者"必须渡河"的启示：

> 于是，我的灵魂也醒了，我知道
> 既渡的我将异于
> 未渡的我，我知道
> 彼岸的我不能复原为
> 此岸的我。
> 但命运自神秘的一点伸过来
> 一千条欢迎的臂，我必须渡河。
>
> 面临通向另一个世界的
> 走廊，我微微地颤抖。[①]

《在冷战的年代》《天国的夜市》封面

① 余光中：《钟乳石》，香港：中外画报社，1960年版，第53～55页。

从未渡到既渡、从此岸到彼岸，《西螺大桥》象征余光中正式大步迈向现代主义的道路，不再彷徨迟疑，纵然紧张得微微地颤抖，但他毕竟勇敢渡河了，果真通向全然不同的另一个世界，另一个坦途。

（三）虚无时期（1960—1961）

这时期的风格具现于《天狼星》①。这个时期的余光中在西化、现代化的过程中，急欲找寻自我的定位与未来的方向，也有为自己与同辈的现代诗人（他称之为表弟们）作“传”的企图。但《天狼星》组诗的主题却不太清晰，虽有意表现诗人在传统与现代之间的抉择，却同时也在诗中显现出对传统与现代皆无法割舍的暧昧态度。例如：

大学那种教堂里，什么神都没有
魁伟的名字中住着侏儒
当五四的里程碑爬满青苔
一些白发遂崇高如雪峰
苍白的联想——石灰质，白圭，与樟脑
我们是上教堂的无神论者
钟声响时，我们就继续做梦
对着黑板催眠的虚无
——《表弟们》②

当一个学生缺乏信仰时，如教堂般神圣的大学里，什么神也不存在。当诗人对西方的各种主义、潮流感到疑惑时，他再也不相信什么神；当诗人不再去继承或回顾五四的传统时，五四的里程碑对此时的他来说就像爬满了青苔，被遗忘（或遗弃），淹没在历史的草丛中。此诗象征当时余光中对各种现代主义的疑惑，却也不愿继承传统，显得相当彷徨无助，只好继续幻想、继续做梦，对着黑板发呆，像被催眠般，做着虚无的梦。

余光中在这一时期的作品中时常透露出彷徨无助，又始终无法自绝于传统，而有“真空的感觉”。《天狼星》投影的不但是个人或诗坛的无依、空虚，也是一个文化、民族对传统继承的怀疑和对外来文化冲击的彷徨。继而引发

---

① 《天狼星》发表于1961年5月号《现代文学》第8期，后与《天狼星》新稿都同时收入余光中：《天狼星》，台北：洪范书店，1983年版。

② 余光中：《天狼星》，台北：洪范书店，1983年版，第74页。

洛夫《天狼星论》[1] 的批判与论战，而后余光中发表《再见，虚无》，乃正式告别彷徨探索的虚无与实验期，回归古典，在传统文化历史宝库里寻宝，宣扬其"新古典主义"。[2]

（四）新古典时期（1961—1964）

这时期以诗集《五陵少年》《莲的联想》为代表。余光中说："《五陵少年》之中的作品，在内涵上，可以说始于反传统而终于吸收传统；在形式上，可以说始于自由诗而终于较有节制的安排。"[3] 诗人此时期怀念大陆的乡愁诗与回归传统抒情风格的诗作，几乎俯拾可得。例如 1962 年写的《春天，遂想起》：

春天，遂想起
江南，唐诗里的江南，九岁时
采桑叶于其中，捉蜻蜓于其中
（可以从基隆港回去的）
江南
小杜的江南
苏小小的江南
……
复活节，不复活的是我的母亲
一个江南小女孩变成的母亲
清明节，母亲在喊我，在圆通寺

喊我，在海峡这边
喊我，在海峡那边
喊，在江南，在江南
多寺的江南，多亭的
江南，多风筝的
江南啊，钟声里的江南

① 洛夫：《天狼星论》，《现代文学》1961 年 7 月第 9 期，第 77～92 页。后收入洛夫：《论余光中的〈天狼星〉》，《诗的探险》，台北：黎明文化公司，1979 年版，第 191～216 页。

② 关于对余光中《天狼星》的分析与看法，以及与洛夫间的论战，陈芳明有精彩的解析与评论，分别是《回望〈天狼星〉》与《回头的浪子》，都收录在黄维樑所编的《火浴的凤凰——余光中作品评论集》中。

③ 余光中：《五陵少年》，台北：大地出版社，1981 年版，第 2 页。

(站在基隆港，想——想
想回也回不去的)
多燕子的江南①

在异乡的诗人不仅容易触景生情，且多愁善感，所以到了春天遂想起、怀念起美丽而多雨的江南，留下童年美好回忆的江南故乡。诗人站在基隆港口怀乡，仿佛只要一登船就可直达故土的情境，却是想回也回不去，只有想，也只能想了。

余光中认为《五陵少年》中的《圆通寺》是重要的转变，那种简朴的句法和三行体（三联句），以及那种古典的冷静感，无疑是接通了《莲的联想》的曲径。《莲的联想》继承了中国古典词和曲的传统，是运用了中国文字本身的许多特点而开展的新诗。例如：

诺，莲何田田，叶何翩翩
你可能想象
美在其中，神在其上

我在其侧，我在其间，我是蜻蜓
——《莲的联想》②

等你，在雨中，在造虹的雨中
蝉声沉落，蛙声升起
一池的红莲如红焰，在雨中
——《等你，在雨中》③

这一时期，余光中既歌咏亲情伦理、讽诵汉魂唐魄，也把地理的乡愁乘以文化的沧桑，由早年浪漫怀古转为写实伤今，成了低回的吟咏。无论在文白的相互浮雕上、单轨句法和双轨句法的对比上、工整的分段和不规则的分行之间的变化上，《莲的联想》都以二元手法为中国文学的抒情传统开辟了一个新的方向。

---

① 余光中：《五陵少年》，台北：大地出版社，1981年版，第71~74页。
② 余光中：《五陵少年》，台北：大地出版社，1981年版，第7~10页。
③ 余光中：《五陵少年》，台北：大地出版社，1981年版，第11~14页。

余光中四本诗集封面

（五）走回近代中国时期（1965—1969）

这一时期以诗集《敲打乐》为代表。《敲打乐》一诗中描述的是中国因封建而积弱不振的悲惨近代史，以及被列强不断侵略、割据的命运。余光中是个敏锐的诗人，几次在美国留学或讲学的停留，都对他产生或大或小的冲击与影响。1964 年他应邀赴美讲学，受环境的冲击更激烈，使其作品中的自我剖析更深入，形而上的主题、同一主题的两面探索、性与战争的交相映照，均有更深刻的探讨。例如：

中国中国你跟我开的玩笑不算小
你是一个问题，悬在中国通的雪茄烟雾里
他们说你已经丧失贞操服过量的安眠药说你不名誉
被人遗弃被人出卖侮辱被人强奸强奸轮奸
中国啊中国你逼我发狂
——《敲打乐》

这首诗以"敲打乐"为名，颇有敲敲打打、一吐胸中郁垒为快的意涵，诗句长而节奏紧凑明快，表现其激昂难平、恨铁不成钢的心境。他说：

> 在《敲打乐》一诗里，作者有感于异国的富强与民主，本国的贫弱与封闭，而在漫游的背景上发为忧国兼而自伤的狂吟，但是基本的情操上，却完全和中国认同，合为一体，所以一切国难等于自身受难，一切国耻等于自身蒙羞。这一切，出发点当然是爱国。①

这一时期，余光中的作品吸收摇滚乐的快速节奏，来呈现他个人的天涯浪子心境；以浪漫精神回归故土的民族意识面对眼前的现实。这个阶段的余光中也挣脱了自我定位的迷惘，期待自己创造经由生命的苦楚而臻于永恒的诗艺。

（六）香港时期（1974—1985）

余光中的香港时期，诗文创作皆丰富可观。

他曾经说过大陆是母亲、台湾是妻子、香港是情人，亦可以说这些是其第一、二、三个故乡，凡居住过的地方，必有思念与怀想的乡愁。这一时期他在“情人”香港的怀抱里，近距离望着故乡模糊的景色，感受母亲大陆传来的声息与跳动的脉搏；另一方面却想望着妻子台湾的种种。

离开后才发现距离产生美感，《厦门街的巷子》一诗中表现出向往居住过的厦门街种种的过去与故事：

> 又一轮中秋月快圆的季节
> 秋已到巷口，夏还徘徊
> 在巷底那一排阔叶树阴里
> 从从容容地让我走过
> 有回声如远潮的时光隧道
> ……

这时在香港的余光中北望故乡，诗末怀想，就算这时回到江南，故乡只怕也陌生了吧！

这时期的余光中住在香港中文大学宿舍，北望即是故乡山水，山脉一直延伸，江水从故土蜿蜒而来，每天耳闻故乡传来的消息——例如《九广铁路》传来铿铿的节奏；晨起张目想望与所见皆是乡愁，如《北望——每依北斗望京华》：

---

① 余光中：《敲打乐·自序》，台北：九歌出版社，1986年版，第9页。

碧螺黛迤逦的边愁欲连环
叠嶂之后是重峦，一层淡似一层
湘云之后是楚烟，山长水远
五千载与八万万，全在那里面
而历史，炊黄粱也无非一梦
多少浪子歌哭在江湖……①

该诗共20行，叙述诗人旅居香港，北望故土的边愁与怀乡的情境。副词名用了杜甫《秋兴》八首之二的诗句"夔府孤城落日斜，每依北斗望京华"作为引子，叙述在宿舍阳台北望的情景，只消一抬头，除了一面面海外，栏杆三面所面对的、迫在眉睫的，都是故乡绵延而来的苍苍山色，那边愁就似这绵延不绝的重峦叠嶂，山脉后都是我所怀想的同胞与悠久的历史文化呀！诗人写下这悲天悯人的诗句，其遥念故土的情怀，在此展露无遗。

诗后面叙述"月，是盘古的瘦耳冷冷"，盘古代表着中国或中国人，不就是诗人自己冷冷的瘦耳自我之投射吗？我瘦瘦的耳就如古代盘古时代的月"俯向古神州无边的宁静"，代表着我怀想的是我牵挂与思念之故乡悠久不变的历史文化，所带给我的慰藉，让我获得了无边的安慰与宁静。最后两行的结尾，诗人由远而近，由无远弗届的历史与故乡感怀收束到自我的观照，北斗星之出现使得首尾呼应，造成连绵不绝的思念情怀。当夜深而香港黯了千灯，阳台一角的我，我的思绪便仿佛伸入了北斗星的高度，观照着故土。诗人在这里体验到的孤独感，与三闾大夫屈原的忧国怀乡有着异曲同工之妙。

（七）晚近时期（1985—2017）

1985年9月余光中回到台湾，定居于高雄爱河畔，在西子湾边的中山大学任教，从此一家人"情定西子湾""永浴爱河"。1987年台湾当局开放民众赴大陆探亲，并开启两岸民间交流，于是络绎不绝的返乡人潮纷纷经香港、澳门等地，辗转赴大陆探亲或旅游。因此这里所要探讨的余光中的回乡诗，也有两种情景：一是回到宝岛第二故乡的部分；二是返回大陆探亲、旅游与访问的部分。

诗人回到高雄四个月后，旋即在1986年1月为"木棉花文艺季"写了主题诗歌《让春天从高雄出发》，诗中显现的或许就是游子回到"故乡"快乐的

① 余光中：《天狼星》，台北：洪范书店，1983年版，第20～21页。

心境吧！这也正式宣告他的诗生活要从高雄再次出发了：[①]

让春天从高雄登陆
让海峡用每一阵潮水
让潮水用每一阵浪花
向长长的堤岸呼喊
太阳回来了，从南回归线
春天回来了，从南中国海
让春天从高雄登陆
这轰动南部的消息
让木棉花的火把
用越野赛跑的速度
一路向北方传达
让春天从高雄出发

余光中回到爱人（指台湾）的怀抱，心情是愉悦的。当然也有对情人（指香港）恋恋不忘的诗作，如《老来无情》《香港结》《紫荆赋》等。但是更多的是他对台湾本土投入的关注，如咏水果诗、山水诗、乡土诗、环保诗等。如环保诗《控诉一枝烟囱》："用那样蛮不讲理的姿态/翘向南部明媚的青空/一口又一口，肆无忌惮/对着原是纯洁的风景/像一个流氓对着女童/喷吐不堪的脏话……"[②] 显现的是回乡后对社会现实的关注。

另一种回乡的感触，是对其乡愁诗作的彻底解构。1987 年 11 月台湾开放人民赴大陆探亲旅游，两岸的民间交流活动开始。一时之间，海峡两岸的交流与气氛突然活络起来，穿梭在两岸之间旅游与探亲的人潮络绎不绝，多如过江之鲫。余光中在 1992 年 9 月应北京社会科学院外文所邀请，首次前往北京，盼了四十多年的心愿、蓄积四十多年的乡愁，一夕之间"解放"了，顿时不知所措，他说：

站在街边的垂柳荫下，怔怔望着满街的自行车潮，不知道感到熟悉还是陌生。北京人问我感觉怎么样，我苦笑说："旧的太旧，新的太新。"旧的，是指故宫；新的，则是指满街的台港饭店和合资大楼；我神往已

---

① 参见黄维樑：《新诗的艺术 · 乡土诗人余光中》，南昌：江西高校出版社，2006 年版，第 226～248 页。

② 参见黄维樑：《新诗的艺术 · 乡土诗人余光中》，南昌：江西高校出版社，2006 年版，第 226～251 页。在此不再赘述。

久的那些胡同却不见了。[1]

文辞中充满忧喜参半的矛盾心情，毕竟两岸隔绝太久了，形成了不同的制度与生活方式，对诗人来说回到了故土，却仿佛来到另一个世界。但终究是回到了魂牵梦系的故地，那些不变的历史文物、名胜古迹与山川景色，就是游子心灵最好的慰藉与思乡的解药，例如《登长城——慕田峪段》：

凭历劫不磨的石砖起誓
我不是匆匆的过客，是归魂
正沿着高低回转的山势
归来寻我的命之脉，梦之根
只为四十年，不，三千里的离恨
比屈原更远，苏武更长
这一块块专疗的古方
只一帖便愈[2]

历史古迹长城的砖石，在此突然变成一帖帖的良药，专治思古病与思乡病，号称一帖就药到病除了。1995 年余光中回到了故乡福建，参加厦门大学 74 周年校庆，阔别多年后重返母校，触景生情，四十多年前的校园生活仿佛历历在眼前，触发了诗人无限的感慨，于是写了《浪子回头》述说心境：

鼓浪屿鼓浪而去的浪子
清明节终于有岸可回头
掉头一去是风吹黑发
回首再来已雪满白头
一百六十浬这海峡，为何
渡了近半个世纪才到家？
……
说，一道海峡像一刀海峡
四十六年成一割，而波分两岸
旗飘二色，字有繁简
书有横直，各有各的气节
不变的仍是廿四个节气

---

① 余光中：《舟子的悲歌》，台北：野风出版社，1952 年版，第 172 页。
② 余光中：《舟子的悲歌》，台北：野风出版社，1952 年版，第 83～84 页。

……
浪子已老了，唯山河不变
沧海不枯，五老的花岗石不烂
母校的钟声悠悠不断，隔着
一排相思树淡淡的雨雾
从40年代的尽头传来
……①

诗中写到浅浅的海峡却花了四十多年才得以跨越，当年意气风发的少年转眼已是雪满白头了，多么可悲呀！一回头才发现变化很大，不变的仍是老祖宗传下来的历史文化，包括大家通用的一年廿四个节气等。浪子回来了，也老了，唯有山河历史是无法改变的，是共同传承的血液与命脉。余光中说：

> 这十年来，我已经回大陆不下于十六七次了。因此我不觉得“乡愁”有那么迫切的压力要让我再写。相反的，我回来这么多次了，我所写的比较写实了。“乡愁”还是一种比较浪漫的憧憬、一种感伤的回忆。所以那样的诗可一而不可再，大概写不出来了。②

这段话间接说明了距离产生美感，当诗人踏上日思夜梦的故乡，脑海中童年的记忆不再，故乡古朴的容颜已改，一切美好的期待与想象都破灭了，乡愁的主题也就自然而然消散。取而代之的，反而是写实、感伤与感时忧国的诗作了。

三、结语

余光中诗与散文的创作成果丰硕，而获得最多华人传诵的就是现代诗中的乡愁主题。

综观前述，余光中常随着环境的变化与冲击，不断尝试新的创作题材与风格。他早期诗风格的转变与成长，几乎代表着台湾当时新诗发展的轨迹。他那不断学习与修正的精神，其学习与自省的工夫，都令人敬佩。

归化美籍的英国诗人奥登（W. H. Auden）认为检视是否为大诗人的要项有五：多产、具有广度、具有深度、技巧好、作品前后蜕变。且至少须具

① 参见余光中：《高楼对海》，台北：九歌出版社，2001年版，第23～25页。
② 余光中：《舟子的悲歌》，台北：野风出版社，1952年版，第173页。

词出现后，最后一句是由 till 引导的辅句。所以，从语法结构上看，这首诗结构完整，段落分明，同时三段四行辅句也足够积蓄感情力量，最后终结于一个动词“sink”，不论从诗意还是诗情上说，都足够给人震撼，让人回味无穷。

从遣词上看，济慈营造的情境充满了“单薄与厚重”“贫瘠与充实”“渺小与高远”“现实与梦幻”的对比，这几组对比又与时间的紧迫感串联起来，让全诗充满了理想与现实，以及时间之不可把握的张力。比如，“glean”与“teeming”的对比，“glean”意为“to obtain information，knowledge etc sometimes with difficulty”①，而“teeming”意为“present in large numbers，full of people，animals that are moving around”，前者意在表达要抓住思绪的困难，后者意在思绪万千。紧接着“high-piled”与“full-ripened”二词又以更加形象的描述将流思所表现出来的丰富具体化，个人的无力感更加突出。而这一系列对比，都在“cease”一词的氛围中构建，“cease”意为“to stop doing something or stop happening”，本诗中意指生命的流逝。所以诗开篇第一段四行辅句营造的情绪是这样的：时间追逐生命，面对时间的流逝，个人即便想抓住丰富的思绪，就像成熟而饱满的谷物，就像高高累叠起来的诗篇，但终究无力。

第二段四行辅句塑造的是“渺小与高远”的对比，主语“I”望向缀满繁星的夜空，“huge”与“high”突出了天空的广阔和辽远，同时显出个人的渺小。而“romance”一词，则在这层若隐若现的虚幻中增添了一丝浪漫情调，直到“trace”一词出现，打破了追逐夜星的可能，“trace”意为“to find someone or something that has disappeared by searching for them carefully”。最后，“shadows”/“magic”将遥望夜星所产生的虚无感直接表现出来，同时推向高潮。

第三段四行辅句表达的是时间的不可追逐，这才是诗人真正想要表达的感受，而前两段是在铺垫情绪。“fair creature of an hour”，将时间比作美人，将时间之稍纵即逝与美人之美的短暂结合起来，突显个人对二者的无可把握，无力控制，“never relish”即透露出内心的无可奈何，这是一种平静的痛苦。随之而来的就是个人的渺小与广阔现实的对立，如“wide”与“alone”。

最后，所有的冲突也好，对立也罢，美好的幻想也好，绝望的现实也罢，都归于“sink”——一个音节短促的动词，终结了延续不断的时间之流与思绪之流，与沉入海底这一现实意象呼应，达到一切归于平静，取消一切的效果。

① 霍恩比：《牛津高阶英汉双解词典》（第 7 版 大字本），王玉章等译，北京：商务印书馆，2010 年版。本文中单词的英文释义均参考该本，下文注释从省。

接下来，我们再分别从形式与内容两个方面对比余光中与穆旦对此诗的翻译。

余光中译：

当我担忧
当我担忧自己会太早逝去，
笔还未拾尽丰盛的心田，
厚叠的诗卷，按字母顺序，
还未像谷仓将熟麦储满，
当我在夜之星相上见到
云态昭示着高调的传奇，
念及我此生恐永难追描
其幽影，靠手到神来的运气；
当我感慨，千载一遇的佳人，
今世只怕我无缘再睹，
再也无福能消受神恩，
一享不计得失的爱慕；
于是人海茫茫岸边我独立，
苦思到爱情，声名都沉底。[①]

穆旦译：

每当我害怕
每当我害怕，生命也许等不及
我的笔搜集完我蓬勃的思潮，
等不及高高一堆书，在文字里，
像丰富的谷仓，把熟谷子收好；
每当我在繁星的夜幕上看见
传奇故事的巨大的云雾征象，
而且想，我或许活不到那天，
以偶然底神笔描出它的幻相；
每当我感觉，呵，瞬息的美人！
我也许永远不会再看到你，
不会再陶醉于无忧的爱情

① 余光中：《济慈名著译述》，台北：九歌出版社，2012年版，第50页。

和它的魅力！——于是，在这广大的
世界的岸沿，我独自站定、沉思，
直到爱情、声名，都没入虚无里。[①]

形式上，余光中与穆旦在翻译时均尽力贴合原诗的韵律和节奏：三段式结构，且共用 5 个韵：ababcdcd efef gg，每行均是统一的 5 个音顿。总体上，穆旦的翻译更贴合原诗，遵循了原诗 4+4+6 的结构，而余光中则将其改为 8+4+2。不过，余光中译诗的韵脚却比穆旦更为整齐。虽然穆旦的译诗总体贴合韵律，却有一处稍显牵强：第 10 行的“你”与第 12 行的“的”。前者勉强押 n，后者需将“的”发“di”音才能与“ni”押韵。值得注意的是，第 9 行的“人”与第 11 行的“情”，一个音为“ren”一个为“qing”。看似不押，但如果考虑到方言词前后鼻音不分的话，“人”与“情”韵腹韵尾一致，是合乎韵律的。

译者对原诗内容的理解具体可从译文的句法与词法两个方面分析。句法方面，两首译诗均遵照原诗，但对比之下，余光中的“创造性叛逆”之处较多。分别是：

原诗：

When I behold，upon the night's starr'd face，
Huge cloudy symbols of a high romance，

余光中译：

当我在夜之星相上见到
云态昭示着高调的传奇，

穆旦译：

每当我在繁星的夜幕上看见
传奇故事的巨大的云雾征象，

余光中将“symbols”译为动词“昭示”，主语为“云态”，而穆旦则遵循原诗，将其意为名词“征象”。虽然在余光中的翻译中，此句多了一层动态感，但遗憾也是明显的——将“huge”一词的意义省略。这与他将 cloudy 翻译为“云态”有关，为了使表达简洁化，不得不将“huge”一词略去。穆旦在“云雾征象”前连续使用两个形容词作定语修饰，从词义上看是为了与“huge” / “high”对应。不过我们注意到，原诗中表达两个形容词定语的方

---

① 穆旦：《穆旦译文集 3　拜伦诗选 济慈诗选》，北京：人民文学出版社，2005 年版，第 399 页。

式是丰富的，一是形容词后缀“y”，一是介词“of”，白话文的翻译却只能用一个“的”来处理。综合穆旦全诗来看，这种连续用“的”的情况也并不频繁，因此，穆旦的翻译虽然存在连续用“的”的情况，却不至于“的的不休”。同样，余光中的译诗为了避免重复使用“的”，将原诗的一部分词义省略也未尝不是一个遗憾。

另一个类似的例子是对最后六行的处理：

原诗：

And when I feel, fair creature of an hour!
That I shall never look upon thee more,
That I shall never relish in the faery power
Of unreflecting love! —then on the shore
Of the wide world I stand alone, and think,
Till Love and Fame to nothingness do sink.

余光中译：

当我感慨，千载一遇的佳人，
今世只怕我无缘再睹，
再也无福能消受神恩，
一享不计得失的爱慕；
于是人海茫茫岸边我独立，
苦思到爱情，声名都沉底。

穆旦译：

我也许永远不会再看到你，
不会再陶醉于无忧的爱情
和它的魅力！——于是，在这广大的
世界的岸沿，我独自站定、沉思，
直到爱情、声名，都没入虚无里。

整体形式上，余译比穆译更加整齐，不过仔细对比原诗，我们仍发现前者对原诗的改动较大，具体体现在“That I shall never relish in the faery power Of unreflecting love!”一句的处理上。余光中将这句译为两个整齐的分句，同时将第 12 行与 13 行整合，融为一句“于是人海茫茫岸边我独立”。穆旦的译诗则更遵循原诗的结构与顺序，唯一的更改是将“无忧的爱情”放置于“它的魅力”之前，其他几行，均可对应原文的顺序。对比二者的处理，余光中的翻译更加简练，穆旦的诗则显冗长，这与余译对两行诗句的整合不无关系。这种整合也使余光中避免使用更多“的”字结构，“于是人海茫茫岸边我独立”便无一个“的”，而穆旦的翻译却连续使用两个“的”。同样，余光中对句法的更改也影响了原诗诗意的传递。最直接的表现就是对“——”与“,”的省略，这使得该句理应传递的延宕感顿时消失，情绪上更加紧凑。

以上讨论的两例都有关余光中为了表达的简洁而更改句法，这种更改也影响了原诗内容，因此，我们很难评价这种更改的有效性。但有一处，的确显出了汉语相对英语的优势，且这种中式表达也未影响诗意。

原诗：

Before my pen has glean'd my teeming brain,

余光中译：

笔还未拾尽丰盛的心田，

穆旦译：

我的笔搜集完我蓬勃的思潮，

显而易见，穆旦有意遵循英文的句法。在英语中，主语不可或缺，但汉语却通常省略，且不影响句意。在这行诗中，“my”不可省，但翻译成汉语却可以省，穆旦遵循英语的语法连用两个“我”与“my”对应，的确“失之冗长”，而余光中的处理却充分利用了汉语表达的特点和优势，让这行诗更加简练。另外，此句二者对“glean”的翻译差别也较大，这涉及接下来我们要讨论的词法。余光中在序言里点名指摘穆旦将其翻译为“搜集完”是与原诗的诗意相反，因为“glean'd my teeming brain”令人想到米勒的名画《拾穗者》，因此“teeming brain”就隐喻着丰盛和秋收，是化抽象为具象，但穆旦的翻译却反其道而行之，化具象为抽象，以至于“思潮”一词也解释不通。[①] 从原诗看，济慈的确有意将抽象的思绪具体化，用谷仓储满熟麦以及书籍的累叠来隐喻丰收与丰富的状态。虽然“glean'd my teeming brain”是否指向米勒的《拾穗者》只是余光中个人的感受，我们还是应该注意到余光中有意通过翻译传递西方文化，保留其异国文化特征。

从以上三例的讨论中，我们发现，余光中翻译诗的特点是以汉语表达为宗，将英语句法融进汉语的表达，充分利用汉语句式有助于简化表达的优势。同时，我们也应看到，有些英文句法并不能完全与汉语相融，这时更改句法

① 余光中：《济慈名著译述》，台北：九歌出版社，2012 年版，第 34 页。

便会影响到诗意的传达。穆旦遵循英文句法的翻译，虽然在某些地方较为繁复，总体上看，也达到了流畅的效果，同时较为完整地对应了原诗。另一方面，余光中与穆旦的译诗在词法上的差异也极为明显，前者偏文言，后者全白话。我们可以对比一下二者对动词的翻译：

《当我担忧》：担忧、逝去、拾尽、储满、追描、感慨、睹、消受、享、独立、苦思、沉底

《每当我害怕》：害怕、等不及、搜集完、收好、描出、感觉、看到、陶醉、站定、沉思、没入

前者大部分使用双音节动词，只有两个单音节词，而穆旦的翻译则全是双音节词，仅从这一点，我们便可以看出余光中注重文言与白话的结合。这些词大部分内涵义区别不大，却存在几处明显的差异，如对“cease”/“before”/“live”的翻译。余光中将其译为“逝去”“还未”“此生”，而穆旦则将其译为“等不及”“活不到那天”。从意义上看，穆旦的用词改动较大。他将“cease”与“before”均译为“等不及”，相对于余光中的翻译，穆旦的翻译传递的时间感更强，更有一种时间不够的紧迫感。这也是两首翻译诗在情绪上的最大不同。

而这种不同更突出的体现是在对“fair creature of an hour”的翻译上。余光中将其译为“千载一遇的佳人”，虽然保存了美人之美，却将美人之美易逝转化成了美人之美难得，因此，这一句对时间流逝的感慨顿时消减不少，而个人面对时间而产生的无可奈何，也变成无法寻美的痛苦。穆旦将其译为“瞬息的美人”却更加侧重于美人之美的短暂易逝。其实，时间的紧迫感才是原诗的主要情绪，“fear”一词的主要指向正是生命流逝，而个人离满足的状态仍有距离，全诗也是在这种时间的追逐中向前推进的。余光中的翻译虽然比较完整地还原了诗中美好的幻想与无奈的现实这一组对立，如“拾尽丰盛的心田”“厚叠”“熟麦储满”，但是，对时间流逝的无可奈何，尤其是时间追逐生命的紧迫感并没有被其完全释放出来。

对原诗情绪的不同把握，也影响了余光中与穆旦对“think”一词的翻译，甚至影响了二者对这行在句法上的处理。余光中将“think”一词翻译为“苦思”，而穆旦译为“沉思”。在前文的分析中，我们指出余光中对最后几段做了一个整合的处理，同时省略了“——”与“,”。在这里，情绪的延宕其实不可或缺，这实际传达出个体生命在洞悉了时间之不可追逐后的平静。虽然内心是痛苦的，但情绪却是平静的，正如波澜不惊的海面，这种平静正是由一个逗号的暂停在发挥作用。感知到了这层平静，也就不会将这个逗号省去，

同时也不会将"think"译为"苦思"了，因为"苦思"之"苦"正意味着个人仍然沉浸在巨大对比之下的幻灭感中，而失去了一切沉于海下的意味。穆旦将逗号保留，同时将"think"翻译为"沉思"，正是捕捉到了原诗情感之流的层次。

当然，文言表达的简练性也在词法上体现出来，词的选择甚至会影响句法的形式，最明显的对比可从对"feel"的翻译见出。

原诗：

And when I feel, fair creature of an hour!

余光中译：

当我感慨，千载一遇的佳人，

穆旦译：

每当我感觉，呵，瞬息的美人！

对"feel"的不同翻译就影响到了整行的形式，余光中用"感慨"一词同时表达了"感觉"与"慨叹"双层意思，穆旦却只得额外用一个语气词"呵"将"慨叹"之意表达出来，这也确乎是白话词繁复表达的体现。

通过对比两首译作在句法与词法上的差异，我们可以看出余光中翻译诗的特点是尊重汉语的句法结构与注重文白结合的选词，为此，甚至可以改变英文的句法与词法来适应汉语的特点。这种实践的好处在于，用汉语表达更加简练的优点弥补英语的繁复。不过，遗憾之处也是明显的，有时为了更改词法和句法，不可避免地舍弃一些词意，导致一部分诗意的缺失。虽然余光中在序里指摘穆旦的全白翻译失之冗长，但全白翻译尽管存在某些冗长的表述，穆旦的译诗却也做到了尽可能的简练。总体而言仍然达到了"清水出芙蓉，天然去雕饰"的效果，将原诗呈现的时间感、无力感、叹息感完整地传递出来。

显然，余光中译诗的古典味更浓，文言与白话词的互相调和同时也是译者有意融化西方文化，将西方文化传统与中国文化传统融合的体现。在济慈的另一首十四行诗 *To one who has been long in city pent* 中有这样一段：

原诗：

Returning home at evening, with an ear
Catching the notes of philomel—an eye

Watching the sailing cloudlet's bright career,①

余光中译：

傍晚的归途，一面追听
夜莺的歌声，一面望断
一帆流云璨烂的生命，②

穆旦译：

傍晚回家了，一面用耳朵
听夜莺的歌唱，一面观看
流云在空中灿烂地飘过，③

“归途”“追听”“望断”这些文言词的使用在简化表达的同时，也契合了中国古典诗词中的意境，如秦观《踏莎行》“雾失楼台，月迷津渡，桃源望断无寻处”，又如晏殊《蝶恋花》“昨夜西风凋碧树，独上高楼，望尽天涯路”。虽然济慈在诗中描写的是被围困在都市的现代人体验，余光中却在中国古人身上找到了人类经验的共通性，并有意通过文言词的使用将西方文化融进东方的经验中。这一点，我们在穆旦的译诗中并没有找到，反而发现了穆旦对西方文化尽量保留的努力。如在翻译 *On First Looking into Chapman's Homer* 一诗时，针对诗中出现的西方文化中的特定词汇，穆旦尽可能作了还原：

原诗：

Much have I travelled in the realms of gold,
And many goodly states and kingdoms seen;
Round many western islands have I been
Which bards in fealty to Apollo hold. ④

穆旦译：

我游历了很多金色的国度，
看过不少好的城邦和王国，
还有多少西方的海岛，歌者

① 余光中：《济慈名著译述》，台北：九歌出版社，2012 年版，第 258 页。
② 余光中：《济慈名著译述》，台北：九歌出版社，2012 年版，第 42 页。
③ 穆旦：《穆旦译文集 3　拜伦诗选 济慈诗选》，北京：人民文学出版社，2005 年版，第 380 页。
④ 余光中：《济慈名著译述》，台北：九歌出版社，2012 年版，第 259 页。

都已使它们向阿波罗臣服。[①]

余光中译：

曾经我畅游金色的领域，
名邦与古国也见识了不少；
而去过的许多西方列岛
古诗人曾向日神献祭。[②]

在西方文化中，古希腊时代的“states”“kingdoms”与我国春秋战国时代的“邦国”并不对等，且我国古代也并没有与“bards”类似的歌队文化。穆旦将其译为“城邦”“王国”“歌者”已然让人感知到两种文化之间的差异。然而，余光中“名邦”“古国”“古诗人”的翻译却瞬间抹去了异质文化的沟壑，让人带着对我国古代文化传统的经验去体会原诗中西方古典文化传统。两位译者对原诗的不同处理，与彼此的翻译观与文化观不无联系。

二

仅就翻译的原则与标准来看，余光中与穆旦的观点并无明显不同。余光中认为，翻译是一种“有限的创作”，文字化的经验不容许译者擅加变更，另一方面，译者还需在可能的范围内保留那种经验赖以表现的原文。[③] 但是，余光中也明确反对“无条件的精确主义”，译者可在翻译时汲取外文的长处，却要把握好分寸，决不可向外文投降。[④] 穆旦对译诗的讨论只见于《谈译诗问题——并答丁一英先生》一文，文中明确反对“字对字、句对句、结构对结构”的翻译原则，译诗要以传达原诗的实质为第一要义，因此译者在语言的运用上具有一定的创造性。[⑤] 两位译者在翻译原则上大体一致，具体的翻译实践却迥然有别，究其原因在于二者对待中西文化的不同态度。

余光中谈翻译是与中文的西化结合而论的。从汉语与英语各有不同且地位平等的语言观出发，余光中并不反对异质文化影响语言的发展，但也认为

---

① 穆旦：《穆旦译文集3 拜伦诗选 济慈诗选》，北京：人民文学出版社，2005年版，第379页。

② 余光中：《济慈名著译述》，台北：九歌出版社，2012年版，第43页。

③ 余光中：《翻译和创作》，《余光中谈翻译》，北京：中国对外翻译出版有限公司，2002年版，第35页。

④ 余光中：《变通的艺术》，《余光中谈翻译》，北京：中国对外翻译出版有限公司，2002年版，第59页。

⑤ 穆旦著，李方编：《穆旦诗文集2》（增订版），北京：人民文学出版社，2014年版，第134页。

应尊重民族语言发展的自然生态，“尤其不可以变得失去了原有的特性与美质”[①]。汉语在文法上弹性很大，没有数量、时态、语态和性别等各方面的变化，因而贵在简练。相较而言，西文固然思考缜密却容易失于烦琐。所以，新文化早期知识分子为推进白话文运动而全面欧化时，也不免开始走向恶性西化的道路，导致出现“白而不化的白话文”：句长语繁，语法僵硬，语言枯涩，语意纠缠难解。[②] 要从“西而不化”走向“西而化之”，余光中提倡的是白以为常、文以为变的综合语法，用文言调和白话。[③] 如果说，白话文发展初期，恶性西化的现象不可避免尚可理解，让余光中无法接受的是时至今日，这些现象仍然存在且变本加厉。

余光中教授在祖国大陆演讲

讨论中文西化的文章大多集中于20世纪六七十年代，这也是台湾现代化论战发生的时期。余光中1959年加入“现代诗论战”，坚持新诗现代化是中国文化现代化中的一支，大量吸收西洋的影响，但是新诗反传统却并未与传统脱节，结果仍是中国人写的现代诗。[④] 值得注意的是，余光中对传统是持有保留、批评的接受态度，并未彻底反传统。在新诗文法上，也追求中国文法

① 余光中：《从西而不化到西而化之》，《余光中谈翻译》，北京：中国对外翻译出版有限公司，2002年版，第124页。

② 余光中：《白而不化的白话文》，《余光中谈翻译》，北京：中国对外翻译出版有限公司，2002年版，第141页。

③ 余光中：《论的的不休》，《余光中谈翻译》，北京：中国对外翻译出版有限公司，2002年版，第190页。

④ 余光中：《余光中集》（第七卷），天津：百花文艺出版社，2003年版，第97页。

的弹性使用，“‘新诗’不再是五四时代的白话诗，新诗兼采文言白话与适度欧化之长”①。这种对传统的保留态度，也在随后现代诗内部的纷争中凸显出来。当现代诗已经陷入“虚无”，过分相信某种理论，似乎只有达达主义与超现实主义才是现代诗时，余光中认为“台湾的大部分现代诗人已经冲入一条死巷，面临非变不可的阶段”②。要改变这种现状，现代诗作者不能盲目反对或接受传统，而是扩大现代诗的领域，传统题材、文言、欧化语法均可进入现代诗的创作。成功的现代文艺，应该是东西文化的欣然会合，而不是让中国文艺沦为西方文艺的殖民地。由此可见，余光中的立足点在促进中国新诗的现代化，西化是促进新诗现代化的方式，也是无法拒绝的潮流，但是西化却并非新诗现代化的终点，中国新诗的现代化目的地仍是中国。陈芳明也总结道：“通过这场论战，余光中开始进入他自称的‘新古典主义时期’。所谓新，指的是现代；所谓古典，指的是传统。”③

有关穆旦现代诗的观念散见于其致友人的书信中，他多次提到“新诗的复兴要靠外国作品的介绍”④，并对旧诗持坚定的反对态度，“要排除传统的陈词滥调和模糊不清的浪漫诗意，给诗以 hard and clear front”⑤。穆旦之所以反对旧诗，在于他认为诗要表达独特而深刻的生活经验，旧诗的形式与意象都过于陈旧，无法表达现代人的现代生活体验，因此，现代诗人要冲破旧诗形式的藩篱，采用新的表达方式——中文白话诗。不过，在致郭保卫的信中，穆旦也意识到中文白话诗历来不多，可供借鉴与参考的资源有限，所以译介西洋诗就十分必要，且“使诗的形象现代生活化，这在中国诗里还是看不到(即使写的现代生活，也是奉风花雪月为诗之必有色彩)”⑥。因此，穆旦才说：“我有时想从旧诗获得点什么，抱着这目的去读它，但总是失望而罢。它在使用文字上有魅力，可是陷在文言中，白话利用不上，或可能性不大。至于它那些形象，我认为已太陈旧了。”⑦

---

① 余光中：《余光中集》(第七卷)，天津：百花文艺出版社，2003 年版，第 105 页。

② 余光中：《余光中集》(第七卷)，天津：百花文艺出版社，2003 年版，第 129 页。

③ 陈芳明：《台湾现当代作家研究资料汇编 余光中》，台南：台湾文学馆，2013 年版，第 110 页。

④ 穆旦著，李方编：《穆旦诗文集 2》(增订版)，北京：人民文学出版社，2014 年版，第 201 页。

⑤ 穆旦著，李方编：《穆旦诗文集 2》(增订版)，北京：人民文学出版社，2014 年版，第 168 页。

⑥ 穆旦著，李方编：《穆旦诗文集 2》(增订版)，北京：人民文学出版社，2014 年版，第 206 页。

⑦ 穆旦著，李方编：《穆旦诗文集 2》(增订版)，北京：人民文学出版社，2014 年版，第 214 页。

通过新的表现形式来打破旧诗的陈词滥调，不以古人的深意代替自己对生活的理解，穆旦反对旧诗的观念实际上正是延续了五四一代的“文学革命”精神。《文学改良刍议》第二条即“不模仿古人”，“惟实写今日社会之情状，故能成真正的文学”①。胡适认为我国言文分离已久，文言并不足以传情达意，今人要写出“活文学”，需让言文一致，不避俗语俗字，因此白话文学应为中国文学正宗。进而又在《建设的文学革命论》中提出“国语的文学，文学的国语”，谓“死文言决不能产出活文学”②。因中国文学的方法不完备，提倡白话文学不可不学西洋的文学方法，所以翻译西洋名著尤为重要。由此可见，文学革命之所以发生，即旧的表现形式无法满足新时代文学内容的需要。而穆旦坚定地反对旧诗，且坚持以中文白话作诗也正与胡适一致。不过，胡适提倡文学革命的依据是“历史的文学观念论”，所谓“一时代有一时代之文学”，因此今日之文，白话胜于文言。且中西比较而言，西洋也进步于中国，因而是中国不可不学习的模范。但余光中为现代诗作战，却明确表示“我们不赞成文学进化论，也不赞成类此的文学退化论”③，认为现代与传统的根本不同在于思想内容与美学原则的改变。现代诗具有一种“现代精神”，就是去了解环境，表现包括丑恶的“真”，而不是固守“善”与“美”的标准。所以，他并不彻底反对旧诗的表现形式，认为文言可以入诗，必要时甚至可以恢复脚韵。④ 追根溯源，余光中与穆旦在翻译实践上的风格差异，正是由对待中西文化的不同态度导致的。然而，当我们将穆旦的文化观与胡适联系起来，进而再与余光中对比时，也在译诗分歧的背后看到两代五四知识分子的代际之别。

三

余光中曾明确反对硬译、死译，“直译，甚至硬译、死译，充其量只能成为剥制的标本：一根羽毛也不少，徒有形貌，没有飞翔”⑤。其实，早在20世纪30年代，鲁迅与梁实秋就因“硬译”问题展开过一次论战。梁实秋认为，

---

① 胡适：《文学改良刍议》，《胡适说文学变迁》，上海：上海古籍出版社，1999年版，第18页。

② 胡适：《文学改良刍议》，《胡适说文学变迁》，上海：上海古籍出版社，1999年版，第46页。

③ 余光中：《余光中集》(第七卷)，天津：百花文艺出版社，2003年版，第88页。

④ 余光中：《余光中集》(第七卷)，天津：百花文艺出版社，2003年版，第148页。

⑤ 余光中：《翻译和创作》，《余光中谈翻译》，北京：中国对外翻译出版有限公司，2002年版，第30页。

让人看得懂是译书的第一条件，曲译让人深恶痛绝，而硬译之风也断不可长。[①] 且翻译也应该与改良国文相区分，后者应该让语言学家去做。鲁迅对“硬译”的看法在《“硬译”与“文学的阶级性”》《关于翻译的通信》等文章中表达得很清楚：主张“宁信而不顺”与直译，一面尽量输入，一面尽量消化。“硬译”的价值即在于输入新内容的同时，也输入新表现法，“中国的文或话，法子实在太不精密了”[②]。

实际上，鲁迅与梁实秋都一致反对曲译、误译，二人明显的分歧在是否应该将翻译与改造国文区别开来，而这又牵涉“大众化”的问题。在鲁迅看来，译书首先要考虑读者群体，翻译也是丰富群众语言的方式。在大众化与艺术化的问题上，《文艺的大众化》可表明鲁迅的态度偏向于大众化，因为“文艺本应该并非只有少数的优秀者才能够鉴赏，而是只有少数的先天的低能者所不能鉴赏的东西”[③]。而梁实秋显然更重视文学的艺术化，认为与其将文艺通俗化，不如教育训练大众提高其艺术品位。[④] 但是，不管是鲁迅还是梁实秋，均未绝对倒向大众化或艺术化一边。鲁迅亦不赞成文艺一味俯就大众，而流为迎合与媚俗之作，梁实秋也看到文学中通俗文学有改良的余地。

艺术化与大众化也是60年代台湾现代诗论战中讨论的话题。针对反对者坚持新诗应该走向大众的观点，余光中始终将艺术化置于大众化之上，“与其可歌一览无余，不如不可歌而含蓄至深……因为自五四以来，可歌、易解的作品之中，肤浅的占得太多了”[⑤]。显然，余光中认为这次新旧之争已不同于五四，新诗已经进入发展的第二阶段。五四新诗刚诞生之时，提倡者有意普及因而趋向大众化。如今，大众化的任务不应继续由现代诗负责，而应交给流行音乐去承担。[⑥] 同样地，在中文西化的问题上，余光中也有意与五四一代区别开来，认为鲁迅鼓吹中文西化原因在于当时白话文尚未成熟，表达能力也有限，但新文化运动六十年后，早已成熟的白话文却不可再加西化，而应

---

① 梁实秋：《论鲁迅先生的“硬译”》，黎照：《鲁迅梁实秋论战实录》，北京：华龄出版社，1997年版，第190页。

② 鲁迅：《关于翻译的通信》，黎照：《鲁迅梁实秋论战实录》，北京：华龄出版社，1997年版，第589页。

③ 鲁迅：《文艺的大众化》，黎照：《鲁迅梁实秋论战实录》，北京：华龄出版社，1997年版，第275页。

④ 梁实秋：《文学与大众》，黎照：《鲁迅梁实秋论战实录》，北京：华龄出版社，1997年版，第273页。

⑤ 余光中：《余光中集》（第七卷），天津：百花文艺出版社，2003年版，第112页。

⑥ 余光中：《余光中集》（第七卷），天津：百花文艺出版社，2003年版，第89页。

该反思西化得失，革除“恶行西化”的弊病。[①] 应该看到，余光中是在“畸形欧化”成为中译最严重的“疵境”，虚无与主义的“现代病”泛滥之时提出“善性西化”与“走回传统”的。而站在以新形式突破旧传统的穆旦则仍延续着五四时代“文学革命”的精神，坚持“旧诗太不近乎今日现实”[②]。这时，我们再回头看余光中指摘穆旦的译诗过于西化，甚至不及格，也正是两代知识分子的代际之别与新诗发展不同阶段的体现。

结语

本文借用比较文学的变异学理论对比研究余光中与穆旦对济慈十四行诗的翻译，从词法与句法两个方面重点分析两部译著中的“创造性叛逆”，并探究背后的文化动因。余光中译诗更尊重汉语的文法结构，改变英文的词法与句法以融化欧式表达。选词上，注重文白结合的同时也有意调和中西文化传统。穆旦的全白翻译则更尊重原诗的整体结构和句法，并尽量保存西方文化词汇，风格上流畅自然。二者译著的不同实际反映了对待中西文化的两种态度。余光中主张的是西而化之，融合中西文化。穆旦则延续五四一代“文学革命”的精神传统，力图以中文白话的形式突破旧传统。另外，余光中对穆旦译诗的指摘也是两代五四知识分子之间代际差异的具体表现。

---

① 余光中：《论中文之西化》，《余光中谈翻译》，北京：中国对外翻译出版有限公司，2002 年版，第 99 页。

② 穆旦著，李方编：《穆旦诗文集 2》（增订版），北京：人民文学出版社，2014 年版，第 217 页。

诗人洛夫哀荣志

——洛夫殁后两年国内外纪念事存

甘建华*

2018 年 3 月 19 日

新华社台北电讯：台湾著名诗人洛夫今日凌晨在台北“荣总”医院去世，享年 90 岁。洛夫本名莫洛夫，1928 年生于湖南衡阳，1949 年去台湾，1996 年迁居加拿大温哥华。洛夫写诗、译诗、教诗、编诗 70 多年，对台湾现代诗的发展产生了重要的影响。他著作甚丰，出版诗集《时间之伤》《灵河》《石室之死亡》《魔歌》《漂木》等 40 余部，散文集《一朵午荷》《落叶在火中沉思》等 9 部，评论集《诗人之镜》《洛夫诗论选集》等 5 部，译著《雨果传》《丘吉尔传》等 8 部。1999 年，洛夫诗集《魔歌》被评选为台湾文学经典之一，2001 年凭借长诗《漂木》获得诺贝尔文学奖提名。由于其表现手法近乎魔幻，因此被诗坛誉为“诗魔”。他曾被大陆多所高校聘为客座教授，近 30 年来经常返回大陆寻根、探亲、讲学、交流、办展。

台湾中新社、联合新闻网等媒体发布洛夫逝世消息，记者应妮报道《大陆诗歌界悼念台湾知名诗人洛夫》。中国作家协会诗歌委员会主任、《诗刊》《星星》前主编叶延滨以旧作《漓江秋月夜》纪念洛夫。中国作协全委会委员、上海市作协副主席、《上海文学》杂志社社长赵丽宏，则以旧作《心中的树——致洛夫》表达哀悼之情。这一文一诗均写于 1988 年秋天洛夫首次归乡省亲之时，分别发表于当年《求是》杂志和《人民日报》大地副刊。

---

* 甘建华，湖南衡阳人，中国作家协会会员、中国诗歌学会会员、湖南省诗歌学会理事、中诗网驻站诗人、湖南省湖湘文化研究会副会长、湖南省报告文学学会副会长、南华大学衡湘文化研究所研究员、衡阳师范学院终身客座教授、青海师范大学地理科学学院客座教授，主编《洛夫纪念文集》（含诗歌卷、散文卷、访谈卷、评论卷）。

中国诗歌学会向洛夫家属致电吊唁，并在网络、微信公众号选发《洛夫谈诗》以示哀悼。

诗刊社官方微信公众号推送《洛夫代表作选》，包括《边界望乡》《回乡偶书》《杭州虎跑泉躲雨吃茶》《洛夫的新实验诗——隐题四首》《窗下》《读诗十二法》等25首。

曾为洛夫出版大陆第一本诗集的花城出版社，通过大风号推送洛夫诗歌专题《“诗魔”洛夫去世：我去远方，为自己找寻葬地》。百家号发布水竹堂洛湃记述洛夫与《诗魔之歌》责编杨光治的交谊，“我曾经问杨光治：‘你认为中国新诗北岛第一还是洛夫第一?’他肯定地告诉我：‘当然是洛夫!’”

2010年10月20日　洛夫先生与甘建华（左）在家乡衡阳留影

搜狐转发人民文学出版社微信公众号推送洛夫诗歌专题《洛夫：我走了，走了一半又停住》。

凤凰卫视播报新闻：“洛夫是台湾最有代表性的现代诗人，2005年第三次评选为台湾当代十大诗人之一，且名列首位。”澎湃新闻接着推送《洛夫是“台湾十大诗人之首”的说法怎么来的》，淡江大学中文系助理教授、文艺批评家杨宗翰证实，2005年台北教育大学与《当代诗学季刊》联合举办“台湾当代十大诗人”票选活动，他是主要策划和召集人，“洛夫以48票名列榜首，余光中得47票”。台湾新生代诗人杨书轩则对澎湃新闻记者说，对于洛夫，台湾年轻一代诗人的评价可能要高于余光中。

《文学报》记者张滢莹报道《诗人洛夫去世：人世间再无“诗魔”，但“诗是有意义的”》，中国作家网、腾讯网及台媒纷纷转发。

《南方日报》记者陶明霞、宋金绪报道《91岁洛夫逝世引来新一轮刷屏，诗人生前曾想定居广东》。按：洛夫生于1928年6月28日（农历五月十一），享寿实为90岁。

《新民晚报》记者徐翌晟报道《“诗魔”洛夫去世，曾被誉为“中国诗歌史绕不过去的名字”》。

《楚天都市报》记者徐颖报道《天上又添一颗星　台湾著名诗人洛夫逝世》。

台媒“中央社”配图报道《洛夫创作量大　有诗万事足的顽强老人》。

台湾《联合晚报》记者冯靖宪、邓桂芬报道《诗魔洛夫：台湾1950年代诗坛拓荒者　“他的诗重重打在心头”》。

香港《亚太日报》报道援引台湾知名女诗人颜艾琳的话说：“洛夫比北岛、比舒婷，强过十几二十倍。”“诺贝尔文学奖没有颁给他是一个非常大的错误。”

腾讯·大家推送台湾“中华文化总会”秘书长、知名文化人杨渡《在炮战的坑道里写诗——洛夫和他的时代》。

走寻微信公众号出品人施晗推送专题《洛夫走了，留给江湖的是“诗魔”的传说》，发布国内知名文化人刘正成、叶延滨、叶匡政、杨克、于明诠、陈群洲、宰艳红、赵林云，以及香港《书谱》杂志社社长双印伍灯法师等人的哀思。

2018年3月20日

《光明日报》《福建日报》《新华日报》《衡阳日报》《衡阳晚报》《长沙晚报》《温州日报》等报纸，纷纷报道《著名诗人洛夫在台北病逝》。

《羊城晚报》花地副刊编辑吴小攀博士以多种文体和图片，组编半个彩版《洛夫已乘漂木去　雪楼海鸥空自飞》。当天他在《南都周刊》发表随笔《春醒后，洛夫一去不回》。

《深圳商报》记者夏和顺报道《爱深圳的洛夫也走了》。1979年3月，洛夫在余光中陪同下到访香港落马洲，写下著名的乡愁诗《边界望乡》。“洛夫晚年以为深圳是自己的精神家园，曾一度产生移居深圳的想法。”

《深圳晚报》记者李福莹报道《“诗魔”洛夫病逝　对深圳感情颇深》，文中援引作家南翔的话说：“纪念洛夫的最好方式就是读他的诗。”

台湾《金门日报》记者李增汪报道《金门女婿台湾当代诗人洛夫3/19辞世》，“……洛夫……和金门有特殊的情感，让金门艺文界相当不舍”。记者陈丽妤报道《文化局择期办纪念洛夫音乐会》，“艺文界亦催生洛夫金门文学馆，让金门成为现代诗地标，让一代诗魔永留金门”。

新加坡《联合早报》发表该报副刊高级编辑、知名华人女作家张曦娜追忆《洛夫在新加坡写诗给艾青》，记者陈宇昕文艺通讯《台湾诗人洛夫：恒变、超越与不朽的存在》。

新华社记者白田田长沙电讯《家乡亲人诗友忆洛夫：衡阳乡音是一辈子的“胎记”》，“在洛夫家乡湖南衡阳，他那些饱含家国情怀的诗句，被乡亲诗友不断传诵”。

《北京晨报》记者王琳报道《“诗魔”洛夫去世　诗坛少了“灵气”》，援引知名诗人、文化学者叶匡政的话说：“大众范围内，余光中名气更大，但在诗歌界，洛夫的地位更高，大陆的先锋诗坛非常认同并推崇他的诗。”

《新京报·书评周刊》发表记者张进采编《诗魔洛夫：一生颠沛流离的诗人，说着说着就走了》。

《杭州日报》记者陈东报道《诗人洛夫去世　曾于2001年获诺贝尔文学奖提名》。

《扬子晚报》记者蔡震专版报道《台湾“诗魔”洛夫逝世　与江苏友情深厚》，“本打算今年再次来南京并答应在江苏出版自传，动物诗集《昨日之蛇》有望4月与读者见面”。此稿被新浪娱乐推为头条新闻。

《成都商报》记者陈谋报道《洛夫去世　再无“诗魔”》，“据了解，洛夫多次入川，与四川情缘也有说不完的故事……”此稿被新浪网推为封面新闻。

《济南日报》记者钱欢青报道《“诗魔”洛夫去世　天空中传来诗的回响》。

《厦门日报》记者林路然发表《鼓浪屿女婿洛夫昨在台北病逝　曾为爱妻写下名篇》。

《三联生活周刊》百家号推送钟小武札记《洛夫：金蝉脱壳的“诗魔”》。

台湾《中国时报》记者赵静瑜报道《诗魔洛夫病逝　世代经典少一人》，文中援引东华大学华文文学系主任须文蔚教授的话说：“在两岸诗坛交流上，洛夫不曾缺席，他的创作不但是为汉语诗立下标杆，也影响了大陆现代诗的写作。”

台湾《联合报》副刊发表两篇悼念文章：萧萧的《通过或灵或蛇，抵达真实》、宋熹的《从洛夫追忆一段诗的盛唐岁月》。

台湾《淡江时报》报道称，本校（淡江大学）英文系校友暨第21届“淡江菁英”金鹰奖得主、知名诗人洛夫，“包括女儿莫非、女婿及媳妇都曾于淡江就学，一家人与本校渊源很深”。

2018 年 3 月 21 日

衡阳文学界百余位作家、诗人及洛夫亲友、衡阳 3 所母校（衡阳市八中、衡阳市二中、衡山县岳云中学）校长、省市十几家媒体记者，手持黄色的菊花，沿着洛夫当年读小学的山路，会聚衡南县相市乡托塘村燕子山洛夫旧居，举行全球首场追思会，深切缅怀从这儿走出去的世界华文诗坛泰斗。中国作家协会会员、湖南省湖湘文化研究会副会长甘建华教授介绍洛夫生平（初稿 3000 字，最后成稿近 7000 字，得到洛夫家人及国内外文朋诗友的一致认可），中国作家协会会员、衡阳市作协主席陈群洲发表讲话，衡南县作协名誉主席曹希荣、《湖南诗人》主编李镇东、《荷风》民刊主编罗诗斌发表感言，龚彩福、朱瑾、唐丰果现场朗诵洛夫诗歌名篇《因为风的缘故》《烟之外》《边界望乡》。衡阳东方唐韵农业开发有限公司董事长阳存元表示，希望能够得到洛夫先生家人及朋友们的支持，在东方唐韵田园综合体建设洛夫文学艺术馆，每年举办一次洛夫国际诗歌节，以此纪念这位伟大的诗人。新华社、中新社、人民网、光明网、海外网、央广网等中央权威媒体及省市主流媒体纷纷报道，境内外数百家网站、纸媒、公号、客户端转发。

《羊城晚报》花地副刊发表中国作家协会会员、香港作家联会执行会长陶然散文《洛夫的微笑》。香港《文汇报》3 月 26 日转发。

《大众日报》发表中国作家协会会员、山东省散文学会副会长逄春阶《洛夫与孔孚的“染”字缘》。

《四川日报》发表记者肖姗姗文艺通讯《台湾著名诗人洛夫不了四川情》。

《营口日报》发表澳洲华文诗人笔会会长、知名学者庄伟杰教授散文《烟之外，悼洛夫》。

湖南省诗歌学会微信公众号推送专题《诗魔洛夫逝世，家乡山河同悲》，发布湖南诗人悼念洛夫活动。“洛夫先生生前最后一场诗歌活动与去世后第一场追思会都是在其故乡衡阳举行的。3 月 17 日，《洛夫诗歌演诵集》首发式及演诵会在衡阳举行，二百余人出席该活动。活动现场，洛夫先生还通过视频发来了祝福与感谢。没想到，两天后竟天人永隔，驾鹤西去，永别亲友与诗界。”“衡阳的陈群洲、甘建华等，长沙的吴昕孺、欧阳白等撰文悼念洛夫先生；衡阳的宾歌、李镇东、唐军林，长沙的胡勇平、李灵、陈志辉，邵阳的李晃、刘博华，常德的熊国华等诗人写出悼念诗歌。一时间，纪念文章与悼念诗词充满各个微信平台、网络。”同时推送的纪念诗歌，还有已知城市诗人海口雁西、上海陈晓霞、广州马龙飞、潮州吴作歆、深圳艾华林，不明城市诗人王金杰、不鲁、尼采之约、冰花、狮子、唐晓、长河饮马、周少鸿、卢合枝、涛声不究、何苦、孙晓、安鸿毅、方旭。

2018 年 3 月 22 日

印尼《印华日报》印华新闻专版图文并茂报道《永远的诗魔，诗作永留香》。

旅美华裔著名诗人叶维廉、非马分别以旧作《衡阳莫老太太的来信》和《新诗一唱十三和》，张坤以新作《你只是暂时走开》，表达他们各自对老友洛夫的哀思。

《衡阳晚报》文艺副刊推出“世界诗歌日”特别策划《“诗魔”的“乡愁”》，编者按：“今天，我们以文字纪念这位逝者——诗人洛夫。他的乡愁诗很多开始于 1988 年的那次返乡。他当初以学生的身份离开衡阳，以为只是短别，哪知归来已是与故土分离近 40 载的游子。1988 年以后，他的足迹遍布大陆，找寻童年、少年的记忆，也饱享诗人的荣耀，却更加重了久治不愈的乡愁。他的乡愁何止是离愁！是他走近了故乡，却又害怕无法融入的‘密密缝在鞋底’的思念。”专版发表陈群洲《家乡失去了一位亲人》、甘建华《昨日往事》、郭龙《历史势必是公允的》、易龙云《祈愿洛夫先生的诗魂永驻衡阳》，以及洛夫诗歌名篇《寄鞋》。

《南方周末》文化副刊以一个半版配大图片，发表记者刘悠翔、实习生董聃慧长篇报道《“我只是历史中流浪了许久的那滴泪”——告别“诗魔”洛夫》。文中援引著名诗歌理论家李元洛的话说：“洛夫是中国当代最杰出的诗人之一。”

新加坡《联合早报》转发中新网记者王昊昊报道《知名诗人洛夫家乡人为其举行追思会》。

2018 年 3 月 23 日

《湖南日报》湘江周刊悦读版发表甘建华随笔《在涛声中呼唤你的名字》，第 19 版文教版发表记者陈鸿飞和通讯员李金山、阳新报道《衡阳举行洛夫先生追思会》。

《文艺报》发表杨宗翰笔札《洛夫——不应遗忘的古典意识与离散之情》。

《郴州日报》文化副刊发表诗人解（杨戈平）散文《东江湖诗事》。

加拿大《高度周刊》发表旅加知名媒体人萧元恺随笔《从洛夫先生看文

化传承》、刘毅散文《怀念二伯父》。刘毅系洛夫四弟莫运德次女莫青夫婿，温哥华龙美地产总裁。

中国世界华文文学网从国际华文微诗群及其他微信朋友圈辑录诗歌10首，推出“悼念洛夫先生诗歌专辑”，包括中国熊国华《诗魔永恒》、伍方斐《江心岛》、吴作歆《三月，如果你来》，德国呢喃《倒春寒》，加拿大宇秀《你丢下了时间》、冯玉《在涛声中呼唤你的名字》，美国原灵《漂木·洛夫》，澳大利亚雪阳《以语言的碎片祭奠》，菲律宾王勇《诗泪——敬悼洛夫》，日本华纯《永恒的魔音》。

旅加诗人和平岛（何瑞方）主编《北美枫》微刊第4期，推出悼念北美华人文学社社长洛夫专辑，发表冯玉、白水、一品红、七小姐、阿九、李大兴、风动、杯中冲浪、伟东、枫舟、晓松、江南、冰云、爱米、秋叶、六楼旧主、莹雪、暗香如沁、梁溪散人、姜尼、榕枫、丹丹、古土、Edith、李莉、星子安娜、墨望山、湖边的红衣卫28人诗作。

当晚7时，在烈治文图书馆一楼开放式阅览室，加拿大中华诗词学会与该馆联办2018年鹭岛仲春诗歌朗诵会，文学界、新闻界及诗歌朗诵者50余人与会。第一篇章即悼念诗人洛夫，沈家庄、冯玉等以原创诗歌缅怀先生的高风亮节，张景晨、张馨元、靖莲英、周双福、韩长福、郎莉、秀玉等朗诵洛夫诗歌名篇。

2018年3月24日

《人民日报海外版》发表记者吴亚明、孙立极通讯《“诗魔”洛夫》，访谈台湾元智大学中语系副教授李翠瑛、台湾大学外文系教授廖咸浩、诗人罗智成、原《创世纪》主编须文蔚。“回首洛夫一生，可以看到他以自己的行动，实践了他的主张‘生命的价值不能以时间的长短来衡量，只要心中有诗有爱，瞬间即是永恒’。”

《新京报》发表知名诗人、文化批评家、《凤凰周刊》主笔叶匡政《“诗魔”洛夫的诗宇宙》。

澎湃新闻·艺术评论约请2016年洛夫上海书法展策展人陈利，撰文《因为风的缘故——怀念洛夫》。“在他回忆的故事中，不仅能感受到洛夫先生作为诗人的魅力，也能看到他在书法上的成就。”

《潇湘晨报》悦读版发表记者刘建勇深度报道《衡阳人洛夫：“乡愁把我撞成了严重内伤”》。文中提到洛夫逝世前一天，在病床上给衡阳甘建华发了一条3秒钟语音，却怎么也听不出他在说什么。“这个‘乡愁在血肉中旋成年轮’的老诗人，发往家乡的最后一句话，究竟想说些什么，可能除了他自己，别人永远无法知道了。”

《湘声报》文化版整版专题报道《3个月，台湾3位文化大家离去：追思，不止为乡愁》，“继余光中（2017年12月14日去世）、李敖（2018年3月18日去世）之后，洛夫成为3个月来台湾失去的第三位殿堂级文化大家”。

《中国建材报》发表该报编辑记者郭宗忠散文《去洛夫故里衡阳》。该文后见于《湖南工人报》3月30日、《湛江日报》4月1日、《工人日报》4月2日。

《三峡晚报》发表记者冯汉斌文艺通讯《“诗魔”洛夫去世　三峡情了犹未了》。2015年11月18日，时年88岁的洛夫亲临宜昌，在三峡人家景区出席《出三峡记》诗歌碑刻的揭幕典礼。“当时他笑言还要写首《再回三峡》，如今先生遽归道山，只能留下永久的遗憾了。”

台湾《旺报》两岸艺文专栏刊载福建籍在台读书陆生韩栩宇《他的精神是最中国的》。

《创世纪》诗杂志三驾马车之一、洛夫终生挚友痖弦，与加拿大漂木艺术家协会、华人文学学会、中华诗词学会、大华笔会负责人，包括谢天吉、沈家庄、陈良、微言、林婷婷、林楠、刘慧琴、冯玉等40余人，在洛夫侄女莫青及夫婿刘毅建立的洛夫文学馆，举办加拿大首场洛夫追思会，知名媒体人丁果担任主持。

上午，应阳存元董事长之邀，甘建华出面召集，衡阳文学、艺术、新闻界人士陈群洲、陈朝良、阳和平、李乔生、王芳贤、刘求存、王少玲、肖粤湘、曾海啸、何芬、麻安田，赴衡南县洪山镇参观正在建设中的东方唐韵田园综合体。其中建在一座水库边的洛夫文学艺术馆（拟），全部木质结构，面积2000平方米。

下午，“穿越世纪的目光·洛夫”追忆活动，在深圳市福田区图书馆举行，特邀徐学、南翔、周友德、王海东四位嘉宾，为深圳市民讲述诗魔洛夫的诗意人生。

晚上，由两岸诗会组委会和海南广播电视总台音乐广播频道主办，在海口市海甸岛茶之然城市茶客厅，举行2018年世界诗歌日系列活动之“孟春雅集诗歌之夜”。海南省台办主任刘耿致辞，雁西、冷阳、爱京、梅纳等百余名海南文艺界人士、诗人、朗诵者和诗歌爱好者，共同追忆洛夫非凡传奇的诗歌人生。现场所有人一起朗诵洛夫的《回乡偶书》，北京演诵艺术家胡乐民演诵《边界望乡》。

2018 年 3 月 25 日

清晨，中诗网、中国诗歌网、新湖南客户端相继发布甘建华诗歌《先生问与说——悼念乡贤洛夫先生》。

《衡阳日报》文化周刊头版整版配两张图片，再次发表甘建华散文名篇《诗魔洛夫的乡情》。此文之前载于《中国文化报》，收入《中国散文大系·亲情卷》。

新浪网推送凤凰卫视著名节目主持人许戈辉采访洛夫视频《追忆洛夫：我的人生经过了两次流放》。2016 年 2 月 28 日“名人面对面”首次播出时，名为《洛夫：在战争中沉潜的“诗魔”》。

《钱江晚报》A13 全民阅读·晚潮版，发表浙江社会文化研究院院长应忠良回忆录《一夜风来天乍凉——怀念洛夫先生》。

上午，加拿大多伦多湖畔书院在湛山精舍素心阁举办“洛夫诗歌朗诵赏析追思会”，由发起者古土（陈畅鸣）、玉华主持，朗诵者程路禹、高原、菲菲，诗人晓鸣、秋叶、晓松、白水、谢骏、墨望山、江南、李莉、湖边、丹丹，加拿大佛教会会长达义大和尚、加拿大中国笔会会长孙博、国际大雅风文学奖评审委员会主席兼大雅文化国际总裁川沙、密西沙加市首位桂冠诗人星子安娜（Anna Yin）等参与。3 月 30 日，在中国大陆颇有影响的诗眼睛微信公众号，总第 394 期以四个环节强力推介了这个活动。

中午，衡阳市作家协会主办，陈群洲主编，陶雄喜、罗诗斌编辑，《衡阳作家》2018 年第 1 期推出“纪念世界华文诗坛泰斗洛夫先生专刊”，包括封面共有 90 页，分为《伤逝：坍塌的春天》《灵河：无尽的哀思》《漂木：神圣的诗魔》《魔歌：永远的洛夫》四个部分，收入胡丘陵、罗鹿鸣、陈群洲、张沐兴、宾歌、也人、田人、萧萧、吕宗林、胡勇平、杨震、枫子、天晴了、陈学阳、谭绩、唐丹丹等 50 余位诗人的诗作，甘建华、罗诗斌、左其福、辛上邪、吕宗林、郭龙等人的文章，以及洛夫诗歌名篇 32 首。

下午，衡阳诗歌学会、回雁诗社在衡阳新闻网 7 楼演播厅，联办“因为风的缘故——悼念洛夫先生专场诗歌朗诵会”，陈群洲、甘建华、李镇东、宾歌、萧萧、黄峥荣、罗诗斌、杨震等衡阳、长沙、广州数十位诗人与会。

杭州纯真年代书吧女主人朱锦绣策划，与助理郑秋明一道，事前三天向海内外文朋诗友征稿，赶印一本 180 余页的《烟之外——纪念洛夫诗文集》。前面是洛夫 30 首诗歌，苏菲（Sophy Chen）英译洛夫诗两首，龙彼德、王若冰、史大观、陈晓霞、郁东、蓝风雷宁、呢喃、朱赢、星子安娜、郑春霞、朱聪军、李晃、阳光、高利、涂国文的纪念诗歌，沈艺奇、应忠良、冯玉、李郁葱、李爱英、张进、雪马、倪江的纪念散文，龙彼德、张海龙、陈曼冬的诗评。书后附有2015年10月21日，洛夫先生被轿子抬上宝石山，在纯真年代书吧参加“天涯·故土”诗歌品读会的一组剪影。

由杭州市作协、《诗江南》等单位主办，钱报读书会、浙江之声等协办，纯真年代书吧承办，“烟之外——纪念洛夫诗会暨洛夫诗歌论坛”以朱子箫独奏《梅花》开场。上半场有梅子、徐子伟、张丽文、徐薇、谭剑、笪舒扬、马嘉文、初苗、瞿平、黄海敏、魏莹莹、周镔、段铁等十几人，包括男孩张成珏和妈妈、女孩高歌和爸爸，相继朗诵洛夫诗歌名篇。下半场洛夫诗歌论坛，邀请中国作协会员龙彼德、潘维、泉子、李郁葱，以及《诗江南》编辑部主任江离、野外诗社社长胡人作为嘉宾，杭州市作协秘书长陈曼冬现场主持。年届八帙的龙彼德是洛夫生平及其诗歌最重要的研究者，曾在国内出版《洛夫评传》《一代诗魔洛夫》《洛夫传奇：诗魔的诗与生活》3部专著。此次写下情深意切的《读你，在纯真年代——怀念洛夫先生》，并在现场激情朗诵几至泪下。

广东中山市举行“你的名字已在千帆之外——洛夫先生追思会”，中国作家协会会员、广东省作协副主席、中山市政协主席丘树宏，以及中山市四五十位文友，分别讲述与洛夫先生交往的故事，缅怀和追忆他的人格魅力、对诗歌的深刻见解和热爱、对后辈的关怀和提携，并现场朗诵他的诗歌及诗人作家的悼亡诗文，展示洛夫先生与中山作家诗人的书信往来、书名题字、诗歌手迹及书法作品等。

2018年3月26日

湘潭大学副校长刘建平教授致电甘建华，诚邀其为湘潭大学出版社主编出版一套《洛夫纪念文集》，由湘大社副社长蒋海文担任责编。随后，甘建华邀请海口凌须斌、衡阳王锦芳、永州文紫湘、上海甘恬、浙江王立、山东酸枣小孩等参与分任各卷副主编。

《南方人物周刊》2018年第8期发表记者陈竹沁、实习记者向思琦深度报道《洛夫：我很满意我井里滴水不剩的现状》，配发5张照片及4帧书影。

菲律宾《世界日报》蕉椰杂谈专栏发表菲律宾华文作家协会副会长王勇散文《风中诗句》。

新加坡《联合早报》发表记者陈宇昕笔札《“伸手抓起，竟是一把鸟声”——回顾30年前洛夫诗引发的论战》。

《绍兴日报》副刊发表记者沈慧莉散记《洛夫曾在绍兴吟诗》。

2018 年 3 月 27 日

湖南知名油画家、南岳大世界艺术馆馆长周雪春，根据甘建华拍摄的衡南县相市乡艺术摄影图片，创作完成洛夫故里历史上第一组油画，包括《洛夫旧居》《耒河渡船》《家山印象》《故乡的路》四幅，尺寸均为 30 厘米×35 厘米。

《羊城晚报》发表作家王选散文《洛夫的贤内助》。

《海南日报》发表记者王玉洁文艺通讯《诗人洛夫，躺在了时间里》。

2018 年 3 月 28 日

《中国文化报》文化交流版发表周勇随记《怀念洛夫》。周勇曾任中国驻温哥华总领事馆文化领事，后派驻中国驻美国大使馆。

《玉林日报》记者梁智华发表《“诗魔”洛夫走了，但与玉林的情缘未断……》。

加拿大《环球华报》新诗潮副刊第 33 期推出“纪念洛夫专号”，“在举世哀悼这位伟大的当代诗魔仙去之时，适逢洛夫为《新诗潮》刊头题字一周年，《新诗潮》谨编辑诗魔诗歌一组，以奠慰先哲在天之灵”。这组诗包括《回乡偶书》《秋之死》《洛夫的新实验诗——隐题四首》《水声》《舞者》《月亮·一把雪亮的刀子》《酸枣树》《石榴树》《湖南大雪——赠长沙李元洛》《读诗十二法》《果与死之外》《河畔墓园——为亡母上坟小记》《子夜读信》《入浴》《烟之外》。新诗潮副刊由北京首师大诗歌中心微信公众号推送。

2018 年 3 月 29 日

《中国艺术报》发表中国作家协会会员、蒙古族知名诗人查干《读洛夫感悟宇宙之苍茫诗意》。

《南方周末》发表《台湾诗学季刊》主编白灵随笔《洛夫的脆弱与强悍》。

《北欧时报》发表中国作家协会会员、青岛开发区作协主席杨志鹏散文《相见恨晚，有缘不迟》。

《中国时报》发表林佩如随笔《初见·绝响》。

2018 年 3 月 30 日

《加拿大商报》推出“怀念洛夫特刊”，报道洛夫病逝，发表任京生散文《诗魔灯熄，因为风的缘故》、冯玉诗歌《在涛声中呼唤你的名字——悼念洛夫先生》。

《今日台湾》(Taiwan Today) 日文版，报道《诗魔洛夫病逝　对台湾近现代诗坛影响巨大》。

《防城港日报》发表江苏作家、《姑苏晚报》首席编辑刘放散文《远方的雪山，你向我迎面飞来》。

2018 年 3 月 31 日

胡乐民在北京国家图书馆举行《洛夫诗歌演诵集》新书发布会。北京师范大学教授、著名诗评家谭五昌，首都师范大学中国诗歌研究中心副主任、加拿大《环球华报》新诗潮副刊副主编孙晓娅，中国现代文学馆、中国社会科学院研究员北塔，加拿大 AATV、慧乐网络电视创办人姜慧，中国作家协会会员、2017 年两岸诗会桂冠诗人奖获得者雁西等嘉宾与会，并分享各自与洛夫先生的交谊往事。

2018 年 4 月 1 日

《衡阳日报》推出“诗心永寄”纪念洛夫先生专版，编者按：“我们谈到洛夫时是在谈什么？谈到一个时代，谈到一种远行，谈到诗歌的标准，谈到人们精神上还需要什么……这一期回雁文学副刊的特别策划，是在《衡阳晚报》‘“诗魔”的“乡愁”’世界诗歌日特别策划后的小结。”诗作者包括陈群洲、张沐兴、陈中寅、李镇东、罗诗斌、杨震、萧萧、麻安田。

2018 年 4 月 5 日

清明节。国务院参事忽培元作诗《悼念诗人洛夫》，解放军少将马誉炜作诗《写给远行的洛夫先生》，二人均系中国作家协会会员、中国书法家协会会员。铁道部宣传部原部长、中国作家协会会员、中国书法家协会理事王勇平(衡阳籍) 作诗《衡阳雁去》。

《湖南日报》湘江周刊发表《湘江文艺》编辑袁姣素诗歌《漂木不朽 洛夫永在》。

2018 年 4 月 6 日

痖弦担任总顾问、冯玉主编的《加拿大商报》“菲莎文萃”第 41 期，以 4 个版推出“怀念洛夫先生特刊”，计有辛上邪、任京生散文随笔，陈良、南山、芦卉、冯玉、曹丽权、芳洲客、刘明孚、微言的一组挽联，芳洲客、花溆弄筝、雨田、南山、秀玉、陈良、王志光的旧体诗词，沈家庄、宇秀、靖莲英、冯玉、索妮娅、刘明孚的新诗。

《环球华报》新诗潮副刊第 34 期推出“纪念洛夫专号”（上），刊载加拿大中华诗词学会会长沈家庄偕全体会员《祭洛夫文》。其他悼亡新诗旧词与《加拿大商报》“菲莎文萃”第 41 期同。

2018 年 4 月 7 日

扬州市文联、扬州市作协在琼花观内，联办“因为风的缘故——缅怀洛夫先生诗歌朗诵会”，张作梗、苏若兮、傅强等吟诵洛夫《漂木》《石室之死亡》《西湖瘦了》等诗篇，庄晓明、陈跃、曹利民等人吟诵各自写给洛夫先生的诗歌。洛夫生前好友、知名诗歌评论家叶橹教授说：“洛夫是对中国当代诗坛影响最大的三位诗人（艾青、昌耀、洛夫）之一。”

2018 年 4 月 9 日

中国美术家协会会员、湖南知名画家李清白，创作完成中国画《洛夫先生石鼓书院诗意图》，规格 139 厘米×70 厘米。款署：“国际文学大师洛夫先生对衡阳同乡后学甘建华多有提携和奖掖，甘建华知恩图报义薄云天。戊戌年，李清白感而记之于衡阳碧桂园。”

2018 年 4 月 10 日

《潮州日报》百花台副刊发表中国作家协会会员、广东省文联主席团成员、广东省作协主席团成员黄国钦《向往那片土地——怀念洛夫先生》。此文后被《广东文坛》8 月 31 日粤海来风副刊转载。

2018 年 4 月 11 日

台北、温哥华、杭州三地当天下午同步举行洛夫先生告别式和追思会。

在台北市立第二殡仪馆景仰楼举行的诗人洛夫告别仪式上，台湾地区文化事务主管部门负责人郑丽君前来致哀。洛夫太太陈琼芳女士的悼词由司仪代为现场宣读，短短话语回首 57 载夫妻恩爱，与诗人相守相知，直至他最后离去，催人泪下。诗人生前的录音及视频，呈现了许多珍贵的照片，展示了家庭亲情与诗人完美无憾的一生。《创世纪》诗刊创始人之一、洛夫老友张默，《创世纪》诗杂志社长古月、总编辑辛牧及其同仁，著名诗人张拓芜、管管、隐地、向明、张腾蛟、萧萧、须文蔚、杨树清等，知名艺术家杜忠诰、陈青狄、叶青青，和硕董事长童子贤，出版洛夫生前最后诗集《昨日之蛇》的远景出版公司总编辑叶丽晴，都到现场送"诗魔"最后一程。新华社记者石龙洪、贾钊台北播发电讯《因为风的缘故，送他随风而去——众人告别诗人洛夫》。中新社记者张晓曦、陈小愿台北播发电讯《"漂木着岸"——送别"诗魔"洛夫》。台媒"中央社"记者罗苑韶播发电讯《诗人洛夫追思会洋溢浪漫之情》。

在加拿大温哥华西 41 街犹太裔剧院（Norman Rothstein Theatre），隆重举行洛夫先生追思会，加拿大华人文学学会、中华诗词学会、大华笔会等几十个华人社团参与协办，洛夫生前亲朋好友及仰慕者、诗歌爱好者上千人吊唁。国际文化发展基金会主席魏美蓉司仪，主办单位漂木艺术家协会会长谢天吉致辞，痖弦讲话时几度痛哭失声，知名汉学家王健（Dr. Jan Walls）手上绑着绷带赶来会场致哀，知名媒体人丁果、加华作协会长陈浩泉、中华诗词学会会长沈家庄等做简短发言。温哥华中国领事馆副总领事孔玮玮高度评价了洛夫诗歌及独创"天涯美学"的艺术成就，以及对中国文化走向世界所作出的巨大贡献。加拿大乐活网全程报道，各华文媒体及部分英文媒体发布新闻。和平岛（何瑞方）创作长达 642 行 5204 字诗歌《温哥华洛夫追思会诗记》。

杭州举行"情系西湖——世界大诗人洛夫追思会"，先是在唐云艺术馆深情缅怀洛夫先生的事功德操，再到万松书院向洛夫诗碑献花，齐声吟诵其名篇《根》。活动由杭州名人纪念馆和温哥华中华文化艺术基金会共同主办，浙大校友会扬帆诗社协办，"相约西湖"文化活动主持人屠丹红主持。与会者五六十人，包括杭州市政协原副主席何关新，中国驻温哥华总领事馆原教育领事杜健，杭州市侨联党组书记林国蛟，主办单位负责人翁中华、张帆、陈荣华、胡德林，浙江、杭州文化界知名人士张德强、王自亮、岳耀勇、应忠良、黎志军、宋振鹏、晏榕、潘维、朱锦绣、邵红、江皓、金志敏、杨宇全等，工商界知名人士汪水云、吴稚亮、陈立展等，以及杭州风华中学的师生们。雅昌艺术网和中国艺术市场网 4 月 12 日、《钱江晚报》4 月 13 日、《今日中国》4 月 18 日，相继发表长篇报道《洛夫追思会在杭州举行：大师行远，此情绵绵无终期》。

当天发行的台湾《文讯》杂志第 390 期附刊“诗魔之歌——洛夫纪念特辑”，总计 40 页，由金门旅台艺文学会赞助出版。散文随笔计有萧萧《或魔或神，横闯天地》、李瑞腾《诗人的容颜永远明亮》、向阳《一代诗魔洛夫》、徐望云《别了洛夫，别了温哥华》、杨树清《火光与雪花：洛夫的金门、温哥华诗之旅》、唐捐《一个人的石室，一代人的诗》、杨宗翰《因为洛夫的缘故》、向明《读洛夫的诗〈日落象山〉》、牧羊女《无岸之河未抵浯江》，诗歌则有张默《你左右两边，当下还空着——敬悼老友洛夫》、朵思《殒落，纠结的书写——悼国宝诗人洛夫》、黄克全《远行者——悼诗人洛夫》、杨平《吊洛夫》、张国治《陪你走一趟回家的路——敬悼洛夫前辈》。

当天出版的加拿大《环球华报》新诗潮副刊第 35 期推出“纪念洛夫专号”（下），再次刊载《祭洛夫文》，祭联：“诗壮汉风，德泽后世，宏篇巨制垂青史；木漂福海，魂归金门，雅韵骊歌广梵音。”献诗则为：“迎新辞岁拜诗魔，流水高山仰巍峨。句击琉璃金翡翠，曲弹锦瑟紫灵鼍。天机异想藏玄秘，梦魇禅思织凤梭。见性明心皈一善，芝田甘露润新荷。”同时发表刘明孚、书香、梧桐、彦如、风动、枫舟、郭飞、珊瑚、夏丽、郎莉的悼亡诗歌。

2018 年 4 月 21 日

《长春日报》发表中国作家协会会员、诗人葛筱强《“我来，主要是向时间致敬”——关于洛夫诗歌的一点读余零墨》。

2018 年 4 月 25 日、27 日

加拿大《环球华报》华章特刊接连推出两期“洛老慢走，一路是诗——加拿大华人文学学会为诗人洛夫送行特辑”，包括林婷婷散文《诗魔的魅力》《记洛夫八秩荣寿庆生会》、林楠随笔《无尽的思念》、诺拉散文《洛夫和葱油饼》，以及冯玉旧体诗词《八声甘州 · 清明寄洛老》、新诗《在涛声中呼唤你的名字——悼念洛夫先生》、随记《漂木永存，洛夫千古——温哥华洛夫追思

会纪实》，并各配发两张相关旧照片。与此同时，美篇加推痖弦《读洛夫的书法》、阿木（刘慧琴）《春天来了，您却走了——悼念诗魔洛夫》和《春天的邀约》。

2018年4月27日

《文艺报》发表中国作家协会会员、《台港文学选刊》原主编杨际岚《鹰隼旋于崖顶——目送洛夫先生远行》。

2018年4月28日

《文汇报》笔会副刊发表旅加学者沈迦纪念洛夫散记《行到水穷处》。随后，他在遇见阿雅微信公众号发布《洛夫去世后第六天，邮局寄来他的签名本》。

2018年4月

加拿大中华诗词学会网刊《诗梦枫桦》第4期推出“纪念洛夫专刊”，发布洛夫《昨日之蛇》自序《物我同一的动物诗》，陈良、南山、冯玉、芦卉、曹丽权、微言、刘明孚、芳洲客、花溆弄筝、雨田、盛坤、秀玉、梧桐、王志光的古体诗词联，沈家庄、宇秀、冯玉、索妮娅、靖莲英、刘明孚、书香、彦如、风动、枫舟、郭飞、珊瑚、夏丽、郎莉的新诗，张馨元英译洛夫《漂木》(节选)，诗朗诵部分则有洛夫朗诵《禅味》，张景晨朗诵《众荷喧哗》，谢天吉作曲、江明演唱《井边物语》。

《威海文艺》2018年第2期推出“纪念诗人洛夫专栏”，计有张建岭《威海湾畔忆洛夫》、侯云涛《怀诗人洛夫》、东涯《活水之上的光——洛夫印象记》、刘胜谟《仰望飘逝的文星——悼念世界华人汉诗泰斗洛夫先生》、庄晓明《洛夫的性格幽默语言机智——从洛夫隽语看洛夫》、叶櫓《悼念洛夫》。

2018年5月

《香港文学》2018年第5期发表章继光散记《洛夫的最后一年》。

南华大学文法学院原党委书记罗玉成教授撰写《洛夫先生与“洛夫与湘南作家研究中心”》。

南华大学校长助理兼附二医院党委书记、博士生导师罗志刚教授网络发布《也是风的缘故》。

2018 年 5 月 4 日

甘建华应邀赴湘潭大学出版社，与刘建平副校长及湘大社社长颜佳华、总编辑章育良、副社长蒋海文，面商《洛夫纪念文集》出版事宜，初步确定“2+4 方案”（包括两本洛夫诗文集，即《洛夫乡愁诗选》《洛夫美文精选》；4 本纪念文集，即诗歌卷、散文卷、评论卷、访谈卷）。明确由甘建华负责图书内容，与洛夫家人的协调，作者的版权和联络工作；湘大社负责经费筹措，出版发行，全球推广，力争做成湘大社品牌图书，赶上 10 月份德国法兰克福书展。甘建华据此写作随记《初夏湘潭之行》，见于《衡阳晚报》5 月 15 日文艺副刊，中国作家网、湖南作家网、新湖南客户端和中诗网转发，此事遂广为天下所知。

2018 年 5 月 9 日

加拿大《环球华报》新诗潮副刊第 36 期推出纪念洛夫专版，发表和平岛诗二首《时间之外》《清明节，洛夫在写诗》、白水《悼诗魔洛夫先生》、遛达的七七《师父——悼洛夫先生》。

2018 年 5 月 10 日

《北京晚报》人文副刊以 4 个版面，发表旅加知名女作家宇秀散文《洛夫：大快朵颐而超拔于人间烟火》，旋被《新华文摘》2018 年第 15 期转载。

2018 年 5 月 11 日

中诗网影音频道推送甘建华诗歌《先生问与说——悼念乡贤洛夫先生》，国家一级播音员何曦霞朗诵，浏览量当天突破 5 万。

2018 年 5 月 11—12 日

《衡阳晚报》文化艺术版整版配图发表深圳作家周友德《洛夫兄，你又要漂向哪里?》。

2018 年 5 月 14 日

《文汇报》发表宇秀散文《为何众人思洛夫——追忆平易、认真、虔诚的诗魔》。此文后被《散文》2018 年第 8 期转发。

2018 年 5 月 16 日

加拿大《环球华报》新诗潮副刊第 37 期推出“雪楼小集”微信群纪念洛夫先生专辑，立宏撰写编者按，发表陈琼芳散文《再见，吾爱!》、台湾张国治《呼之欲出的诗意》、衡阳法卡山《虚构的远行》、上海陈晓霞《清明痛悼诗魔》、海口远岸《三月的疼痛——致洛夫》、北京北塔《洛夫之外》、温哥华宇秀《泪正在阅读火——致洛夫先生》。

2018 年 5 月 23 日

刊载于《加拿大都市报》诗歌专版的加拿大中华诗词学会会刊《菲莎流觞》第 53 期推出洛夫纪念专辑，发表大温地区高贵林微言《祭洛夫》，素里沈家庄《读陈良悼洛夫〈影沉春水寒〉感赋》，高贵林、曹小平《七绝·加华作协送别诗人洛夫即席》，素里冯玉《八声甘州·清明寄洛老》，温哥华卢美娟《诗魔的征途》，列治文雨田《缅怀洛夫先生》，温哥华靖莲英《缅怀洛夫先生》，温哥华立宏《再来一盘腊肉炒诗》。

2018 年 5 月 25 日

扬州市作家协会暨诗歌创作委员会与汶河街道，在驼岭巷联合举行洛夫《唐槐》诗碑揭幕仪式。市文联副主席吴乃怀、市作协主席杜海、《扬州诗歌》主编庄晓明，以及相关人士 30 多人，冒雨在唐槐树下集体诵读《唐槐》，表达对洛夫先生的深切缅怀之情。

2018 年 5 月 26 日

《湘声报》芙蓉副刊头条配图发表中国散文学会会员、衡阳市政协委员王锦芳散文《能不忆洛夫》。

2018年5月28—29日

台湾《中国时报》人间副刊相继发表《老，是一种境界——洛夫九十杂忆》。

2018年5月

知名诗人马启代主编《山东诗人》2018年夏季号推出“洛夫纪念专辑”，包括杨炼、杨克、马启代、晏榕、耿建华、路也、温古的悼词、悼诗及挽联，周桢杰《洛夫追思会在杭州举行：大师行远，此情绵绵无终期》，吴开晋《“诗魔”的不朽魅力》，袁忠岳《落花无言　人淡如菊》，郭廓《曾经相见恨晚　如今有缘已迟》，刘雅阁《爱他，就读他的诗》，以及《洛夫诗歌代表作选》。

2018年6月1日

台湾散文家林清玄在《持续做一个深情的人》（北京时代华文书局出版）的后记《苹果落下的时候》中说：“洛夫是另一种诗人，他的诗情诗意总带着魔幻的气质，他的人却带着军人一样的正气。他从军职退休到隐居加拿大之前，我们经常在李锡奇和古月家聚会。李锡奇是画家，有许多‘东方画会’和‘五月画会’的朋友，古月是诗人，有许多‘蓝星诗社’‘现代诗社’‘创世纪诗社’的朋友。夫妻俩都热情好客，每星期邀朋友聚会，一拨是画家，另一拨是诗人。我和两拨人都谈得来，几乎每次都参加。当时响当当的诗人洛夫、楚戈、痖弦、管管、罗门、蓉子、郑愁予、张默、商禽、向明……后来，都成为朋友。那个年代的诗人，都是天真、狂放、有才情，喝了几杯酒，就会唱歌、吟诗、写书法，各个都有几把刷子。凡是诗人，多少有怪癖。洛夫是少数含蓄、安静、沉默的诗人，他惯常倾听别人说话，偶尔讲一两句，听起来就像是在诵诗。凡是诗人，常多情浪漫。洛夫是少见的专情的诗人，记忆里，他永远带着夫人，别人吹嘘风流韵事时，他总是微笑着。他的笑神秘而深笃，嘴角的弧度总在同一个位置。他偶尔会表演书法，他的字介于行草之间，自在、悠游、潇洒……后来，他与痖弦同时归隐加拿大，当时就已经宣告，台湾的诗稿又翻过一页了！”

2018 年 6 月 5 日

台湾《创世纪》诗杂志夏季号（第 195 期）推出“漂木着岸——洛夫纪念专辑”，总共 23 个版面，计有张默《嗨嗨，我们仨——从〈创世纪〉1954 年创刊说起》、杨允达《悼念洛夫》、萧萧《或漂或泊，天涯独尊》、陈芳明《读诗如有神》、杨炼《还流亡之乡》、马骢《悼洛夫》、李进文《微信洛夫》、须文蔚《漂木着岸——诗人洛夫的离散与复返》、张坤《所以，诗人永恒了》、北塔《带着我飞的中国文化语境里的超现实主义师傅》、张国治《最后的行草及墨韵》、古月《三月的梨花》、徐瑞《焚过的温柔》、芸朵《悼洛夫》、宇秀《你丢下了时间》、冯玉《在涛声中呼唤你的名字》等诗文，另有丁口《读洛夫〈石室之死亡〉》。

天涯社区·闲闲书话推送浙江作家王立《诗人是漂泊异乡的云》。

2018 年 6 月 13 日

旅美华裔诗人、书法家林静主编的美国《新文学》杂志总第 121 期，发表甘建华悼亡诗《先生问与说——悼念乡贤洛夫先生》。

2018 年 6 月 15 日

香港《文学评论》第 55 期发表台湾刘正伟博士札记《雪落无声》。

2018 年 6 月 18 日

中国版画家协会会员、湖南知名版画家张宗秋创作完成套色木刻版画《洛夫先生》（82.50 厘米×60 厘米）。

2018 年 6 月 19 日

《文艺报》发表中国作家协会会员、《科幻世界》原总编辑谭楷散文《雪楼访洛夫》。此文之前载于《中国艺术报》2013 年 6 月 3 日、《华西都市报》2018 年 3 月 25 日。

《宁波日报》发表中国作家协会会员、《文学港》原主编李建树散文《与洛老的一面之缘》。

2018 年 6 月 20 日

《中国书画报》副刊发表中国书法家协会会员、西泠印社社员敖普安回忆录《我与洛夫的金石翰墨缘》。

2018 年 6 月 21 日

《深圳商报》发表中国作家协会会员、深圳报业集团高级编辑祁念曾《洛夫与惠州东坡亭》。此文后见于《清远日报》7 月 2 日副刊、《秦风》杂志当年 7 月号。

2018 年 6 月 24 日（农历五月十一）

值洛夫先生 90 周年诞辰，衡阳市作家协会、衡阳市八中联办诗歌朗诵会。市八中党委书记熊晓民致欢迎辞，策划人甘建华介绍活动缘起并发表主旨演讲《我们对诗人洛夫的尊敬和爱戴》，陈群洲演说《洛夫先生与诗歌永在》，龚彩福校长与唐丰果、朱瑾、韩丽、曾蓉、李小兰、肖祥春、梁御书、胡丽衡、李郡、刘亚利、王蓓、曾敏、左昭君、谢芳芳等 15 人朗诵洛夫诗歌名篇。参会者 150 余名，除了旷瑜炎、李春华等老领导，还有陈文质、宾新华、李清白、赖尚平、郭林春、任美衡等一批中国书协、中国美协、中国作协会员，以及湖湘社会各界人士、新闻媒介记者和洛夫五弟莫运征等。版画家张宗秋当场捐赠给市八中一幅套色木刻版画《洛夫先生》。衡阳东方唐韵田园综合体总经理汤和平欣然表示，正在兴建中的洛夫文学艺术馆，愿意接纳洛夫先生的骨灰，为其拓地竖碑安葬——从此潇湘多一景，天下文士朝衡阳。陈琼芳隔海发来答谢辞。新华社、人民网、中新社等中央权威媒体及省市主流媒体纷纷报道。

2018 年 6 月 29 日

《青海石油报》发表中国散文学会会员、知名石油作家凌须斌散文《丝绸古道传洛夫》。

中国作家协会会员、甘肃诗歌八骏之一胡杨创作诗歌《不知不觉会流下泪水》。

中国作家协会会员、敦煌市文联副主席李茂锦创作诗歌《敦煌飞天的幽咽》。

中国作家协会会员、青海师范大学文学院副教授刘大伟创作诗歌《石室内的歌唱》（外二首）。

青海格尔木市作协副主席、知名散文诗作家陈劲松创作诗歌《海峡・漂木》。

《黄南报》副总编辑、青海女诗人王玉兰创作诗歌《我不懂你，我不敢言》。

2018 年 6 月

《天津诗人》2018 年夏之卷发表孙晓娅随笔《把诗中的灯火一点点，点燃》。

今日头条、东方头条、网易相继推送媒体工作者彭誉泉《洛夫先生未了的心愿》一文，对后来解决衡南县城洛夫文学艺术馆历史遗留问题有一定的推动作用。

2018 年 7 月 2 日

《衡阳晚报》讲述副刊发表甘建华《一九六三年八月十八日事件》，旋即收入《中国诗歌》网刊第 1719 期，中国诗歌网、新湖南客户端转发。中诗网导读云："一个人的'气象'，别的人是可以感觉得到的。我初见洛夫先生时，的确也有这个感觉。在我现今的印象中，洛夫先生有王者气象，他是诗歌的帝王，文学的帝王，谁都无法与之相比。"

2018 年 7 月

《进入语言的内部：中外现代诗歌精选》，李天靖、山刚编，上海文艺出版社出版，收入洛夫诗歌《根》《雨想说的》。

2018 年 7 月 12 日

中国作家在线网站发布中国作家协会会员、西南大学中国新诗研究所教授、博士生导师蒋登科《与诗人洛夫有关的记忆》。

《天水晚报》麦积山副刊发表中国作家协会会员、陇南市作协副主席波眠（胡询之）随笔《洛夫先生的诗和字》。

2018 年 7 月 13—18 日

湖南教育网总编辑章仙踪接连编发 5 篇纪念洛夫的文章，分别是李自生《母校即母亲，校情如亲情——怀念衡阳市八中知名校友莫洛夫》、李树德《边界望乡：洛夫的乡愁与乡情》、孔维勤《诗在，诗人在——悼念洛夫先生》、刘晓林《因为风的缘故：杜鹃声声哭诗魔》、李玉辉《忆洛夫：秋千仍在晃荡》。

2018 年 7 月 18 日

诗人罗诗斌、杨震、夏夏、画家徐立承等，在衡南县城云集镇共同创办诗魔的乡愁 • 漂木文艺吧。李清白、赖尚平、宾歌、欧阳慧环、陈学阳等衡阳文艺界知名人士，以及衡南县委原副书记陈朝良参加开业庆典。甘建华应邀发表《乡愁和文艺之外的中产想象》演说，见于新湖南客户端和中诗网，浏览量超过 10 万。

2018 年 7 月 19 日

中国作家协会会员、著名诗评家燎原应学弟甘建华之邀，重写《一个诗评家的诗人档案：洛夫》。此文原载《星星》2005 年第 1 期、《诗歌与人》2005 年第 4 期。

2018 年 7 月 20 日

《四川经济日报》发表中国作家协会会员、株洲市作协副主席张雄文散文《融入春天的洛夫》。

2018 年 7 月 22 日

《南昌日报》发表江西作家谢佐华散文《洛夫来过英雄城》。

2018 年 7 月 30 日

《衡阳晚报》讲述副刊头条发表陈琼芳《洛夫的情书和他的诗一样动人》。

2018 年 8 月 1 日

《武汉文学》2018 年第 2 期发表知名学者、书法家唐翼明《我与诗的缘分——兼怀洛夫》。

2018 年 8 月 2 日

光明网文艺评论频道发布四川大学教授、诗人向以鲜《灰蝉：回忆洛夫先生》。

2018 年 8 月 7 日

第七届鲁迅文学奖公布提名作品目录，深圳作家南翔根据洛夫诗歌名篇《边界望乡》意象创作的短篇小说《回乡》入围。此文发表于《作品》2016 年第 7 期，旋被《新华文摘》《小说月报》《中华文学选刊》等名刊转载，在全国产生了广泛影响。“文学与文学之间的关联，如此奇妙地发生。”

2018 年 8 月 10 日

《湖南日报》湖湘周刊发表中国文艺评论家协会会员、怀化学院副院长董正宇教授回忆录《与“诗魔”洛夫的四次见面》。

2018 年 8 月 12 日

《香港文学》2018 年 8 月号推出“悼念洛夫先生专辑”，包括严家炎《悼念杰出的诗人洛夫先生》、谢冕《洛夫先生追思会寄语》等三篇。编者语：“早先过世的台湾诗人洛夫悼念专辑也在本期刊出，内地新文学重要的研究者之一严家炎先生撰文对洛夫先生定位‘台湾现代诗的代言人’和‘世界华语诗坛最具震撼力’的诗人；现代诗研究泰斗谢冕也高度评价了洛夫的文学贡献。”

2018年8月14日

《联谊报》发表浙江工业大学人文学院教授子张《〈长恨歌〉：从白居易到洛夫》。

2018年8月17日

《南阳晚报》“我们的七夕·星光”副刊发表台湾王学敏散文《诗人的情书》。

《德阳散文》2018年第3期发表中国散文学会会员、四川省散文学会副会长蒋大海散文《痛悼洛夫先生》。

2018年8月18日

李清白创作完成中国画三条屏《一九六三年八月十八日》，尺寸150厘米×85厘米，款署：“是日午后，洛夫先生与诗友们在台北平溪裸泳并有文记之。恰好此时，甘建华在南茅洞桥降生。多年后，他们成了忘年之交，每次相聚谈及此事，乃相与大笑。洛老九秩仙逝，甘氏作诗以纪往事，坊间广为传诵。戊戌年，清白画并记之于雁城。”

2018年8月23日

人人文学网主编刘雅阁在网上发布“纪念华语诗坛泰斗洛夫先生”诗文及活动辑录。第一部分是中国屈原学会会长方铭、中国诗歌春晚发起人暨总策划屈金星、北美洛杉矶华文作家协会会长北奥、旅居新加坡华裔女诗人舒然等人的纪念文字；第二部分报道全国各地举行洛夫先生追思会；第三部分纪念洛夫先生诗歌辑录，包括中国作协原副主席、著名诗人黄亚洲《与诗人洛夫迎头相撞》，以及知名诗人北塔《洛夫之外》、马启代《中国大雪——赠洛夫先生》、宇秀《泪正在阅读火——致洛夫先生》、谯达摩《阿弥陀佛》等二三十人的新旧体诗。

2018 年 8 月 27 日

中国作家协会会员、长沙作家彭国梁将几年前赏析洛夫诗歌名篇《窗下》一文制作书画作品。

2018 年 9 月

《湘江文艺》2018 年第 2 期推出洛夫组诗，包括《富春山居图的涅槃》《读帖》《读经》《读诗》《树的雄辩》《立秋》《倾听》《用火思考》《夜归》9 首。本期同时发表长沙诗人欧阳白的文学评论《欣赏洛夫诗歌的七个关键词》。

2018 年 9 月 5 日

中国作家协会会员、中国电力作协副主席陈富强主编《东海岸》2018 年第 3 期，发表甘建华长篇散文《在涛声中呼唤你的名字》，内收《依稀昨日往事》《雁过长空　影沉寒水》《洛夫先生的近况和喜讯及补记》《一九六三年八月十八日事件》四篇。同期发表陈富强纪念洛夫散文《徜徉在西湖山水间》。

2018 年 9 月 10 日

《湖南诗人》2018 年第 2 期（总第 26 期）推出“纪念洛夫专刊”，内页 108 个版面。诗歌部分有陈群洲、甘建华、高丽敏、郭龙、也人、宾歌、法卡山、杨震、萧萧、李晃、枫子、彭誉泉、邓亚楠、黄峥荣、胡雅婷、寒玉等六七十人的作品，另有三则与洛夫有关的“回雁动态”。

2018 年 9 月 24 日

《平凉日报》副刊发表中国作家协会会员、甘肃平凉市文联主席姚学礼散文《大西北也有遥远的思念》。

2018年9月27日

《解放日报》朝花副刊头条发表甘建华散文《燕子山飞出一只诗凤凰》，“朝花时文”第1702期浏览量超过30万，中国作家网、中诗网、新湖南客户端转发，《北部湾文学》2018年第5期转载。

2018年9月28日

中国作家协会会员、佛山市作协主席张况在《岭南文学》2018年第3期发表《祖国或春天的横截面》。此诗之前被国内几十家网站、微信公众号推送。

2018年9月29日

加拿大《加西周末》之“菲莎文萃”第48期发表甘建华《先生问与说——悼念乡贤洛夫先生》。编者按语：“诗人甘建华，来自诗魔洛夫的故乡湖南衡阳，以问答的方式，写下了这首《先生问与说》。读这首诗，仿佛看见洛夫散步在衡阳的乡间小道，与乡人们亲切交谈；又仿佛看到年轻的洛夫在台北，与新婚的妻子嬉闹，与好友们恣意疯狂。洛夫，不就像诗中所说的，如微雨中漂移过来的一朵云，化身归来了吗?”

2018年10月6日

《书屋》杂志2018年第10期发表甘建华万字文史笔记《都是风的缘故》，内收二文：《雁回衡阳：洛夫八次还乡记》《洛夫先生享年与诗谶》。

西泠印社社员、湘潭篆刻家敖普安根据甘建华的要求，完成《洛夫纪念文集》封底篆刻，说是出书时可以发来原拓本供装帧设计制版，但不提供印蜕。

2018年10月

《北美枫》总第7期（2018年卷）发表加拿大中华文化研究院主席、天骧集团总裁黄斌回忆录《悼念洛夫先生》。

2018 年 11 月

加拿大《大华商报》作家文苑副刊（总第 509—511 期），连载甘建华整理撰写的访谈录《听洛夫先生谈痖弦》。

台湾知名诗人刘正伟博士主编《台客诗刊》总第 14 期，发表甘建华、甘恬父女纪念洛夫先生诗歌，分别是《先生问与说——悼念乡贤洛夫先生》和《洛夫爷爷的微笑》。

庄伟杰执行主编《语言与文化研究》2018 年冬之卷（总第 14 辑），发表四川知名诗人、随笔作家钟鸣文学评论《桌子的独白：洛夫诗歌论》。

2018 年 12 月

2018 年第 7 期《写作》以四五万字篇幅、32 个页码，发表甘建华整理撰写《大洋彼岸的漂木——洛夫先生访谈录》。《写作》杂志是由国家教育部主管，武汉大学、中国写作学会主办的写作学科核心期刊。摘要云："洛夫（1928—2018）是当代汉语诗坛的泰斗，其诗作和诗论均是汉语文学的宝贵财富。作为洛夫先生的同乡，作者对洛夫的了解有独到之处。此次访谈涉及洛夫研究的许多重要方面，比如：先生具体的生平，如'洛夫'姓名的由来、离开衡阳去台湾的经历、晚年在加拿大的生活、长诗代表作《漂木》的诞生等；著名诗刊《创世纪》的由来，与痖弦、张默、余光中等大诗人的交往等等。访谈也涉及洛夫对中国大陆与台湾诗歌的了解与态度，他自己所认为的洛夫与余光中之区别，他的'天涯美学'等。可以说，此次长篇访谈是当下洛夫研究的重要资料。"此文之前分别载于《财富地理》2018 年第 9 期、《湖南报告文学》2018 年 10 月号（总第 9 期）、《石鼓文化》2018 年第 3 期、《中国诗歌》第 2103 期、加拿大《北美枫》总第 8 期。

2018 年 12 月 19 日

台湾《金门日报》浯江副刊发表《联合报》原社会新闻组长、撰述委员陈永富散文《诗魔洛夫的二百封情书》。

2018年12月27日

《香港文学报》2018年第4期发表中国文艺评论家协会会员、深圳市文艺评论家协会副主席周思明散记《台湾诗人洛夫的深圳情结》。

2018年12月

甘建华诗歌《先生问与说——悼念乡贤洛夫先生》，收入诗人月色江河主编、香港银河出版社出版《2018中国微信诗歌年鉴》；李镇东主编《湖南诗人》“2018年度作品选”。

2018年12月31日

台湾《联合报》人生列车副刊整版企划《不舍2018　谢谢你们留下的美好》，图文追忆76岁霍金《解辩宇宙　预见未来》、94岁金庸《武侠江湖　写入你心》、83岁李敖《快嘴利笔　笑傲两岸》等17位中外名流。其中91岁（按：实为90岁）洛夫《百变诗魔　千锤百炼》文曰：“身为‘台湾现代文学最难攀登的高山’，洛夫不断镕铸锤炼新风格，攀登一座又一座高山。他写‘魔’也写‘禅’，贯通西方超现实主义与东方禅宗；放胆挑战三千行长诗《漂木》，也柔情为妻子写下爱情短诗《因为风的缘故》。”

2019年1月2日

湖南省诗歌学会盘点“2018湖南十大诗事”，其中第五条提到：“3月份（按：还应加上6月份），衡阳各届举办了洛夫先生追思会、作品座谈研讨会、诗歌朗诵会等纪念衡阳籍诗人洛夫的系列活动。”

2019年1月16日

湖南文艺出版社出版《我的涅槃像一朵荷花升起：洛夫诗选》，收录洛夫诗作60首，欧阳白选编并点评。湖南省原政协副主席兼省文联主席谭仲池，知名诗人匡国泰、罗鹿鸣、何青峻、马迟迟等出席该书小型分享会。

2019 年 1 月 18 日

经过 2019 第五届中国春晚组委会组织 30 位评委 20 天评选，公示 2018 年度十大新闻事件，其中第五条：“著名诗人洛夫、伊蕾、孟浪去世，引发诗人多次追思会。简述：洛夫、伊蕾、孟浪等多位著名诗人的分别去世，均在诗歌界引发极大悲恸。追思会和出版、朗诵等纪念活动在海内外纷纷举行，华语诗坛大量诗人和评论家、研究者、朗诵家带着悲伤的心情，回顾了华语诗坛成就巨大、德艺双馨、声望卓越的他们生前的创作生涯。这些宝贵的精神财富，不只属于诗人自己，也属于一个时代，更属于全人类。”

2019 年 2 月 19 日晚

由北京大学中国诗歌研究院指导，北京师范大学中国当代新诗研究中心、北京师范大学文学院主办，北京市海淀区作家协会承办，著名诗歌学者谭五昌总策划，2019 年华语诗歌春晚在国家图书馆艺术中心举办。其中第一篇章“天上的街市”的第五个节目，是由总政话剧团一级演员、导演、著名影视编剧刘纪宏朗诵洛夫《清明读诗》。

2019 年 2 月 22 日

洛夫生前挚友丁果在《世界日报》华文文学副刊（《华章》第 40 期）发表散文《生活如诗篇一样美丽——献给洛夫夫妇》。此前，加拿大多种媒介转发其悼亡文章《向诗魔洛夫致敬》。

2019 年 2 月 28 日

《南方周末》发表宇秀《洛夫的顺时针——写在〈爱的旋律——洛夫情书选〉即将出版之际》。

2019 年 3 月 7 日

自此日至 5 月 30 日，台湾《文讯》文艺资料研究及服务中心，举办“原乡与越境——洛夫・吴晟・席慕蓉的诗情画意”展览。

2019 年 3 月 16 日

由洛夫侄女莫青发起，刘毅总协调，韩长福总策划，温哥华洛夫文学馆、加拿大聚焦传媒学院、加拿大关爱青少年成长基金会共同主办，温哥华首届纪念洛夫诗歌朗诵会顺利举行，加拿大各华文文学团体成员、专业朗诵者、诗歌爱好者及青少年学生百余人参加。痖弦发来视频缅怀挚友，汉学家王健发来视频讲述他眼中的洛夫，加华作协会长陈浩泉、阿尔伯塔大学教授梁丽芳相继发表感言。朗诵者包括莫青、Aaron、毕谊民、胡发翔、燕茹、朱富强、张平、王喜娟、梁华、张建晖、竹笛、余佩珊、沈家庄、谢天吉、向虹、Sheila Liu、李宁、吴自力、卫九如、青洋、徐作春、殷爱玲、吴雪松、冯玉、梁娜、李影、小刺猬、美莉虹、Celina、Angel Zhang、孙林、邢虹、Cynthia Yang、张国瑞、程宗慧、吴固华、宁妹妹、Angel 一家、廖中慧、雷人、陈良、Jason、韩长福、Angel Zhang、Cynthia Yang 等。华人女性新闻平台“她乡华闻”全程报道。

2019 年 3 月 18 日

《北美枫》微刊第 9 期推出《群星合诵：致一周岁的洛夫》，参与打造此一诗歌与朗诵作品的，共计有 20 位诗人、作者与朗诵者：陈琼芳、沈家庄、陈良、冯玉、莫青、韩长福、竹笛、李影、Catherine · H · L、王天艺、燕茹、胡发翔、周双福、卫九如、邢虹、张国瑞、杯中冲浪、一品红、和平岛。

2019 年 3 月 19 日

中诗网清晨推出《洛夫诗与艺：现象级海内一人》，导读云：“洛夫先生是享誉世界的大诗人，同时也是书法名家，数十年来跨界中国书法和水墨艺术，倾情挥写自己创作的现代新诗，成为现象级海内一人。在 3 月 19 日洛夫先生逝世一周年之际，洛夫先生的衡阳同乡甘建华教授，特地给中诗网整理赶写一篇访谈作为纪念。”此文同时载于台湾《金门文艺》2019 年春季号（总第 67 期）。

衡南县文体广新局主办，诗人罗诗斌策划，衡南县文化馆馆长肖云霞主持，“洛夫逝世一周年诗歌朗诵会”在衡南县城诗魔的乡愁 · 漂木文艺吧举行。衡阳市文化界知名人士李清白、赖尚平、罗杨彪、曾海啸、陶雄喜、徐爱国、阳和平、陈学阳、谭绩，洛夫五弟莫运征及儿子莫军林，以及洛夫生前好友故旧后裔，总计四五十人。甘建华介绍《洛夫纪念文集》编辑出版情况，并发表即兴演讲《你是一片最好的叶子》。中国楹联学会常务理事、湖南省楹联家协会副主席余庭良，当场创作3副对联以表崇敬之情："字挟风雷，墨生瑞气；文垂史典，卷焕丹忱。""笔走神龙传国脉；诗流雅韵警人寰。""谈吐箴言皆合美；文辞妙处不离心。"回雁诗社、蓝墨水上游诗群、荷风诗社多位诗友现场朗诵洛夫诗歌名篇，以及他们各自创作纪念洛夫的诗歌。陈琼芳从台北发来音频表示感谢。新华社、人民网、中新社、海外网、新浪网、中诗网、今日头条、红网时刻、湖南作家网、衡阳晚报、衡阳新闻网等报道。

中国诗歌网推出《诗魔洛夫最经典的十首诗》，引文转自《南方日报》报道语："做诗，洛夫是为大家；做人，洛夫亦可为当世师表。"十首诗包括《边界望乡》《因为风的缘故》《读诗十二法》《石室之死亡（节选）》《众荷喧哗》《与李贺共饮》《烟之外》《白色墓园》《诗的葬礼》《漂木（节选第一章第一节）》。

2019年3月21日

世界诗歌日。香港中国国际文学与艺术研究中心主办《和平》杂志2019年4月号（总第21期），封面推介《百年中国十大诗人》，分别是：胡适、郭沫若、徐志摩、艾青、洛夫、余光中、北岛、海子、伊沙、谯达摩。

2019年3月22日

《湖南日报》湘江周刊头版发表甘建华整理的访谈录《洛夫诗书：雁回衡阳因为风的缘故》，并配发两张相关彩色照片。湘韵版发表常德诗人张付华《致诗魔洛夫先生》。

2019年3月28日

落实第十二届湖南省政协委员李沐、汤浊《关于洛夫文学艺术馆有关问题的提案》（第0117号），10年前签订协议建成并交付使用、因故被耽搁的洛夫文学艺术馆，终于正式移交衡南县文体广新局管理。

2019年3月29—30日

洛夫加拿大粉丝与诗歌弟子们，在维多利亚市展开“樱花之约”的诗歌之旅，共同缅怀诗魔洛夫的诗意人生。温哥华有李影、沈家庄、莫青、卫九如、竹笛、燕茹、冯玉，维多利亚有和平岛及其朋友廿余人。

加拿大网刊《渥水》第6期节选发表和平岛《致一周岁的洛夫》。

2019年3月30日

“因为洛夫的缘故——洛夫追思音乐会”假新北市立图书馆总馆3楼演讲厅举行，知名艺人郃智源主持，痖弦借由影音缅怀老友洛夫。参会者有诗人、作家张默、管管、朵思、路寒袖、陈义芝、林焕彰、杨树清、陈永富、牧羊女（杨筑君），学者陈芳明、李瑞腾、简政珍、张素贞、李翠瑛，北京胡乐民、香港杨慧思、厦门潘春鸣、马来西亚田农、金门许水富，承办单位远景出版公司发行人叶丽晴，以及台北、金门艺文同乡两三百人齐聚，金门县长杨镇浯亦派驻台服务处主任孙国钦致意。

配合洛夫追思音乐会，新北市立图书馆总馆3楼展出洛夫书法卷轴，洛夫与余光中、痖弦、张默等来往之书信与珍贵手稿，所得台湾地区“国家艺文奖”“中山文艺奖”奖章，以及照片、印石、生平著作等多项珍贵遗物，其中不少是首次曝光展示。

2019年4月1日

《衡阳晚报》文艺副刊发表两首诗：罗诗斌《诗魔的笑——写在洛夫文学艺术馆开馆前夕》、莫凡《念父亲》。

2019年4月6日

加拿大《大华商报》C2文苑诗坛副刊（总第86期），推出纪念洛夫诗词专版，包括素里沈家庄、列治文陈良、卡尔加里刘明孚、高贵林微言、维多利亚和平岛、温哥华立宏、湖南罗诗斌的新旧体诗歌。

2019 年 4 月

加拿大中华诗词学会网刊《诗梦枫桦》第 16 期，发表陈琼芳《洛夫的情书和他的诗一样动人》、沈家庄《千秋岁・洛夫逝世一周年祭》、周保柱《怀念洛夫》、和平岛《致一周岁的洛夫》、立宏《春雪——洛夫先生逝世周年祭》、莫凡《念父亲诗魔洛夫》。

2019 年 4 月 14 日

广东省广播电视台广播新闻中心/新闻广播、太平洋影音公司、广东省文艺评论家协会联办，“以整生的爱点燃一盏灯——洛夫诗歌朗诵与鉴赏会”，在广东省立中山图书馆 1 号报告厅举行。高娜现场主持，洛夫诗歌朗诵专辑《众荷喧哗》，朗诵者马莉、王非（均为全国金话筒奖得主），知名语言表演艺术家张琳、祖晴，广东省广播电视台主持人吕囡囡、林鲁阳，以及广东广播少年语言艺术团，相继登台朗诵洛夫诗歌名篇。诗歌学者伍方斐、诗人世宾现场点评、赏析洛夫诗歌。衡阳洛夫文学艺术馆罗诗斌赴会，后在《湖南诗人》2019 年第 3 期发表诗作《在广东省立中山图书馆听洛夫诗歌朗诵会》。

2019 年 4 月 22 日

中华金门笔会假台北市胡思书店，为荣誉会长洛夫举办纪念诗会，聚集金门、台北、香港各地及加拿大的文朋诗友，包括著名画家李锡奇、台湾地区前陆军副司令黄奕炳中将、台湾“中央”大学教授胡其德、《苹果日报》副总编辑江中明、《新闻追追追》节目主持人张启楷等，以及金门同乡会负责人李台山、黄世团、孙国钦、王水衷等。金门燕南书院院长、知名报告文学作家杨树清和台北游艺画廊女主人王学敏主持，会长黄克全作开场引言，陆续播放洛夫诗歌名篇演唱朗诵，以及洛夫生前的影音档谈话，李子恒、王学敏演唱洛夫生前最爱听的民歌《秋蝉》。诗人古月、朵思、落蒂、张国治、许水富、杨慧思、牧羊女、蔡振念等朗诵悼亡诗文，音乐家黄昭维以古典吉他伴奏。

2019年4月26日晚

“以整生的爱点燃——2019洛夫·诗、游昌发·歌音乐会”在台北音乐厅举行。这是台北艺术大学传统音乐系荣休教授、知名作曲家游昌发创作的《诗人之歌系列》之一，次女高音范婷玉、钢琴谢欣容、说诗陈明哲助阵，陈琼芳出席。曲目包括洛夫诗作《给琼芳——你是我唯一的爱》《因为风的缘故》《石榴树》《众荷喧哗》《清明四句》《苦瓜九行》《河畔墓园》《武士刀小志》《扇子》《汤姆之歌》《战马》《除夕症弦夜访》《寄鞋》《雨中独行》（一、二、三、四）。

2019年4月

澳门《艺文杂志》2019年第一、二期合刊（总第15、16期），发表任瑄随记《洛夫：重新找回中国诗歌之美》。

2019年5月1日

张宗秋创作的油套版画《洛夫先生》，入选中国大众文化学会书画艺委会、中国书画报社联办“伟大历程——庆祝建国70周年”主题邮品征稿，编入《中华文化复兴践行者——大型文献类珍藏邮册》，并制作成明信片发行全国。

2019年5月

为彰显在加拿大做出杰出贡献的华裔知名人士，华人联合总会、中华诗词学会、大华笔会，开启编写出版《华人之光》一书，其中的“洛夫小传”由和平岛（何瑞方）执笔。

2019年5月13日

由台积电文教基金会主办、《文讯》杂志社策划的台积心筑艺术季，在清华大学艺术中心举办“诗的声音——余光中·周梦蝶·洛夫文物特展”，包括一场展览、三次讲座、密集导览，展期至6月12日。开展当天《中国时报》

副刊发表协同策展人杨宗翰随笔《诗的声音，物的回忆》，IC之音节目《亲爱的生活练习》播出特展介绍。6月出刊的《创世纪》诗杂志第199期，刊载其《诗是岁月的结晶：余光中、周梦蝶、洛夫三大家文物展》，其中谈道："洛夫展区所示信函，出土故事甚奇。诗人伉俪1996年移居温哥华时，这批书信便留于台北家中。原以为在没有特别保存下，书信应已不见。2018年3月诗人辞世后，洛夫之子莫凡整理遗物时发现一个旧包裹，内藏有两百多封信件，这些书信才失而复得、重见天日。夫人陈琼芳女士视如珍宝，在洛夫逝世这一年间翻阅无数次后，最终决定亲自整理、编辑，提供本展首度公开呈现。展区分为'浯岛定情——金门''青鸟传讯——平溪''烽火家书——越南'，其中因越南战事之故，洛夫需调往距离台湾两千多千米的越南西贡。诗人在这两年期间最勤于写信，有时甚至一天两封，信中记载了对家人无尽的思念与对孩子的关心，每一封信对彼时担任内湖小学老师又要照顾3岁小孩、强褓婴儿的陈琼芳而言，无疑是最为强大的精神支持。战争及军令当前，洛夫为人夫、为人父与琼芳女士为人妻、为人母的坚强自持，令人动容不已。"

2019年5月22日

当晚在台湾清华大学艺术中心，政治大学讲座教授陈芳明做《洛夫与诗的探险》讲座。这是台积心筑艺术季"诗的声音——余光中·周梦蝶·洛夫文物特展"之一项活动内容。主持人杨宗翰说："洛夫先生跟陈芳明教授有一个共同点，他们都无惧成为风暴的中心。"

2019年5月24日

《新诗潮》第66期推出"洛夫逝世一周年专辑"，发表莫凡《念父亲诗魔洛夫》、和平岛《致一周岁的洛夫》、立宏《春雪——洛夫先生周年祭》、法卡山《诗魔的笑——写在洛夫文学艺术馆开馆前夕》、周保柱《怀念洛夫》，旧词微言《五绝二首》、陈良《七律·洛夫先生逝世周年作》、刘明孚《七绝·纪念洛夫先生逝世一周年》、沈家庄《千秋岁·洛夫逝世一周年祭》。

2019年6月1日

香港《中华时报》记者王辉丹报道《诗碑〈富春山居图的涅槃〉揭幕续千年诗会》：《富春山居图的涅槃》诗碑今天下午在杭州富阳"海峡两岸交

流基地”黄公望隐居地举行。揭碑仪式由富阳区黄公望研究会承办，诗碑文作者洛夫家人及友人、富阳台办工作人员等近百人参加诗碑揭幕。黄公望研究会表示，一千年前，苏东坡到此地，写下《静因院竹轩》；三百来年后，黄公望至此，看到了苏东坡的诗，和了一首《题苏东坡竹》；再三百来年后，八大山人追寻痴翁仙踪至此，吟出《富阳》；还是在三百来年后，张大千寻访至此，唱了一首《富阳》。今天，诗碑《富春山居图的涅槃》揭幕，洛夫与四位伟大的文人，在“海峡两岸交流基地”续千年诗会。富阳台办表示，洛夫作为华人诗坛非常有影响力的诗人，此次诗碑揭幕对于两岸文人间交流是非常有意义的，是将被载入历史的事件。

2019 **年** 6 **月** 13 **日**

台湾《联合报》副刊“文学纪念册”发表杨树清《诗人未走远，情书留芬芳》，“谨以此文纪念诗魔洛夫先生 91 岁冥诞”。

2019 **年** 6 **月** 28 **日**

甘建华、王锦芳夫妇借到中国作协杭州创作之家疗养，给纯真年代书吧的朱锦绣女士和儿子盛夏，转赠一幅张宗秋版画《洛夫先生》，浙中文化名人龙彼德、子张（张欣）、涂国文、倪江、江离在场见证。

2019 **年** 7 **月** 1 **日**

甘建华、王锦芳夫妇拜访中国作协原副主席、著名诗人黄亚洲，给黄亚洲书院转赠一幅张宗秋版画《洛夫先生》，中国作协会员、浙江知名作家陈富强及徐志摩纪念馆馆长罗烈洪在场见证。

2019 **年** 7 **月**

李少君主编、中国言实出版社出版《新中国 70 年优秀文学作品文库（诗歌卷 1949—2019）》，收入洛夫《边界望乡》。

中信出版社出版台海华文散文精品集《岁月慈悲》，收入洛夫《一朵午荷》。

湖南省诗歌学会编选、百花洲文艺出版社出版的《2018 湖南诗歌年选》，收入甘建华《先生说——悼念乡贤洛夫先生》、邓亚楠《致洛夫先生》。

2019 年 7 月 16 日

《今晚报》副刊《读吧》发表加拿大网络电视台总编辑、加拿大中国笔会会长孙博散文《“诗魔”洛夫》。

2019 年 7 月 19 日

台湾远景出版公司出版《爱的旋律——洛夫情书选》，在台北飞页书房举行新书分享会。陈琼芳携女儿、儿子出席，签名 60 册带有编号的限量毛边本。远景发行人叶丽晴引言，报告文学作家杨树清主持，诗人林焕彰、许世贤、王婷、游淑贞、张国治、颜艾琳、哈萨，作家杨曼芬、杨筑君（牧羊女）、吴尘、卢翠芳、叶凤英、黄重贤、陈学祈、陈妙玲，音乐家李子恒，媒体人张启楷等近百名嘉宾与会。

2019 年 8 月 19 日

法卡山（罗诗斌）在《衡阳晚报》文艺副刊发表诗歌《祭洛夫》。此诗后见于《湖南诗人》2019 年第 3 期。

2019 年 8 月

《北美枫》微刊第 17 期推出“《爱的旋律》回荡在温哥华的天空”，发布和平岛诗歌《师父，我偷偷看了您的情书》《爱的方程式》，和平岛、红枫叶（李影）、O—K Mom 的简短书评，分别是《徐志摩、沈从文和洛夫情书大对决》《一部真正的爱情交响曲》《一世情缘：读〈爱的旋律：洛夫情书选〉有感》。

2019 年 9 月

李少君、张德明主编，北京十月文艺出版社出版《中华人民共和国成立 70 周年优秀文学作品精选·诗歌卷》，收入洛夫《蟋蟀之歌》《金龙禅寺》《边界望乡》。

台湾《创世纪》诗杂志秋季号（总第 200 期）推出甘建华组稿的“衡阳

诗人诗展”，计 20 页，收入甘建华、罗鹿鸣、陈群洲、陈新文、法卡山（罗诗斌）、张沐兴等 19 人的诗歌，每人一个页码，配有简介，多者 6 首，少者两首，其中胡勇平作诗《归去来兮——给洛夫先生》。今年恰逢其创刊 65 周年，本期为创社纪念特刊，总计 210 页。首篇是台湾著名文学评论家陈芳明所撰《〈创世纪〉与我的诗学构筑》，文中多处谈到洛夫对他的影响。

董正宇专著《走近“诗魔”洛夫》，计 27 万字，湖南师范大学出版社出版。

吴投文著《百年新诗经典解读》，吉林大学出版社出版，其中一篇解读洛夫《边界望乡》。

老刀编《中国新诗百年百首》，羊城晚报出版社出版，收入洛夫《石室之死亡》（节选）。

衡阳市委网信办、红网衡阳站联合推出“衡阳风华·70 年 70 人”网上展览活动，洛夫入列其中。

2019 年 10 月

台湾联经出版社出版郑慧如专著《台湾现代诗史》，其中第二章《经典之形成：1950—1969》谈及“焦点诗人”，辟有专节《台湾现代诗史最重要的诗人：洛夫》：“洛夫是最重要、最有才气的汉语当代诗人、汉语诗的奇迹、20 世纪 60 年代台湾诗坛现代主义的代表、台湾十大诗人之首。其丰沛的创作量、磅礴而恢宏的气势与自我挑战的探索精神，纵贯现当代汉语诗坛，无出其右。洛夫全面而深刻，将富含当代性的当代汉语意象运用到极致。洛夫对语言极敏感，下笔精准而有创意，笔端所开创的超现实语言、以‘纯粹’自许的民族诗风、长达 3000 行而高密度的长诗创作，不断改写当代汉诗的标杆。”

曹顺庆、张放主编《华文文学评论》第六辑（四川大学出版社出版）刊载“洛夫研究”两篇文章：刘正伟《诗人的典范——悼一代诗魔洛夫》、胡余龙《空间的想象与乡愁的流动——以洛夫〈石室之死亡〉〈漂木〉为中心》。

2019 年 10 月 20 日

《诗参考》创刊 30 周年颁奖典礼暨诗歌朗诵会在北京举办，来自北京、西安、广州等地百余位诗人与会，洛夫《漂木》获得“中国诗歌 30 年优秀长诗奖”。

2019 年 12 月 13 日

中共衡南县委书记胡果雄专题调研衡南县城洛夫文学艺术馆建设情况，指出衡南是文化重地，是“诗魔”洛夫先生的故乡，要高标准、高效率建设好衡南洛夫文学艺术馆。

2020 年 1 月

刘正伟博士主编《台客诗刊》总第 19 期推出“湖南诗人大展专辑”，发表法卡山纪念洛夫组诗：《己亥冬日在燕子山》《罗家湾墓地》《祭洛夫》《归途》《在广东省立中山图书馆听洛夫诗歌朗诵会》。

加拿大中华诗词学会会刊《诗梦枫桦》总第 25 期，除了发表上述五首，还有一首《虚构的远行》。

2020 年 2 月

美国《新大陆》诗刊（2020 年第 1 期，总第 176 期）发表两首怀念洛夫的诗歌，一是泰国华裔 88 岁高龄诗人岭南人（符绩忠）《跨海越洋说洛夫——寄冬梦》，一是旅美华裔女诗人饶蕾《它带不走你的诗句——致洛夫》。

阿贵主编、香港紫荆花出版社出版《中国荒原诗人诗选·2019 年卷》，收入洛夫《我在水中等你》。

2020 年 3 月

《南方文坛》（双月刊）2020 年第 2 期发表王觅、王珂《洛夫回眸：还是回归汉语诗歌传统——洛夫两周年祭》。

《草堂》诗刊 2020 年第 3 期发表庄晓明《永远的“漂木”——与洛夫先生交往的一些记忆》。

衡阳市诗词学会第八届副会长罗以作《洛夫故里吊诗魔》：“离别故园数十春，一生长作望乡人。圣仙以后魔名著，天地之间诗国亲。公已飘零成漂木，我来瞻仰想风神。骚心听取耒河水，流到今朝句自新。”

2020 年 3 月 19 日

时值洛夫逝世两周年之际，诗刊社微信公众号推出《洛夫逝世两周年纪念》，发布洛夫名篇《边界望乡》《因为风的缘故》《与李贺共饮》《舞者》《烟之外》，同时推出《诗刊》2018 年 1 月号上半月刊“读诗”栏目：洛夫诗作《窗下》、潘桂林短评《诗意的背影》。

中国诗歌网发布纪念专题《“诗魔”洛夫的诗歌与书法》，包括洛夫 3 张照片和 9 幅书法作品，洛夫诗歌《边界望乡》《因为风的缘故》《读诗十二法》《泡沫之外》《金龙禅寺》《死亡的修辞学》《午夜削梨》《众荷喧哗》《与李贺共饮》《烟之外》《诗的葬礼》《走向王维》《后院偶见》，节选发布《石室之死亡》和《漂木》（第一章第一节），洛夫诗论《如何把内在的灵气化为意象?》。

衡阳诗人法卡山、夏夏与友人，在衡南县城洛夫文化广场朗诵洛夫诗歌。

2020 年 4 月 10 日

漳州市图书馆“漳图悦读”公众号第 8 期推介《魔歌・洛夫的诗》，包括《边界望乡》《舞者》《石榴树》《窗下》《子夜读信》《金龙禅寺》《秋千仍在晃荡》《譬如朝露》《因为风的缘故》和《石室之死亡》（节选），以及《魔歌》《洛夫长诗》书影。

诗探索编辑部公号推出洛夫《边界望乡》，甘肃玉门市阅读朗诵协会主席默然（朱建青）朗诵。

2020 年 5 月 23 日

温哥华时间当晚 7—9 时，第二届纪念洛夫诗歌朗诵会举行。世界各地四十几位“洛粉”齐聚线上，倾情演绎洛夫诗歌。150 余位 zoom 现场观众，几百人同时在 YouTube 直播跨越时空，共同缅怀一代诗魔。活动总顾问痖弦致辞，充分肯定了洛夫对中国乃至华人文学诗坛的深远影响，并引用弘一法师的“华枝春满，天心月圆”形容其成功的一生。

2020 年 5 月 30 日

温哥华时间当晚 7—9 时，洛夫国际诗歌节理论研讨会网络直播。何瑞方

(和平岛)、梁丽芳、喻大翔、沈家庄、熊国华、庄晓明、王立(辛上邪)、余玉书等做主旨发言或点评，陈藩庚、王健、董正宇、任美衡以视频发言，陈浩泉、冯玉、杨树清、郎莉做分享交流环节发言。

2020年6月4日

《人民日报海外版》发表著名诗人查干对洛夫名诗《金龙禅寺》的赏析《一首诗和一座禅寺》。

雪意的舞蹈

——论洛夫诗中“雪的意象”之情感意义与表现*

李翠瑛**

一、前言：雪落无声

洛夫的诗集封面上的四个字：“雪落无声”，像静默的现实通透着冰凉的冷静，仿如尘俗往事与世事纠葛，早在无声落下的雪白中澄静如一片白茫茫的大地。“白”与“雪”象征着世事的沉淀与洗净、心境的纯一与单纯，洛夫在老年时出版诗集《雪落无声》，在“二度流放”的加拿大家中看雪赏雪，独与天地往来的精神，如被一片白色天地解放心灵，达到忘我的境界。然而，“雪落无声”不过是诗人生命中一个小小的分号，在诗集之前，雪早在记忆里下着，诗集之中，“雪”的景象在诗人心中或隐或藏，时现时消，“雪”的意象与相应的心情在诗人心中生根，从少年到老年。

洛夫与雪相关的经验可分三个部分，其一是童年生活经验中的雪。其二是1949年之后，洛夫居住在不下雪的台湾（除合欢山偶尔下雪之外），却在1957年出版《灵河》诗集以及之后的诗中，常以雪的意象表达诗意。洛夫故乡湖南冬日下雪的景象，成为后来洛夫诗中回忆的家人之情，是诗人回忆之雪，也是虚笔之雪。其三是1996年初，洛夫移居加拿大时，雪再度成为诗人现实生活中的一景，此时期的诗中之雪不但是现实生活中的雪景，更

---

* 原载《石室与漂木：洛夫诗歌论》。

** 李翠瑛，台湾诗人、元智大学中文系副教授，洛夫研究专家。

用来寄寓诗人的情感与思想。

诗人真实的生活经验里，有真下雪之处所，也有无雪的居所，无论如何，诗中相当多的片段以雪为意象，此诗中之雪的描述有何特殊意涵？移居加拿大之后的洛夫，生活在真正有雪的地区，又是如何看待雪的？雪的诗意的转折与变化如何？而诗中“雪的意象”又以何种手法呈现？这些皆为本文所要解决的问题。

二、雪与洛夫：雪的意象在洛夫生命历程中的意义

雪的意象，在诗文中是很常见的。如柳宗元《江雪》一诗：“孤舟蓑笠翁，独钓寒江雪”，大地一片纯白中，仅有一黑色老翁，此画面不免寄寓作者独立悠游于天地的洒脱与孤独。诗文中的雪，除了天气的指示，或是场景的衬托之外，因其白净与冷寒的特质，“雪”往往成为诗人用来表现情感的事物，或象征或隐喻或是作为诗人内心世界的暗示。古典诗文中如此，现代诗人洛夫的诗中也是如此。

洛夫生命中有三个地域转换，家乡（湖南）→台湾→加拿大，从小时候对雪的亲身经验，到亚热带无雪的台湾（除合欢山之外），然后又到了几乎年年下雪的加拿大，“雪”的意象在诗人的作品及心中占有极为重要的地位。晚年，他把自己的书房命名为“雪楼”：

> 我也为我新居的书房取了一个既不很酸，也不够风雅，却相当冷的名字——雪楼。

雪楼成为洛夫在加拿大家中个人读书、写作、写字的一方小小天地。洛夫在《雪楼小记》中说：

> 雪楼虽非四壁萧然，但其中的布置甚为简单，一桌，一椅，一灯，两个大书架，书桌对面墙上左侧的挂历数月不撕，右侧的壁钟时走时停。

雪楼简单而不奢华，如雪的纯净，没有过度的修饰与缤纷的色彩，洛夫在散文集《洛夫小品选》自序《独立苍茫》中说：

> 我为我新居的书房起了一个“雪楼”的斋名，这固然由于冬天在二楼的书房可以倚窗看雪，但更暗示我这纯净冷傲，与世无争的隐逸生活。

雪的洁白与纯净成为诗人性格与心理的反映，倚窗看雪的诗人不禁有着超然的思维，从纯白中暗示着自己渴望与世无争的宁静岁月。

此“雪”为屋堂名，除洛夫之外，上追宋代的苏东坡。才子苏东坡曾经

留下一段与雪相关的事迹。北宋神宗元丰二年（1079），苏轼因文字狱之累，被关押一百三十二天后获得赦免，朝廷贬其为黄州团练副史。苏轼因此到了黄州，《东坡事类》说：

逮赴台狱，欲置之死，锻炼久之不决，神宗独怜之，以黄州团练副史，安置轼，与田父野老相从溪山间，筑室于东坡，自号东坡居士。

此即喧腾一时的乌台诗案。之后，苏轼初到黄州，无家可居，便暂住在寺庙，曾经住过定惠院、临皋亭。后来在办公的居所后面盖了一间屋子，作为暂时居住之所，取名为“雪堂”。因为屋中四面墙壁都画上皑皑白雪，因而有此名，据《苏文忠公诗编注集成》云：

公得废圃于东坡之胁，筑而垣之，葺堂五间，堂成于大雪中，因绘雪于四壁，榜曰：东坡雪堂，始自号东坡居士，作雪堂记。以雪堂酒为义樽，身耕妻蚕，将以卒岁。

其本集《雪堂记》云：

堂以大雪中为，因绘雪于四壁之间，无容隙也，起居偃仰，环顾睥睨，无非雪者，苏子居之，真得其所者也。

东坡筑堂五间，亲自耕种，妻子养蚕织布，过着劳苦的农家生活。在黄州的东坡，虽有官职，却无实权，处境艰难，并且只允许在黄州境内活动，不能离开。雪堂之中，四面皆是白雪，把整面墙都画满而不留空隙，若是夏天则有冬日的清凉，冬日则无内外之别，东坡生活其中，自成一个雪中世界，一进屋内就把门外的春夏秋冬关在外面。东坡与老庄的思想契合，对于洁净的天地有着如禅思般的想望，雪有着萧飒的美感与清凉，经过乌台诗案而入狱的东坡，许多的不满与感叹，都以雪白的清凉浇灭心中杂乱的念头，也以雪的白净呼应着内心的清白洁净与光明磊落。

现代人洛夫爱雪，对雪具有特别的情感，除了现实的雪与书房之名以外，雪的景象澄净、洁白，从雪景中，诗人洛夫领略禅意，澄静心灵，从纯净中找到生命安放的宁静与自然。在加拿大的洛夫，无雪的平时也会想起雪，如《又想起了雪》：

每次进入书房，负手独立窗口外望，便不由得想起大雪纷飞的情景。

因为诗人凭窗而望，常进入一种寂静的状态，洛夫《雪楼小记》中说：

在书房，我最喜欢倚窗眺望，多半时间不思不想，脑子一片空白，似乎进入了庄子“坐忘”的虚静境界。

在五色之中，纯白反而唤起内心纯真的渴望，雪花飘落大地，仿佛所有颜色的消失，是回归空无寂静的开始。《雪落无声》中说：

> 晨起掀开窗帘，顿觉室内四壁皎然，探首窗外，只见宇宙一片光明。雪落无声，万物都在鹅毛大雪的覆盖下失去了颜色，失去了距离，也失去了个性，天地间只充塞着无边际的寂静，其实也不是寂静而是空无。

没有五颜六色的炫目，白色的雪是单纯的思维。可见诗人向往单纯的生活，同时倾向纯净的赤子之心，洛夫喜爱的是单纯的线条，从他所喜爱的雪，以及诗中多处雪的意象可以如此推测。在其诗集《雪落无声》的序《如是晚境》一文中：

> 我对雪有一种特殊的情结，除了喜欢它那冷静、洁白、空茫的属性外，更能使我唤起童年在雪夜与家人围炉烤火的记忆。现在到了晚年，自我流放异国，下雪的景象颇能配合我的心境。负手窗口，闲闲地四顾着天地间一片纯白，雪在无休无止地飘落。这是一个骤然失去了声音、颜色、名字和个性的世界，给人一种强烈的浑沌的美感，其中掺有一些些喜悦，一些些寂寥，一些些茫然与虚无，但把我全部占有的却是一种绝对的宁静。

喜爱雪的洛夫因时间的不同而对雪有不同的定义，在童年，雪是与家人的记忆；在青壮中年，雪是一种乡愁，带着家人与故乡的回忆，而雪充满冷静、洁白、空灵的属性，让诗人洛夫有特殊的情怀。到老年，雪不再只是虚有的记忆，雪是生活中四季必然的循环，于是，赏雪观雪成为诗人生活的乐趣，当雪无休止地洒落，诗人因其无声而特别感受到天地无声的混沌之美，喜悦与寂寥这两种相反的情绪在诗人心中并存，产生对立而矛盾的滋味，化为无以言说的空茫与寂静。

雪的纯净象征着生命的洗净与升华，此意象的表现与《红楼梦》中的雪境也颇有异曲同工之妙。《红楼梦》中以雪的场景总结宝玉此一角色；最初宝玉在梦中，由警幻仙子将《红楼梦》曲调，命人唱给宝玉听，其中最后一曲说：

> 看破的遁入空门，痴迷的枉送了性命。好一似食尽鸟投林，落了片白茫茫大地真干净。

“一片白茫茫大地”因雪而来，“雪”的意象代表“清净”。而白雪掩盖之后，天地只剩白色，看不见善恶与美丑，无论是风月之情或是荣华富贵都归于空境。贾家被抄家后，《红楼梦》第一百二十回写宝玉中举之后，出家为僧，最后在河畔辞别贾政时，其场景也是一片白色大地：

> 贾政打发家人上岸投帖，辞谢朋友，总说即刻开船，都不敢劳动。船中只留一个小厮伺候，自己在船中写家书，先要打发人起早到家。写到宝玉的事，便停笔。抬头忽见船头上微微的雪影里面一个人，光着头，赤着脚，身上披着一领大红猩猩毡的斗篷，向贾政倒身下拜。贾政尚未认清，急忙出船，欲待扶住，问他是谁，那人已拜了四拜，站起来打了个问讯。贾政才要还揖，迎面一看不是别人，却是宝玉。……贾政一面听着，一面赶去，转过一小坡，倏然不见。贾政已赶得心虚气喘，惊疑不定，回过头来，见自己的小厮也是随后赶来……贾政还欲前走，只见白茫茫一片旷野，并无一人。

贾宝玉看破红尘，光头赤脚，辞别贾政，便在雪中。贾政见船头上微微雪影一人，却是宝玉，而宝玉拜别贾政之后，便跟着一僧一道，三人飘然而去，贾政追赶不及，最后三人不见了，只见到一片白茫茫大地，正好呼应警幻仙子演曲中的“白茫茫大地真干净”。雪使大地只有一种颜色，白色代表着纯净洁净，当一切红尘已了，往事如烟，回归原点，就是一种白，过去一切烟消云散，只剩下白色的天地，干净而不染尘俗。

红楼梦中风月如梦，人生如梦，于是，终结于僧道的修行。白雪用以扫尽红尘之污秽，象征生命的去芜存菁与洗净风华。落尽繁华之后，就是真淳之境。脱去如梦的繁华人生，剩下一片白茫茫的大地，生命回归纯白无华的原点，与贾宝玉以女娲炼石补天剩下的一粒顽石，经历红尘的富贵荣华之后，缘了情断，再回到原来的地方，生与死形成生生不息的循环。

雪的白净对比于世间其乱如麻的缤纷色彩，喜爱雪的洛夫，也许被这世间的繁华与生活的乱象弄得烦乱，他拥有的单纯与洁净的心灵世界，反映在诗的意象上则是对于雪的冷、雪的白的喜爱，以及因雪的覆盖而可能消解过去所有好或坏，是是非非的纷乱景象，回归到冷静而纯净的心灵与生活。流放而漂泊的洛夫内心对于“纯净”“不染”的世界的渴望，与自我生活如隐士般自由自在的日子的向往，就反应在对于“雪”的喜爱以及诗中真正的雪景与虚构的雪景之中。

三、雪意纷飞：洛夫诗中雪的意涵与情感表达

诗人对颜色的喜爱、意象的取择，以及声音的作用，都是诗人内心世界向外寻求依托的表征，而每一位诗人所特别喜爱的颜色与意象，不但说明个

人独特的风格，也说明诗人内心情感世界的走向。洛夫喜爱“雪”，因为下雪带给诗人心灵的节奏，以及喜悦而无可言说的振奋；雪让诗人引起与古人精神同游的豪情，孤傲于天地之间而无仰无愧的大丈夫气。洛夫在《雪落无声》中说：

> 室内黑色的激动和窗外白雪恣意的飞舞，形成一种绝妙的心灵节奏，一种极度喜悦的，正如庄子所说“独与天地精神往来而不傲倪于万物”的那种孤傲与狂放，那种漫不在乎。

黑与白形成的强烈对比，在洛夫的世界中分割成两块绝妙的节奏，此两物所形成的节奏感让诗人喜悦，在色彩学上这黑白二色属于无色彩的系统，张春荣曾经写过一文，讨论洛夫诗中的黑与白，他认为洛夫对于黑与白的感受显现于诗中世界，形成诗中白与黑的意象。他说：

> 黑与白的色调及以此所铸出的鲜明意象，可以说是洛夫刻意经营的符号世界，比起其他诗人而言，黑与白最能表现洛夫诗的整体气氛。

黑色的幽默来自诗人超现实主义时期的作风，从《石室之死亡》一诗以来，黑色用来窥探人生的悲剧，黑白的强烈对比，还原诗人生命的相貌，黑色与白色便形成了洛夫诗中的生命美学。文中提出诗人“雪”的性格，认为：

> 我们可以知道洛夫的“雪”的涵义是“明净的”“冷的”“暴躁的”。……足见诗人的性格是由外表之冷和内心之热的组合，二者相反相成，构成洛夫诗中随手可拾的张力，透显阳刚逼人的气势。

洛夫雪的性格有冷静有火热，从“冷”“冰”“雪”等“白”而“冷”的意象中，透显出诗人内心世界的渴望。然而，张文写于1977年，在1977年之后，洛夫诗中“雪”的意象出现更多，而不纯然是颜色的白所展现的意涵，“雪”的意象的出现往往附着于乡愁的情感。一直到1996年移居加拿大后，洛夫透露出自己对于雪的喜爱，然而，审视洛夫大量的诗作，“雪”的意象与家乡的思念早在洛夫诗中不断出现，是洛夫诗中时常出现的联结。

洛夫从1957年出版第一本诗集之后，到2007年出版的诗集中，雪的意象在洛夫的生命经历分期中有着不同的表现与意涵。可分为三个部分，第一部分，包括童年的雪景与在台湾无雪之地所设想出的雪景，诗中雪景，大都用以暗示或寄寓诗人的乡愁或是诗人特有所指的情志内涵。第二部分，是洛夫回到家乡之后，乡愁已解，雪的意象不再只是单纯描写乡愁，而添增许多不同的内涵。第三部分，是洛夫到加拿大之后，冬天的真实雪景所带给作者真切的感受与刺激，而此时的雪的意象具有真实的雪境与情感的融合，并趋向于禅意的体悟。本文即从此三方面论述洛夫雪的特殊表现与意涵。

（一）雪的乡愁：童年的雪与乡愁的记忆

洛夫 1957 年第一本诗集《灵河》出版。这段时期，诗人在冬天无雪的台湾，在热带及亚热带的气候里，除了洛夫到韩国见到雪，或在出国期间偶见到雪之外，基本上，诗人的生活周遭不会有“雪”的实体出现，因而洛夫早期诗中常见的雪的意象，大部分都是过去的记忆中的雪。

诗中想象的“雪的意象”是一种“示现”的修辞技巧，所谓“示现”是透过想象完成的修辞技巧，示现分为对过去的人事物（或事件）的想象、现在的与一般的想象。而“悬想示现”就是对所有的、没有时间分别的人事物的想象的通称，黄庆萱将“悬想示现”称为：“把想象的事情说得像真在眼前一般，同时间的过去未来一点儿也没有关系。”洛夫诗中常常使用的超乎现实的想象，在修辞学上也可称作“悬想示现”的一种。然而，洛夫的雪的意象，不只是“悬想示现”而已，从想象的雪景，透过诗中其他超现实的想象与形象化等手法转变雪的意象，使雪的意象还带着情感意志的暗示。1976 年，洛夫写出《岁末无雪》一诗：

午夜窗口一盏灯
他衔着烟斗
他沉思当仰望天花板
他把时间雕成一块块方格
……
不管怎么说，夜毕竟很深了
午夜最不宜照镜
最怕证明昨天的头发只在昨天黑过
天好冷，他用手指蘸着酒渍在桌上写着：“一堆火，骤然在某一重要时刻熄去”
为什么？无人想去探究
反正
今年的雪是无论如何下不成了

时间的流逝对诗人而言是一种焦虑，本来就不下雪的台湾，诗人却拟想着“雪是无论如何下不成了”，仿佛心中有所期待，而期待落空之后，不免有黯然神伤的哀愁。因此，岁末时，回乡团圆与家人团聚就成为诗人心中最大的愿望，“下雪”暗示回乡的可能性，下不成雪也暗示着今年回不了家乡，看不见家乡的雪景了，又如《车上读杜甫》：

八年离乱
灯下夫妻愁对这该是最后一次了
愁消息来得突然惟恐不确
愁一生太长而今又嫌太短
愁岁月茫茫明日天涯何处
愁归乡的盘缠一时无着
此时却见妻的笑意温如炉火
窗外正在下雪

杜甫《闻官军收河南河北》一诗写于唐代德宗元年（763）春天，时年五十二岁，当时唐军在洛阳附近横水一带打了胜仗，收复洛阳与郑、汴等州，正流寓梓州的杜甫，过着离乡漂泊的日子，一听到此事，心情激动地写下此篇名作。洛夫截取每一句唐诗，铺排转换成现代诗的意象，在“却看妻子愁何在”一句，描写诗人杜甫欣喜之情，漫卷诗书好还乡时，与妻子八年对愁的日子终于得以结束，对愁者，在于乡愁。至于窗外是否真的下雪，那就不论了。“下雪”的意象与温如炉火的笑意形成强烈的对比，融化外在雪景的是一种欢喜的温暖的归乡心情。而诗人写到归乡，用的是“窗外正在下雪”，“雪”是家乡的暗示，下雪象征着回乡的希望被点燃。因而，下雪暗示的是乡愁的解除，是归乡的可能，雪联结着诗人与故乡的情思。另一首诗《读雪》：

据报载昨晚合欢山下了大雪
读后连打了三个喷嚏
很想引火
把这则新闻烧掉
就不知
能不能点燃
唯一可信的是
童年在院子里堆的那个雪人
无论如何是溶不了的

洛夫此诗运用超现实手法，虽想把此新闻烧掉，但现实中的新闻岂能被烧？以虚境为实作，虚实之境相融无间。再者，因为雪而引起的乡愁，是合欢山上的雪引发诗人联想起故乡，诗中回想童年时故乡的雪人意象，雪人不融化，则乡愁不息，归乡无望。诗人以“物”为描写焦点，实则在写自己的乡愁。想把新闻烧掉的心情是一种不想回忆家乡的情结，然而，不想乃是不敢，不敢碰触心中最痛的伤，因为一碰就可能情绪溃堤。拒绝反而是更无法放下的情结，所以，诗人说雪人一时之间“是溶不了的”。另一首与杜甫有关的诗是《边陲人的独白》：

实在没什么好惊心的了
唯对镜时才怵然怔住
当手中捻弄着
历经风的革命
雪的浩劫
而今藏身于梳子牙缝中的
一根苍发

此诗是以杜甫的《春望》一诗为铺陈的次序，从“国破山河在”到“恨别鸟惊心”。洛夫在最后一段才书写：“雪的浩劫”是无家可归的浩劫。雪的意象与诗人的乡愁紧紧结合。洛夫还有另一首诗以雪的意象写家乡，即《七月的挽歌——悼抗战阵亡的英灵》：

多年的积雪终于化为春水
桃花在江南怀了孕，麦子又回到北方
五十年后当我在灯下细数历史的创痕
窗外风雨正急，谁又将为我们的明日疗伤

不融的雪暗示着回不去的故乡，而融化的雪水象征着问题的解决、隔阂消除，冰雪的消融反应的是冰冷结束，温暖来临，因此诗人说积雪化为春水，而属江南的桃花怀孕，属北方的麦子回到北方，各自回到自己的土地上，这当然是诗人渴望归乡的愿望。另一首诗《邮票》中说：

毕竟知道彼此还活着
不管在风中，雪中
或在各自的异地
遍植茱萸发现少了一人时的
久久无言中

诗人认为“信上的邮票揭不得/揭了会痛”，以邮票为题，书写对故乡的怀念。不敢想起故乡，如同邮票不可揭，揭了会痛。在诗的第一段中，诗人以“风”“雪”写各自所处的景况。风、雪毕竟不是温暖的春风或是柔顺的水，既定的思维有既定的意象内涵，代表的负面的意义多过于正面。此诗虽未明言雪与家乡的联结关系，但是引用了王维《九月九日忆山东兄弟》中的诗意：

独在异乡为异客，每逢佳节倍思亲。
遥知兄弟登高处，遍插茱萸少一人。

王维此诗写他远离故乡，身在异地，在重阳节想念家人的心情。引用此诗的意涵，洛夫以“遍插茱萸少一人”一句写成现代诗中离乡背井，无论处于风中雪中，都还是存在着对兄弟故乡的思念，此诗中“风”“雪”是所处环境的象征，而诗中引用风雪的意象还是与思乡有所关联。

因此，雪代表的是诗人隐藏的乡愁，因此，洛夫诗中雪的种种现象，下雪、解冻、雪停、融雪等都代表着诗人对于回乡之路的种种可能假设。洛夫在《雪祭——汉城游踪》中说：

童年每逢寒冬，每逢月夜，总喜欢守在窗口听那沙沙的脚步声，久久不愿入睡，窗外白雪皑皑，明月皎然，就像裹在一块白色的绒毡中，只觉得有趣，想象不出“明月照积雪”那种境界究竟是如何的千古壮观；而现在想到了，这一切又已成为深深埋在记忆中的乡愁。

而此文写洛夫游韩国，在下雪的冬日与诸多诗友，寻找韩国诗人韩云龙墓不成，以雪中遥祭的方式悼念，此行身处在有雪的环境中，因而引起诗人对于家乡的感怀，文中书写当时在雪中前行的情况，引发童年的雪的联想，接着唤起浓浓的乡愁。再者，又当诗人到边界的板门店山头往另一边眺望，其地理位置邻接中国东北，似乎站在山头，就能感受到山的另一边的故乡，越接近故乡，却不能跨越，使诗人产生更多的感怀。其《如果山那边降雪——汉城诗钞之十》中说：

我们久久冰立山顶
无非是想证实
山是否仍是白山
水是否仍是黑水
高中地理课本上的河川
仍在我的体内蜿蜒
如果山那边降雪
乌拉草和貂皮
是否能保证黑龙江解冻?

诗人在板门店看故乡：“在感觉上，此处距故国山河好像比金门古宁头距厦门还近。这时，仰首拭目，手帕上竟是一片濡湿的乡愁。”雪的意象被诗人拿来联想故乡，融化的雪或是解冻的雪，象征着崭新而温暖的局面，而山的那一边却还是在“降雪”，无法融化的雪暗示着故乡依旧是回不去的故乡。洛夫说：

> 我与雪颇为有缘，诗中常有雪的意象出现，也曾自称我在台北的书房为“望雪楼”。台湾冬日除合欢山等高山外，平地从未降雪，当然无雪可望。我所谓的“望雪”，只是怀念与期盼之意，说穿了，无非是表达对童年在大陆故乡落雪时的记忆和向往。

洛夫喜欢雪的原因在于童年的回忆，雪让他想起在故乡的童年生活，望雪就是回忆童年。洛夫诗中的“雪”的出现往往也与童年或是乡愁结合，成为乡愁的暗示或是象征，《酿酒的石头》中说：

> 用雪堆积的童年
> 化得多么快啊
> 所幸我仍是
> 你手中握得发热的
> 一块石头

童年与雪的关系密切，却化得如此之快，令人措手不及。而诗人认为自己心头尚热，是一块手中握得发热的石块，这也意味诗人对于故乡还充满期待与热情。然而，离乡背井的心情中，对于亲人的伤逝最是令人难以忘情。洛夫有一首写母亲的诗，如《血的再版——悼亡母诗》中：

> 你可曾听见
> 我踏雪而来的脚步声
> 你可曾听见
> 我掩口不及的惊呼
> 母亲，你为什么不说话
> 我已在你的窗下
> 把雪站厚了两寸，三寸，五寸
> 你看，我的须眉皆已染白
> 当然不完全是雪
> 也掺有三十载的尘与土，悲凉的月

诗人踏雪而来的脚步声，是否听见？其实是听不见的，雪可能是乡愁，雪也可能是身上的须眉，雪也是三十年的心情。冰冷的心情，冰冷的泪水，此诗据诗人在后记中说明，推测应写于 1981 年 10 月方才定稿，而洛夫母亲在 1981 年 4 月逝世，诗人初闻噩耗，竟哀恸而无法写诗，到 10 月，才完成此诗，并经过多次修改。等到 1988 年，洛夫终于回到故乡，得以在母亲的坟上祭拜，后来写了一首诗，为《河畔墓园——为亡母上坟小记》：

在黄土上跪下时
我试着伸腕
握你蓟草般的小手
刚下过一场小雨
我为你
运来一整条河的水
流自
我积雪初融的眼睛

当洛夫写着“积雪初融的眼睛”，既是眼泪，也双关冻雪的消融，本无回乡的路，而至今“消融”得以回乡。此诗洛夫说自己是从乡愁中走出来，见到了家乡母亲的坟，积雪初融，同时，也说明冻雪般冷的回乡之路如今已然通行。“雪”的意象在诗中有着多重的意涵，既是暗示着回乡路的通畅与否，也是说明着乡愁的解除与否，诗人透过“雪”的各式样态，以雪的各种意象写他的乡愁。

（二）雪的消融：可解与不可解的乡愁

改革开放后，洛夫到大陆旅行并接受各个文艺团体的邀约。“雪”其实已经在融化，到故乡的距离不再如天似地般遥不可及，那乡愁可解，“雪”似乎可融，《出三峡记》：

如果策马而来
午夜不辨蹄声涛声又是另一番凄恻
江行千里，愈远愈冷
雪，将落在我的心中
融化于
当年沉船激起的漩涡里

雪已融化，两岸的交流随着时代变迁日益频繁，然而，吊诡的是，诗人回到现实中的故乡，却找不到童年的故乡，随着时间迁移，物换星移，景物的变化与人事的更迭，故乡是故乡，却不是故乡，乡愁有缘可解开，却仿佛又解不开。他说：

四十年来，我日趋孤绝，几乎一度使生命沦为废墟。这几年我们可以回家了，却发现乡愁竟是一种治不好的绝症，往事成了仿佛的梦境，一旦面对现实，梦便粉碎无遗。

对于故乡的怀念，洛夫也有他的乡愁，乡愁演变成更多复杂而说不出来的情愫。当回乡从虚有的想象变成事实，再从回乡之后的现实状况，梦的破碎以及事物的变化，过去的童年的乡愁于今更加沉入深深的记忆之中，乡愁消失了，却变成记忆中永远不可解的乡愁。所以，“雪”看起来好像融了，心中的雪却没有真正融化，童年退到远远的记忆深处，其诗《夕阳美如远方之死》说：

今夕何夕
归梦与雁子同时回到衡阳
浪子的故事不一定很美
譬如
童年比雪还遥远
这种事就常发生在骨髓深藏的地方
而蚱蜢青色之
岁月，永远不死

童年不因乡愁的解除而找得回来，家乡景物的变化使得童年只能远远退回记忆之中。如写好友痖弦回到故乡后，在家乡南阳盖了一栋房子，其中，乡愁也是以“雪”的意象书之，此诗《痖弦以泥水掺合旧梦在南阳盖一座新屋》说：

掺着血的酒脸色越喝越白
合十的掌翻开来随即掉上一捧四十年前的雪
旧是旧了些
梦制的棉袍上缀满了新的补钉

四十年前心中的雪景被回乡的现实重新诠释，一捧四十年的雪在瞬间掉落的意象，或是融化的雪的意象，意味着诗人乡愁的化解，然而化解之后却带来更多的无奈，因为故乡的景物已非原来童年时的景物，原本期待的落空，一旦现实体现，渴望顿时化为乌有，反而是说不上来酸甜苦辣，心中不知何种滋味了。《灰面鹫》中说：

故乡，只是秋风中
一声听不清楚的呼唤
过客。过客。过客。
被瞄准，被诱捕
被视为“非我族类”的过客
枪声乍响

便全身萎顿如泥
如一首没有骨头的诗

“过客”始终都是“过客”，在长久生活的台湾或是童年的故乡，诗人都有着无根之感，不是归人，是个过客。无奈之感现于诗中。其诗《你是传说中那半截蜡烛/另一半已在灰尘之外》写着：

蜡梅无语，淡淡地在
烛光下绽放异乡的雪意，遂有了
另一种远方的悲情。如遇凶年
一条纸蛇照样很毒
半夜三更突然在体内四处流窜
已不是怀疑论者之言了
在找到葬地之前我们的心
灰冷如大雪之将临
尘土之外，无一物可资取暖

蜡梅应在故乡，却绽放出异乡的雪意，这是诗人心中的飘泊感化为实物的情感，身在异乡，对故乡的怀念始终存在，“雪意”是他的乡愁，但却无法真正解开此一乡愁。因而，诗中有了悲情，如灰冷如雪之将临，无一物可以取暖，雪本在诗中而未显其寒意，但是却在此诗中，雪的寒意通透全身，了无温暖。可见乡愁对诗人而言实在是冷透心扉。此诗书写的时间为 1991 年，已在诗人回到故乡之后，由此可推知诗人回乡之后，乡愁并未减少，反而化成无尽的记忆，在现实中找不到，永远存放在心底深处，那捉不到的愁思更冷，雪也就更加冰寒。

（三）雪的升华：老年的雪与禅意的转换

“雪”的意象对于居住在台湾的人而言，无疑是想象中的色调。洛夫在 1996 年移居加拿大，此时，雪景不再是想象中的雪，而是现实的景色，此时期的诗人对于“雪”赋予新的意义，随着心境的改变而有新的想法。洛夫刚到加拿大时下了一场大雪，据说是六十年来最大的一场雪，他在《雪落无声》一文中说：

前年初来温市即遇一场六十年来最大的雪，也是我平生所见最美最令人兴奋的一场，由于来得猝不及防，整个人被一种茫然的感觉所攫住，初有惊艳的紧张，却不感到任何压力。

外面的世界有雪，但诗人心中的雪已然转成一股宁静的生命观照。他感受到古人对雪的形容，也走出自己过去对于“雪”的感觉。外在的雪与内在的雪，从年轻到老年，雪在诗中有着不同的情感意涵。从“茫然”而无压力的心境，仿如渐渐体现道家玄之又玄的天地之始，茫然混沌的初始之心念，此心意则引发诗人更进一步对禅意领悟的契机。

环境的改变让诗人思考自己所处的地位以及心灵支撑的力量，洛夫在《独立苍茫》中说：

> 一位流放作者不论他立身何处，生活形式起了多大的变化，他都需要一个庞大而深厚的文化传统在背后支撑。今天我处在这极度尴尬而又暧昧的时空中，唯一的好处是我能百分之百地掌控着一个自由的心灵空间，而充实这心灵空间的，正是那在我血脉中流转的中国文化，这就是我为什么有去国的凄惶，而无失国的悲哀。

洛夫自认自己移居加拿大是“二度流放”，第一度流放是在 1949 年，他被迫离开乡土来到台湾，数十年成长与经营，洛夫在台湾建立诗人的地位与文学的城堡，但在晚年，由于种种因素，他于 1996 年从台湾移居加拿大，自认为“二度流放”。诗人心中那些“流放”的因子，常常蠢蠢欲动，让他在某种不安定中反而保有创作的灵感，他说：

> 就一个作家而言，初期的流放生涯对他的创作绝对有益：新的人生经验，新的生活刺激，新的苦闷和挑战，都可使他的作品更加丰富，表现更多层次的生命内涵，屈原、韩愈、柳宗元，乃至苏东坡，都在被迫流放的孤绝凄凉的岁月中，写下了传世之作。

洛夫在被流放的古人中找到与自己相似的成分，古人流放的孤绝反而造就传世之作，在洛夫看来，“流放”未必全然是一种不幸，古人如此，作为今人的洛夫不也如此？因为远走天涯的刺激与经验，挑战创作者创造更丰富的内涵，只是这样的内涵中也包含了流放者心情的起伏、不安、漂泊的情感，此时，创作意象的产生也同时呼应着作者的心境。流放之中，反而有更好的作品传世，古今皆然。洛夫有所期许，因而冰雪的消融对其而言，将有新的定义，而融化之后的雪，在流放之后的雪景意涵更显得多样。

“二度流放”之后的诗，有了新的感受与生活经验。乡愁呈现不一样的情感，此时的乡愁也许是对长期生活的台湾的回忆，也许是抹不去的童年记忆，或许也是说不上来的心中之愁。在《或许乡愁》一诗中：

> 一个厚嘴唇的黑妇
> 在铲雪
> 白色的乡愁

从邻居的烟囱袅袅升起

诗人心中有时也不禁有种回乡的渴望与思乡之情，这也是人之常情。《酒乡之歌》中说：

我，天涯的一束白发
雪水漂白的。这之前
秋风漂白的
在秋风中流窜的
曳光弹漂白的。战争，那年不巧
在梦的回廊拐弯处遇到
我便跟着它走了

在洛夫的长诗《漂木》中，有一段和此诗非常类似的句子：

我，天涯的一束白发
雪水洗白的。这之前
秋风洗白的
在秋风中流窜的
曳光弹洗白的
战争，那年在梦的回廊拐弯处遇到
我便跟着它走了

这是一段诗人写到过去离乡背井时的情节，在《漂木》一诗中叙述较长而详细，《酒乡之歌》为短诗，较为简要。两者都是以“雪”与家乡的联结，以雪的意象描写家乡与自己过去离乡背井的痛苦经历，诗人本来的黑发被雪水洗白，暗示着生命的老去是被寒霜冰冷漂洗过之后，留下的沧桑。用“雪”代表冰冷的结束，还有《漂木》中的一段：

十年冰雪
一旦解冻小河便一丝不挂
闪着细腰
落花流水送来一群母鱼
腰围粗大显然是下蛋以后的事
运河两岸农舍的炊烟
一早就张家长
李家短
城市的马达也开始

张家长
李家短

洛夫则是从有雪无雪的环境中都能创造出雪来，似乎与雪之间有某种契约，把雪当成生命困顿时清凉的表征，“雪”也成为消解烦闷、渴望清静轻松的内在祈求。因为“雪”的白色，似乎让作者产生“纯净冷傲，与世无争的隐逸生活”的渴望。在实际下雪的环境中，诗人写出与居住在台湾时不同的诗句，如《白色的喧嚣》一诗：

半夜
心中皎然
我沿着四壁游走
心惊于
室外逐渐扩大的
白色的喧嚣
一列火车从雪原上迤逦远去

描写雪的诗，有时可能就是现实的画面，有时可能也是想象的情节。此诗作于1997年4月，在诗作最后，诗人说当时的场景是火车的远去，那白色的喧嚣就是雪原中一列火车扬长而去的身影与鸣笛之声。

现实中的雪景，是诗人写作的景物，悠闲的生活对照过去对于雪的愁绪，诗人显得从容许多。在《初雪》一诗中说：

墙外睡着昨夜的梦
桌上搁着一封未写完的信
我专注地望着
院子里大雪在为一只冻僵的知更鸟
举行葬礼……
我喝着热咖啡
双手捧着杯子搓着，揉着
一直转着，快速地转着
及至
玻璃窗上的积雪纷纷而落（时钟
不停地在消灭自己）

此诗写于1997年4月，是作者移居加拿大之后第二年所写。窗外的雪景对照窗内喝着咖啡的诗人，悠闲从容的情感不似过去人与雪之间存在的紧张与悲愁的关系。积雪纷纷而落，心中对家乡的愁思也渐渐化解，在有雪的国度里，许多与雪景有关的事物纷纷入诗，如《埋》一诗：

大雪降落之前
整个上午
他在思索事物本身的逻辑
先扫落叶
继而挖土
为一只冻死的松鼠料理后事

此诗写于1997年4月，雪中的松鼠与洛夫的生活相伴，这是诗人在实际的雪境中的生活体验。洛夫加拿大的家中，有十株白杨，三株松树，还有一窝五口之家的松鼠，这些松鼠成为诗人生活情趣的来源。在诗人2007年出版的《背向大海》一书中有一诗《松鼠家族》：

褐色的
刚长大的第二代
躲在树叶后面
窥视：
妈妈把吃剩的半只苹果
埋在雪的孤独中
它跃下地来
在雪堆里拼命地挖
专注地挖
最后，终于挖出了
另一半的孤独

“雪”以孤独的面目出现，诗人对于闲居所见的松鼠与雪，以松鼠的生命力对照于冷静的雪景，雪的冰冷使人联想到孤单或是孤绝的情感，诗人以雪为孤独情感的联想。

在洛夫诗中，冰冷的雪，被诗人借以发抒悲哀，视“雪”为一种空无的、无常的象征，然而，传统古典诗中的名词，在洛夫诗中却别有美感，是惊奇的、有趣的、踏雪而来的浪漫，是无声的宇宙之声，学者费勇说：

洛夫着重的是“雪”这种东西本身，而不完全是“雪”所构成的景。雪的颜色是洁白的，雪是冰冷的，雪是要融化的，因为洁白，洛夫赋予它以一种“永恒的空无”，因为冰冷，洛夫借它抒发悲哀，因为消融，洛夫将其视作无常的象征。

费勇认为洛夫诗中的雪象征着一种永恒的空无。虽然费勇是从洛夫的古典意象中寻绎出洛夫诗中的雪所象征的无常与永恒之意，然而，费勇所讨论的洛夫的雪，应是更契合于洛夫后期的作品，把雪中的意义拟想成诗中的禅意，洛夫《无声：禅诗十帖》中说：

【雪落无声】
一行脚印……
冷清的寺院外
雪
落在老和尚的光头上
化得好慢

在加拿大的洛夫，雪与故乡的联结不再是诗人创作的主要方向，反而，从雪的洁净中转化成诗中禅意，从雪的特质结合禅意，雪的意象与乡愁则越离越远，渐渐成为禅意的意象来源。如 2007 年出版的《漂木》第一章：

非欲念不足以闻道
非满缸的雪水不足以镇压肉身的沸腾
关于生与死
庄子与蝴蝶与大悲咒轮流开讲
各说各话。非痴愚
不足以使石头怀孕

雪水用来化解肉身沸腾的欲念，雪的作用是因其冷的特质，用以浇熄如火般的欲望。在庄子与道中，雪水的冰冷发挥其最大的功用，在生与死，欲与道之间，雪是一只令人理性而节制的手。洛夫在《漂木》最后一章《向废墟致敬》写到有关于雪的意象时说：

向雪人的泪致敬
正因为它毫无理由流泪而把自己哭得一无所有
去年的雪
移交给今年依然一无所有
向无泪的，悬于枯枝的
拒绝被秋风逼入火炉的叶子　致敬

当所有相都如《金刚经》上所言：“般若实相，非一相，非异相，非无相，非非无相，非非有相，非非一相，非非异相，非有无俱相，非一异俱相，离一切相，即一切法。”洛夫在《向废墟致敬》的前言写着这些句子。致敬的废墟代表何种意义？诗人提到各式的事物包括鱼尾纹、早晨的面包、穷人、多欲之岛等，种种人间之相，混杂地出现在诗中，而诗人一一向其致敬，所有相皆非相，所有的混杂的形相都不是真相，无相之中，废墟暗示的虚无，暗示一切都将成空，空相才是最终所有相的归所，所以诗人向废墟致敬。

2013 年 10 月 20 日，洛夫先生（左）在深圳为甘建华新著题签“衡岳湘水”

在历史中，人或物都逃不过时间的双手，变成废墟，也变成历史，终究成空。如此一来，诗人过去所念所想的故乡与种种乡愁之情不也在时间的流逝中，成为过去？万法皆空，则诗人转化以“雪人的泪”的意象隐含其义，雪人之哭到一无所有，那哭岂不白哭？去年的雪到今年，依然一无所有，那雪所代表的人的情感或是家乡的种种岂不成空？只有拒绝被风逼入火炉的叶子还保有一点点风骨，然而，悬于枯枝的叶子在大环境之中，仍旧有掉落的一天，诗人致敬的不过是那一点点的坚持。

“流放”后的诗人，有时在描写“雪”的意象时，运用早期雪的意义，以融化的雪，代表着回乡的路的畅通或是乡愁的化解。移居加拿大之后，现实的雪被用在闲适生活的点缀，因为乡愁的消亡，雪的象征意义不再被强化为乡愁，雪的意义变得更加的多元，早期大量以雪代表乡愁的写法虽然还是存在，出现的量却少了，除了偶尔的回忆之外，其情感也不再如早期那般强烈。甚至以雪为禅意的暗示或是用来暗示寂静虚无，更是诗人在晚年面对雪景时所较多发挥的部分。

四、雪的样式：意象变化与创作技巧

从创作的角度来看，洛夫诗中雪的种种意象透过创作技巧的多层次变化而产生个人独特的风貌。洛夫诗中“雪”的意象很少是单纯以雪景或雪境作为诗中的风景描述，此与洛夫在亚热带的台湾生活有关，雪只能是想象的或记忆中的景象，而无法用以表现实际的画面，否则即有假造情景的嫌疑。少数的诗中或以真正遇到的雪景，才成为诗中真实雪景的描绘，例如洛夫《半月阁夜饮——汉城诗钞之五》：

人正半醉
琴韵
懒懒散散地
自窗口
随积雪化去

琴韵是声音，无形无色，却可懒懒散散地，拟人化的琴韵，从虚到实，具体化其诗意，而又转化为可融之物，随雪化去。最终琴韵与雪融为一体，自窗口逸去。说明半醉的诗人，虚境与实境中，只存其缥缈而梦幻的琴韵，随着窗外的积雪，人在醉中，也在或梦或醒的状态中，有着隐约若虚若实若真若假的感受。“雪”则发挥其“化”的作用，把一切虚实之象皆一一化去，融为一体。此时的诗人处在真实的积雪的韩国，窗外有雪，但诗人却创作出一抽象的琴韵与实际的雪景一同化去，虚实交错，仍不失超现实想象的本色。

洛夫诗中雪的意象通常经过加工，例如以超现实主义的方式出现，或是以象征与暗示的手法安排在诗句中的一个小部分，经过各种转变的修辞技巧与创作手法呈现，不纯然是以雪作为描绘的背景画面。同时，雪的意象在各式的创作手法中，转变其意象的表现形式，也不仅仅是雪本身洁净纯白的暗示，雪则成为洛夫擅用的意象工具，并随着意象的组合展现各种的变化。以下就分为几个常见的创作技巧探讨之：

（一）转化与超现实的意象

洛夫写雪时，通常经过技巧的设计，而不是单纯写“雪景”，洛夫诗中雪的意象大多是想象中的雪，而此想象的雪又常被“转化”成实物，在实与虚之间相互转化，塑造雪景的虚虚实实、或有或无的意象，让雪的意象呈现多样意涵的可能性变化。例如洛夫《葬我于雪》一诗：

用裁纸刀

把残雪砌成一座小小的坟
其中埋葬的
是一块炼了千年
犹未化灰的
火成岩

诗人透过物物转化，拟物为物的形象化修辞技巧，使雪“转化”为另一种物性。雪被裁纸刀所裁，显见雪是软弱的，无个人意志的，却被砌成一座坟，残雪则是死亡之归所，然而，冰冷的雪所砌成的坟中却存放着一块火成岩，在冰冷的意象中含有不可屈服的火热之情，可见外在的冰雪含着无法融化的内在热情。矛盾的描绘之中强调作者内心坚定的信念，而石与雪的坚硬都成为作者心中意志的暗示。

形象化的修辞技巧将雪的形象以虚实互换的写法，以物与物之间质性的相互切换，造成雪的意象不可捉摸的特色，而此一特色正好被诗人用来暗示其心中说不出的愁思，雪的意义就具有更多层次的情意暗示。

（二）移觉与超现实想象

移觉是指各种感官之间相互转换的描绘方式，例如描写听觉，却用视觉意象表现之，又如描写味觉，也可用视觉意象表现或用听觉意象表现，移觉是感官间的互用互换的创作手法。如隐题诗《裸着身子跃进火中/为你酿造雪香十里》中提到“雪香”：

为何这般爱火
你蹙眉自问又恍然自答
酿酒不就是麦子火葬的一种仪式吗?
造成如此结局又怨得谁来
雪融时
香气自发梢，自
十指之间袅袅上升。
百里方圆之内，惟你独行

雪融时有香气袅袅上升，方圆百里之中，唯有雪香。雪者本是视觉意象，却用嗅觉的“香”味联结，使雪似乎有香，而雪本身无味无臭，本不可能有香或是臭的味道，而此一“移觉”的手法则是将感官的互调，此时则不论真实世界中的雪是否有香，而以作者本身的直觉感受为主要的描写对象，因此，在诗人的世界中，雪也可以是香的。相似的手法在《白色之酿》中也有类似的例子：

把这条河岸踏成月色时
水声更冷了
我便拾些枯叶烧着
且裸着身子跃进火中
为你酿造
雪香十里

雪本无香无味，白色的雪花接近透明，而无色无味之雪“香”则是诗人的想象，诗人以“移觉”的手法把视觉的雪代之以味觉的雪，“雪香十里”的意象成为美好而浪漫的想象，铺陈出香味四溢的错觉，用以形容四周雪景。而此诗更特别的地方是雪香竟是由枯叶所烧的裸身所酿造的，因为月色照满河岸，水声因此颜色更加冰冷，于是诗人设想以火来温暖大地，烧着枯叶与自身，以酿造雪香十里，此处用超现实的想象手法，火与雪的对比，冷暖交替出现，最后雪与火都被消融，留下雪香，世界仿佛不那么寒冷，却也不热，味觉的“香”营造出新的希望与浪漫的氛围。类似的意象有《因你而渴死》一诗：

月亮
必须有雪的香味
才叫人一再捧饮
假定你不再是月亮
假定你的皮肤不再在轻揉中呼啸

此诗分为前后两段，后面结尾只有两行：

我胸中浩瀚的海
便因你而渴死

月亮如何有雪的香味？月光为白色，与雪同色，除此之外，两者皆无味可寻。但诗人以超乎现实的想象，创造出月亮也有雪香，才叫人捧饮，描写的不是月亮，而是月光，假设月光如流，则可以捧饮，前提是月光必须柔如水，且有雪香，才能滋润将欲渴死的灵魂。此处雪香如前所述，也是移觉的手法。

（三）譬喻的暗示

洛夫诗中善用超现实的想象对雪的意象进行加工，而不以原本的最初的面目出现，但在少数的诗中，雪却成为譬喻的喻依。如《金龙禅寺》一诗中说：

如果此处降雪
而只见
一只惊起的灰蝉
把山中的灯火
一盏盏的
点燃

金龙禅寺在台北内湖，应该不会有真正的雪，但诗中写“如果此处降雪”，雪应是月光。雪是借喻月光，李白《静夜思》：“床前明月光，疑是地上霜”，把月光比喻为霜，洛夫此诗的“雪”是相同的手法。又如《黑色的循环——水曜日之歌》：

竖起食指
风向何方?
落日凄切地叫了一声就此停住
我的心房
正逢融雪季节
而面孔
一向埋在水中

心房“正逢融雪季节”，心房如同融雪，是一譬喻，雪是冰冷的，心中渐渐融雪，融雪隐含着温暖的来临。雪成为譬喻的喻依，融雪就成为诗中某些情感或事物有所转机、转换的暗示。

(四) 超现实的想象

除上述的雪的意象之外，诗人也运用超现实的想象，想象的雪与人体之间的联系，借此发展出意象，如《我跪向你向落日向那朵/只美了一个下午的云》：

那天边的夕阳出奇动人
朵朵鲜红如大地的胎记
只是我体内的积雪太厚
美好的黄昏又忽焉降临

体内的积雪是虚拟的雪景，体内不可能积雪，雪乃是冰冷的象征，在体内积累厚厚的雪代表着无法消融的负面情感，“体内积雪”这样的画面意象是诗人超乎现实的想象，又如《水涯》一诗：

当我蹑足向水涯走近

发现泠泠的水声
竟响自你那
正在化雪的掌心

化雪的掌心还能响起泠泠的水声，可见掌心与雪的意象结合成超现实的意象，不但具有拟人的动态也具有无形象重现的超现实想象的画面。如《额》一诗也有类似的手法：

我很快便找到自己
在水漩中
在积雪千丈的掌心
那里，你曾埋下
一片好远好远的钟声

积雪千丈的掌心是超乎现实的想象画面，掌心岂能积雪？完全是作者的想象。不但如此，掌心中还埋下钟声，此诗是作者以超现实主义的手法以表现出诗的禅意，在冰冷与积雪的掌心中，才找到自己，显见冰冷中见出虚静，从虚静的钟声中敲响自己遗失的心灵。虚实交错的形象化手法，钟声被形象化为具体的事物，而可以在积雪的掌心中被埋下，掌心象征着可以掌握东西的力量与契机，找到自己是透过强而有力的手掌，积雪则说明本是不明白而找不到自己，最后还是找到遥远而深埋的钟声，钟声则有着警惕与醒悟之意。

在超乎现实的想象中，雪则因其诗境而存在，其意涵随着不同的诗境与诗意流向而变化，没有特定的情感意涵，也没有特别赋予的情怀，雪只是在超乎现实的想象与形象化的内容中，被赋予配角的任务，随着诗中意象，扮演着陪衬的角色，而增添诗中冰冷或是谜样的浪漫色彩。只是这一配角虽然不是整首诗主要描写对象，却往往扮演着诗中情感的趋向或是情感主调的走向，这又是洛夫对于“雪的意象”本身给予的重大责任。

五、结论：质变与创新

“雪”乃天地自然之物，因其雪白洁净，引发古今文人许多遐想，透过雪的暗示与启发，雪的意象与雪的画面，在诗文中呈现着个别而特殊的意涵，苏东坡的雪堂，四面为雪，春夏秋冬，无一季不与雪相伴，雪的寒冷冰凉带给苏东坡内心些许的清凉，而红楼梦中的雪，将大地掩盖，无论风花雪月或是荣华富贵，一律在皑皑白雪中被淹没。雪的意象接近禅意的追索，白茫茫的大地让洛夫有着禅悟的体会，雪在不同的人们身上，在诗文之中，有着不凡的意涵，并担负着特殊的意义。

洛夫喜爱雪，书房以“雪楼”为名，诗中雪景不断，雪花处处，但现实中未必有雪，于是，洛夫诗中的雪就进一步担任暗示或是定调的角色，挥之不去的童年的记忆是自雪中而来，雪为主线，乡愁为副线，只要心中有念，回忆尚存，心中的雪景在诗人的词句中不断出现，形成独特的“无雪景的雪景”，写出诗人个人强烈的乡愁。

一旦梦境成真，往往也是梦碎之时，诗人回到故乡之后，雪的意象与乡愁渐渐脱离关系，两者分道扬镳，渐渐形成各自的生命体系，移居加拿大之后，每年冬天都有雪景，雪是现实中的事物，而乡愁转换成另一种方式永恒存留在回忆里，回不去的故乡不再是诗人内心唯一的惦念。雪景有时变成诗人悠闲生活的陪衬，有时变成回忆的线索，雪中的景物与生活的脚步同步，现实的雪减少许多愁绪的调味，正式走入诗人的生活，成为生活中具体的一分子，陪着诗人流放的老年岁月。

洛夫的诗以超现实手法为其主要的创作技巧。因而雪化为超现实的诸多意象，成为与其他意象错综组合的超现实意象，诗人特有的手法与雪的语言结合，呈现出多种多样的意象表现方式。“雪”在洛夫诗中大量出现并赋予各式各样的情感转折变化，也在诗中成为现实描写与超现实手法的取择对象，雪景不一定真实发生，但在洛夫诗中却充满想象的雪意，透过诗人的情感起伏变化，各种雪的意象，成为洛夫诗中特有的意象表现与创作手法。

【附录：本文引用有关雪的诗】

本文中有关雪的诗	写作年份	诗集	备注
岁末无雪	1976.2	因为风的缘故·时间之伤	
车上读杜甫	1986.1	因为风的缘故·未集稿	
读雪	1986.2	月光房子	洛夫诗歌全集
边陲人的独白	1987.1	月光房子	洛夫诗歌全集
七月的挽歌——悼抗战阵亡的英灵	1987.7	月光房子	洛夫诗歌全集
邮票	1987.5	月光房子	洛夫诗歌全集
如果山那边降雪——汉城诗抄之十	1976.11	梦的图解	

续表

本文中有关雪的诗	写作年份	诗集	备注
河畔墓园——为亡母上坟小记	1988.8	形而上的游戏	
血的再版——悼亡母诗	1981（约）	酿酒的石头	诗未一一注明写作时间，则以出版期间约略说明
出三峡记	1991.1	形而上的游戏	
夕阳美如远方之死	1991.11	隐题诗	
酿酒的石头	1983 诗集出版	酿酒的石头	诗未一一注明写作时间，则以出版期间约略说明
痖弦以泥水掺合旧梦在南阳盖一座新屋	1991	隐题诗	
灰面鹫	1995.11	雪落无声	
你是传说中那半截蜡烛另一半已在灰尘之外	1991.10	隐题诗	
或许乡愁	1997.4	雪落无声	
酒乡之歌	2007 诗集出版	背向大海	诗未一一注明写作时间，则以出版期间约略说明
漂木	2001	漂木	
白色的喧嚣	1991.4	雪落无声	
初雪	1997.4	雪落无声	
埋	1997.4	雪落无声	
松鼠家族	2007 诗集出版	背向大海	诗未一一注明写作时间，则以出版期间约略说明
无声：禅诗十帖	2007 诗集出版	背向大海	诗未一一注明写作时间，则以出版期间约略说明
葬我于雪	1984.11	月光房子	洛夫诗歌全集
金龙禅寺	1970.7	因为风的缘故、魔歌	
裸着身子跃进火中为你酿造雪香十里	1991.10	隐题诗	
白色之酿	1971—1974	雪崩——洛夫诗集、魔歌	

续表

本文中有关雪的诗	写作年份	诗集	备注
因你而渴死	1975—1976	雪崩—洛夫诗集、众荷喧哗	
我跪向你向落日向那朵只美了一个下午的云	1991.10	隐题诗	
黑色的循环——水曜日之歌	1971—1974	雪崩——洛夫诗集、魔歌	
水涯	1981 诗集出版	梦的图解	诗未一一注明写作时间,则以出版期间约略说明
额	1971—1974	雪崩——洛夫诗集、魔歌	
半月阁夜饮——汉城诗抄之五	1976	梦的图解	后记中有注明写作时间

《漂木》的“世界性”

袁春兰[*]

摘　要：洛夫晚年创作的长诗《漂木》体现出民族性和世界性。“世界性”表现在“生存”和“死亡”的辩证关系上，向死而生，对于生命持有终极关怀；在漂泊的境遇下寻找心灵原乡，关注历史现实中人类面临的共同问题；崇尚个体具有的独立意识，以宇宙视野尊重接纳万物。“世界性”不仅表现在精神层面，还表现在形式层面，不拘泥于西方理念，继承传统文化的同时以开放包容的姿态营造普遍适用的价值。

关键词：漂木　洛夫　人类　世界性

洛夫移居加拿大温哥华期间创作的《漂木》于2001年元旦在台北《自由时报》副刊全版刊出，连载两月有余。长达三千多行的诗歌无论是在结构篇幅、内容的丰富度，还是形式的多样性上，都代表了诗人诗歌创作新的高度。作为台湾创世纪诗社的“三驾马车”之一，洛夫本人一直致力于现代诗的书写，他认为写诗不仅是一种写作行为，也是一种价值创造。通过《漂木》，洛夫总括提炼了早期的文学观念和诗歌主张，完成了诗歌艺术思想的集大成。洛夫被台湾诗坛誉为“诗魔”，其诗歌具有极强的吸引力，《漂木》获得诺贝尔文学奖提名，不仅是因为诗作的高水准、高境界，还因为其中所体现的“世界性”。“世界性因素是世界各国共有的因素，或者说是人类共同面对的问题，它主要考察和研究中国与西方国家的文学在面对人类某些共同现象时，将会有什么样的审美反应。”①

洛夫的诗歌创作从来不是局限于个人的，而是立足于情感经验基础上的对于整个人类命运的审美观照，“以有限暗示无限，以小我暗示大我”，《漂木》尤其体现了洛夫对于人类共同命运的思考。诗歌的世界性因素使其格局

---

* 袁春兰，四川大学文学与新闻学院中国现当代文学专业2018级研究生。

① 陈思和：《中国文学中的世界性因素》，上海：复旦大学出版社，2011年版，第311页。

更加开阔，具有更为深远的思想意涵。长诗分为《漂木》《鲑，垂死的逼视》《浮瓶中的书札》《向废墟致敬》四章，正如艾略特的《四首四重奏》，每首都奏出不一样的乐章，又囊括于同一谱系之中。漂泊的孤独感、宿命的无常感、生命的哀恸感，在打破时间空间，超越个人集体的限制中得到彰显。从大陆到台湾，再到异国他乡，洛夫称之为“流放”，尤其是“二度流放”生发的“天涯美学”，从一开始就抱有“既具有反映现实的时代性，也有富于特殊情趣的民族性，以及拥抱大我、高瞻远瞩的世界性”[①] 的胸襟，沉淀岁月累积的经验，达到外为视域上、内为心灵上的诗歌的“纯粹性”。

一、“生存”与“死亡”的辩证

20 世纪 50 年代，现代主义思潮盛行台湾，复杂的社会环境使得诗人倾向于从西方文学中找寻创作灵感，洛夫自觉地接受并延续五四以来的现代诗创作。“生存”与“死亡”是洛夫诗歌的两大主题，洛夫亲历战争的军人身份让他对于生死有了更为深刻的认识，生死究竟何为？人生的意义和价值又在何处？这些“现代性”的问题困扰着洛夫，使得他在诗歌中不断做出诠释。《石室之死亡》是洛夫运用超现实主义手法创作的诗歌，借以反思报复现代人的残酷命运。洛夫在战地担任新闻联络员期间，艰苦的环境下恐惧围绕，孤独侵袭，来自外在的死亡威胁触动诗人的敏感内心。他反思现实社会人生的种种，力图在诗歌中获得心中苦闷的宣泄。该诗营造了一系列阴暗、怪诞、战栗的意象，表现出存在的焦虑，死亡的恐怖，禁锢压抑无法躲藏的苦痛和挣扎。“诗所呈现的世界不是单一现实的重现，而是多重现实的重组，这才是‘超现实’的真义。”[②] 诗歌打破语言的规范界限，反对所谓的逻辑与理性，任由潜意识自由流动，形成与现实间离的文本真实。《漂木》创作时洛夫已达七十三岁高龄，人至暮年，对于生死有了另一番思量。经历世事看透风云变幻，早年对于死亡的诅咒渐渐隐退，代之以平和的心境看待“生命无常，宿命无奈”，行文不复紧张晦涩，趋于稳定平实，持续的是语词结构的破碎和重组，意象的叠加和倾覆。

“漂木”这一意象本就带有漂泊不定的象征意味，它不断游离经历世事，洞察人生百态，最后趋于平静，一如诗人。漂泊者的结局总与死亡有关，《鲑，垂死的逼视》一章以第一人称讲述鲑的心路历程。鲑鱼这一“伟大的流

① 洛夫：《天涯美学——海外华文诗思发展的一种倾向》，《洛夫长诗》，南京：江苏凤凰文艺出版社，2017 年版，第 216 页。

② 简政珍：《洛夫作品的意象世界》，《洛夫诗选》，北京：九州出版社，2012 年版，第 224 页。

浪者”“孤独的隐者”，从踏上回乡之路开始，一路艰辛一路苦痛，接着繁衍死亡，死后被吞食或腐蚀。

> “在奔赴死亡的途中/不能停，眼睛/要紧紧抓住那颗星”
> “而死亡/是生命周期的终点/有时更像起点”
> “我们的旅程/是命定，是绝对/是从灰烬中提炼出一朵冷焰”①

时间在它的生命中的流逝极为明显，它更为直接地迎向死亡。生命的旅程虽然有着多种选择，但有些事实早已注定，鲑只是完成生命周期的一个仪式。在前行的旅途中鲑鱼练就了“一身铮铮铁鸣的骨架”，表现出极强的信念感和精神性。死亡又是下一个轮回，死亡又是下一代的成长，而它们又步入死亡，周而复始。鲑鱼在被时间埋葬的同时又被时间释放，化为一抹虚无的存在，过程充斥着悲凉、无奈与绝望，以至于“我们不能放弃怀疑”，怀疑既有的存在的以及消亡的意义。此时，生与死互为辩证对象，生死同一，向死而生。观赏鲑鱼洄游，洛夫“更多的感受到生命的悲凉和无奈，以及无与伦比的尊严”②。鲑鱼的描写中蕴含着诗人对于生命的终极关怀，与世间万物进行情感共应，悲悯同情一切生命体。

存在如何被定义？海德格尔认为：“存在通过时间而被规定为在场状态。”

---

① 洛夫：《漂木》，北京：国际文化出版公司，2006年版，第50、55、60页。

② 洛夫：《漂木》，北京：国际文化出版公司，2006年版，第77页。

“从时间流逝的持续不断性中说出了存在。”① “时间”一词在诗歌中被多次提及，从某种方面来说生死就是个时间推进的问题。《瓶中书札之三：致时间》分为五十二小节，不同的小节内容交织映照呈现“时间之伤”，无法停滞的时间的存留，累加存在构成现象和历史。“这是历史，无从选择的沉重/时间，蛀虫般穿行其间”②，时间流逝的多种形式展现着生命历程的不同状态，被解构的又以另一种方式被建构，便无所谓生，无所谓死。“死为人类追求一切所获得的最终也是必然的结果，其最高意义不是悲哀，而是完成，犹如果子之圆熟。”③ 时间的客观不为主观左右，在水的流动中，在白发皱纹中，在专注等待中，在细微的声音中，憧憬、孤寂、惊惧、悲伤等情绪相继涌现，即使将时钟拆成零件，也不能阻止时间流转的滴答之声。生死并不可怕，是否能够实现生命的意义和价值才是关键所在，实现的过程高于生命的缘起和终结，洛夫对于生死提供了一种辩证的想象。

存在主义思潮影响着诗人对于世界人生的思索，现代人的生存困境，精神上的幻灭使得诗歌字里行间透露着悲观与萧条。洛夫的众多诗歌体现了诗人悲凉的心理感受，《漂木》更是一场无以言说的悲剧。“在存在主义的影响下，台湾的现代主义文学还呈现了向普遍人性或人类永恒问题的抽象哲学主题掘进的特征。”④ “普遍人性”和“人类永恒问题”是洛夫的诗作反复论证的，他所要塑造的是“世界”场域下人类的共性，害怕死亡又被迫直视死亡，于死亡中唤起存在之思，然而面对生命的朝生暮死又怀有一种哀叹之感。“永恒”二字也在诗中多次出现，但更多的是握而不得，消散在时间的冲刷之下。形而上的哲学意味渗透在诗歌之中，诗歌的意境得以开拓。

二、漂泊中的原乡寻找

“漂泊”是原居大陆的诗人去往台湾，与故乡隔绝几十载的切身体验，“乡愁”正反映了世界范围内普遍的归乡情结和寻根意识。虽然远离故土，但诗人依然心系故乡亲人，一首《边界望乡》是诗人在落马洲边界遥望故乡山河时所作，诗人表达了看似近在咫尺实则遥不可及的矛盾心理。《血的再版》是诗人悼念亡母的诗作，字字悲伤，凄婉哀决。洛夫的个人乡愁又是文化上

---

① 马丁·海德格尔：《时间与存在》，《海德格尔选集》，上海：上海三联书店，1996年版，第663、664页。

② 洛夫：《漂木》，北京：国际文化出版公司，2006年版，第130页。

③ 洛夫：《诗人之镜》，《洛夫长诗》，南京：江苏凤凰文艺出版社，2017年版，第197页。

④ 朱双一：《台湾文学创作思潮简史》，北京：九州出版社，2010年版，第212页。

的怀乡，历史的记忆是个人的也是民族的。在《漂木》中，诗人对于母亲的眷念依旧显现在字里行间，《瓶中书札之一：致母亲》正讲述了一名游子未归故里，与母亲临别未见的遗憾：母亲与“我”的距离经不住时间的考量，已经愈发远离又愈发靠近。“我”随战争而去，“一水之隔/时间之外”，你已到达死后的世界，空余“我”凝视你镜框里的容颜。生命卑微或是崇高，如今只剩坟前的祝祷，你死在你的时代，我亦在我的时代凋零，你我之间并无不同。

“寻找一种只有自己可以听懂的语言/埋在心的最深处的/原乡”

“染色体，湖南的染色体长自黄土的基因/基因，黄土的基因长自/一颗颗发光的汉字/永远的传唱”[①]

诗作对于“家”的回归和原乡的寻找，正是对于民族文化根基的认同。洛夫出生于湖南省衡阳市，1949 年随军赴台后的他曾反复强调自己是一个“中国诗人”，诗作的怀乡愁绪扎根的土壤始终是湖南故乡。温哥华这一陌生的城市，诗人在此也时常想到漂泊的心灵归处，而那片故土正是诗人灵魂深处的羁绊，“我在温哥华的现实生活的确美好而幸福，但每每独处时，心中老梗塞着一种身份缺乏归属感的孤寒，发现自我的定位竟是如此暧昧而虚无”[②]。身份上的认同从而获得定位上的归属，洛夫清晰地明白这一点。文学首先是民族的，才是世界的，获得世界性肯定和尊重的前提是对于自己本民族文化的继承和发扬。洛夫在进行诗歌创作的另类试验后，回眸经典，挖掘传统养分，“回到中国人文精神的本位上来”，形成中西融合、传统现代并存的美学范式。

诗是横的移植，也是纵的继承。中国历史文化又被诗人重新整合加入新的内容，手法上是超越了超现实主义的新的创造，“当我们思考继承及创造新传统之时，我们必须具备一种含有历史意识的批判眼光”[③]。新传统正是在与历史文化因素融合的过程中形成新的格局，新的境界。《李白传奇》《与李贺共饮》《长恨歌》等都是诗人回溯历史，将自我代入情境，对事件进行重新诉说，与人物进行古今对话的作品。《漂木》则继续以历史为素材，加入新的体悟。写到杜甫的诗歌时“从他这纯现实主义的节奏中/你可曾体悟到/蜉蝣永远不曾死透的理由/制作同样惊心动魄的游戏/触探同样万古常存的空无”[④]，

---

① 洛夫：《漂木》，北京：国际文化出版公司，2006 年版，第 40、42 页。

② 洛夫：《老，是一种境界——洛夫九十杂忆》，载《华文文学》，2018 年第 5 期。

③ 洛夫：《诗的传承与创新》，《我的兽》，北京：中国文联出版公司，1994 年版，第 3 页。

④ 洛夫：《漂木》，北京：国际文化出版公司，2006 年版，第 105 页。

不再是“我”和“你”的对话，而是有着第三人的参与，作者在其中隐而不显。“诗人”由主体变为客体，更为强调的是读者领悟的感受，力图从古典诗歌中去体味古典之于现代的魅力。

《漂木》一章，木头被赋予人的情感，通过一块木头的所见所闻，填补的空白是跨时间的，也是跨地域的，带有强烈的批判和反思精神。

> “旗子。半夜变脸/绿眉毛的党人。狐骚味过了浊水溪就更浓了/总统府。广场上傲视阔步的鸽子第几代了？/绿灯户送客。最短期的政党轮替/铜像无言。一位从未写过诗的荷马/电视机爆炸。对岸有人大发脾气”
>
> “贸易风吹来一从黑罂粟/如同某些人暧昧的笑/更像大多数人的哭/割地赔款，尘土飞扬/一夜之间河山矮了数寸”
>
> “宝岛林木葱郁/内部藏着日趋膨胀的情欲，和/大量贪婪的沉淀物”①

诗歌介入历史现实，以史为鉴，观照现今，有意将看似毫不相干的事物拼凑在一起，营造视觉上的冲突和知觉上的思索，政治社会、地域风貌、世故人情构筑的空间不仅是中国的，也是世界的。随着现代社会发展，城市化进程加快，诗人表现出强烈的现代反思意识，忧虑人类现下的生存状况。鲜明的城市印象如“摩天大厦”“红绿灯”“铜像”等现代标志事物，又与自然景物相互映照，展现前者对后者的掠夺。“情欲”“贪婪”，人与人之间的疏离，后现代工业产品对环境的污染，人口激增对水资源的争夺等现实面临的诸多亟待解决的问题列入诗人思考的范畴，而这正是木头在寻找原乡的过程中目睹的，也是诗人面对“现代化”具有的责任和担当，因为热爱，所以希冀，所以毫不留情地批判揭露社会中的阴暗面，以期警醒安于现状的人们如何更好地建设家园。而历史上、现实中对于生态环境的破坏又是人类共同的不可回避的经验，洛夫的诗歌以“漂木”为喻实现思想的寄托。漂泊的木头回到了原来的地方，木头浏览的许多沿途景象不只是单个国家的、特定历史的，还是跨越国界的、思考未来的。《漂木》追求的是博大的空间格局，诗人在其中做一个“宇宙游客”。

三、个体意识上升至宇宙境界

洛夫笔下的个体都是孤独的、独立的，有着清醒的自我认知。“漂木”这一物体不是静止的，它拥有梦想并坚持不懈，从火中飞起，从水中涌起。即

---

① 洛夫：《漂木》，北京：国际文化出版公司，2006年版，第30、32、42页。

使栋梁之梦破碎，行将腐朽，不知未来前景如何，它也并不等待，而是选择继续前行；“鲑鱼”也是这般，行进过程或“险峻”或“平坦”，没有喜忧、胆怯、敬畏，只是揣着孤独，游向那曾经的家乡，命运的终途。诗人是孤独的，“孤绝”是共有的，《瓶中书札之二：致诗人》正是洛夫诗观的再现，追求诗歌的神性之美，追求人与自然的和谐共生。波德莱尔、蓝波用语言写出内心的孤独、忧郁、灵性；里尔克主张神性的话语，打破语词常规，达到陌生的真实。梵乐希对于语言大胆试验，在梦与醒之间，敞开胸膛迎接自然的赠予。诗歌是他们排遣寂寞的方式，也是神圣的所在，“即肯认写诗此一作为，是对人类灵魂与命运的一种探讨，或者诠释，且相信诗的创造过程就是生命由内向外的爆裂，迸发”①。

文艺复兴反叛中世纪权威，强调“人”的价值，苏格拉底的“认识你自己”，现代人思索我是谁，从何而来，去往何处，个体意识的自觉已经成为时代的共识。天地万物以人为贵，人具有的主观能动性和创造性使得他们并不依赖任何他物而存在。《瓶中书札之四：致诸神》以人世间一系列纷乱的现象为引，提出“神啊！这时你在哪里？”而神似乎存在于万物，又似乎存在于自身。无论是“天地不仁，以万物为刍狗”，还是《圣经》中的“失乐园”，“神”对于一切生灵只是持冷观的态度，他漠视“鲑鱼”的呼救，同样漠视人的生死离别。对于神的权威，对于神的“创世纪”，个体无所谓迷信和臣服。即使面对“世界末日”，也并不畏惧，而是勇敢地反叛，力图实现自我的救赎。“我是万物中的一/独立于/你眷顾你掌控你威逼之外的/一个由钢筋水泥支撑的/个体”“我的神通和狂妄都不输于你”②，个体的意识在此间得到了强调，敢于质疑和否定。

据洛夫所言，“天涯美学”的主要内涵是“悲剧精神”和“宇宙境界”。“宇宙境界”包含了超越时空的想象力，超越地域民族的体悟，超越个体层面的认知，达到“物我同一”“天人合一”的境界。这正是“世界性”的表现，不仅是个体上具有强烈的自主性，而且空间上、时间上、精神上以包容的姿态接纳万物，给予尊重。生命亦是敬重，即使是废墟，也值得致敬。《向废墟致敬》一章，“废墟”这一意象不仅是指实体，也指虚像，是万物停滞衰亡时呈现的一种面貌。

“我忍不住又要向废墟致敬/向无答案寻求答案/其实我来主要是为了感恩/感谢给我时间，给我修短合度的一生/容我向蜉蝣，草履虫，牛粪

① 洛夫：《魔歌·自序》，成都：四川人民出版社，2017年版，第1页。
② 洛夫：《漂木》，北京：国际文化出版公司，2006年版，第153页。

虫以及一切卑微的/与神性共存的生物致敬”①

诗人写“废墟”又不局限于“废墟”，或者说万事万物都处于变为“废墟”的状态，以至于向一切事物致敬都具有了合理的解释。《漂木》前面的几章在各种铺垫后，以最后“致敬”二字概括，体现了在时间摧毁下万物归于沉寂的最终宿命，毁灭已然注定，人类在废墟中搜集，遇见各式生命个体，也最终沦为废墟。向海中的太阳，向鱼尾纹，向穷人，向时间等主客体致敬，揭示了人类文化系统正在崩塌和重新构建，“大道隐去，而非丧亡”，“向废墟致敬”正契合诗人对于生命的终极感悟，万物皆有灵，死亡并非结束，原乡仍可重塑。“他从这个世界的不断建构中，看出了作为物质形态和精神形态的‘废墟’，其实是人类社会不断发展和进步所创造出来的奇迹。”② 在表达尊重哀叹情感的同时，也包含洗净污浊一切终将重新开始的生命希望。《漂木》以极其贴近的创作时间，向人们传达了一个真实的永恒的哲学层面的“离一切相，即一切法”的思考。

洛夫的“大中国诗观”理论“探索整个人类在现代社会中的存在意义，然后通过现代美学规范下的语言形式，以展现个人风格和地方风格的特殊性，表现大中华文化心理结构下的民族性，和以人道主义为依归的世界性”③。洛夫对于生命本真的关怀，空间时间的刻画，都有个大的前提，即整个“世界”的领域范畴。《漂木》的“世界性”精神层面固然是一个方面，创作形式是另一个方面。全诗采用的句式长短不一，无甚定法，少则一个字，多则十几个字，看似断裂无序又相互关联的语句，极度地跳转又不厌其烦地重复，独特的结构和非凡的思绪互为表里。多元的创作风格给予诗歌极大的自由，不拘泥形式上的束缚，叠加、拼凑与错位，始终向“现代诗”概念靠拢，展现诗歌的另类美感；言浅意深的词语选择，极具时代性、社会性和自然性，并且赋予了诗歌跨地域文化的活力；万物皆可为意象，情绪也可为意象，意象化的丰富和简练，增加了文本的可接受程度。潜意识在弗洛伊德看来发挥着重大作用，是行为的根本动因。诗歌思维上的活跃涌现，意识的理性调控和无意识的随性流动，二者之间达到巧妙的平衡，爆发着一股张力，达到似是而非又微妙深远的境地。

---

① 洛夫：《漂木》，北京：国际文化出版公司，2006 年版，第 189 页。

② 叶橹：《〈漂木〉论》，《漂木》，北京：国际文化出版公司，2006 年版，第 217 页。

③ 龙彼德：《洛夫评传》，南京：南京大学出版社，1995 年版，第 272 页。

四、结语

《漂木》篇幅广阔，据洛夫所言：“在日薄崦嵫的晚年（2000年），写下了一部三千行的长诗《漂木》，就整体结构而言，这是一首内容庞杂，而发展的脉络又清晰可寻的精神史诗，它宏观地表达了我的形而上思维、对生命的观照，对时代与历史的质问与批判，以及宗教的终极关怀。”[①] 受到西方现代主义艺术思潮的影响，洛夫诗歌所体现的虚无感随着时间这一感性经验被推进，生命的开始与结束，传统和现代的融入，个体与宇宙的交汇，所体现的是个人的民族的世界的命题。龙彼德认为“中国式的现代诗”特征之一是“它是世界的，也是中国的。它不受民族的限制，也不为疆域所阻碍，可以超越时空，为全人类所共享。但它的思维方式、人文习惯与语言形态则是中国的”[②]。洛夫的诗歌《漂木》很大程度上体现出全人类共同的孤寂、悲伤与诉求，丰富和发展了中国现代诗歌的样式和内容。应当认识到，中国本就属于世界性的范畴，“世界性”是在立足中国文学传统基础上对于西方文学的借鉴，平等的交流、沟通和对话，思索人类永恒的生存问题。《漂木》的诺奖提名意味着诗歌走出国门，获得了更大范围的传播，而这正是中国民族文化孕育而成，根据古典诗歌的“无理而妙”，追求诗歌的现代化，持有开放包容的姿态创造出符合现代人的精神气质，表现现代人的情感体验的诗歌，营造普遍适用的价值精神、人文情怀。洛夫诗歌的创新是内容上、形式上的多方位的尝试，尤其对于中西方文化的随意捏来，不着痕迹地运用，在明确本土身份认知上，开展各个维度的意象化和现代性，这样的诗歌本就具有极大的影响力和“世界性”。

---

① 洛夫：《镜中之象的背后——自序》，《洛夫诗选》，北京：九州出版社，2012年版，第4～5页。

② 龙彼德：《中国式现代诗》，北京：中国文联出版社，2000年版，第2页。

罗门、蓉子致古远清书信选

罗门、蓉子*

罗门书信

远清教授：

本来可以寄一新的诗集给你批评，但台湾目前只能通信，不能寄包裹，故寄书要请到香港的文友带到香港去寄，相当不便，请见谅。最近有香港出版的《文学世界》制作了“现代诗的守护神”专辑，具有水准，向大陆赠送。

弟　罗门

1989年10月11日

注：《文学世界》，犁青主编，创刊于1987年，停刊于1991年，共出14期。

远清教授：

非常感谢你着重我都市系列诗所写的评论。近年来台港与大陆的文艺交流相当频繁，但素质（包括诗刊诗集）也相当参差不整齐。至于文艺团体的活动，并不等于创作的成就。有人善于活动，但作品并不被重视，不被学者肯定。总之，好的作品才是作家最佳的保证，只靠活动绝对是白费时间。敬颂文安！

弟　罗门

1990年3月3日

---

* 罗门（1928—2017），原名韩仁存，生于海南文昌。曾任蓝星诗社社长、中国文协诗创作班主任；蓉子（1928—），江苏徐州人，台湾著名女诗人，罗门夫人。

远清教授：

你在我家“灯屋”聚谈的景象，你为蓉子诗作写赏析的专书，都成为我们一些美好的忆念。寄上《我的诗国》访谈录，请阅正。

罗门

2004年12月23日

注：“专书”是指古远清编著：《看你名字的繁卉——蓉子诗赏析》，台北：文史哲出版社，1998年版。

罗门蓉子伉俪

蓉子书信

远清先生：

数天前收到先生从香港来函，欣悉你目前正在香港中文大学客座，实在是令人高兴的事，因为至少可以变换一下生活环境，认识一些新朋友，无形中作一次两地的文化交流。遗憾的是港台近在咫尺，飞机个把钟头就到了，可你未能来台，实在可惜。不仅你个人，听说这次受邀的大多数都无法赶来。古继堂伉俪很幸运地到了，闻也经过不少周折。祝旅安！

蓉子

1995年7月30日

远清先生:

去秋在吉隆坡不期而遇，匆匆又是年余。我从传媒得知今夏长江洪水泛滥，几度洪峰肆虐，武汉正当要冲，不知有否涉及先生住处?念念。

这里再一次感谢盛情雅意，为拙作写了一本那样好的评析。现承蒙文史哲出版社彭正雄允予出版，而且业已排版，我才敢放心地告诉先生这迟来的好消息，否则就太辜负先生这番美意了！书出后由我购书赠寄先生，盼告诉需若干册?祝秋祺!

罗门附笔问好。

蓉子拜启

1998年10月11日

古大师您好!

一早看到来邮，欣喜！读完评论，惶恐！想到古大师的古道热肠，感激!读您文章，回首来时路，感触极深，大师果然世事洞明，人情练达。真知己也！九十度鞠躬!

蓉子敬上

2010年12月3日

死亡意识、身体书写与地域情缘

——罗门诗歌探析

吴少颜*

摘　要：作为久负盛名、桂冠加身、学界公认的台湾新诗的领军人物之一，罗门无疑是一位根植本土、走向世界的大师级诗人。在罗门笔耕不辍的数十年诗歌创作生涯中，他将笔锋犀利地剖进现代生活的内核，向内透视诗性的美感空间。作品打破理论框限，实验性开掘诗歌语言的新性能，呈现出视域宏阔、幽邃迷人、时读时新的创作特质。本文立足罗门诗歌中的死亡意识、身体书写与地域情缘进行文本细读深入开掘，探析诗歌文本中融贯东西的艺术审美价值与锐意前卫的现代意识。

关键词：罗门　诗歌　死亡意识　身体书写　地域情缘

长久以来，诗歌作为缘情言志的载体，被广大诗人在撷取日常片段的基础上，佐以敏锐独到的语言感知力与跳脱不羁的意象联想力之光彩，大大拓宽语言表达的深度与广度，用以遣怀立心，烛照现实。而诗歌创作对于诗人罗门而言，不仅仅是基于兴趣的冲动感发，而是“对存在深层价值与意义的追认”，是“以生命来全面地投入与专注的问题”，更是其“透过肉体的封闭结构，向内打开的一个无限地展现的透明的生命建筑”①。虽身为台湾现代派十大诗人中的一员，但罗门在笔耕不辍的数十年诗歌高峰的攀登中，其创作之自由精神，始终未被某种单一理论的框架所设限；虽有“城市诗国的发言人”盛誉在身，亦未困囿于“第一自然”与“第二自然”（即田园与都市）的简单二元对立模式之中。在力图以涵盖力与统化力、整体观与超越性冲破封闭困守的循环观念与单调向前的线性模式的过程中，诗人罗门创造性地提出

---

* 吴少颜，四川大学文学与新闻学院中国现当代文学专业2018级研究生。

① 罗门：《罗门论文集》，北京：中国社会科学出版社，1995年版，第3页。

了“第三自然的螺旋形架构”[①] 世界说，将自身创作与理论建立并置于统一体系之下，加以双向观照与双向互动，以期进入超越直指型实趣而具备形而上型意趣的无限且永恒的开放型精神世界。因此罗门的诗歌呈现出放射状多向性的意义外延倾向，也为读者提供了时读时新、广阔浩瀚的探索空间。

中国学者于罗门诗歌及诗论的研究与评论数量颇丰且角度各异，成果极为丰富。笔者经过整理发现已有研究成果可大致梳理为“文”与“质”两个角度：其一为结合时代背景与具体文本的主题探究，囊括城市抒写、自然情怀、悲剧意识、精神异化、孤独困境等；其二为聚焦艺术方式与叙述风格，多集中于偏离语法的语言变异、中外融汇的绚丽笔法、韵律和谐的音乐抒情、意象组合的蒙太奇技法等方面。

本文在充分吸纳以上研究成果观点的同时，立足罗门诗歌中的死亡意识、身体书写与地域情缘进行文本细读式深入开掘，探析其诗歌文本中融贯东西的艺术审美价值与锐意前卫的“第三自然”意识，在一定程度上为罗门诗歌创作研究增添了新的视角与可能的思路。

一、“让血流入透明的时空之杯”[②] ——罗门诗歌创作中的死亡意识

死亡，作为个体的终结，是人类生命中被窥探、被逃避、被忌讳但无法逾越的存在。在海德格尔的哲学体系中，正是“死亡的这种‘客观’给定使我们得以从存在论上界定此在的整体性”[③]。而文学作为人学，死亡则是悬临其上的永恒母题。文艺创作者们在经验他者之死的体验基础上进行沉思、想象、拆解、重组、增殖等一系列艺术价值构建活动，最终以文本形式定型客观化了的个体死亡意识。作为高扬主体性旗帜的现代诗人，罗门对于死亡意识的探求与追问始终是诗歌文本背后久久不息的回声。诗人以个体醒觉的心灵蔓延出敏锐的感知触角，时常在暂时的安逸与平静下，为某种“具有伟大性的不安”[④] 而战栗震颤。拨开如镜花水月般动荡摇坠的充满虚饰的现世欢乐图景，罗门将死亡一剖对半，“一方面形成人类精神存在的困境”，“一方面又以此来考验与创造人类伟大且感人的智慧与思想，令使人类的内在世界更为

① 罗门：《从我“第三自然螺旋型架构”世界对后现代的省思》，《海南大学学报》（社会科学版），1993 年第 4 期，第 45 页。

② 罗门：《罗门短诗选》，北京：中国社会科学出版社，1995 年版，第 192 页。

③ 张汝伦：《〈存在与时间〉释义》，上海：上海人民出版社，2014 年版，第 740 页。

④ 罗门：《罗门论文集》，北京：中国社会科学出版社，1995 年版，第 247 页。

深沉与成熟”[1]。

在诗歌文本中死亡图景的意境布置中，罗门抛弃了纯粹的、单一的能指符号，以偏离日常思维的所指为横贯虚与实的情感载体，利用陌生化隐喻潜在的指引力，呼唤出读者联想自发的张力，从而形成弥散的无限外延的想象空间。在《死亡一直这么说》一诗中，罗门在看似平静的画面中逐步铺陈强大的具有压迫性的死亡氛围，在自古而来的死亡中透视滑动的、以虚无命名的精神悲剧：

曾祖父前数不清的曾祖父
一个比一个远
一个比一个茫
眼睛总是顺着迷茫
渺茫
空茫
一直茫下去
即使用户口名簿
祖宗牌
纪念碑
与坟碑
留住那个名字
那也只是一声感叹
在听
一个漠远
在看[2]

当剥去血缘温情脉脉的矫饰后，诗人用一个“茫”字在所谓的纪念与追悼的形式上切出苍白的伤口，从四面八方灌进来的是无可逃避的空漠。“茫”的眼睛“一直茫下去”，失去生命意义的重心，因而只能如云如水如雾般空洞无实，漂浮不定，流离无依。户口名簿、祖宗牌、纪念碑与坟碑的意象选择是实体的，甚至带有社会性与集体性意味，然而即便如此，似乎也无力将生的形象意义与音容笑容实质地固定，看似坚不可摧的现代物质文明的寄托，留住的只是一个生硬的符号，一声虚弱的叹息。在诗末，诗人隐去了直接指向的主语，“一声感叹/在听”，“一个漠远/在看”，谁的感叹与漠远，而谁又

---

① 罗门：《罗门论文集》，北京：中国社会科学出版社，1995 年版，第 248 页。
② 罗门：《罗门短诗选》，北京：中国社会科学出版社，1995 年版，第 19 页。

在听在看？诗人以可能的叙述取代叙述的绝对，以暧昧的态度再度点染多重幻觉下无根无凭的虚无。而这昭显的也正是诗人透过自古以来的死亡，清晰所见的人类生命活动的第三个层次："我发觉他死了，纪念馆、百科全书、铜像与天堂，它安慰的是我们。"①

死亡本身既是生存与此在的对应物，那么是否意味着全然的终结与无力的妥协？罗门以诗的文字指出了两条超越之路：一条是受趋利避害的原始性驱使，彻底沦陷于飞速旋转的都市生活形而下的欲望与冲动之中，如《都市之死》中所描绘的：

如行车抓住马路疾驰
人们抓住自己的影子急行
在来不及看的变动里看
在来不及想的回旋里想
在来不及死的时刻里死②

三个"来不及"层层蓄势，在叙事上形成情绪高潮，而冲击效果即在落差中显现——"来不及"与实际行为的错位所揭示的正是荒诞的现实：为逃避虚无的恐惧而选择献身浑然的沉醉，而最终在"来不及死的时刻"里陷入了精神与肉体的双重虚无，"急行"竟加速了其人堕入死亡与虚无绝境的进程。

而另一条超越之路，则是罗门在其诗论中所言："在逃避不了的死亡的最后的审判之前，仍然镇静地想尽法子接近生命的痛苦与欢乐，并设法在与'虚无'相处时不被它击倒，同时在通过它严酷的监视时，尚能攀住那股超过失望与希望之上的沉默的力量，去显示出生存唯一的意义与价值。"③ 这也正是人类对死亡漫长的形而上的追问之应答，除却下沉之路，亦有超跋之道能够赋予人"向死而在"的自我权力，进而强烈且鲜明地凸显作为生命存在的具有能动意态的内核力量。在《速写诗人之死》的第四节中，诗人这样写道：

蚊子苍蝇铁钉钢钉
都钉不进来
只有阳光与星芒
能把他钉死在昼与夜正交成的
十字架上

① 罗门：《罗门论文集》，北京：中国社会科学出版社，1995 年版，第 261 页。
② 罗门：《罗门长诗选》，北京：中国社会科学出版社，1995 年版，第 73 页。
③ 罗门：《罗门论文集》，北京：中国社会科学出版社，1995 年版，第 269 页。

让血流入透明的时空之杯
永恒与上帝便有酒喝了[1]

诗人在最终节中已近乎抛去隐喻的含蓄，诗人钉于十字架上，与圣子耶稣受难像相得益彰，其后深意已呼之欲出：耶稣自愿为救难堕入苦痛，而于鲜血中获得永生；诗人自愿与虚无的恐惧在“伟大的不安”中交谈，从而在重压与死亡下收获托举的升力。正是这伟大的不安所造就的伟大的升力，让诗人超越时间与速度所限，得以成为反向的普罗米修斯，攀上“第三自然”不断旋升在演进的螺旋形天梯，将如火种般血红的、凝聚人的生死哲学与精神力量的鲜血带去了永恒的天堂。

二、“那只妖眼滴入夜色和威士忌”[2] ——罗门诗歌创作中的身体书写

身体作为人与种种环境双向互动的必须媒介，身体的体验是个体感知与行为的直接来源，身体不仅仅是属于个人的经验性场所，更是文化、观念、意识、审美等不断解码和编码的话语场。伴随宏大叙事声浪的退潮，被其预设的人类整体性人格所消解的个体性人格再度浮出水面，从缺席、在场到被公共视域分割、重组，甚至重新定义，身体意识的复苏在唤醒个人欲望的同时，在意义丰富的流变中早已超越了原欲书写的单一范畴。而当身体步入诗歌的象征与隐喻系统后，身体的定义与面目伴随社会、政治、文化的形塑而进行多样态的延伸、扩张与再创造，甚至因其切肤直观的感受性，承担起常规意象所不能及的表达功能。

在罗门看来，“人的生命，已是一首活的诗；人从摇篮到坟墓的整个过程，是诗的过程；人整个存在与活动的空间，是诗的活动空间；人整个活动的形态，也是诗的活动形态”[3]。人与诗双重空间的叠加，在其诗歌文本中呈现为有形的身体与无形的灵视相通相生的意象奇观，在《树·鸟二重唱》一诗中他这样写道：

森林死抱住树不放
要放便使双手忘于河川
掌纹忘于海
脚印忘于月

---

① 罗门：《罗门短诗选》，北京：中国社会科学出版社，1995年版，第192页。
② 罗门：《罗门短诗选》，北京：中国社会科学出版社，1995年版，第62页。
③ 罗门：《罗门论文集》，北京：中国社会科学出版社，1995年版，第3页。

双目忘于星夜
要放便放江流到天地外
放山色到有无中[1]

“双手”“掌纹”“脚印”“双目”赋予自然以生动翔实的人体形象感，以“双手”对应“河川”，以双手的弯曲与延伸对应河川的流动与纵深；以“掌纹”对应“海”，以掌纹的纠缠与起伏对应海波的连绵与迭起；将足迹隐没于朦胧月色，双眼上悬置于夜空与星子齐辉，此间天地与我共生，万物与我为一，既已为一矣，且得有言乎？身体弥散于自然广博的空间之中，因而欲辩已忘言，这也与下文“江流天地外”“山色有无中”的空灵境界形成回环的暗合，身体渴望自由的倾向与精神渴望回归的追求互为征引，人与自然、身体与空间、有形与无形之间的现实与潜在的对应关系稀释了过度形而上的虚幻缥缈。

“人类的新型科技为我们提供的信息和感性刺激越多，我们就越需要培养我们的身体审美敏感性，以便察觉和应对紧张的超负荷所带来的威胁。”[2] 在罗门诗歌的“第二自然”中，他以拆解重组的方式消解了经验身体的完整性，但又以高度的“身体审美敏感性”，将局部的躯体与都市的物象进行意义的连接，以超越经验身体的原本限度，非常规的意象组合营造出新鲜陌生的超验幻象，如《卡拉 OK》一诗：

脑空出来不思
心空出来不想
全让给身体动
四肢是燃烧的高压电路
都市在你光芒四射的身体上跳动
将整座城的喧嚣与冷漠
从高音喇叭的喉管中吐掉
把生命跳到肉体的位置
碰是身体
抱也是身体
还有什么不 OK[3]

卡拉 OK 在诗人的眼中成为都市人无处释放的力比多集中安置的符号化

---

① 罗门：《罗门长诗选》，北京：中国社会科学出版社，1995 年版，第 143 页。
② 理查德·舒斯特曼：《身体意识与身体美学》，北京：商务印书馆，2011 年版，第 26 页。
③ 罗门：《罗门短诗选》，北京：中国社会科学出版社，1995 年版，第 71 页。

场所，诗人以人的身体介入都市现实，进而生成极强的反思性与批判性。“脑”和“心”为“身体”让路，隐喻着精神与思考为肉体的享乐侵蚀吞占，最终被欲望狂欢消解；由躯干向四面延展的肢体被喻为燃烧的“高压电路”，而“高压”已超越具体含义，在象征的维度上暗合都市生存给予个体生存的精神高压，然而正是在个体生命被囚禁于不自由状态的代价之上，兑换了都市的“光彩夺目”的飞速发展；“喧嚣”与“冷漠”背后所寄藏的人在都市快节奏生活中的焦虑、空虚与动乱等种种负面情绪，看似被暂时性的纵声歌唱从“喉管”中吐掉，但是生命嵌入无心无脑的肉体的结局实则正是“精神也因此从形而上的灵境跌入形而下的物界，去抓住生命在最后唯一可把持的事物——那事物便是‘生存’，除了生存，其他东西，皆属于次要的点缀物”[①]的真实写照。

罗门以诗人体察入微的诗眼观照都市生活并发掘其负面与盲点，他发现“都市的形形色色，都不停地追着速度跑”[②]，甚至使都市人“成为被物质文明放逐中的文明动物”[③]。在《活在框里的照片》一诗中，诗人这样写道：

人一直裸不回去
头被发型与铜像
抓住不放
身体被时装与制服
抱住不放
手被抓去举起设计好的表决
嘴被抓去高呼调制好的口号
脸被抓去复印规划好的封面
心被抓去在制定好的节奏里跳动
人便被活生生依计算机量好的尺寸
入框
活成框里的那张照片[④]

自由的身体力图返归生命本真，却遭到社会群体性价值观的种种物化与限制，最终定格为呆板僵化的无情相片。正如卢梭在《爱弥儿》中所言：“文明人在奴隶状态中生，在奴隶状态中活，在奴隶状态中死：他一生下来就被

① 罗门：《罗门论文集》，北京：中国社会科学出版社，1995年版，第36页。
② 罗门：《罗门论文集》，北京：中国社会科学出版社，1995年版，第72页。
③ 罗门：《罗门论文集》，北京：中国社会科学出版社，1995年版，第70页。
④ 罗门：《罗门短诗选》，北京：中国社会科学出版社，1995年版，第114页。

人捆在襁褓里；他一死就被人钉在棺材里；只要他还保持着人的样子，他就要受到我们的制度的束缚。”① 身体是个体定义自我含义的前提保证，倘若身体的完整独立尚且未能保全，那么精神又将在公共话语中扮演何等角色更是不言而喻。在罗门的都市诗中，对被异化的身体的反复书写背后，昭示的是人在多种话语的裹挟与碰撞中主体性地位的失落，并以诗的声音质询文本内外：异化的身体，若想逃离物化与下沉，究竟该何去何从？

三、“走心路比历史远”② ——罗门诗歌创作中的地域情缘

诗人罗门生于海南文昌，幼年因日军侵华、连年战乱而辗转广州湾、杭州等地，在十九岁时随空军学校迁往台湾，从此开始了于台湾的定居生活。如果说日新月异的经济、文化、科技变化，带给文学的是频繁、剧烈的碰撞与突变，那么相对稳定温和的地域环境带给文学的则是和风细雨、潜移默化的悄然改变。“一个文学家迁徙流动到一个新的地方，他的感受、体验、生命意识、价值观念、思维方式、审美倾向等可能会发生某些变化，其作品的体裁、形式、语言、主题、题材、人物、原型、意象、景观等也可能会发生相应的变化。”③ 台湾四面环海，海的广博阔大、浩瀚无垠迥异于以乡土性为基础的内陆风光，其浪漫气势与无限隐喻的天然资源，自然而然为诗人诗眼所撷，成为融合在诗情之中的熟悉面孔。罗门曾基于诗歌应该全面展开追踪“人”与生命的工作的多向性观点，将诗歌的素材大致分为战争、都市与性、死亡与时空、自我存在、大自然、其他生存情境六大类，而其中“透过大自然的观照”之类别中，以海洋为主体的诗篇数量较多且具有相当的审美价值，不容研究者们所忽视。

罗门先生晚年照

有学者将海洋文学按其主题内涵划分为三个层次：“第一个层次是以海或

① 卢梭：《爱弥儿：论教育》，李平沤译，北京：商务印书馆，2007年版，第15页。
② 罗门：《过三峡》，《华文文学》，1996年第1期，第31页。
③ 曾大兴：《文学地理学研究》，北京：商务印书馆，2012年版，第25页。

海的精神为描写或歌咏对象的文学作品，题材可能是海本身，也可能是生活与海联系在一起并富有海洋精神的人或物，也可二者兼有。第二个层次，主人公以海为生，并活动在海上或者海岸，但作者没有海洋意识，作品所蕴含的涵养精神不明确。第三个层次，文本提到海，但海是一种可有可无的点缀，一个模糊的意象，或仅仅作为一个可置换为内陆的背景。”① 罗门诗歌中的海洋意象并非陆地的转喻，亦非指向不明确的苍白意象，而是同时具备海洋与诗心二重意义的诗情交响。正如诗人在长诗《观海》第一节中所写：

饮尽一条条江河
你醉成满天风浪
浪是花瓣大地能不缤纷
浪是翅膀天空能不飞翔
浪波动起伏群山能不心跳
浪来浪去　浪去浪来
你吞进一颗颗落日
吐出朵朵旭阳②

诗人裹挟上帝观海的巨大视角，开篇即以“饮尽”为海洋灌注惊人气势，吞天吐日更是模糊了海平线的边界，将沧浪之水与天穹万象混融一体。“花瓣”“翅膀”是辽阔的思绪与开放的视野投射的产物，移花接木，将海浪移植于土地，倒悬上下，向天空赠以洁白翅膀，故意制造出的逻辑背反使汹涌的想象不再固定于原始的意义重心，这也正与海水漂浮流荡、纵横千江的流淌无定之感形成了某种形而上的巧妙呼应。而诗人并不仅仅满足于在原始意象上展开瑰丽譬喻，他的灵视之眼让他看得更深更奇：

它便是钟表的心
时空的心
也是你的心
你收藏日月风雨江河的心
你填满千万座深渊的心
你被冰与火焚烧蓝透了的心
任雾色夜色一层层涂过来
任太阳将所有的油彩倒下来

① 曲金良：《海洋文化概论》，青岛：青岛海洋大学出版社，1999年版，第201页。
② 罗门：《罗门长诗选》，北京：中国社会科学出版社，1995年版，第114页。

任漫天烽火猛然地扫过来
任炮管把血浆不停地灌下来
那更变不了你那蓝色的顽强
蓝色的深沉
蓝色的凝望①

海洋的实体性和时间的永恒性形成了相互的观照，使海洋在意义层面上更添纵深之感。而收藏日月、填满深渊、冰火焚烧则使用跳跃性的壮丽画面，各有张力、互为引力，形成同一中心的美学和声。我们特别会注意到“烽火”与“炮管”二句，看似横插入诗，但当读者联想起诗人因战乱流离辗转的切身经历，以及在台湾的苦难历史上流过血与火的岁月，那么就不难理解为何诗人要匠心独运地增添海洋除了自然风光之外的意义幅面和生命深度。无法变更的“蓝色的顽强”“蓝色的深沉”“蓝色的凝望”层层渲染、一气贯通，释放出沉郁雄壮的海洋精神与海洋力量，意在象外，回声不绝。

罗门曾在接受记者专访时深情地说道：“海南是生母，台湾是养母，地球是祖母。”② 不可否认，本籍文化将对作家的文化心理结构产生持久的呼应与共鸣，而罗门以极大的热忱常年往返于两岸进行学术、艺术、理论交流，无疑为增进当代中国诗坛的繁荣做出了杰出的贡献。他曾饱蘸深情，在《过三峡》一诗中写道：

大江南北
源远流长
平面看都是画
立体看都是雕塑
属于眼睛的　都由相机运回去
属于心的便由诗来转运
沿水路 是长江万里
让风景去走
走心路 比历史远
便由风云鸟去飞③

当时，罗门携伉俪蓉子，应邀“赴大陆陕西西安西北大学、四川成都四

① 罗门：《罗门长诗选》，北京：中国社会科学出版社，1995 年版，第 116 页。
② 参见人民网海南视窗。
③ 罗门：《过三峡》，载《华文文学》，1996 年第 1 期，第 31 页。

川大学演讲，顺道飞往重庆，共渡长江三峡五日游，有感而写此诗”①。诗人以奔流入海的长江为串联意象与诗情的线索，将对祖国自然风光的观察体认融于心的感受，进一步用诗的语言和逻辑，转化升华为比长江与历史更远的“远”。在罗门独创的螺旋形架构的诗梯上，地域不是封闭与独立的，而是敞开与弥散的，因而罗门的诗歌拒绝进入主义的框架，贴上一时一域的固定化标签，其与地域、文化、历史的良性互动在开放维度共时展开，其诗歌的可能性也于此时得到了无限的增殖。

四、小结

诗歌之于诗人罗门之引力，不啻于宗教之于虔诚信徒之吸力。

尽管死亡的达摩克利斯之剑始终高悬于现代人心像世界之穹顶，然而由美与深度的结合体——诗歌所生发出的庞沛的美的颤动力，让具有灵视与智识的诗人在如影随形的高压下，比选择下沉狂欢生活的人们，更加无限接近真实的生命的内核。身体造就了诗人降世之初观察一切的原初视角，但却并未能使诗人困囿于沉重肉身的重围之中。在罗门笔下，身体既是感知的发源地，亦是被摆弄、被争夺、被异化的符号场所，而作为诗人的任务，则是用犀利的笔锋点破经验的肉身被遮蔽的多重功能，从而毫无保留地释放出拒绝一切物化、机械化、规则化的抒情的肉身。肉身已挣脱原型束缚、超越具体存在，那么灵识更能够突破一时一地的疆域与藩篱，自由地徜徉在留恋的山河海川、故土之地，海纳地域多样性，绵延并不断充实精神原乡的丰厚意涵。

诗人罗门已超越现实性生存空间，手持“上帝”发给的“通行证”与“信用卡”，攀缘第三自然螺旋形架构的天梯，进入“无限自由开放的内在世界”。尽管斯人已去，然而正如他在生前给自己以诗的语言速写的肖像画那样，“一天天一年年下来/时间已变成那棵/蚕吃不了的桑树/笔尖下的无数字粒/也换到星空里/去亮相”②。尽管身处不朽瑰丽的恢宏诗国，罗门依旧能够以跨越各种主义与框限的精神与诗作，轻易地征服生与死的界限，进入如星空般永恒之境界。

---

① 罗门：《过三峡》，载《华文文学》，1996 年第 1 期，第 31 页。

② 罗门：《罗门短诗选》，北京：中国社会科学出版社，1995 年版，第 190 页。

百家成阵

“时缤纷其变易兮”

——论席慕蓉诗作中的时间意识及其与《离骚》的对应

陈静容[*]

摘　要：细读席慕蓉作品，发现其诗作中之于“时间”的忧思，相近于屈原《离骚》中所述“时缤纷其变易兮”之感，因此本文以“时间”为考察轴，寻绎诗人字里行间所透露的时间感受及其心理反应。屈原洞见生命的有限性，在《离骚》中申述“时不我与”的无奈、存在的孤独，亦慨叹时俗所引发的变易。时间一去不返的线性发展，成为屈原忧虑的根源，其常以空间的追寻影射时间的焦虑，将希望寄托在个人天赋美质的保存与美好世界的追寻上。同样面对时间一去不返的现实，席慕蓉的文字则酝酿出一种深沉的焦虑韵律。她在时间里反复验证“永恒”的意义与可能，虽然透露出忧惶之感，但最终总有一些隐含在其内心或文字中独具的温柔，转圜焦虑无奈的心绪而为舒淡的美感。

关键词：席慕蓉　离骚　时间意识　焦虑

一、前言

在文学的创作书写中，当作家建立一定的艺术地位时，流派归属与影响论等相关论述随即应运而生，如杨牧的抒情、周梦蝶的禅意、洛夫的超现实等。流派与思潮，意味着美学价值的建构与创作风格的纵向影响，特别是单一作品成为典律时，更易受到诗评家的关注。不过，席慕蓉在这之中算是特

[*] 陈静容，台北大学中文系副教授。

例，因为她具有画家、学者、诗人、散文家等多重身份，又因其少数民族的特殊出身，使得她的创作形式双栖于诗画，主题遍及远方的蒙古草原、长河，又近至眼前的荷塘月下，因此难被单一风格框限，故唯美缠绵与明快清新可同时存在于其作品中。[①] 亮轩曾评论："席慕蓉从来就不是一个刻意求变的艺术家，无论是她的诗文还是她的画，她求的是真，情感的以及观察的。"[②] 以此而言，欲理解席慕蓉的诗作风格，最需要避免的就是削足适履的理论先行，而"就诗论诗"式的"细读"[③] 不啻为可行的进路之一。

诗是什么？面对这个疑问，席慕蓉响应："诗，不可能是别人，只能是自己。"而这个"自己"——"绝对是灵魂全部的重量，是生命最逼真精确的画像。"[④] 当创作收摄在对自己的价值观念与生命理念，甚至是对悠悠天地、时空流转的深刻扣问时，文字便牵涉记忆的流动、欲望的浮现与情绪的种种冲击。席慕蓉擅长以文字为载体，利用文字的温度、色泽与味道去对应生命中可预期、不可预期的各种遭逢，她曾以诗娓娓道："如果在我们心中/放进一首诗/是不是也可以/沉淀出所有的/昨日。"[⑤] 昨日已逝，但是对于诗人来说，昨日是记忆的堆砌，是"散落在时光里的生命的碎片"[⑥]，因此面对时间的逝去，席慕蓉以诗的文字舞动，或挽留或追忆或忧忧惶惶，却又偶尔淡定自悟，使其诗作读来别有情致。

初读席慕蓉作品，因为文字简朴、温婉、明朗，诗作中又多见花鸟草木等意象，颇类于《诗经》的民歌之风；然反复细读，则诗作中之于"时间"

---

① 古继堂认为席诗以"淡淡哀愁、浅浅思索的通俗语言"来满足"小市民、青春期少女的幻想情调"，故将席慕蓉视为"诗中的琼瑶"。沈奇则评论其诗作题旨是："轻柔、莹润、略带感伤的纯静的抒情、青春、光阴、一刹那间的美与永恒的爱"，而其文字风格是："较少难度的阅读快感和容易亲近的语言形式。"至于钟玲认为席诗："大抵文字流利，节奏明快，寓意明白，常用大自然的意象，时而用诗词典故，加上缠绵的语调，故很吸引人。"萧萧也曾评论席慕蓉的诗作文字特色："清流一般的语言则成为她的一个主要面貌。"以上参见古继堂：《台湾新诗发展史》，台北：文史哲出版社，1997 年版；沈奇：《边缘光影布清芬——重读席慕蓉兼评其新集〈迷途诗册〉》，席慕蓉：《迷途诗册》，台北：圆神出版社，2006 年版；钟玲：《现代中国缪司——台湾女诗人作品析论》，台北：联经出版社，1989 年版；萧萧：《现代诗纵横观》，台北：文史哲出版社，1991 年版。

② 亮轩：《为"写生者"画像——看席慕蓉的画》，席慕蓉：《边缘光影》，台北：圆神出版社，2006 年版。

③ 陈芳明："唯有经过细读，才能发现作者未曾发现的文字意义，也因此能够开发更丰富的信息。阅读往往就像恋爱，从来都不是一见钟情，而是多看了一眼。这也是为什么细读带来了更多的再阅读（re-reading）。"陈芳明：《很慢的果子：阅读与文学批评》，台北：麦田出版社，2015 年版，第 42 页。

④ 席慕蓉：《边缘光影》，台北：圆神出版社，2006 年版，序言第 5 页。

⑤ 席慕蓉：《试验之一》，《无怨的青春》，台北：圆神出版社，2006 年版，第 138～139 页。

⑥ 席慕蓉：《边缘光影》，台北：圆神出版社，2006 年版，序言第 5 页。

的忧思，更相近于屈原《离骚》中所述“时缤纷其变易兮”之感，因时间的推移造成世事之多变所引发诗人在时间中存在的无助与焦虑，故本文将以“时间”为考察轴，以席慕蓉《时光九篇》与《边缘光影》两本诗集中的作品为考察对象，寻绎诗人字里行间所透露的时间感受及其心理反应。另外通过古今的遥遥对映，除可见“时间”确为古往今来诗人共同关注的主题外；昔之屈原与今之席慕蓉，穿越时间的甬道化身为时空穿梭的旅者，于是过去与现在，恍然已无隔阂。

虽然林于弘认为席慕蓉1999年出版的《边缘光影》“某种程度的受到她回归原乡后所受到的启示”，因此可视为探讨席慕蓉系列原乡诗作的代表作品[①]；但据笔者观察，《时光九篇》径以“时光”为题，内容多与“时间”主题相关；《边缘光影》中除有原乡故土的呼唤，亦以时间与记忆作为“我”与“原乡”间的栈道。值得注意的是，这两本著作的出版相距12年[②]，但由诗作中可见诗人对于“时间”的忧思未尝稍减，因此在以“时间”为轴的一贯考虑下，《边缘光影》反而可视为是《时光九篇》的延续之作，具有相对的研究价值及意义。

二、《时光九篇》与《边缘光影》中的时间意识

时间是既具体又抽象的概念。具体的时间被量化成一秒、一分等单位；抽象的时间则是“单向的相续”，成为无始无终的时间流，无法回复与逆转。[③]时间的不可逆虽是事实，但个别主体对于时间流动的感受不一，因而形成相类或相异的时间意识。古往今来许多的文学作品中，时间的魅影或隐或现，而从作者对于时间的体会及描述，确实可见个人对于有限生命的态度与自我宣示。

---

① 林于弘：《席慕蓉新诗的草原书写研究——以〈我折叠着我的爱〉为例》，《群星熠熠：台湾当代诗人析论》，高雄：秀威资讯科技股份有限公司，2012年版，第72页。

② 席慕蓉：“这是我为我的第四本诗集《边缘光影》所写的序言全文，出版时间是一九九九年五月，离上一本诗集《时光九篇》的出版，已经有十二年之久。时光疾如飞矢，从我身边掠过，然而，有些什么在我的诗里却进行得极为缓慢。……但是，要等到把这十二年之间散落在各处的诗稿都集在一起，成为一个整体的时候，才发现我的诗即使写得很慢，却依然忠实地呈现出生命的面貌，今日的我与昨日的我，果然距离越来越远，因此而不得不承认—我们曾经有过怎么样的时刻，就会写出怎么样的诗来。”席慕蓉：《无怨的青春》，台北：圆神出版社，2006年版，序言第2页。

③ 海德格为“一般时间”与“时间化”的区别下定义时，曾针对“一般时间”进行说明：“时间是单向的相续，它是无始无终的时间流，所以各时态是独立的：现在是当下，它尚未到达将来，也未过去；过去已经消失，它不在现在中，更不可能在将来里；将来尚未到达现在，更不在过去中。”参见陈荣华：《海德格存有与时间阐释》，台北：台大出版中心，2006年版，第224页。

（一）时间与记忆

席慕蓉在《时光九篇》的开卷扉页里明白写下："献给时光——那永远立于不败之地的君王"[①]；又在《夏夜的传说》[②] 里写道：

我含泪问你　为什么
为什么时光它永远立于不败之地
为什么我们要不断前来　然后退下
为什么只有它可以
浪掷着一切的美　一切的爱
一切对我们曾经是那样珍贵难求的
温柔的记忆

诗人面对真实世界的失去与残缺，透过诗的表述深刻扣问，用以自我遣怀、自我慰藉。时间的不可逆，决定了记忆"再现"（representation）的失落，而这种无限的追寻与喟叹，还包含了面对生命终究"退下"的现实及焦虑，因为在时间与"我"的拉锯中，临之于"我"的只会是节节败退的窘境，可见诗人的焦虑感来自时间"君临一切"[③] 所引致的无可转圜。面对时间永远不停止的持续作用，诗人将心绪与省思寄托在伴随着记忆的"曾在"[④]（Gewesen）中，让记忆成为未来延续的基础，以响应时间在变动中所欲开显的一切意义；如此一来，记忆并非"过去"，而是可不断被翻阅的"曾经存在"，隐含在一首又一首的诗作中。席慕蓉在《边缘光影》中也曾以诗对应这种时间的影迹。

《边缘光影》是席慕蓉的第四本诗集，诗集名称或来自《边缘光影》[⑤] 这首诗，是席慕蓉赠给喻丽清之作：

多年之后　你在诗中质疑爱情
却还记得那棵开花的树　落英似雪……
美　原来等候在爱的边缘

---

① 席慕蓉：《时光九篇》，台北：圆神出版社，2006 年版。

② 席慕蓉：《时光九篇》，台北：圆神出版社，2006 年版，第 199 页。

③ 《素描时光》："在等待中/岁月顺流而来/君临一切"。见席慕蓉：《时光九篇》，台北：圆神出版社，2006 年版，第 36 页。

④ 在海德格尔的定义中，"过去"与"曾在"是不同的意义。瓦尔特·比梅尔曾依海德格尔说法而论："生存者没有过去，只有曾在。曾在意味着还是，即还存在着。"表示"曾在"并非指已经过去的时间段落，而是未间断的，未来得以延续的基础。参见瓦尔特·比梅尔：《海德格尔》，刘鑫、刘英译，北京：商务印书馆，1996 年版，第 58～59 页。

⑤ 席慕蓉：《边缘光影》，台北：圆神出版社，2006 年版，第 212～213 页。

是悄然坠落时那斑驳交错的光影
是一瞬间的分心　却藏得更深
原来人生只合虚度
譬如盛夏疯狂的蝉鸣　譬如花开花谢
譬如无人的旷野间那一轮皓月
譬如整座松林在阳光蒸腾下的芳香
譬如林中的你
如何微笑着向我慢慢走来　衣裙洁白
依旧在那年夏天的风中微微飘动
仿佛完全无视于此刻的　桑田沧海

诗人以“美/原来等候在爱的边缘/是悄然坠落时那斑驳交错的光影”为“边缘光影”写下脚注，却也彻悟了“原来人生只合虚度/譬如盛夏疯狂的蝉鸣/譬如花开花谢”。盛夏的蝉鸣是与时间的竞走；花开花谢，是时间展现在具体事象上的必然，超越人为所能干预或控制的范围，就如同在立于不败之地的时间面前，我们只能“不断前来/然后退下”。时间在这首诗里不断被切割成不同的单位，从“多年之后”到“一瞬间”，再到当下“此刻”的桑田沧海，回忆虽如斑驳的光影，却指向存在真实的意义，疗愈了此刻的满目沧桑，即便记忆无法再现，却成为未来之所以延续的重要凭借①，因此诗人说：

在开满了野花的河岸上
总会有人继续着我们的足迹
走我们没走完的路
写我们没写完的故事
甚至　互相呼唤着的
依旧是我们彼此曾经呼唤过的名字②

伴随着时间所堆砌而成的记忆，转化成了席慕蓉诗作中重要的创作主题，她在时间的流动中感叹，却也在时间所带来的变动中自我沉淀；而这些对于自我的更深一层的认识，都系连在“时间”与“记忆”的命题之下。她也曾用尽一切方式企图挽留逝而不返的时间，如《留言》“二月过后又有六月的芬芳/在纸上我慢慢追溯设法挽留时光/季节不断运转宇宙对地球保持静观/一切

---

① 李癸云：“如果时间不是周而复始，可循环的，那么诗人以诗的书写来让时间循环，让记忆在诗行间回返拉回那花般的岁月，再以深情来端详。”李癸云：《窗内，花香袭人——评席慕蓉诗中花的意象使用》，彰化师范大学国文学系：《国文学志》(第十期)，2005年6月，第6页。

② 席慕蓉：《时光九篇》，台北：圆神出版社，2006年版，第36～37页。

都还未发生一切为什么都已过去"①。也在另一首诗中写下"我们用文字/将海浪固定/将记忆订死/努力记述/许多轮廓模糊的昨日/然后/装订成册",然终究面对"可是/水与岩石从不肯如此/在永远的流动与冲激之中/他们不断描绘并且修正/那时光的/面容"②。文字能记述的细节有限,因此记忆在变动的时间中无法被定格,这也呼应前文所论,席慕蓉诗中所保留的"记忆",并非单纯指"过去",而是与时间相互包含的"曾在"。那些曾经存在的,没有办法用文字"订死"保存的过往,其实是诗人安排在时间中漫游的老灵魂。年岁仅过半百,却怀有千岁之忧的老灵魂,看这世事混沌不清,世事又全如所料,故以文字嵌入诗中,逐一酿成最迂阔的、攸关存在的忧思。

席慕蓉诗作对时间、记忆与历史都进行了深刻反省③,然后慢慢在生命的不同阶段里沉淀,这些生命的沉积既是诗,也是"诗的成因"④:

为了争得那些终必要丢弃的
我付出了
整整的一日啊　整整的一生
日落之后　我才开始
不断地回想
回想在所有溪流旁的
淡淡的阳光　和
淡淡的　花香

诗人通过"回想"希冀弥缝"时间"与"记忆"。一次又一次的回想,其实就是一遍又一遍的记忆翻阅,可是这些记忆的意义又在文字的反省中指向未来,"我的了解总是逐渐的/是那种/迟疑而又缓慢的领悟/(在多年之后才突然掩口惊呼:'啊!原来……')"⑤。因此,席慕蓉惯常以面向记忆的姿态去反面照映当下或未来,如《母亲》一诗"莫伤我心啊 孩子/虽然　无论怎么样的刺痛我都会/原谅你/妇人说完 才发现/她的已经不在了的母亲/也曾经对她说过同样的话"⑥。在今昔的照映下,席慕蓉的诗作都成了珍贵的坐标,展现

① 席慕蓉:《边缘光影》,台北:圆神出版社,2006年版,第56~57页。
② 席慕蓉:《边缘光影》,台北:圆神出版社,2006年版,第70~71页。
③ 沈奇:"历史和地缘文化标题的加入,无疑大大扩展了席慕蓉诗歌的表现域度。"沈奇:《边缘光影布清芬——重读席慕蓉兼评其新集〈迷途诗册〉》,席慕蓉:《迷途诗册》,台北:圆神出版社,2006年版,第172页。
④ 席慕蓉:《时光九篇》,台北:圆神出版社,2006年版,第16~17页。
⑤ 席慕蓉:《时光九篇》,台北:圆神出版社,2006年版,第21页。
⑥ 席慕蓉:《边缘光影》,台北:圆神出版社,2006年版,第86页。

了时间的张力与广度。

（二）追问与焦虑

在《时光九篇》与《边缘光影》的文字中，席慕蓉装载了对于时间逝去不返的焦虑，所以在《雨中的山林》写下“此去的长路上 雨润烟浓/所有属于我的都将一去不还/只留下 在回首时/这满山深深浅浅的悲欢”①。《夏夜的传说——一沙一界·一尘一劫》中亦有“岁月里也有着黑暗的角落/逐日逐夜/在吞食着我们曾经那样渴望/并且相信会拥有的幸福与快乐”②。席慕蓉认为属于时间的“黑暗的角落”，收藏了许多深不可测的秘密，除了让美好的一切“一去不还”，日夜交替所影射时光的递嬗也侵蚀着我们的幸福与快乐。时间的无情在于“向我默默追索”③，所以诗人在文字中透露出极大的焦虑，她在散文诗《独幕剧》④ 中写下：

> 身为演员当然知道总会有个结局知道到了最后不外就是死别与生离
> 可是总不能就这样让整个故事都在错置的时空中匆匆过去？

时间引导的“死别”与“生离”让人忧伤，可是“忧伤的起源其实起于丰盈之后的/那种空芜”⑤，一如一生辛勤耕耘的幸福却无法欢喜收成。关于此，席慕蓉的文字中涵存着巨大的悲伤，感叹时间如流沙，只能在沧桑之后回顾“你流泪恍然于时日的递减 恍然于/无论怎样天真狂野的心/也终于会在缰绳之间裂成碎片”⑥。剖析前引诸多诗作，不难发现席慕蓉对于“时间”的认知其实涵存着“今/昔”的对照，同时由此产生焦虑感：“昔”多是丰富美好的；“今”则总不免凋零碎裂。因此，诗人不免埋怨控诉“是谁啊 把记忆冲刷成千创百孔/再默默地藏身在岁月逐渐湮灭的隙缝之中”⑦。

相较于控诉，诗人更多的时候是仓皇追问，像是《海的疑问》“我们可不可以不走/可不可以/让时光就此停留/……而永远到底是什么呢/在五十年后

---

① 席慕蓉：《时光九篇》，台北：圆神出版社，2006 年版，第 158 页。

② 席慕蓉：《时光九篇》，台北：圆神出版社，2006 年版，第 194 页。

③ 席慕蓉在《夏夜的传说——一沙一界·一尘一劫》中这样谈论时光之神：“忧思的神总是在静夜里前来/向我默默追索/一切只有在这样的时刻里/才会重新想起的/曾经发生过的　犹疑与蹉跎/我的神只总是在中夜前来/默然端坐　俯首依依审视着我”。席慕蓉：《时光九篇》，台北：圆神出版社，2006 年版，第 195 页。

④ 席慕蓉：《边缘光影》，台北：圆神出版社，2006 年版，第 54 页。

⑤ 席慕蓉：《时光九篇》，台北：圆神出版社，2006 年版，第 196 页。

⑥ 席慕蓉：《时光九篇》，台北：圆神出版社，2006 年版，第 161 页。

⑦ 席慕蓉：《边缘光影》，台北：圆神出版社，2006 年版，第 73 页。

什么是/永不分离/什么又是永远不忘记"[1]。还有《独幕剧》里的反复提问："千年之后有谁还会相信?"[2] 席慕蓉不断以文字检证"永恒"是否存在，却又一再落空，面对"回不去"的窘境，她低声问："父亲 为什么我不能/让一切重新开始 那时柳色青青/整个世界还藏着许多新鲜的明日?"[3] 可是父亲不回答，因为父亲也成了无法穿越的记忆：

往昔　在当时也没有特别珍惜
直到此刻　弟弟和我
将您的骨灰盒放在临窗的书桌上
才忽然惊觉　大雾弥漫
惊觉于一切的永不复返
(这里就是终点了吗　可是还有
多少未了的愿望都被弃置在长路上……)[4]

评论者邹建军指出：席慕蓉诗作往往预设"一个悲剧性前提或场景设置"，因此"即便是她对于中国北方那辽阔大草原的怀念之情，也是一种残缺情感的表现"[5]。这种"残缺情感"的展现，有不少诗评家归之于是席慕蓉浪漫主义的创作风格使然，然通过诗作细细体会，却不难发现此中的悲剧情感是来自诗人对于时间流逝后措手不及的焦虑感与疼痛后的成长苏醒，所以诗人以文字收纳悲伤：

如我一样逐渐迟疑逐渐萎谢
才惊觉朝雾掩涌时光移换
所谓幸福啊
早已悄然裂成片段
从此去精致与华美都是浪费
这园中爱的盛筵将永不重回
料峭的风里　只剩下
一袭被泪水漂白洗净的衣裳
紧紧裹住我赤裸炽热的悲伤[6]

---

① 席慕蓉：《时光九篇》，台北：圆神出版社，2006年版，第66～69页。
② 席慕蓉：《边缘光影》，台北：圆神出版社，2006年版，第50、53页。
③ 席慕蓉：《边缘光影》，台北：圆神出版社，2006年版，第159页。
④ 席慕蓉：《边缘光影》，台北：圆神出版社，2006年版，第177～178页。
⑤ 邹建军：《席慕蓉抒情诗创作综论》，《西南民族学院学报》（哲学社会科学版），19卷第5期（1998年10月）。
⑥ 席慕蓉：《时光九篇》，台北：圆神出版社，2006年版，第139～140页。

席慕蓉在这首《子夜变歌》的附记中写下初读《子夜歌》的过往，后又自述：“重读之际，恍如与旧日时光重新相见，不禁微笑轻轻落泪。”诗人以眼泪记吊如被漂洗过的苍白过往，让今昔的光影和记忆不断在眼前对比重现，借以标记自我生命的当下意义，希望能够“用时间/改写长路上的忧伤”[①]，无奈最后还是只能怅然写下：

> 时光其实已成汪洋淹没了所有的痕迹
> 今夕何夕　我是何人为何在此哭泣？[②]

席慕蓉近期的诗作，多了与时间撞击的忧伤。白灵在《悬崖菊的变与不变》一文中评论：“晚近的席诗，离现代就更近了一些，风花萎落，雪月溶去，顿然有繁华卸尽、戚然寂然之感。”[③] 沈奇亦言：“然而诗毕竟不是哲学，她提交的只是叩问而非解答。是以诗人在这种生命与诗的‘对质’中，依然不断地发出疑问或悬置答案。”[④] 诗人的疑问我们无法解答，而诗中惶惶的追问与焦虑，逐渐逐渐，都成为席慕蓉诗作中难解的惆怅。

三、时间焦虑的古今照映

席慕蓉诗作中的时间意识，是记忆与时间的相互包含，是对永恒是否存在的频频叩问，也是见证自我存在意义的不断“对质”，所以因时间逝去而产生的“焦虑”及探问，成为席慕蓉系列诗作中值得进一步探究的主题。[⑤] 不管人们的时间概念从何而来、如何变化，“时间”命题皆是各种文化所依赖的深层结构（语言和心理知觉）中所存在的基本差异和文化多样性的根源，因此不同时空、不同文化，其实都共同存在一种由时间经验所衍生的感知范型，时间引起的“焦虑”即为其中之一。[⑥]

古往今来，已有许多骚人墨客针对时间流逝所导致死生契阔或美好年代

---

① 席慕蓉：《边缘光影》，台北：圆神出版社，2006 年版，第 184 页。

② 席慕蓉：《边缘光影》，台北：圆神出版社，2006 年版，第 197 页。

③ 白灵：《悬崖菊的变与不变》，“出版与阅读”，2000 年 12 月 27 日。

④ 沈奇：《边缘光影布清芬——重读席慕蓉兼评其新集〈迷途诗册〉》，席慕蓉：《迷途诗册》，台北：圆神出版社，2006 年版，第 170 页。

⑤ 突显席慕蓉对于时间流逝的焦虑感受，是希望跳脱对于席诗文字的审美批评，转由诗人看待时间的态度对照人事的变迁，直逼时光一去不复返的现实，从而沉淀出席诗的深沉韵律。不过这并不代表，席慕蓉所有和时间有关的描述都是焦虑的、急迫的直觉感受。

⑥ 路易·加迪等：《文化与时间》，郑乐平、胡建平译，台北：淑馨出版社，1992 年版，第 1～27 页。

之不复返发出喟叹，屈原就是此中的代表人物。陈世骧《论时：屈赋发微》[①]一文将《离骚》的论述主轴聚焦为时间意识所引起的焦虑与追寻，把《离骚》中所展现特殊的时间意识显题化，与席慕蓉诗作中的时间感知经验颇有相通之处，故下文拟将二人作品中所展现的时间意识进行简要对比，观照隐藏在古今时差下的创作意趣。

归纳席慕蓉诗作，来自时间的焦虑有三，包括：时间的不可逆与记忆再现的失落；由时间流逝所引致对生命有限性的反省与对“永恒”的疑问和验证。对照《离骚》所述：

> 汩余若将不及兮，恐年岁之不吾与。朝搴阰之木兰兮，夕揽洲之宿莽。日月忽其不淹兮，春与秋其代序。惟草木之零落兮，恐美人之迟暮。

“汩”，暗示时间的连续流动；“不及”，是相对于“可及”与“及时”的仓皇追赶却又无法企及的焦虑，更是生命逐渐荒凉的暗示。王逸于此注曰：“恐年岁忽过，不与我相待，而身老耄也。”由此，屈原对于时间流逝的焦虑感受可想而知。学者许又方曾针对屈原面对时间的态度进一步点出：

时间如流水，印证在人的年华一去不回的事实上。因此，这个抽象的时间层，对于诗人（屈原）而言，具有实际且客观的作用。但它不仅止于客观的计量，而是进入意识与心理的层次，成为诗人忧虑的根源。[②]

另，日月转换与四季变化递嬗[③]，一去不返如急流似的自然时间线性发展，亦不断考验诗人内在的心志。面对时间的流逝与“老之将至”，屈原以具体的事象如零落草木、迟暮美人等掩映暗示时间的作用与自身的忧虑，同步透露“时不我与”的淡淡哀伤，也诠发了“零落”的个人处境和“迟暮”的无奈。“零落”之感来自“群/我”的分立；“迟暮”之哀则展现在对时间紧迫的恐惧。而席慕蓉面对古今一如的时间哀愁，除了不断地问：“我们会怎样地老去呢?”[④] 也在诗作中沉吟：

> 每个人各有他不同的老去方式

---

① 陈世骧：《论时：屈赋发微》，《幼师学刊》45卷2期（1977年3月），第51~62页；45卷3期，第13~21页。

② 许又方：《时间的影迹：〈离骚〉晬论》，台北：秀威资讯科技股份有限公司，2006年版，第84页。

③ 路易·加迪曾论中国人思维中的时间观：“在古代农耕文化中，时间概念是与更为具体多样的‘季节’概念结合在一起的。在中国各地，一年分为四季，四季的定义是异常稳定的。……同时，‘季节’概念还表示时间的连续，因为依照定义，四季是先后承续的；月和日也是先后承续的。”路易·加迪等：《文化与时间》，郑乐平、胡建平译，台北：淑馨出版社，1992年版，第30页。

④ 席慕蓉：《时光九篇》，台北：圆神出版社，2006年版，第96页。

每个人都只能用他自己的方式老去
或是早生华发　或是
越走越浓越贴越紧的焦虑
而我的难道就是这样了吗?　怎么也不肯
去顺从那其实早已将我降服了的生活[①]

在面对生命有限性与生活流转的当下，诗人用叛逆的姿态提问，酝酿出一种深沉的焦虑韵律，挑战了存在主义认为个体生命是无从选择的“被抛掷”[②]。可是，时间的不停流逝终究是残酷的，面对自然时间的现实，席慕蓉说：

请让花的灵魂死在离枝之前
让我　暂时逗留在
时光从爱怜转换到暴虐之间
这样的转换差别极微极细
也因此而极其锋利[③]

美好事物的分裂、成长、衰老，总任由时间操纵。与其奢盼永恒，刹那的光华反而更让人觉得余味未尽，因此时光之流尽管残酷锋利，使得美好渐形遥远，但是诗人并未放弃追寻，反而逗留、徘徊、若有所思，缓慢穿梭在时间断层之间，寻找在变动中不变的可能。事实上，今生所希冀的永恒已然失落，因此席慕蓉只能自我响应：

今生已矣　且将
所有无法形容的渴望与企盼
凝聚成一粒孤独的种子
播在来世
让时光逝去最简单的方法
就是让白日与黑夜
反复地出现
让我长成一株　静默的树
就是在如水的夜里
也能坚持着　不发一言[④]

① 席慕蓉：《边缘光影》，台北：圆神出版社，2006年版，第26页。
② 海德格尔认为，人的存在不可避免、无从选择地将被抛掷（thrown）于时光之流中。
③ 席慕蓉：《时光九篇》，台北：圆神出版社，2006年版，第104～105页。
④ 席慕蓉：《时光九篇》，台北：圆神出版社，2006年版，第106～107页。

如果时间的变化虚无让人困窘，那么就“终生用一种温柔的心情来守口如瓶”[①]，在来来去去的流转人事中，温柔且坚毅地守护着今生对自我生命的承诺和期盼。虽然仍免不去对时间推移、世事变易的忧惧，但渴望与企盼不会随着时间消逝，因此能不受时光淘汰的信念，更是弥足珍贵。屈原对此也颇有感慨，《离骚》中即云：

> 时缤纷其变易兮，又何可以淹留。兰芷变而不芳兮，荃蕙化而为茅。何昔日之芳草兮，今直为此萧艾也。……固时俗之流从兮，又孰能无变化。

事物的真理、时俗的变化，都在时光的投影下成为半梦半醒、扑朔难辨的一场迷梦，还有什么可以永存而不易？许又方说：

> 诗人暗暗以流水比喻时间的消逝（汩余若将不及），“流从”则显然也是以流水比附人的随俗漂浮，两相对照，则“流从”云云，其中便带着深层的时间底蕴，一方面说顺应俗务，另一方面则意味着人一旦被抛掷于时间之流，便失去了坚毅独立的精神，消极地随时变化。故而，保存天赋美质，与追寻一个适合这个美质存在的世界，成了诗人毕生努力的目标。也因此，诗人所展开的空间追寻，其实是其时间意识的延伸。[②]

面对着人之被抛掷于时间之流与“永恒”失落的窘境，席慕蓉把自己想象成一株静默的树，以沉着因应世间之万变；屈原则不应流俗，将希望寄托在个人天赋美质的保存与美好世界的追寻上。近代学者萧兵曾点出：

> 《离骚》的时间感确实是突出的。空间的变换一直跟时间的追求联系在一起，其结构是多维的，立体的。人的求索和寻求也确实带有一种追求人生的永恒、人生的价值、人生的理想的深刻意义。这跟《离骚》里那种喷薄而出的紧迫感、危机感是一致的。[③]

屈原常以空间的追寻影射时间的焦虑，以此回顾往昔的美好[④]。相较之下，席慕蓉则更常以“今/昔”对照的方式来暗示时间的流动。除了前文所论述席慕蓉对于“时间”的认知涵存着“今/昔”的对照，并由此产生焦虑外，

---

① 席慕蓉：《时光九篇》，台北：圆神出版社，2006 年版，第 106～107 页。

② 许又方：《时间的影迹：〈离骚〉晬论》，台北：秀威资讯科技股份有限公司，2006 年版，第 87 页。

③ 萧兵：《楚辞的文化破译》，武汉：湖北人民出版社，1991 年版，第 121～122 页。

④ 许又方：“整篇《离骚》不断展现对过往的怀念，在时间的维度上经常停留在‘已逝’的阶段。这种叙述方式借着时间一去不回的特性试图彰显某种失落的感伤……”许又方：《时间的影迹：〈离骚〉晬论》，台北：秀威资讯科技股份有限公司，2006 年版，第 80～81 页。

席诗中偶尔可见对于时间的辩证性观点，如《诗的蹉跎》中“消失了的是时间/累积起来的　也是/时间”[1]。消失在昔日的，又在今日堆砌，因此时间的消砌，相对来说亦是昔日记忆的累积，所以席慕蓉认为有一些已逝的过往情怀其实是“去又复返/总有潮音在暗夜里呼唤”。这种说法似可稍稍宽慰诗人的焦虑心怀，但是往昔的美好毕竟已远逝，与时间的对峙胶着，人终究会败下阵来。曾经存在的美好时代，只有在记忆中才能反复温习体验。不过杨牧亦曾说：

> 每一个人都来得太晚，生不逢辰，然而乐土还是可以追求寻觅的，这追求寻觅必须自人的心臆开始。有人在想象中为自己为大众设计一个完美的国度，发而为哲学的结构，为诗的远景，我们不认为那想象的驰发是不着边际的遁走，反而是充满责任感的良心写照。[2]

许又方认为屈原的死亡并不是形式上的遁走，而是“对故乡的身殉”，是“一种即使真有乐土，也不能弃旧独享的深情表现”[3]。相较于屈原的决绝，席慕蓉选择在柔肠寸断的时间感里学习静定，所以即便“知道再相遇又已是一世/那时候　曾经水草丰美的世界/早已进入神话　只剩下/枯萎的红柳和白杨　万里黄沙”，又或者所有美好的事物随着时光暮色渐行渐远，诗人依然如是说：

> 长廊寂寂　诸神静默
> 我终于成木成石　一如前世
> 廊外　仍有千朵芙蓉
> 淡淡地开在水中
> 浅紫　粉白
> 还有那雪样的白
> 像一幅佚名的宋画
> 在时光里慢慢点染　慢慢湮开[4]

席慕蓉诗作虽然时常在字里行间的时间罅隙中，忧忧惶惶那些已逝的片段，甚至感叹回忆老去的痕迹斑斑，但总有一些其内心或文字中独具的温柔，足以转圜焦躁的激情成舒淡的美感。《长路迢遥》一文中，有一段文字是记录

---

① 席慕蓉：《边缘光影》，台北：圆神出版社，2006年版，第18页。

② 杨牧：《失去的乐土》，台北：洪范出版社，2002年版，第15页。

③ 许又方：《时间的影迹：〈离骚〉晬论》，台北：秀威资讯科技股份有限公司，2006年版，第93～94页。

④ 席慕蓉：《时光九篇》，台北：圆神出版社，2006年版，第125页。

席慕蓉探访内蒙古巴丹吉林沙漠后的心情，她说："原来，这在我们从前根深柢固的概念中所认定的一种荒凉与绝望的存在，竟然也可能会有完全不同的面貌，充满了欣欣向荣的生命。"[①] 这段文字可以成为席慕蓉时间系列诗作的最佳脚注。虽然青春都会走向衰老，虽然美好不会永远停留，虽然生命无法拒绝由灿烂至于黑暗，但是我们仍然可以"点燃起自己来寻找你"[②]。于是，在时间笼罩下的有限生命还是可以如《旅程》所言，虽是被时光飞掠过的"荒芜的庭园"，但"在那里我曾经种下无数的希望/并且也都曾经/在我无法察觉的时刻/逐一绽放"[③]。

四、结论

曾昭旭评论席慕蓉诗作时说："她只是借形相上的一点茫然，铸成境界上的千年好梦。……使人在光影寂灭处，犹见满山的月色，如酒的青春。"[④] "时间"，是亘古难解的习题，席慕蓉诗作之魅力，正是在时光之流的现实与茫昧中，不忘为生命凝铸一永恒的期待。此中"期待"之所以可能，是因为席诗中所指向的"记忆"，都不是客观时间所指的"过去"，而是与时间相互包含的"曾在"，因此即便记忆无法再现，却指向存在真实的意义，成为未来之所以延续的重要凭借，足以疗愈此刻的满目沧桑。

席慕蓉眼中的"时间"，是个"黑暗的角落"。面对客观时间逝去所导致美好事物的一去不返、终也有涯的有限生命与永恒的失落，引发了诗人的时间焦虑感，而此种对于时间的焦虑，逐渐酝酿成一种独特的诗作风格，刻写出一切人事不敌时间摧残的"残缺情感"与疼痛后的成长苏醒，通过对生命的深刻扣问一一朗现。

由时间所引生的焦虑，使得席慕蓉在"今/昔"两端反复着墨，她让今昔的光影和记忆在眼前对比重现，用以标记自我生命的当下意义。记忆与时间的不断"对质"，实际上是席慕蓉因应急迫的时间焦虑所衍生之书写主轴，与屈原《离骚》中时间意识的多层次意义适可古今遥映，展现不同时空下对于时间命题的深层思考。

屈原洞见生命的有限性，在《离骚》中申述"时不我与"的无奈，存在

---

① 席慕蓉：《长路迢遥》，《时光九篇》，台北：圆神出版社，2006 年版，第 217～218 页。

② 席慕蓉：《边缘光影》，台北：圆神出版社，2006 年版，第 118～119 页。

③ 席慕蓉：《边缘光影》，台北：圆神出版社，2006 年版，第 125～126 页。

④ 曾昭旭：《光影寂灭处的永恒——席慕蓉在说些什么》，席慕蓉：《无怨的青春》，台北：圆神出版社，2006 年版，第 199～208 页。

的孤独与时俗所引发的变易时时让诗人措手不及，因此愈形匆忙和焦虑。时间一去不返的线性发展，成为屈原忧虑的根源，因此以零落草木、迟暮美人等掩映暗示时间的作用与自身的焦虑，表明自己生不逢时的悲哀。屈原亦常以空间的追寻影射时间的焦虑，依循曾经存在的轨迹，遥想远古的美好盛世，同时将希望寄托在个人天赋美质的保存与美好世界的追寻上。

同样面对时间一去不返的现实，席慕蓉的文字则伴随着时间的流动，酝酿出一种深沉的焦虑韵律。她在时间里感叹，或逗留，或徘徊，或若有所思，缓慢穿梭在时间断层之间，反复检证“永恒”的意义与可能，让人觉得余味未尽。面对生命的有限性与人事流转，诗人时常在时间罅隙中忧忧惶惶，但最终总有一些隐含在其内心或文字中独具的温柔，转圜焦虑无奈的心绪而为舒淡的美感。

如果“永恒”的追寻注定失落，时间的终点其实是空无一物的，席慕蓉仍决意“终生用一种温柔的心情”，温柔且坚毅地守护着今生对自我生命的承诺和信念，找寻一种超越时间的真实；而，这也是诗人以文字折叠时间最大的渴望。

漂泊者的中华文化认同

——论方明诗集《生命是悲欢相连的铁轨》

孙德喜*

摘　要：《生命是悲欢相连的铁轨》是台湾诗人方明十分重要的一部诗集。作为漂泊者的方明，他的诗既写出了他自己在法国巴黎的陌生感，在西贡对于战争的反感，又写出了对于祖国文化的高度认同。他的诗歌无论在形式上还是文化内涵上都散发出浓郁的中国味，没有欧化的痕迹，在思想文化内涵、诗意的营造与意境的创设上都与中国传统文化相贯通。在台湾诗坛掀起现代主义思潮，深受西化影响的情况下，方明对于中华的高度认同具有重要意义。

关键词：漂泊者　方明　《生命是悲欢相连的铁轨》　中华文化　认同

台湾诗人与大陆诗人相比，人生的漂泊感比较突出，而方明在台湾诗人中，漂泊感更加强烈。方明，祖籍广东番禺，出生于台湾，然而“自幼旅居南越，及长回台湾就读台湾就学台大”①，后来还到法国上了大学。大学毕业后，方明主要住在台北，经营他的“方明诗屋”，也常常居住在法国，因为他还担任法国一家文化创意公司的高管。他的这种状况在台湾具有一定代表性，方明的好友洛夫、张坤基本上也是这样。洛夫离开台湾，侨居加拿大，然而时常到世界各地走一走。张坤虽然客居美国，但是他为了经商的需要奔走于世界各地，也是一个漂泊者。诗人行走天下，漂泊四方，无论是被迫地流浪，还是主动地旅行，其间都充满了酸甜苦辣，并且在漂泊中接触到不同地域、不同特质的民族文化，在一定程度上接受其影响，从而留下了全球化时代的印记。然而，这些诗人无论行走到哪里，无论多么深入地了解和认识异域文

---

* 孙德喜（1960—），江苏淮安人，武汉大学文学博士，现为扬州大学文学院副教授，主要从事中国现当代文学教学与研究。

① 大荒：《故园平居有所思》，方明：《生命是悲欢相连的铁轨》，创世纪诗杂志社，2013 年版，第 183 页，第 183～184 页。

化，他们都像香港歌手张明敏所唱的那样，始终怀有一颗“我的中国心”，他们都以汉语诗歌写作，并且在诗作中表现出对于中华文化的强烈认同。近读方明的诗集《生命是悲欢相连的铁轨》，觉得诗人在漂泊的人生中更加强烈地认同中华文化。

一

“西贡，台北，巴黎将我成长的心路历程切割得有太多的激情与茫然。”[①] 在方明几十年的人生漂泊中，与他生命联系最密切的就是这三个城市，或者说这三个城市都在他的精神上留下深刻的印记。在《生命是悲欢相连的铁轨》中，我们分明可以看到这种清晰的印记。诗集的第一辑《花都篇》所抒写的基本上是法国巴黎给诗人留下的各种印象，表现出一个来自东方的诗人对于西方世界的感受和认识。比如《巴黎午后》给人的感觉不是我们常常想象的浪漫和深厚的文化底蕴，而是感性的诱惑，对英雄和高贵的疏远，对于恐怖主义袭击的警惕与恐惧以及暧昧偷情中所获得的浅薄的“舒解快慰”。巴黎著名的塞纳河畔本来是来自世界各地的艺术家和艺术品聚集的地方，然而在诗人的印象中却是虽有艺术的存在，但是与这里的人隔着什么东西，似乎没有得到艺术的熏陶，无法获取精神的滋润和心灵的慰藉。到了夜晚，诗人在这个号称浪漫之都的地方又感受到什么呢？“是一种无法治疗的痼疾”，是“很忧伤的”“冰凉”和“始终无法翻越的藩篱”（《夜读花都》）。在《巴黎夏日》中，诗人看到的是来自全球各地的人们在这里虽然浸泡在巴黎的文化之中，却迷失了自己的文化身份。那些来自非洲的移民或者来自亚洲的难民在巴黎学会了这样那样以后，已经将家乡置之脑后，就像中国青年在被世界杯足球赛所吸引之际已经将遥远东方的击鼓赛龙舟的盛景忘却。而这些人被巴黎的时尚所迷惑的时候恰恰失去了自己的文化之根，因而令诗人感到深深的担忧。《地铁神话》所展现的是现代工业化社会里人的陌生感。在熙熙攘攘、摩肩接踵的人群中，让人感觉到的不是彼此的沟通与联系，而是“窒息得深怕呼吸/会泄露心底之秘密”。而对于外乡的漂泊者来说，身处巴黎地铁当中，最深切的感觉就是“驿站之间的偶思无法治疗/缥缈的乡愁”。在巴黎市中心最著名的建筑之一是蓬皮杜文化中心，这个以 1969 年法国总统命名的文化中心包括公共资讯图书馆、现代艺术美术馆以及声乐、音乐研究和协作学院，可以说她是现代法国艺术和文化的代表。诗人面对着“夕晖”中的中心，并没有形

① 方明：《生命是悲欢相连的铁轨》，创世纪诗杂志社，2013 年版，自序第 2 页。

成与西方现代艺术和文化的对话与交流，而是感到有些隔膜，“百万册的典藏与绵亘之网站/都无法诠释生存与死亡之纠缠　神人之间的惑虑　而我假装/从庞毕度中心饱读一日典籍出来”（《庞毕度中心夕晖》）。虽然诗人在巴黎学习和生活了一段时间，但是从这些诗作可以看出，诗人没有融入到巴黎的文化中去，他始终只是个漂泊者，而且是作为他者而存在的。

如果说巴黎让诗人产生了严重的陌生感，找不到精神的皈依，那么西贡留给诗人的记忆是与战争联系在一起的。西贡原来是越南南部的首府，诗人侨居西贡的20世纪六七十年代，这里陷入了战争的灾难。南越在沦陷以后，陷入了二十年的黑暗期。“方明就由我们叶餮海鲜之海岸小店外的某处，几回暗夜死里逃生，展开一场流亡之旅，辗转去到台湾。”[①] 这一次逃生的经历应该说是刻骨铭心、终生难忘的，从而在他心胸中激荡着，酝酿着，终于流淌出一首首触目惊心的诗作。年仅16岁的方明就为战争的阴影所笼罩，并且在他的心头一直挥之不去，于是催促着他写下了组诗《感觉》。他在《感觉（之一）》中写道“那夜。炮火的红焰/使太阳频频失眠/自黑梦正浓的一只夜枭/竟也遗忘星月的/故事”。《感觉（之二）》同样写越战给平民带来的灾难和痛苦：“垂钓的老翁盼望他儿子/若一尾落罟之鱼/鲜烁的伤鳞是逃亡时遗弃的/勋章”；“日子是漫雾的群峦/过敏症的鸟儿/总听西风成挽歌/众树招摇旗帜/孤魂哭皱母亲的/白额……”《感觉（之三）》所呈现的战争图景让人感到震撼：“这年代炮声和狼嗥同样时髦，流弹震撼一山焚燃的夏终纷落成残冬的灰烬，你可拾掇众多死去的春天朵朵笑靥如斯童真。/如今流尸睁目　睁目流尸。”《诀》既描绘了战争造成的人间惨象——“炮弹如街头惊慌的人们乱窜，离散的亲情汇聚时已是一堆不懂恸哭的骨骸”，又道出了战争的根源——“人类暴虐的情欲”，更写出了战争中的人对“家”的“憧憬”和对爱情的怀念——“未完成的爱情最悲壮，无怪我忍不住去偷尝你唇边最后的余温”。《破阵子》表达的是诗人对陷人类于灾难深渊的战争的谴责：“谁是胜利者/血河两边涌”，同时控诉了战争造成死亡、亲人的生离死别、无数的流浪……虽然诗人侨居西贡是十分遥远的过去，但是当年的战争确实在他的心头依然留下了一定的创痛。而且，他心头的这种伤痛不只是他个人的，而是与整个人类相通的，也就是说，方明没有停留在战争的个人感受上，也不是20世纪六七十年代的那种党派政治和意识形态影响下的感受，而是代表所有战争的受害者对战争予以谴责。既然方明当年是从西贡逃离的，那么西贡对于诗人来

① 白灵：《拯救与抵抗——小论方明的诗》，方明：《生命是悲欢相连的铁轨》，创世纪诗杂志社，2013年版，第185页。

说就是与战争相联系的，是与痛苦的记忆相联系的，那么也就不会产生文化上的依恋。

二

方明从西贡逃离出来，来到了台湾，回到了祖国的怀抱，但当时方明身居台湾却不能到大陆来看看他的祖居地，与许许多多来自大陆的台湾作家一样，只能隔海遥望。直到改革开放后，他才回到他的祖籍地广东番禺以及其他重要城市去看看，进一步感受中华文化，从而产生了对中华文化的进一步认同感。他从深厚的中华文化中不仅获得了精神支撑，而且获得了诗歌创作的灵感与智慧，从而令他的诗歌创作从博大精深的中华文化中吸取丰富的营养而显得枝繁叶茂。

诗人痖弦与方明

方明对于中华文化的认同，赋予了他的诗歌无论在形式上还是文化内涵上都散发出浓郁的中国味。我们首先看方明诗歌的形式。读到方明的诗歌，人们最深刻的感受大概就是独具特色的语言。方明的好友罗门认为："方明大部分诗以近乎诗词的'散文'技巧，获得其利的，是使语言在操作中，有更大的舒放、舒展与舒畅度，于挥舞中，能舞出不受制约的更多变化且自由自如的美妙姿态，同时可喜的，他仍坚持住不像有些诗人用上散文技巧，便向散文投奔自由，离开诗而去，显然他是在'散文体'的语言中，注射有诗（意象）的质素，同散文仍有界线。"[①] 罗门在这里将方明诗歌的语言定位为"散文体"，不过是有保留的。他所作的定位依据虽然没有明说，但是可以看出他大概是就方明诗歌中的长行和超长行的表达方式而作出这样判断的。通常的诗歌语言一行在10个字左右，短的可能只有一个字或者一个标点符号，而一般情况下一行也就在20字以内，超过20字的就比较罕见了。可是在方明这里，虽然也可以见到一字两字的短句行（如

① 罗门：《一声冰爆　春流滚滚——读〈生命是悲欢相连的铁轨〉有感》，方明：《生命是悲欢相连的铁轨》，创世纪诗杂志社，2013年版，第169页，第166页。

《诗人》)，但是超过20字的长句行则比较常见，而最长的一行则是《潇洒江湖》的第7节中，长达164字，通常的图书中一行印不了这么长，于是排了数列才结束。这样的长行竟然包括几个句子，很容易让人觉得是一篇散文的一小节。其实，这仍然是诗的排行，仍然是诗的语言，而且应该说是方明在诗歌语言形式的一种创新和探索。就其语言的特质而言，显然是诗的，而不是散文的。罗门看到了方明诗歌语言中意象的一面，其实散文语言也会呈现一定的意象。真正的诗歌语言应该是陌生化的，是空灵的，是隐喻和象征式的，而不是像散文那样以日常语言为主。就方明诗歌的语言形态来看，显然没有散文化，所谓的散文化只是一个错觉。当然，中国诗歌史上像方明这样写出一百多字为一长行的现象很少见到，然而我们细读这些诗句就会发现尽管诗人曾经在巴黎留过学，而且还长期在那里工作和居留，但是他的诗歌语言没有被欧化，仍然是中国式的，可以说是“很中国的”(《潇洒江湖》)。仔细品味他的长行与超长行的诗歌语言形式，我们觉得与古老的楚辞汉赋具有一定的渊源。楚辞汉赋虽然没有像方明这样的长行诗句，但是其诗歌的每行文字在秦朝前后还是算比较长的，大概只有这样的长行与超长行的语言形式才能表达诗人内心复杂丰富的感受与贯通于其中的气势。

方明诗歌的语言不仅没有欧化的迹象，而且还具有中国文化中所特有的古色古香的味道。而这种味道与他的语言技艺密切相关。在古代汉语中，我们常常见到词类活用的现象，而在现代汉语诗歌中则比较少见，然而方明则乐于吸收借鉴古汉语的这种语言手段，令其诗歌散发出浓浓的古味。且看《潇洒江湖》中的句子：“烟火是否形你多样的神祇”，“数条溪流也春不起来的北方”，“久闻你们义薄云天，而且有一套很中国的功夫……”这里诗句中的“形”“春”以及“中国”显然都不是现代汉语中原来词性所赋予的功能，而是被赋予了新的词性功能。在句子结构上，方明同样喜欢用具有古味的表达方式。且看《潇洒江湖》中的句子：“必悬挂茱萸如幡”，“拔起连同蟋蟀的瞿叫”。按照通常的表述，我们可能将这两句写成：“必悬挂如幡的茱萸”，“拔起连同瞿叫的蟋蟀”，而方明在这里不只是改变了常见的语序，而且由于这一改变而转变了强调的对象，从而赋予作品以别致的韵味。与此同时，方明还对词语进行了一定的改造，创造出富有表现力而且具有古味的新词。古代汉语的词语以单音节词为主，而现代汉语的词语则多为双音节词。然而，现代汉语的双音节词又与古代汉语的单音节词有着密切的联系，许多古代汉语的单音节词作为词素出现在现代汉语的双音节词中。方明充分利用现代汉语双音节词的这一特性，进行了自己的语言探索。请看《驰古三巷》中的诗句：“今非昨，今非昨是独吟独唱的孤影，满怀忧伤的山水啊，你哀冷的春已无人跃踩，而那莲步细错的倩影为何隐现，在我无意触及曩惜的欢交，便让那欲语的颦动勾起一湖心底的伤痕。”这里的“哀冷”“跃踩”“细错”“欢交”“颦动”等都是诗人独创的表达，可能有些人不会认可，将其视为杜撰新词，其实如果将其按照古汉语的结构予以分离剖析，便可领略到其中的意义和味道。除此之外，方明还常常选用古代汉语中的词语编织诗句。不少读者读到方明的诗，有一种强烈的感受，就是冷僻词用得比较多。其实，这些所谓的冷僻词基本上来自古代汉语。先看《巴黎午后》中的诗句：“如斯珍贵的夏”“英雄窀穸”，其中的“如斯”用现代汉语表达则是“像这样”，“窀穸”的意思则是“坟墓”。由于换了古汉语的表达，古味便油然而生。再看《庞毕度中心夕晖》，标题中“夕晖”显然具有古汉语色彩，诗中还有这样的表达：“卜星者偃坐了整个下午/尽目游人的快乐与茫然”，其中的“偃坐”与“尽目”都洋溢着浓浓的古意。毫无疑问，古代汉语已经成为方明非常重要的诗歌语言资源。

由于方明对中华文化的强烈认同，他的诗歌在思想文化内涵、诗意的营造与意境的创设上都与中国传统文化相贯通。《生命是悲欢相连的铁轨》中的诗作被分为“花都篇”“驰古篇”“战争篇”“唯絮篇”和“怀情篇”。其中“花都篇”都是写法国巴黎的，“战争篇”大抵是因西贡陷入战争而写的，这两“篇”共收15首。而“驰古篇”“唯絮篇”和“怀情篇”基本是与中华文化密切相关的，计38首。当然，诗歌创作的素材不能说明什么问题，最重要的是诗人所表达的思想和文化。当读到“驰古篇”中的诗作时，我们早已随着诗人的情思在古代中国的土地上飞驰。“他挥掉时间历史的尘埃，让过去的朝代、人物、文情与景象活现在诗中……”① 大荒先生特别就“驰古篇”中的代表作《潇洒江湖》作了精彩的评述：

> 这集代表作为《潇洒江湖》，共分十章：1. 主旨凸写“故事……流传在百姓的血肢”，是怀古的原始激动。2. 清明扫墓方式表现慎终追远，不忘祖德。3. 敬神，以庙为背景，以敬神的形式敬天。以上三章，概括了敬天地畏鬼神的谢恩之情。4. 敬颂苏武不屈匈奴的气节，昭君为国而以身和番的委屈，以及花木兰从军北征的巾帼英雄壮志，（此处应为句号——引者注）5. 当国家出现昏君就必然出现奸吝，于是出现一群铤而走险起身反抗的志士，梁山泊一百零八个“多须的野汉”，几乎一啸而聚，若不以成败论，彼等正是英雄豪杰的代表人物。6. 以下三章写空闺

① 罗门：《一声冰爆　春流滚滚——读〈生命是悲欢相连的铁轨〉有感》，方明：《生命是悲欢相连的铁轨》，创世纪诗杂志社，2013年版，第169页，第166页。

的佳人，大怒岳飞，降臣英雄吴三桂，一褒一贬是春秋笔墨了。7. 是诗人与佳人合奏的曲子旎旖浪漫，文采风流，李白的清平调，杜甫的丽人行，贵妃跳过霓赏羽衣舞后宛转蛾眉，也宛得荡人心魄而“终必上升成千古的绝响”。8. 结束篇是“龙”，华夏的图腾，毋需多说了。[①]

从上引的大荒分析中，我们可以看出，方明在这里以诗歌的形式走进中华文化的深处，巡视中华文化的瑰宝，或者说他通过自己飞越的神思与古老的中华文化之魂展开对话，表现出对先贤的景仰和崇敬，他也因此而获得某种精神的力量。

在《生命是悲欢相连的铁轨》中，我们还读到《中秋》《黄河》《钗头凤》《深宫》《青楼》《书生》《古道》《登楼》《离骚篇》《破阵子》《幽径》等诗篇。且不说这些诗的内容，单就其标题，我们就可以感受到散发着浓郁的中华文化气息，蕴涵着深厚的中华历史和人文精神。历史上的许多文人墨客可能留下了同题作品与文化典故。作为现代社会的漂泊流浪者的方明从祖先的文化遗存中获得了强大的精神力量和灵感，从而成就了自己的创作。

因而，方明虽然在全球化的时代足迹遍布全球，但是他的诗始终是中国式的，其中的诗意与所呈现的那些意境也同样是中国诗歌所特有的。请看《驰古三卷》之《钗头凤》中的诗句：“人空瘦，人空瘦是沉照晚影的悲蹙，自斟意浓无语。不诗不歌的春，谁叫花间的诗话散似片片无奈的落瓣，掇拾不忍，睥睨不休。”读到这里，我们仿佛走进了以李清照为代表的清瘦的宋词，并且为其中那种哀婉悲凉的氛围所包围。我们再看《深宫》中的诗句：“尽是千响梆声闹我失调的睡意，掀开那薄如寒夜的帷幕，荧荧的烛光吞吐我半生残影，忽闻门外跫音我欲折的柳腰忍不住蹒跚的步履，遂似断筝铿然隐去。音韵犹在。”诗人拟宫女的口吻写出宫女的悲苦，其味道酷似唐朝的宫怨诗。当然，方明在追寻中国古典诗歌意境之时，并没有一味沉浸其中，而是在颇具古味的情境中注入某种现代的因子，从而令其诗作更加迷人。“小径是月亮不小心滑落的彩缎/轻轻铺在恬静谧林间/引来情侣交错的扶摇/以及一些急急窜过的/小兽”。(《幽径》) 在传统诗歌中，静谧林间的小径，往往是诗人独处时享受自然之美或者与诗友闲逛中获得某种乐趣。在这里，诗人看到的是恋爱的佳境，外在的静与胸中的激动和忐忑形成了强烈的对比，从而给幽深的林间小道赋予了另一番情趣。

---

① 大荒：《故园平居有所思》，方明：《生命是悲欢相连的铁轨》，创世纪诗杂志社，2013 年版，第 183 页，第 183～184 页。

三

方明的《生命是悲欢相连的铁轨》中的《当我死后》是一首非常重要的明志诗。诗人在诗中表达的是对中华文化的沉醉与厚爱，他在诗中表示，当他死了以后，“埋我于长江与黄河之间”，“卧成祖国的图腾及/万民的膜拜”，“让我魂游姑苏或洛阳”，“焚我的诗册于狂飙”，“枕我于唐诗与宋词”。在这首诗的后面，方明附了《后记》，云：“国庆静夜，翻读旧籍，感千古英才，叱咤风云，创盖世之业，立不朽之功，然后一死，逝似昙花。/吾叹人生之有极，命同蜉蝣，乃成此诗。”从该诗的《后记》中可以看出诗人感慨于中华历史的悠久与辉煌和人生的短暂，更表现出他对中华文化的膜拜与认同。我们虽然无法了解到这首诗创作的具体时间，但是根据这本诗集的出版时间可以推断应该是在10多年前，而此时的方明才人到中年，可是他在诗中已谈到了死后的愿望，而且将自己与中华文化紧密联系在一起，或者说他将中华文化视同自己的生命。

辛郁在谈论方明及其诗作时简略介绍了诗人的情况，“二十多年前，已故诗人羊令野主编《诗队伍》（周刊，后改为双周刊，青年战士报版），方明的诗作就常常现身，那时他在台湾大学经济系就读”[①]。根据辛郁的介绍，方明读大学时就开始写诗，并且在诗坛上初露头角，其时大概在20世纪70年代初。方明的好友向明也对方明作了介绍：“方明是当年《蓝星》诗社精心培植的新一代接班五虎之一，他们是苦苓、天洛、罗智成、赵卫民、方明。”[②]《蓝星》诗社是由覃子豪、余光中、钟鼎文等于1954年发起成立的。《蓝星》诗社与同时建立的“创世纪”诗社共同推进台湾的现代诗运动，并且在20世纪60年代掀起了声势巨大的现代主义文艺思潮。而现代主义文艺思潮总体来说深受西方现代主义文学的影响，无论在思想上还是在艺术技巧上都大力借鉴西方现代派，因而具有强烈的西化倾向。而方明出身于《蓝星》，并且与“创世纪”诗社也很亲密，并且还到法国巴黎沐浴了西洋之风，但是他在70年代登上文坛时则向中华文化回归，其举动令人深思。他对中华文化的强烈认同，接中华文化之气，令他在台湾诗坛上显示出非凡的意义，值得我们予以关注。

2014年3月13日于扬州存思屋

---

① 辛郁：《弥足珍贵的业余写作——初论方明诗作》，方明：《生命是悲欢相连的铁轨》，创世纪诗杂志社，2013年版，第178页。

② 向明：《灿发的诗心》，方明：《生命是悲欢相连的铁轨》，创世纪诗杂志社，2013年版，第180页。

小资女的写实诗：台湾女诗人邱逸华创作

刘正伟[*]

摘　要：邱逸华是近来崛起的台湾女诗人，创作风格独特，多从普遍的写实意象或生活日常的题材出发，进而抒发己意或讽喻时代、社会与人生。她的诗风平易近人，遣词用字典雅，常常自铸新辞，多有言外之意。本文将评论她的创作，从题材的广泛，亲情、爱情、女性议题、弱势族群生存困境等写实风格出发；到书写城市生活的虚无本质，与描写现代人的孤寂。

关键词：新诗　写实诗　邱逸华　台湾女诗人

一、前言

台湾女诗人邱逸华，自称小资女，近来崛起于诗坛，台湾清华大学中文系、中正大学犯罪防治研究所硕士，现为高中教师，目前担任Facebook诗人俱乐部管理员、《台客诗刊》执行主编，作品持续发表于各诗刊报章杂志。

邱逸华曾获2015年桃园市儿童文学奖新诗第一名，但在2017年《台客诗刊》与FB网站“诗人俱乐部”联合举办台客一到十行诗奖前，笔者孤陋寡闻，并不认识这位女诗人。然而，她特殊的写实风格与对创作的执着，一再让人惊艳。本文拟就她新近新诗得奖作品部分，评论她的取材、写实风格与创作论。

二、台客诗奖作品论

2017年6月开始，为了推广诗艺与宣传《台客诗刊》，并推动新诗的普及

---

* 刘正伟，台湾桃园人，文学博士，现任上饶师范学院文学与传播学院副教授。研究方向：台湾文学、中国现当代文学。

阅读、创作行动,《台客诗刊》开始发愿举办一到十行诗奖,开始在网络平台 Facebook 诗人俱乐部热闹举行,诗人们的互动讨论与公平竞争,更是互相激励创作的重要过程。台客"一行诗"奖共收到参赛稿件 1351 首,经七位评审初审、复审选出十位十首作品,其中最让笔者惊艳的是邱逸华的《汤圆》:

包藏的欲望露出破绽,快给我滚[①]

在台湾,汤圆主要有二种,一种小汤圆,一种包馅汤圆。《汤圆》一行诗中,有包馅汤圆的实体具象,煮汤圆时急切的心态,以及诗的言外之意——"滚"字双关语,一是表面实写煮汤圆时的水滚物熟,二是隐含对追求者不怀好心而露出破绽后,直觉要其"滚开、走开"的欲望投射、讽喻的意象。将诗的多义性,在一行的短短篇幅里都能表现出来,实属难得。

"台客诗奖"举办的两年半中,邱逸华积极参与,总共获得一、三、四、五、七、八、九、十行,共八次诗奖,诗作的入围数目,都是除了马来西亚华语诗人无花以外次多者,彼此的竞争甚为精彩,也让人感受到创作竞合的激烈程度。以至后来主办单位邀请她成为台客同仁,并担任执行主编一职,她无不尽心尽力完成任务,并时时开创新局,让人敬佩与期待。

除上述一行诗外,我们来拜读邱逸华积极参与一行至十行台客诗奖获奖作品。这些作品无不展现出她对新诗创作的热情、学习的旺盛力与写实的风格:

《失语》(台客"三行诗"得奖作品)[②]

爱的呢喃越来越短
感伤的音节长满骨刺
失去母亲的语调,每句话都疼

《失语》一诗的主角是母亲,人都会面临自己与亲人的生老病死,当我们遇上母亲年老患上失语症时,该如何面对?"感伤的音节长满骨刺",作者将老年人的骨刺病痛都置入了,这"卡顿"的感伤的音节就像身子骨里长满的骨刺,是母亲的也是儿女的哽咽,每一句越来越短的呢喃,或者喃喃自语,都让身为子女的我们心疼,"每句话都疼",都刺痛着。邱逸华这首三行诗像匕首一样,以普遍的写实意象,获得共鸣,直指人心。

《咸鱼》(台客四行诗得奖作品)[③]

---

① 邱逸华:《汤圆》,载《台客诗刊》第 9 期,2017 年 9 月,第 122 页。
② 邱逸华:《失语》,载《台客诗刊》第 11 期,2018 年 3 月,第 140 页。
③ 邱逸华:《咸鱼》,载《台客诗刊》第 12 期,2018 年 6 月,第 163 页。

风干的日子，足够
忘却心肝肚肠的空洞
伤口撒再多盐，无益
我们已不能有更海的记忆

我们看到咸鱼总想到翻身，这首诗也会让人联想到夏宇的《甜蜜的复仇》：“把你的影子加点盐/腌起来/风干/老的时候/下酒”[1]，但这诗还是属于邱逸华写实风格的，她的诗总是植根于生活，于生活中有宽阔的联想。《咸鱼》表面写咸鱼与制作过程的具实形象：风干、挖空的肚腹、撒盐、离开海水，如果“海”代表的是宽阔的回忆与爱情，那么“伤口撒再多盐，无益/我们已不能有更海的记忆”，海在此已不是海，而是“多”“深远”等修辞的替代，实则也可以是对逝去“记忆”情伤的追念与释然。

《马桶》（台客“五行诗”得奖作品）[2]

总是沙哑地呜咽
将众生排斥的涩苦咸恶，尽往肚里吞
只在受垢了那天
呕出腥酸的阿摩尼亚
以一道深喉咙，为存在抗辩

《马桶》是日常现实生活中常用的卫生设备，日日肌肤相亲，亦如我们的亲人关系，总是感觉亲近得习以为常。“马桶”也可以是家人的相互替代，一切的苦涩、怨言、痛苦、委屈，只能往肚里吞或者互相吞忍，毕竟婚姻生活是两个不同家庭背景的个体、两种个性的结合，行为观念龃龉冲突难免。什么时候爆发呢？只在“受垢了那天”，一如马桶堵塞了，倒溢出“呕出腥酸的阿摩尼亚”“为存在抗辩”，彼此的卑屈与苦涩，就如那些“受垢（够）了”的马桶般，以赌气响应。

作者以“受垢了”表“受够了”，以“腥酸”代“辛酸”“心酸”，自铸新辞、谐音双关，又兼描马桶日积月累、积垢堵塞的形象，有崭新的创意与个人风格。

蓝星诗社前辈诗人向明曾写过《出恭》：“宽衣解带/把腋下的《反败为胜》翻至折页/好一场/正襟危坐的/除旧/布新//艾柯卡的秘籍刚一露招/腹内一阵痉挛/挟泥沙以俱下的/竟有一首/彻夜都消化未了的/现/代/诗”[3] 整首诗

① 夏宇：《甜蜜的复仇》，《备忘录》，内部资料，1986 年版。
② 邱逸华：《马桶》，载《台客诗刊》第 13 期，2018 年 9 月，第 127 页。
③ 向明：《水的回想》，台北：九歌出版社，1988 年版。

分为两段，第一段描述一般人上厕所的习惯，大多会夹带书报杂志，以便在繁忙的工商社会充分利用时间阅读。虽是诗的开场白、情境的描述，但是诗人却在此预留伏笔——一语双关的“反败为胜”，在次段及时显现《反败为胜》的作者，即拯救美国两大汽车公司并使其转亏为盈，知名的经营之神艾柯卡。作者寄寓《反败为胜》为其诗坛因在军中身份限制创作“落后”同辈诗人的名声，即将反败为胜的自我期许。对于外面诗人发表的少数令人消化不良的晦涩现代诗以及自己酝酿的不良的部分诗作，都靠着消化、“排泄”的功能，去芜存菁。这是生活上的“异想”，是特殊的生活情趣诗，也是一种自况的诗作，这也是一种自我勉励或自我嘲讽的方式，一种多重讽喻的表现。向明《出恭》与邱逸华《马桶》题材类似而有不同呈现，却在讽喻性和反讽手法上有异曲同工之妙。

《消波块》(台客“七行诗”得奖作品)①

霸占堤岸的复制兽
驱走逐潮的沙
阴郁的海堤流失桩脚
刻薄顽抗，削出陡峭的侧脸
列阵兽咬碎波浪吞尽天涯的足印
童年的沙雕倾圮
海已老，阳光梳理的发线退远

消波块是环绕台湾岛屿常见的水泥桩，也是串连的水泥怪兽，台湾海洋文学作家廖鸿基常常在其散文中对消波块表达讽刺、厌恶与抗议。而诗人毕竟不像散文家直叙抒情为多，诗人重视的多是用象征、隐喻或反讽手法，将不满表现在纸上，往往能获得更大的张力。

邱逸华的《消波块》出手就不凡：“霸占堤岸的复制兽”，复制兽三字就将工业化岛屿中连绵水泥堤岸消波块的实际具体形象呈现在读者眼前。“列阵兽咬碎波浪吞尽天涯的足印”，“咬碎”二字用得好，具体呈现消波块“破浪”的拟人化形象。诗中抗议的是这些列阵的怪兽，阻隔了人们对儿时童年亲近沙滩玩耍的回忆；海已老，“发线退远”，作者在夕阳余晖中，看到海岸线、波浪线节节败退，不免感叹时不我予，初老无能为力的心情，也是感叹地球环境被人类破坏的衰老形象。

《爱情 π 了》(台客八行诗得奖作品)②

---

① 邱逸华：《消波块》，载《台客诗刊》第 15 期，2019 年 2 月，第 144 页。

② 邱逸华：《爱情 π 了》，载《台客诗刊》第 16 期，2019 年 5 月，第 168 页。

拒绝那些精算的缘分
依旧等你，在断桥
以春雨斜织待续的故事
终于遇见时
请卸去水袖，收起纸伞
张开双臂，让我围着你
绕圈。除了你
我们的爱便无理地缠绵下去

注：圆周率（π）为圆周与直径的比，是一个除不尽的无理数（3.1415……）。

《爱情π了》主题与题目不俗，将爱情与圆周率π相连，甚为罕见，因为数学是一门较僵硬、理性的科学。圆周率（π）为圆周与直径的比，是一个除不尽的无理数（3.1415……），或许作者想表达的就是爱情与圆周率一样，是一个一辈子都除不尽、参不透的无理数，因为爱情和家庭关系不是讲理的，而是谈情感的。

诗的前半段，诗人“拒绝那些精算的缘分”，即拒绝了那些算计与精明的追求者，只为等待、遇见有缘的你，描写的是爱情艰难的开始与断续的过程；终于遇见时，却又那么的无怨无悔：“请卸去水袖，收起纸伞/张开双臂，让我围着你/绕圈。除了你/我们的爱便无理地缠绵下去”，我们的爱便如一个除不尽的无理数，无理地、永恒地缠绵下去，这是作者难得露出的真情与浪漫，她的诗总不同于一般女诗人的缠绵悱恻，多的是理性、知性的浪漫。

《自助洗衣店》(台客“九行诗”得奖作品)[①]

脱下的心事，串成
单人套房到洗衣店的距离
提篮的男女各自虔诚地
清净执念，折叠秘密
他喜欢打开洗衣槽，闻一闻
上一个人用哪一种悲伤香氛
漂洗孤独况味
就快忘记故乡阳光气息。还好
投币60元，就能烘干昨天的眼泪

《自助洗衣店》写的是都市中小资男女的孤独生活与日常。“单人套房到

① 邱逸华：《自助洗衣店》，载《台客诗刊》第17期，2019年7月，第144页。

洗衣店的距离”，描写的是都市小资族的生活，大概就是从租屋处到公司上班来回，以及租屋处到洗衣店的直线距离，人与人的交往是冷漠的，只能“各自虔诚地/清净执念，折叠秘密”，更显露出都市男女的孤独与寂寞。

工业革命后，人们生活几乎都市化，年轻人多远离父母家乡，独自在城市讨生活。日常生活往往是忙碌的上下班与日常必需的经过，人与人的情感冷漠、疏离，必须打开洗衣槽，才能闻一闻“上一个人用哪一种悲伤香氛/漂洗孤独况味”，那种人与人间的疏离与孤独的悲哀刻画描写，在此达到极致。

远离故乡，思念故乡与亲人相处生活的甜蜜时光，只能以自助洗衣机“投币 60 元”的动作期望来释怀，期待“就能烘干昨天的眼泪”，压抑、自我调侃、聊以自我安慰的写法，让诗的张力无穷扩散，读来令人感到都市生活中小资男女的无奈与心酸。

《离，岛。离岛》(台客“十行诗”得奖作品)①

蓝眼泪、飞鱼季、睡美人与哈巴狗
渡假的目光将季风拉长
长风里破浪，离岛、登岛
岛之外仍有岛之外的，波涛
传说总在雾会时生长
秘密，让削薄的礁岩遮掩
陌生的岛语发出浮夸赞声
上传神似的打卡照片
岛屿之间，逆风刺眼
离岛的雷达捕不到，暗潮

这首诗里的蓝眼泪、飞鱼季、睡美人与哈巴狗，为马祖、兰屿、绿岛的代表性景点或文化生活意象，诗人在此十行诗篇幅里，企图将台湾周边几个岛屿的特色写入，既围绕着离岛“长风里破浪，离岛、登岛/岛之外仍有岛之外的，波涛”，又描写离岛与本岛之间情感的疏离与联系，这是她高超的诗技的表现。

人们向往岛屿的各种传说，像雾般迷蒙浪漫，纷纷去“朝圣”旅行“发出浮夸赞声”，甚至都“上传神似的打卡照片”，诗中作者以反讽的手法描写大家一窝蜂的心态，呈现而不批判，更显诗刻意压抑的张力。

最后一段两行，暗喻生活与世界上，不只有岛与岛之间有暗潮；人与人

① 邱逸华：《离，岛。离岛》，载《台客诗刊》第 18 期，2019 年 11 月，第 187 页。

间、主体与个体间、你与我之间，也有着如“岛屿之间，逆风刺眼”情感的暗潮，是你“离岛”远离我心的雷达所捕捉不到的暗潮。诗人从岛屿间的旅行出发，穿梭想象。

三、截句竞写作品

邱逸华除上述台客诗奖作品外，她的创作热情极高，多次参加《联合报》与《台湾诗学·吹鼓吹》杂志举办的多种新诗截句竞写活动，成果颇丰。且其截句创作总数已逾百首。

“截句”依主办单位定义是四行以内诗作，可以新创，也可以截取自己旧诗再创作，是一种别开生面的新诗创作形式。邱逸华相关截句竞写活动得奖作品如下：

《无子浩劫》（联合报读报截句优胜）①

卵实力耗竭
乔蛋不力，空巢落落
扛龟的青春滤泡
向停格的欲望死别

《刺客聂隐娘》（联合报电影截句优胜）②

——“娘娘就是青鸾，一个人，没有同类。”（侯孝贤《刺客聂隐娘》）

五年童真藏于匕首
青鸾悲鸣，待镜一磨
昨日刺客杀不死明日的我
造一片江湖，独舞

《霉菌的告白》（联合报告白三行诗优胜）③

卑微是天性，惯于死缠
纵然见不得光，仍爱
寄生你湿暖的床，让你养

① 邱逸华：《无子浩劫》，载《联合报副刊》，2017 年 7 月 31 日。
② 邱逸华：《刺客聂隐娘》，载《联合报副刊》，2018 年 6 月 18 日。
③ 邱逸华：《霉菌的告白》，载《联合报副刊》，2018 年 5 月 21 日。

《天葬》(联合报禅之截句优胜)[①]

山是奢望水为憾
天地终于盖棺论定我
此生有残念，无妨
赠蝼蚁、鹰鸢为粮

《拒马》(台湾诗学器物截句优胜)

除了肉身你还能阻挡什么?
野百合招展于月出的幽谷
太阳花怒放在向日的边坡
而雨后，高楼与远山间有虹跨过

《子宫》(台湾诗学器物截句优胜)[②]

被物化的编年史
起笔于一个受精容器
血的摇篮，营造复折毁
倒出自己，成为带着性别的人

《蜗牛巷》(台湾诗学摄影截句优胜)[③]

——忆白色恐怖受迫害文学家叶石涛
太阳再照不进幽暗山谷
失语以后练习社会主义的咬字
一生驮着囚室
在被人践踏的泥地寸步

《雨前茶》(台湾诗学茶之截句优胜)[④]

她们集体在惊蛰醒来
谷雨之前长好雀舌
尖声嫩语说着八卦茶园里
春天那些不堪入耳的心事

注：雨前茶指谷雨前所采的茶。

---

① 邱逸华:《天葬》，载《联合报副刊》，2018 年 11 月 3 日。
② 邱逸华:《拒马》《子宫》，载《吹鼓吹诗论坛 38 号》，2019 年 9 月，第 156 页。
③ 邱逸华:《蜗牛巷》，载《吹鼓吹诗论坛 37 号》，2019 年 6 月，第 139 页。
④ 邱逸华:《雨前茶》，载《吹鼓吹诗论坛 39 号》，2019 年 12 月，第 138 页。

邱逸华获得《联合报》与《台湾诗学·吹鼓吹》杂志举办截句竞写活动的优胜作品，刚好也是八首，同台客诗奖得奖数一样。其中除“器物截句”有两首外，其他“读报截句”“电影截句”“告白三行诗”“禅之截句”“摄影截句”“茶之截句”都是一首作品得奖。

《无子浩劫》从“卵实力耗竭”“扛龟的青春滤泡”可以看出，作者写出有些年轻人纵欲或不婚，等到熟龄大龄想生育儿女时，却有“空巢落落”的悲哀，这不正是世界各国面临的少子化危机吗？

“器物截句”两首获奖作品为《拒马》《子宫》，前者写机关或碉堡前常见的军警警戒、警备器物拒马，多能理解；后者将子宫归为器物，比较罕见，子宫是雌性动物的生殖器官，让胚胎发育的器官，当然人体独立器官也可称器物。诗中描述所有被“物化”的编年史，所有人类的历史，都始于人们出生前母体子宫的孕育，“血的摇篮，营造复拆毁/倒出自己，成为带着性别的人”在古时候，只有出生后才知道性别，喻意现代人出生后，才渐渐有自我；长大后，才渐渐有自我的个性。“血的摇篮，营造复拆毁”，描写子宫每月经血含着卵子的崩落，让人触目惊心。子宫当然含有母性的光辉，此诗为器物截句，归为物、物化的产物，乃多感叹生为女性的无奈与悲哀。

在南投县竹山山区有著名的八卦茶园，茶栽种在山顶上时排列像八卦图一般，非常具体写实。《雨前茶》：“她们集体在惊蛰醒来/谷雨之前长好雀舌/尖声嫩语说着八卦茶园里/春天那些不堪入耳的心事”，诗中“她们”是雨前茶的拟人化，在惊蛰中醒来，雨前茶是指春天谷雨前所采摘的茶叶。“雀舌”是茶叶嫩芽尖的拟物化，形象生动鲜活，为下段二行八卦茶园里，“八卦”的双关做伏笔；“八卦”是嫩芽说的？或听到的？春天又有哪些“不堪入耳的心事”呢？是采茶姑娘的秘密？还是春天的秘密？都留给读者去想象。

好诗应该保持并制造更多诗的多义性，诗不言尽、余韵犹存，留诸多的言外之意给读者去参与和想象，是佳作必备的条件。邱逸华很能把握住这个秘诀，所以佳作频出。

四、小资女的生活禅

邱逸华除专精于精炼简洁的截句小诗外，她的长诗也经常发表在各报纸副刊、诗刊上并得奖，她的题材不限女性或生活议题，甚至比男诗人还敢写，读她的诗，常打破一般人对女诗人多写浪漫诗或闺怨诗印象的框架。

她的诗作风格与题材是不拘一格的，她的禅诗亦有可观。她在2019年第九届“全球华文文学星云奖”的激烈竞争中，以《小资女的生活禅》获“人间禅诗奖”：

打卡。听晨钟敲响
依旧辗麦吹糠
咀嚼，如常的无常
浮生，似沙砾于长河
任暗潮改变落点
滚动，将凡心磨亮
照看“我执”这本待诂的经书——
落了字的是造化命的填空题
晦涩失意处尽可以误读
解经还须治经人
可不可说，你都是自己的如来
不饥。不满
活得像一只钵
永远能腾出碗大的肚腹
笑纳嗔苦，让缘分流转
当暮鼓又轻轻擂起
行脚适合暂歇。你挂单
冷却纤毛，让暖暖夕晖
熨平生活的皱折①

小资女是邱逸华的自称，亦即这首诗就是她自己的生活观、生命观、人生观。评审路寒袖诗人评此诗道：“本诗文字虽似口语，但常一语双关，禅机深蕴。”其诗中多写生命的如常、无常，真诚坦白却不流于忧伤，邱逸华的诗作往往就是如此正视生活与生命的现实，却不尖锐刻薄。

首段诗中“打卡。听晨钟敲响/依旧辗麦吹糠/咀嚼，如常的无常”，描述现代小资男女每天打卡，机械式上下班，习以为常的日常。每天奔波，却重复做着类似相同的工作，被动应付工作与复杂的人际关系，只有自己能深刻体会诸多上班族的无奈，并咀嚼这些“如常的无常”，也是“无常的如常”，人间道就是悟者修行的禅境。

我们看第二段，她如何“将凡心磨亮/照看‘我执’这本待诂的经书”？作者将无形的“我执”，比喻成一本“待诂的经书”，以虚喻实，让人更能悟

① 《小资女的生活禅》一诗收录于佛光文化“2019 第九届全球华文文学星云奖”得奖作品集——《过站》。

解。小资女在诗中也自我解答，一是随缘“落了字的是造化命的填空题”，如老庄思想的随遇而安、顺应自然的如常，任命运的安排，安居其中；二是随喜“晦涩失意处尽可以误读”，至于失意遭难时该如何？外人尽可以误读，诗人自有定见，心定，任外境无法动摇。

从诗中，我们可看出这小资女的生活禅：“不饥。不满/活得像一只钵”，知足常乐、大肚能容，快要“得道升天”了。她“永远能腾出碗大的肚腹/笑纳嗔苦，让缘分流转”，能写出这笑纳嗔苦、虚境无为境界的诗人，应该是有历尽困苦沧桑的生命历程，至少是心路历程，走过红尘、看破生命。

《小资女的生活禅》或许也是她这几年来的持续坚持创作的心境：一切随遇而安、应运而生，随缘喜乐。

五、结语

我们在邱逸华上述十八首得奖作品中，可看出其创作由生涩到自然圆熟的脉络。其诗作大抵从现实与生活日常中取材，诗风平易近人，遣词用字典雅外，常常自铸新辞，多有言外之意，赋予诗的新意。

她的创作题材广泛，风格多变。从亲情、爱情、女性议题、弱势族群生存困境等现实面向出发，书写城市生活的虚无本质，与描写现代人的孤独寂寞，都是她着意的创作主题。

综上所述，小资女邱逸华佳作频出、屡屡获奖。她作品的优质、特殊的写实风格与变化，以及对创作的执着，使她成为近来在台湾崛起的女诗人中，最有潜力也最值得期待的诗人之一，让我们拭目以待她更多元开展的可能。

林婉瑜爱情诗的论辩与讽喻

陈谦*

摘　要： 林婉瑜的爱情诗以真诚见长，不只表露你我生活的普遍感情，更能从殊象中找寻到人类生存情境当中的共同感动。因其文字贴近言谈的口语，特别没有沟通与传播上的障碍，因为真情袒露，又特别能与阅听人交心。对爱情的自我论证、不断在怀疑中自我肯定，是林婉瑜诗作常有的基本姿态，之间又包括一些嘲讽与讪笑，看似无可奈何，其实有迹可循。林婉瑜对其诗作要求甚高，因此在不断翻新的版本中不停修改，质地真挚美好，不唱高调、不排拒读者，俨然是“70后”中旗帜鲜明深具影响力之新诗舵手。

关键词： 林婉瑜　讽喻　爱情诗

一、前言

林婉瑜本名林佳谕，1977年生，台湾台中市人。台北艺术大学戏剧系毕业，主修剧本创作。诗作曾获林荣三文学奖、时报文学奖等报系文学奖，亦曾获得《2014台湾诗选》年度诗奖等奖项肯定。2001年尔雅出版其《索爱练习》，2007年洪范书店出版了《刚刚发生的事》，而在2018年3月，第三次由城邦集团麦田出版社发行所谓“典藏版”。此书一版三易其主，内容因著作人的编选自觉而不断翻新②，也是台湾新诗出版中相当特殊值得观察的案例，以《刚刚发生的事》典藏版在首次出版后十七年三次发行上市，足见林婉瑜是台湾诗集出版市场上，少数不面临“一版而绝”的受消费者与出版单位肯定与

---

* 陈谦，台北教育大学语文与创作学系助理教授。

② 林婉瑜：“这次的新版本，是以精选的态度选出初版中的三十八首诗，加上后来写的二十首新作……其中有少部分的诗，在文字细节处做了修改，和初版略有不同。”见林婉瑜：《刚刚发生的事》，台北：麦田出版社，2018年版，第185页。

欢迎的诗人。

诗人学者且同样也是二鱼版年度诗选编辑委员陈义芝曾推荐："丰饶的性情、黠慧的诗心、带着釉光的诗风，确实显示她超越同辈的才华，为中生代最具代表性的诗人。"[①] 诗人的早慧得到曾任联合报副刊主编大力举荐为"最具代表性的诗人"，《台中文学史》则以"观见微物，诗风清心灵秀，对于细节的掌握敏锐纤细"[②] 来描摹林婉瑜之诗风，可见其创作的锋芒已令一些媒体守门人或文史写作者不容忽视。2011 年出版《可能的花蜜》，为其获得第十一届台北文学年金之作品汇编，严格来说因为主题取材上有所规范的限制，林婉瑜无法如常自由发挥。2014 年出版诗集《那些闪电指向你》，2017 年出版《爱的 24 则运算》，则呈现近期林婉瑜爱情书写中主要的创作样貌。

林婉瑜诗作多涉及亲情、爱情与生命关怀，前两者较为偏向内省与自我探求，在市场上亦获得读者最多的阅读回应。而生命关怀则多探索自身与外在的关系，以《说话术》《寻找未完成的诗》两大报系文学奖得奖作品最具代表性，但句式因相应征文要求明显长句化，意象叠加亦更繁复，符合一般读者对得奖诗作既定印象，笔者另日将再行文讨论。本文借以林婉瑜诗作中的爱情主题出发，希冀归纳分析整理其作品论辩特色及其讽喻之艺术形态。对于"主题"[③] 的追索，则透过林婉瑜作品意象的呈现来进行探求，而对事物事件的掌握，诗人也透过其诗意的讯息试图与读者进行联结。林婉瑜说：

> 诗意发生如闪电一道道抵达眼前，那些热烫带电的能量，是从哪里出发的？是谁要给我讯息？它们有时从心的谷底出发，有时劈开秋天的叶隙纷沓而至，有时出发后经历了多处折射，夹带复杂的讯息。是召唤，也是诱惑，它说，有一些诗的可能正等我去想、去写。太扎人刺眼的，在我安静的生活中太闪耀炫目的，至今我已不再贪图意识慵懒舒适的晴天，经常湿漉漉的行走雨日，既然不可能闪躲每一颗雨，索性淋个湿透在意识的泥泞中发现和行走吧，当闪电劈坏钟塔、烧灼草地，被破坏的风景、异样的断壁残垣，也就是诗可能发生的地方。[④]

诗是召唤也是诱惑，更是安静生活里意识的"发现与行走"。林婉瑜以诗

① 陈义芝推荐语，见林婉瑜：《刚刚发生的事》，台北：麦田出版社，2018 年版，第 190 页。

② 廖振富、杨翠：《台中文学史》，台中：台中市政府文化局，2015 年版，第 288～289 页。

③ 主题（theme）是相对于"主题学"（thematology）的发展范畴。可说是故事的"基型"，词源为勒文（Harry Lavin）所创，他指出主题研究（thematic studies）侧重探讨作品的意义，主题学研究则探究同一主题在不同时代不同作家的处理。参见陈鹏翔：《主题学理论与实践》，台北：万卷楼图书股份有限公司，2001 年版，第 229～256 页。

④ 林婉瑜：《那些闪电指向你》，台北：洪范书店，2018 年版，第 207～208 页。

面对眼前纷至沓来的意象讯息，而将能量酝酿成诗，找到“诗可能发生的地方”。林婉瑜认为：“当意象出现，我希望它能引致新的感受或新的意义，也期待诗带有情感的力道或思考的力度，可以推动、变化阅读者的内心。”[①] 意象是诗人期待改变及影响阅听人的利器。而对意象最为简明的定义是：

> 凡是文字在阅读中引起图画般的形象思维，都叫意象。一首诗的构成，可能借文字组成不同的意象单元。在阅读中，意象经常互补、重叠、牵引、暗示作者要表达的主题。[②]

形象思维是新诗学极为需要把握的视觉“当下”，在当下那个环境现场之中，借由情节编排情境，置入意象与场景，让诗的表现透过意象的涌现，语言的视觉化，表现化，其实是林婉瑜面对创作时的心境描述。林婉瑜和孙梓评对谈时曾说：“写剧本时总是练习这个过程：揣摩情境——置身其中——书写——完成——离开。写诗也习惯如此：想像一个情境，想像自己置身其中，用诗的语言去说话、表演。”[③] 这也说明了诗人善用本身学院剧作训练的优势，而能够入乎其内而后出乎其外，用诗体现诗人的生命历程，并透过视觉语言令读者身历其境感同身受。

梅洛庞蒂（Maurice Merleau－Ponty，1908—1961）的著作《眼与心》(1961) 里提及：“让视觉变成一种思想。”[④] 可见在谋篇构思之前，诗人似乎有意识地架构一个虚构的真实世界，在其世界中完整地呈现诗作的观察与想象。学者严忠政观察：“林婉瑜诗多奇想，常突破语言的框架，但又不离生活的现实，使其在阅读上，不但能有语言亮丽之感，也贴近了读者。因此，林婉瑜在副刊媒体的曝光率相当高，尤其是不故作艰难的特性，让语意和感情有了根本的联结。”[⑤]

视觉语言的戏剧表现成为林婉瑜诗作的基本形态，在不摒弃读者的前提下，运用深入浅出平易的文字陈述，借由文字内里的人物情节与事件的冲突，成为陈义芝所谓的中生代诗人代表的典范写手。

---

① 林婉瑜：《刚刚发生的事》，台北：麦田出版社，2018年版，第186页。

② 张错：《西洋文学术语手册》，台北：书林出版有限公司，2005年版，第134页。

③ 转引自黄文倩：《发达资本主义时代的最后抒情？——阅读林婉瑜》，《桥》第4期·2016夏季号。

④ 梅洛庞蒂：《眼与心》，龚卓军译，台北：典藏艺术家庭股份有限公司，2007年版，第109页。

⑤ 严忠政：《场域与书写》，南华大学文学研究所硕士学位论文，2004年，第84页。

二、以诗向世界抗辩

观察林婉瑜之文本出版，自2001年到2017年，十六年间前后共计四本诗集多种版本的样貌面市，相当程度地反映了诗人内在与外界环境对话的腔调与变迁。在女性诗人此一发言身份的位置上，林婉瑜并没有像一般女性主义者那样凸显自身的不平或大力抨击男性霸权，而是选择发言从而探索女性独具的经验领域。

在男性传统的笼罩下，“女性的领域”（Woman's Sphere）是“空间上、经验上、玄学上的荒野地带（Wild Zone）”。空间上是因为这些地带是男性的禁地，经验上是因为女性的生活样式迥异于男性，玄学上是因为男性局限与既有结构的循环，不能突破或跨越。①

意象作为诗作完整的表述之前，林婉瑜自许：“我期待诗不只是炫技，而是‘技巧’和‘诗人心性的魅力’两者都能有所表现。喜欢诗作有精巧、也有动人，是技艺的锻炼，也是迷人的存有。”“诗人心性的魅力”是其个性的发挥，诗人透过肉身和精神的存在发言，用文字向世界表现女性温柔的反抗，用来面对世间的质疑与吐露内心的呐喊。相较其语言位置，不同于学者李元贞所述的爱情诗主题，李元贞认为：

> 在语言体系、文学传统、女性的社会位置交织所形成的女人书写经验里，大多数女诗人书写的题材以爱情为主，以表现情感纯洁、企求眷宠的心理为主，这样的爱情诗甚多于女人为人母、且被社会看重的母亲经验书写。②

表现“情感纯洁、企求眷宠的心理为主”，看来不是林婉瑜主题意欲阐发的，林婉瑜作品表现虽以情诗形态居多，但其情诗像是一种伪装，所投射的情感指涉层面极为宽广，经常可在诗中见到令人省悟的人生哲学，并向男性权威积极发声。

（一）童年迁徙与爱情中的成长

诗人严忠政引用林婉瑜首部诗集《自序》里的句子“我把他放进箱子里埋葬，箱子轻轻的没有重量。/后来室友告诉我：猫在一岁以前，最好不要迁

① 简政珍：《当代诗的当代性省思》，载《创世纪》第100期，1994年版，第25页。

② 李元贞：《结论：什么是女性诗学?》，《女性诗学：台湾现代女诗人集体研究1951—2000》，台北：女书文化，2000年版，第416页。

徙……”(第6页)认为:林婉瑜“几经搬迁”,先后住过宜兰罗东、台南永康及桃园市。而在进入诗人的语言之前,必须先进入的是她几经搬迁的童年。而那是“一桩连续性的错误,被弹奏着。一个人哼哼唱唱,乃至写诗,假面的欢愉掩藏了悲凉”[①]。童年时的迁徙及重大事件或多或少令诗人心生不安,在选择婚姻之前,原生家庭带来的影响也在诗作中发酵,成为创作里生活的刻痕。

> 那时候只因为一棵后院的莲雾树大家都很开心妹妹和我
> 玩老师说玩医生与护士都很开心爸爸也喜欢猴子的电动
> 用伟士牌载我们去苏澳港看搁浅的鲸鱼爸爸说婉瑜要当
> 主播芳瑜要当医生妈妈的洋裙飞呀飞马尾在光洁的额头
> 后面手在我的扁脑壳后面并不是那么久没有多久日子行
> 进在父亲后退的发际线大家在礼拜日的沙发看拘谨的超
> 级星期天张小燕哈哈哈于是我们哈哈哈广告时则不说话
> 失去莲雾树也可以拥有更多其他譬如散光或者老花譬如
> 冷气水晶灯譬如二十四小时保护我们的中兴保全或者信
> 用金卡没有人当主播或医生常常没有人在家录影带自动
> 卷带机咻咻地八叶风扇转起来咻咻地没有人需要它妈妈
> 的黑发离开它们的穴全都离开光洁的地板拖行着点滴架
> 每张脸都平静仿佛成熟而知天命妈妈的卵巢输卵管离开
> 她一些器官背弃了她妈妈说我和妹妹心头肉啊让悲伤在
> 强笑下面恐惧在礼教下面没有人当主播或医生爸爸惋惜
> 吗并不多久以前没有很久自动卷带机咻咻地八叶风扇咻
> 咻地妹妹和我玩老师说玩医生与护士一棵后院的莲雾树
> 大家都很开心[②]

这首在诗人母亲病故后写下的诗[③],自“父亲后退的发际线”开始,每位家人的想望似乎愈来愈远,这首诗中没有标点符号,情节的陈述弥漫着失望与无奈的谅解,省思并细数记忆深处的痛,却以“我们都很开心”作结。严忠政认为其“诡异异常,笔者读到的是嬉笑声闭锁了庞大的忧伤”[④]。从《并不多久以前没有很久》中诗人以近乎蒙太奇的视觉片段令读者目眩神迷,也

---

① 严忠政:《风的秩序:文学评述集》,台中:台中市政府文化局,2012年版,第18页。
② 林婉瑜:《刚刚发生的事》台北:洪范书店,2007年版,第98~99页。
③ 参见痖弦:《青春的反顾》,林婉瑜:《刚刚发生的事》台北:洪范书店,2007年版,第9页。
④ 严忠政:《风的秩序:文学评述集》,台中:台中市政府文化局出版社,2012年版,第20页。

可以看到林婉瑜对其身处的世界充满诘问与异见。口语在诗行中的大量运用，使人感受语言之轻盈，但其内里的老灵魂不免沉重。

“跨过去/把一些难堪的什么凋谢的什么跨过去/一些将死的什么破败的什么跨过去/在他们起身追你的时候/不要回头”[①] 许是基于以上的理念，诗人在麦田出版社新近发行的《刚刚发生的事》典藏版中，《并不多久以前没有很久》已不见踪迹，足见诗作在诗人自我的淘洗下已成为“永远”[②] 之外，成为被“跨过去”留置于该段记忆的字语。

成长的记忆抹去，部分爱情的美好留了下来，用来纪念短暂的曾经。试看《短暂的爱情》：

攀附你宽大的背
有劳你抵挡烟尘和风
这不正是你所承诺
要帮我抵抗时间
阻拒风化作用剥离
用你的壮大袒护，我的羸弱
我说，到金山去
到马槽，看温泉烟雾
到阳明山，无目的兜转
不管海拔以上
中耳宿疾使我失去了听
耳道饱涨压力却
无比清醒
指尖借冷空气的刺痛
确认胸口余温
我说到海
到海附近
踩尖锐破碎的贝壳
用身体划开海风
每次你都照做
总是照做

① 林婉瑜：《刚刚发生的事》，台北：麦田出版社，2018 年版，第 24 页。

② “选诗时考虑的是‘永远’这个词汇，选出的诗当我在十年、二十年后阅读，应该都能不断去回应诗中时空、延伸感受。”见林婉瑜：《刚刚发生的事》，台北：麦田出版社，2018 年版，第 185 页。

出借宽大的背
让我靠着你一会儿
出借摩托车后座
让我退可守地，窥看青春
退可守地，刺探城市秘密和
隐藏的险境
谢谢你的承诺和信守
宽容我只能回报
只能回报予你
短暂的爱情①

诗中先以“宽大的背”为主意象，回忆前尘，那“出借”的背及其“祖护”诗人疲惫且不安的青春成为诗中青春的构图，饰以微酸而甜腻的事件，不管是上阳明山、到金山、到马槽温泉……情爱中的男友，虽袒露“承诺和信守”，但曾经年轻的诗人，只能回报以短暂的爱情而已。这里提及的诗人是一个虚构的自我，虽以第一人称陈述，但读者阅读时大可不必认为是来自作者自己真正的经验，因为作品脱离创作母体时，创作者只留存署名权与著作权，诗里的我与真实世界的我不可并置应是读者的基础常识。也唯有通过诗作的必然虚构与想象，阅读者才能够感同身受诗里的真实人生样貌。因此在文本中的个性不单不会成为阅听人及创作者的阻碍，反而能够成就一篇作品的特殊性与辨别度。

林婉瑜的《那些气味》②，写的是士林夜市的观察与感悟，“我喜欢隐身人群里/跟所有人一样/开怀大笑，张嘴大吃”，或者是“喜欢夜市的喧闹/伪装了我的寂寞/我在人群里孤独/用便宜价钱买日用品/假装计较，用力杀价/为了减十块钱感到快乐”这些世俗的生活经验成为一种安全，但总得还是要“我必须带一点气味/回我独居的房间”。大隐于市的快乐是一种不被发现的独特，在那个集体场域当中有时是快乐的，但最后仍要回到孤独的自己，因为那是一种“完整”。《完整》一诗如是说：

我们无法完全
对世界坦露自己
但那些没说出口的部分

① 林婉瑜：《可能的花蜜》，台北：馥林文化，2011年版，第27～29页。
② 林婉瑜：《可能的花蜜》，台北：馥林文化，2011年版，第125～127页。

才使我们完整[①]

没有说出口的部分选择在诗中完成，诗成为一种自我生命的对话与完成，也唯有在艺术文学的世界中袒露自我，情绪才足以宣泄，孤独成为自我疗愈的良方，诗中的完整就是诗人自身的完整与完成。

（二）心的完整与欲望的身体

“爱的三角形理论”由学者史登伯格（Robert Sternberg，1986）提出[②]，此理论认为爱的三个基本元素各属于三个不同的向度：（1）亲密（intimacy），属于情感向度，为心与心交流的感情经验。（2）激情（passion），属于动机向度，为浪漫、外表吸引力和性驱力的混合。（3）承诺（commitment），属于认知向度，为短期的决定爱一个人和长期的承诺去维持爱的关系。也就是说，“我们的爱情是由亲密、激情、承诺三个部分所组成的，而每一段爱情当中，这三者所占的比例都会有所不同”。借由这个较为通俗的爱情理论来理解林婉瑜的诗作，可以发现，在进入爱情之前或之后，诗人仍经常保持上节所述“完整”的自我，这个自我经常隐身于他者与叙事者“我”的人际关系之外，就算寂寞时找个人陪伴一起踩踏着落叶，心里角落一桩桩秘密事件，也只会与自己对照，会心一笑了。《不会告诉你》说的是一些诗人自己才可意会的小事件，除了说明诗人逆来顺受的自身制造小确幸的自我疗愈之外，在“自我压缩人格”显著的东方社会[③]，外在形象无疑仍在他者面前完好保持。所谓“情动于中而形于言”，儒教的训示恰恰成为诗人不满的出口：

正正经经地活着
是一种必要
有时很想笑的时候
必须忍着
很想爱的时候
也必须忍着
一起到深夜的街上散步吧
踢一踢
寂寞的落叶

① 林婉瑜：《那些闪电指向你》，台北：洪范书店，2014年版，第28页。

② 另有版本译成“亲密、热情、承诺”。

③ “逆来顺受的美德，对违反自己利益的事也多半采取吃一点亏的态度……这种自我压缩的人格，往往会纵容与姑息不合理的事情，令其持续存在。”见孙隆基：《中国文化的深层结构》，香港：壹山出版社，1983年版，第228～230页。

我曾在不打烊的书店
整夜读着诗集
错过最后的捷运
在书店角落
睡到天亮
我曾和同学闯进将打烊的 Pub
只为了跳最后十五分钟的舞
我曾喝完一整杯长岛冰茶
在脑中种下铅块
我是一个幼稚的人
为那只叫做“怎么样”的猫的死
折了一千只天鹅(是天鹅不是纸鹤)
我曾经作弊
但那已经是很久以前的事了
我写了一首诗
给九月
我曾任性跷课摸黑夜游
让教官讨厌
我曾松手送给天空一串氢气球
天空回报我　以一场大雨
我曾种下金盏菊的种子
长出
只有我一人见到的昙花
种下虚无
长出　不受豢养的鸽子
这些
我都不会告诉你①

一如“爱的三角形理论”所述，在进入该谈论爱恋的年龄，身体欲望渴求被了解，情感与激情在探索其出路，但在爱情的初始，激情受传统礼教制约确实不易点燃，林婉瑜开始思辨男女之间的关系命题，在现代与传统之间出入与拔河，多的是情感微微的蠢动。

① 林婉瑜：《那些闪电指向你》，台北：洪范书店，2014 年版，第 32~35 页。

奇怪的男孩
在河岸边
来回抚摸我脸颊
他说那是　友谊的表示
月色阴柔所以
我有点混乱
如果那表示友谊
那么爱情
该怎么表示
骑单车载我
跨站车轮两侧
手　圈住他肩膀
他说那也是　友情的表示
我认为——
亲吻是一种更为坚定的友情
从后方
吻他的头发
他毫无所觉
路过的小学生
看到了这一幕
看到我们
深刻的友情①

《友情》中由抚触脸颊开始，也模糊了友情与爱情之间的楚河汉界，叙述者以亲吻扬起的头发回报，虽说对方并未察觉，但小学生亦即他人业已见到，也可想见诗人意图融入群体的另一番想象，在社会化学习的进程里，林婉瑜诗作也呈现这种在群我与自我间的交叉诘问，形成文字里可观的自我纠葛与内在矛盾。

心在社会环境中许是被制约，若干程度下有其不自由，但随着诗人内省观照己身，身体内在欲望显然无处可躲。她在《下一位》② 谈及："分手了/都说是个性不合/有时也是/身体不合吧"，诚实呈现其爱情观中对"激情"里身体是否协调的评分，对于不及格的性行为对象打叉，个性不合就像是一种借

① 林婉瑜：《爱的 24 则运算》，台北：联合文学出版社，2017 年版，第 94～95 页。
② 林婉瑜：《爱的 24 则运算》，台北：联合文学出版社，2017 年版，第 182 页。

口，被当成分手的理由。相较而言《大风吹》写来就又含蓄许多，回到面对文化传统时较温顺的语词，像是给对方更多的台阶下。

川流不息的人生
无法再
坐在原地等你
后面的人都在催促
大风吹
吹，已经爱过的人
已经爱过的人必须离开座位
到未来去
所有人都在催促
要我起身
投入激烈奔跑的队伍
嘿，我要走了
这个等待的位置
也许就空着了
对着虚空留下一个，告别的手势
某天你无意间来到这里
会感觉此地有什么不同吗?
会知道有人曾经画了一个圈给自己
在圈圈里独自坐了那么久
即使头上飘来一朵暴雨云也没有离开?
大风吹
吹什么
情绪紧张
脚步太凌乱
所有人站起来
跑进了时间的漩涡①

相同的意象林婉瑜也使用在流行歌词当中，写的都是感情，但歌词以对母亲的思念表述作者的怀念，新诗则是一己爱情观点的传达，“大风吹/吹，已经爱过的人/已经爱过的人必须离开座位/到未来去”，回到未来，留置在记

① 林婉瑜：《爱的24则运算》，台北：联合文学，2017年版，第188～190页。

忆里回想，但在现实生存的情境下终究要请其离开，虚位以待更好的人。林婉瑜作品中的人物呈现总会带着坚决的勇气面对感情的抉择，一再的挫败，是否会打击其信念?《艰难》中显露“爱是一件艰难的事/但是，不爱/并没有比较简单/所以/再让我试试看吧”①，答案编排倾向自我发问与回应，诗的意象质地无从显现，却以散文的说明替代心理的转折，呈现出戏剧张力上的冲突，是少数无意象诗，却能以真诚攫获读者的同理心。② 这首诗严格来说像是一篇格言，可以界定在散文或文案的范畴，但若论及影响力，仍有其作为文学传播的可覆盖层面及其讯息有效达成之目的功能。

忠于自我感觉表现的同时，爱情也是一种占领与掳获，不写诗的男人在诗人耳垂上留下咬痕，多半于亲密行为中蓄意留下，这战利品是一种向他人宣示的标签，标示对象为他人领域所不能及。同样地诗人还以颜色，在其“肩膀狠咬一口”，留下咬（吻）痕，并“向全世界标志”。《早晚》一诗中：

早上
非常认真挑选着
今天的耳环：珍珠的、纯银的、钻石的……
镜子里发现
左耳耳垂
有你留下的咬痕
暗红瘀青，一道不规则、断续的斜线
决定了
这就是今天的耳环
晚上
把自己摔到床榻
结束疲惫一日
头枕在你肩上
吸吮你嘴唇像吸吮糖果
趁你不注意，在肩膀狠咬一口
留下咬痕
向全世界标志
这是我的男人③

① 林婉瑜：《爱的 24 则运算》，台北：联合文学，2017 年版，第 100 页。

② 笔者以“林婉瑜　爱是一件艰难的事/但是”为关键词上 Google 网页查询，得到 2310 个结果，足见本诗在社群传播有其影响。上网撷取日期：2018/11/25。

③ 林婉瑜：《爱的 24 则运算》，台北：联合文学，2017 年版，第 156～157 页。

运用对照的两个场景实况演出，意象借由流线的动作涌出情节，十分具体可感，也传达作者强烈的领域行为。情感与欲望皆为“爱的三角形理论”前两个直角，多为情感交流、浪漫，或外表吸引力和性驱力的混合。而“承诺”呢？关于爱与不爱如何维系？林婉瑜有其软体“更新”的方式，诗作《更新》：

天气晴朗时
见个面吧
我心里储存的
有关你的影像档
已经旧了
需要更新
要取得
你的最新画面①

旧了的声音及影像就该当下删除，撷取新的档案，令日子鲜活如新。首句“天气晴朗时”正暗喻着当下愁云惨雾的困顿，也唯有见面的温度能够化解心中的哀愁，这是其爱情的智慧灵光，值得阅听人反思自己爱情中的保鲜程度及赏味期限，因为爱情经常跟随岁月而衰老。然而，当爱情出现空缺，分手如何自处？《剪刀石头布》中，诗人提及：

那不然就这样吧
剪刀石头布
赢的人
可以先说分手可以先走
输的人
可以保留
这些年来我们写的交换日记
当作补偿
如果刚刚好平手
我们就都留下来
再试试看
看可不可以

① 林婉瑜：《爱的 24 则运算》，台北：联合文学，2017 年版，第 38 页。

再爱对方[①]

赢的人可以说分手离开，输的人可以留下两个人的交换日记，当然第三个选项，是可以重新来过，这是现实生活的抉择，当爱情产生缝隙时面对问题，并且持续共同或独立生活的难题，勇于面对，才有再说爱的权利吧。诗人心里想的，多半是平手，突破困境，重头来过吗？这类的情境思考，也为读者带来一番思索，以便更认真地对待爱情。但如果真的分手，《落单的骰子》便提到：

曾经
在绝望得想死
的那天晚上
看到桌子底下
一颗
落单的骰子
而
活了下来
骰子说
总还有
另外的五种选择[②]

骰子就像她设想中的“天使”，是想象中最好的人，因为“没有一只羊会被亏待即使/是离群的”[③]。而骰子的六种面向更是提醒阅听人，可以改变视野观看世界，每个人的爱情观其实都过于狭隘，都只在悲伤中看见自己，别人就不复存在，骰子落单了，不在生活于和他人的碰撞里，但也因此更能活出自己，唱自己生命的歌谣。

（三）反童话之讽喻

心理学上有所谓“捣蛋鬼（trickster）原型”角色，钟玲认为其是指对原有秩序的反动，且本身带有机巧狡猾且反智的角色，这类人物原型经常在戏剧作品中因叙事的需要而被营造出来。[④] 同样，对典籍的改编或改写亦是有效的写作策略。

---

① 林婉瑜：《爱的 24 则运算》，台北：联合文学，2017 年版，第 180～181 页。

② 林婉瑜：《爱的 24 则运算》，台北：联合文学，2017 年版，第 126～127 页。

③ 林婉瑜：《刚刚发生的事》台北：麦田出版社，2018 年版，第 52～53 页。

④ 钟玲：《现代中国缪司——台湾女诗人作品析论》，台北：联经出版社，1989 年版，第 354 页。

运用阅听人无须重新学习便已具备的常识性故事以及其中的人物与情节，省去写作者说明的烦琐。目前世界上最多版本的童书为《小王子》，据闻被改编最多的东方神话为《西游记》，西方则为《儿童与家庭童话集》（Kinder－und Hausmärchen，KHM），简称“格林童话”，常见的《灰姑娘》《白雪公主》《小红帽》《睡美人》《美女与野兽》《青蛙王子》《野狼和七只小羊》等皆出于此书，格林童话已成为全世界的小孩童年认知故事必要的一环。因此，对作品的改写其实是一种翻译，是用作者原意借他人情节与人物加以扩写或缩写而成。林婉瑜的《公主的抉择》，放在当下的情境，确实令人省思两性相处时所对应的抉择，究竟是否为正确的判断。

当童话进行到
快乐的尾声
公主亲吻王子后
王子
却变成了一只青蛙……
这时，公主应该：
1 再亲一次，看看会不会变回来。
2 点一根烟，一边忧愁地抽烟一边考虑，该不该负责任。
3 先不要想太多，纠集其他童话里的角色，
睡美人、小矮人、小红帽、大野狼等一起开个派对。
4 恪守妇道，秀外慧中三从四德，此后专心扮演青蛙太太。
5 不演了！
公主的衣服还给服装组，公主的皇冠还给梳化组，
走出摄影棚，大吃大喝一顿。[1]

颠覆你我印象中的童话情节，诗中有戏中戏的滑稽。而且在那自由的世界，抉择也凭个人意志与主观好恶，甚至可以跨越多部剧情，将多种童话素材熔为一炉，开个童话派对。诗人不满童话标准答案的编制，《童话故事》中说：“小红帽最介意的是/她其实喜欢/蓝色的帽子/可是奶奶说　女生要戴红色”；而“睡美人蛮累的/只想继续睡/偏偏就有人一定要来吻她”[2]，对于原始作者的设定，林婉瑜利用动作细节的反差凸显对比，对于这些世事的僵化不以为然，用诗提列意见，虽不能改变但能够勇于揭示，且不失艺术美感，成为林婉瑜诗作的表现特色。《童话故事》组诗中另有关于“青蛙王子”的现代

① 林婉瑜：《爱的 24 则运算》，台北：联合文学，2017 年版，第 152～153 页。
② 林婉瑜：《爱的 24 则运算》，台北：联合文学，2017 年版，第 12～15 页。

情境描述：

青蛙王子不太适应　和公主的婚姻生活
他想变回从前那只青蛙
那只单身的青蛙[①]

婚姻生活的艰难与不适应，让王子有了重回单身的愿想。戳破童话美好故事之情境，直指现实无奈与伤感，与同一组诗中之“恪守妇道，秀外慧中三从四德，此后专心扮演青蛙太太”相呼应，青蛙王子与公主的婚姻皆在忍耐的状态，危机可在转瞬间点燃，写作者机巧而狡猾的性格就隐藏在字里行间，成为积极而有效的写作策略。

三、结语

学者李癸云评介：在语言层次之内，林婉瑜文字极富突破与创造性。[②] 诗人亦自况：“终其一生我不过是在期待一个了解/为此我提供各种途径（甚至包括诗的途径）。”[③]

了解自己、了解世界、了解诗中的艺术质地。林婉瑜的爱情诗以真诚见长，不只表露你我生活的普遍情感，更能从殊象中找寻到人类生存情境当中的共同感动。林婉瑜写诗虽大多来自虚构，但真情也不免在字里行间流露，因其文字贴近口语，特别没有沟通与传播上的障碍，因为真情袒露，又特别能与阅听人交心。

对爱情的自我论证，且不断在怀疑中自我肯定，是林婉瑜诗作常有的基本姿态，之间又包括一些嘲讽与讪笑，看似无可奈何，其实有迹可循，他们都自生活而来。林婉瑜对其诗作自律甚严，因此在不断翻新的版本中不停修改，质地真挚美好，不唱高调、不排拒读者，俨然是“70后”中旗帜鲜明深具影响力之新诗舵手。

---

① 林婉瑜：《爱的24则运算》，台北：联合文学，2017年版，第14页。

② 李癸云：《灵魂不被捆绑的自由》，林婉瑜：《刚刚发生的事》，台北：麦田出版社，2018年版，第190页。

③ 林婉瑜：《刚刚发生的事》，台北：麦田出版社，2018年版，第20～23页。

移动与叙事：论叶日松的旅行诗

谢玉玲*

摘　要："旅行书写"近年来受到创作者与研究者的高度关注。综观此种主题文类，实能展现旅者个体主观的感悟，其对客观景物的描摹，亦蕴含对生命经验的探索与追寻，展现自我意识与心灵自由，进而体验人生、品味人生。本文以台湾客家籍作家叶日松先生的新诗作品为主要考察对象，辅以诗作创作相互联结之部分散文作品加以论述，并运用弗洛伊德之心理符号机制，从再现、差异、认同、批判、调整五种面向进行探讨，分析其观点与写作策略，并聚焦其作品之美学展现与关怀。此外，亦着重梳理空间移动带给旅行者的意义，以及作者对旅程的参与和观察。同时，当地景描绘转变为人文风景叙事时，置身其中的旅者势必将引发种种思考与启示。本文尝试对叶日松的旅行书写提出阅读观察，期能对其创作风格有更深刻的认识与体现，并探讨旅行与书写之间所产生的多元意义。

关键词：旅行书写　空间移动　叶日松　叙事性

一、前言

叶日松（1936—），台湾花莲人，客家籍现代诗文知名作家。自 1963 年出版第一本诗集《她的名字》起，现代诗歌、散文创作不辍，迄今已超过五十年，著作包含诗集、散文集、儿童文学、客语诗歌等，计有三十余种；相关创作奖项如国军文艺金像奖短诗首奖、中兴文艺奖章、中国文艺奖章等。叶先生同时致力于客语诗歌、童谣创作，在客语推动及客家文学的开创上备受肯定，2009 年获行政院客家委员会客家贡献奖之文学杰出成就奖，及花莲

* 谢玉玲，台湾海洋大学共同教育中心教授。

县99年度文化薪传奖，目前相关客语作品计有十余种。

叶日松的创作不仅数量甚多，若从主题内容观之，题材多样，举凡乡土地景诗、记游诗、生活感悟诗，乃至于童谣、专为青少年书写的诗歌、客家歌舞剧歌词或中诗日译等，无一不可入诗文，足见作家关怀层面广泛。

时代不断演进，经济益发繁荣，交通往来便利，全球化风潮的崛起，前往世界各地已不再是难题。因此，外出“旅行”成为当代众人生活的一种“必要”，并且通过书写与照片，记录与传递旅游见闻。[①] 杨泽认为：“旅行在今天，好比候鸟的迁徙，从北半球移到南半球，从南半球又飞回北半球，说穿了，其实是一种集体的度假仪式，一种感染力最强的‘全民运动’。”[②] 旅行书写因自1997年中华航空连续三年举办旅行文学奖，逐渐形成一门新兴的“显学”，与饮食书写呈现分庭抗礼的姿态。胡锦媛指出，“旅行文学”可说是“台湾当代发展得最为最为迅速广泛的文类，有评论家甚至宣称旅行文学为台湾当代的‘时代文学’”[③]。时至今日，各式各样以“旅行”为主题的书籍往往占据书店最显眼处，它们不同于道览手册或旅行参考用书，得到读者相当程度的关注；同时也由于网络的普及，以及个人博客与社群网络的推波助澜，在传播媒介方面不再仅限于传统的报章杂志，因旅行而产生的全民书写能量，持续不断地积蓄与展示，成为“旅行”活动中最重要的衍生副产品。

旅行书写的前提必然是先有一场旅行，经由身体移动的实际经验与实践历程，才能进行书写活动。旅行书写不必然是纪实，但是在实体移动与想象中间如何进行跨界的联系与诉说，自我与他者的差异，家乡与远方的对照，成为吾等面对旅行书写的内涵与意义探索时，极为重要与充满兴趣之所。孟樊认为旅行文学的内容，应该来自作者个人旅行的体验，也就是从旅行经验所产生的文学，而非“纯想象的游记”，却也不能背负纪实的包袱，而变成“流水账式的笔记”[④]。旅游诗则受限于文体本身的性质，“纪游诗较难以在叙事上发挥所长，‘言志’反而常成为它主要的诉求，当然，写景功夫的高低仍

---

① 胡锦媛认为，“自九〇年代以来，经济力的提升、全球化的愿景、对异国的想象与紧张沉重的生活压力，使旅行爆炸地成为台湾全民生活的‘必要’，一种持续进行的集体仪式。”参见胡锦媛：《台湾当代旅行文学》，陈大为、钟怡雯：《二十世纪台湾文学专题Ⅱ：创作类型与主题》，台北：万卷楼图书股份有限公司，2006年版，第171页。

② 杨泽：《在文明的边缘流浪》，舒国治等：《国境在远方》，台北：元尊文化，1998年版，第12页。

③ 参见胡锦媛：《台湾当代旅行文学》，陈大为、钟怡雯：《二十世纪台湾文学专题Ⅱ：创作类型与主题》，台北：万卷楼图书股份有限公司，2006年版，第172页。

④ 参见孟樊：《旅行文学读本》，台北：扬智文化，2005年版，第8页。

然是作为一首好诗的评判准据”[①]。由此观之，旅行诗歌的书写，当是有所为、有意图的创作，并非仅是走马观花的旅游流水账。

检视叶日松的作品，特别是一些与旅行相关之创作，益发显其诗文的宁静与理性。相较于作者在他类主题作品中所展现的明快与热情，这样的基调实有待吾等深入探究其审美经验与书写策略。本文对叶日松的旅行书写提出阅读观察，并进行叩问与讨论。在文本范围的选择上，以作者出国远游作品为主，台湾区域书写为辅，展开旅行诗歌作品的梳理。在研究方法上，利用弗洛伊德（Sigmund Freud）所说的心理符号机制（Semiosis），透过再现、差异、认同、批判、调整五种面向进行探讨[②]，分析其观点与写作策略，并聚焦其作品之美学展现与关怀。笔者重点关注空间移动带给旅行者的意义，作者对旅程的参与和观察，从地景描绘转变为人文风景叙事时将引发置身其中的旅者何种认同与反思，以期能对叶日松的创作风格有更深刻的认识与体现。

二、地景与物色：叙述者的地方感

旅行是一种自主与主观的行动，不同时代形成不同的旅行模式，自然也产生不同的旅行意义。艾北理（Georges Van den Abbeele，1980）认为旅行就是疆域越界。他说：

> 大概没有比旅行更琐碎的事，也没有东西比下定义更严谨的事。的确，探讨旅行不可能孤立思索。理由在于：旅行，若得下定义，即是抵抗任何拘牵羁縻（定义 definere 一词，旨在厘定疆界，树立围墙）。旅行就是疆域越界。[③]

经由空间的移动，旅者有机会亲身观看异地的风景与差异，而游记通常记载旅者离开他所熟悉的环境，进入另一个陌生或不太熟悉的区域。在此移动的过程中，旅者心理必然会受到种种刺激与影响，无论是喜悦、好奇、恐惧、惊异，还是焦虑，透过书写，行诸文字，吾等可见旅者书写的目的不必然是成为作家，更重要的是透过书写展现生命的强度与能量。席慕蓉认为：

---

① 孟樊：《旅行文学读本》，台北：扬智文化，2005 年版，第 17～18 页。

② 运用此种方式进行旅行文学研究，可参见廖炳惠：《旅行、记忆与认同》，载《当代》，2002 年版，第 84～105 页。

③ 转引自陈长房：《跨越疆域：论后现代英美文学》，载《中外文学》，1998 年 10 月，第 6～39 页。

旅行的意义在于脱离日常生活的轨道、撤除界线、放松自我、溶入他乡、在嬉戏中观察与反省。[①]

蒋勋对于“旅行”的意义，也提出了看法：

现阶段台湾的旅行，在一定程度上有了自信，有了政治开放，经济富裕，个人价值解放后一种迎向世界的开朗、健康，一种求知的积极，一种经验自己，也经验世界的大气的愉悦。

他认为真正的旅行，应该是“生命价值的印证，真正的‘旅行文学’也一定是生命经验的提高与扩大”[②]。而旅行的重要性与书写旅行经验的理由，若依洛克所言，透过旅行“人类的认知得力于接纳与刺激。如此，你自然可以‘倾力耗尽’周遭一切能量，改变必要的地理场域……旅行成了刻意发展心智，累积知识的必要条件”[③]。叶日松在第四次出国后，曾表示出国旅游可以增加见闻，也可以开阔胸襟，更重要的地方在于“一个人不要太短视，要把眼光放大。为人处世，更要有宽阔的心胸。特别是写文章的人，必须向整个宇宙索取任何资料，才能丰富作品的内容”[④]。因此他认为作家笔下的情感叙写，不应有国界的分别。

大抵而言，旅行书写会涉及线性的时间，并与对已完成的客体“事件”进行重述与主体诠释。一般旅者多半采取开放且流动的视角进行观看周边风物，同时或事后进行感受与思考。旅行书写对不同作家与读者，能够产生不同层面的影响，除了地点的心向往之，也有敦促行动的追随，乃至于事后书写活动的再现，甚或带有隐微的彼此较劲意味。旅行书写在本质上与旅游手册、旅游书不同，若以空间理论与语境分析观之，当代理论的空间隐喻，特别在文学和文化研究里，反映新的认知思维，边界或疆域乃是社会和文化建构的理念。这样的认知也激发我们产生新的关注，即“鉴于边界可以作为内含与排他的标记，或是权力的临界点，任何意图逾越、修正，或是抹拭边界的行为，皆可能衍生颠移和破坏”。[⑤] 透过旅行书写可揭示出微视与宏观面向的剖析，同时也展示当代政治、社会与文化视域下的旅行模式、叙述欲望、创新议题与批评思索。旅行书写在表述结构上，可粗分为“话语系统”和

① 参见席慕蓉：《祝福》，《国境在远方》，台北：元尊文化，1998 年版，第 19 页。

② 参见蒋勋：《生命的提高与扩大》（第一届华航旅行文学奖评审感言），载《中国时报·人间副刊》，1997 年 6 月 1 日。

③ 参见陈长房：《跨越疆域：论后现代英美文学》，载《中外文学》，1998 年 10 月，第 10 页。

④ 参见叶日松：《社会爱心篇（六）开拓心胸，放眼世界》，《生命的唱片：叶日松散文选》，花莲：花莲县立文化中心，1993 年版，第 156 页。

⑤ 参见陈长房：《跨越疆域：论后现代英美文学》，载《中外文学》，1998 年 10 月，第 9 页。

“时间历程”[①]。“话语系统”方面可分为动身“旅行”与事后“叙述”，“时间历程”方面，又可分为“行前（含动机）”“启程”“行旅过程”“赋归”。这种形式结构几可涵括每趟旅程的书写表达，当然不同旅者的书写不全然兼备此等结构，或另有其独到的创发。

以《香江夜色》[②] 一文为例，作者站在旅者的角度，客观地对所走过之香港风光多所着墨，从中可看出其对繁华国际大都市的审美观照与实际的体会。如：

> 夜晚的维多利亚港，是静静的，因为所有的霓虹灯和活跃了一天的大小舟子，都在静静地休憩了。香港的夜景，其最大的特色，是五彩缤纷的霓虹灯，不跳跃、不闪烁，只有启德机场的指示灯、道航机在那里自由的闪耀。
>
> ……
>
> 香港的楼房，密密麻麻，向火柴盒堆砌起来的世界，依山面海，风景秀丽。街道上，电车、计程车、双层公车、机车以及熙熙攘攘的人潮，自然构成一幅繁华的热闹景象。

霓虹灯、电车、计程车、熙攘人潮，都是“都会”的象征符号，叶日松眼中的香港风景，也和一般游客对香港的基本印象吻合。再如《那年初冬，我在东京》[③] 一诗，诗作的第一段，作者写道：

> 樱花还在她的化妆室里/涂抹口红/雪，也还在北海道的山中/孵着她的梦/她们的迟到/显然是对自己食言

一听到樱花，很容易就让人与日本产生联想，此时东京的樱花未开，诗人因此说樱花还在化妆室，正在作绽放的准备。北海道的雪祭，世界闻名，然此时东京正值初冬，尚未大雪纷飞，樱花季也还未到来。这里作者使用了两个足以代表日本的意象：樱花与北海道，让读者马上就可以知道作者拟叙述的时空环境。

每个地方都有属于它们独特的风景，其中能够引起游客兴趣者，多半是以奇特形态之姿出现，如翠绿湖光、嶙峋奇石、奔腾海潮。而不同的风景自

---

① 参见杨雅惠：《时空越境，国族疗伤：日治初始梁子嘉〈日东游草〉的旅行叙述》，载《国文学报》，2013 年 12 月，第 185～220 页。

② 参见叶日松：《香江夜色》，《生命的唱片：叶日松散文选》，花莲：花莲县立文化中心，1993 年版，第 194 页。

③ 参见叶日松：《那年初冬，我在东京》，《叶日松诗选》，花莲：花莲县文化局，2010 年版，第 55～59 页。

然能营造不同的关注，进而与人文思维相联结，成为所谓的文化景观。风景元素源于自然界，但辨认风景的眼光则来自观察者的思维，进而使得每处的风景不仅是一个现象存在，同时也是一种认识与感受，或者积极地形成一种文化概念或特定区域的文化。正因为每处“地景”会记录着随时间而来的变迁，记录文化的演变与遗留独特的轨迹，累积形成有如不断刮除重写的羊皮纸（palimpsest），即指先前铭写的文字永远无法彻底清除，随着时间过去，所呈现的结果会是混合的，正因刮除重写，呈现了所有消除与覆写的总和。地景的概念也相似，是随着时间而抹除、增添、变异与残余形式，丰富地显示出当地文化的演变。而不断被重新塑造的地景，以及塑造着民众生活的地景，成为文化重要的记忆库。①

在书写对象的选择方面，大部分的旅行叙述多是在普遍性和特殊性上做取舍，并与主观的思维进行联结与操作。《文心雕龙·物色》中，直接谈及“风景”。刘勰指出，“物色之动，心亦摇焉”，因为四时的变化，人心也受到感染，“诗人感物，联类不穷”，而运用文字记录模拟情状，也因此刘勰认为对风景的认识与态度，应该是“自近代以来，文贵形似，窥情风景之上，钻貌草木之中”。旅人应该深入观察风物景色，研究花草树木的状貌，这当然是一种写作的要求，通过风景的召唤，发挥想象力，让自然山水成为基本书写模拟的对象，进而以动态的方式展现草木风云非全然静态之姿。草木风云虽是客观自然的物质，经由书写，联结静态物质与动态，实可形成另一种不同形式的景观向度，带出对风景的思索。叶日松在日本阿苏火山游历时，他写下映入眼帘的景观与对自然生态保护的思考，他说：

> 沿着蜿蜒的山路，我欣赏了红黄蓝绿的缤纷世界。因为蓝天底下的翠绿山坡，公路两岸的枫树和一些枯黄的枝桠，着实令人陶醉，令人舒畅。当车子进入阿苏山的高原时，我看见那粗犷豪放的山坡上，片片翠绿点缀其间，那便是人工辛勤和日本政府长远计划得来的成果——人造森林，而那些人造森林，大多属于杉树和桧木，甚至于松树。他们对于山坡地的利用和开采，都有一定的规划和原则，无怪乎在自然生态的保护方面，有着十分可观的成就。②

另外在游箱根时，作者认为当地景观充满灵秀之美。

---

① 迈克·克朗：《文化地理学》，王志弘、余佳玲、方淑惠译，台北：巨流图书有限公司，2003年版，第27～28页。

② 参见叶日松：《写在湖面上的诗篇》，《生命的唱片：叶日松散文选》，花莲：花莲县立文化中心，1993年版，第190页。

箱根的“芦之湖”，其面积虽然并不大，也没有日月潭的湖光山色。但是，湖的四周，确有层层叠峦环绕湖边的袖珍楼阁，把碧绿的湖，点缀得迷人可爱。游艇在湖面上写着轻盈活泼的诗篇，天空的白云，滑过湖面时，也激起了轻柔秀丽的波浪。我和朋友们，站在游艇的甲板上，任初冬的山岚，拂去我心中的所有烦忧。[①]

事实上，这些都是跨界旅游所产生之感思转化而成的精彩描写，不仅叙述自然景色，也记录了不同区域的生活样貌与人文活动。然则，作者如何借由越境之旅，观察省思自我与他者的文化差异？同时借由旅行书写，展现其人文关怀？更重要的是，作者将视觉景观，透过地理意象与时空意识，书写编织出一片动人的繁花盛景。每趟旅程，观看风景是最基本的动作，从一地到一地的移动，除了客观风景的变换之外，旅者主观的阅读风景，从风景自主的样貌所带给旅者的触发，到探索人文活动与文化场域的变迁，亦是启发个人主体意识，进而追寻生命价值意义的一段旅程。

三、铭刻的记忆：叶日松旅行诗文的书写策略

对于旅行书写的样貌，每个作者各有其想象与预设，成果也不尽相同。然而书写叙述一段旅程，必定全然纪实，而不能有虚构的成分吗？法叟(Paul Fussell)认为“旅游文本属于回忆录性质的次文类，自传性的描述……此外，这种描述——与长篇小说或传奇文类的模式不同——或明或暗，不断指涉描述内容确有其事，并且肯定此类形式的文学真实可信”。旅行书写与自传之间的关系密切。雷班（Jonathan Raban）也认为记忆是开启旅行书写之钥，因此他认为旅行文学是一种混合错杂的形式，涵摄许多不同文类。他说：

以文学形式论之，旅行书写是一种声誉不高的开放形式，极端不同的文类涵融冶于一炉。旅行书写包含私人日记、散文、短篇故事、散文诗、未经琢磨的摘录，或是进餐时主人殷勤有加、待客雅兴的闲谈。旅行书写自由地混杂叙述和话语的写作。许多“事实”资料，诸如账单、菜单、票根、名姓与地址，日期与目的地，皆存留其间，留待读者辨识书写内容的真伪，虽然大部分的书写纯属虚构；虽然其想必虚拟之处所

① 参见叶日松：《写在湖面上的诗篇》，《生命的唱片：叶日松散文选》，花莲：花莲县立文化中心，1993年版，第191页。

在多有，但是其中仍有真实载录的部分。①

德勒兹（G. Deleuze）对于文学作品中的关键词汇——“虚拟”，曾提出以下看法：

> 没有任何物体是纯粹当下的，所以当下都缠绕着一团虚拟影像的迷雾。这团迷雾自或远或近的共存回圈中涌现，虚拟影像则散发与奔驰于上。如是，每颗当下的微粒以不同次序射散及吸收或远或近处的虚拟。所谓虚拟，是由于其散射与吸收、其创生与毁灭发生在一段比可思考的最短时间更短的时距内，而且这段极短促的时距自此一种不确定或无法决断的原则维系着虚拟。所有当下都缠绕着不断更新的虚拟性回圈，每个回圈都射散出另一个回圈，且所有回圈都围绕与反应着当下。②

德勒兹认为每个“当下”（actuel）的事物状态其实都是特定概念所具有虚拟性的具体化，因此概念与事物状态的唯一关系，是纯粹的差异。所有事物都可以剖分为虚拟和当下两个部分，当下指涉一切事物的状态，亦即我们在每一个瞬间所感受的知觉或经验，而虚拟则是促使当下出现的能量。因此对德勒兹而言，这两者都是“真实”的。③

作家书写旅行的所见所闻，当然得以重构编织再现地方，并认识异地空间的社会秩序与规范；而虚拟与真实交错的书写，亦可带给阅读者一些属于阅读经验的思考与乐趣。因此梳理作者对旅行一事的书写策略，亦可观察作者的构思，以及是否期待给予读者不同的感受与吸引，同实展现作者在书写方面的独特才情与创新观点。

在叶日松的旅行散文中，常结合人文风物景观，启发对季节与生命的正面思考，叙事多以线性时间与纪实手法进行。如在《多情的海岸》一文中提到和南寺的壮丽，作者说：

> 和南寺位于盐寮的海边，在海岸山脉的丘陵斜坡之上，建筑宏伟，气象万千。从寺门牌坊到最高的大佛像，几百公尺的距离，分为四段阶梯，每一段阶梯，都有数十级的石阶，沿路而上。石阶的两旁，种满了花木和杜鹃，可惜的是，这些杜鹃花大半已凋谢了。如果我们早在一个月前来造访，便不会有伤春的心情，这真是“送春春去几时回”的场面

① 引自陈长房：《建构东方与追寻主体：论当代英美旅行文学》，载《中外文学》，1997年9月，第32～33页。

② Deleuze，Gilles. Dialogues (avec Claire Pamet,). Paris：Minuit，1975. p.179. 此段引文之中译，另见杨凯麟：《虚拟与文学：德勒兹的文学论》，载《中外文学》，1998年8月，第42页。

③ 参见杨凯麟：《虚拟与文学：德勒兹的文学论》，载《中外文学》，1998年8月，第42页。

啊！所幸，这里的山水，不会因为杜鹃花的凋落而失色。山依旧苍翠，草依然芳绿，放眼望去，一片调和的景色，生气盎然，充满了青春的活力。[①]

叶日松的三十一首旅游诗篇中，有三分之二可视为叙事长诗，诗歌内容聚焦当地的人文风貌与特征，并穿梭于史实和当下，展现诗人的同情与反思。以《旅游笔记》[②] 一诗为例，其叙写主题是越南，全诗由四部分组成：第一部分是书写西贡的变迁，第二部分是书写北越河内一位坐台小姐的身世，第三部分是叙写越战遗迹的胡志明市古芝地道，第四部分则是针对北越世界遗产“下龙湾”的书写。叶日松这首诗记录了一趟越南旅程，全诗以越南的变迁为主轴，诗人身处其中，并联想所及相关的历史人物，以及受影响的越南民众生活，同时也记忆越战的摧残。最后回到当下已开放旅游、朝向现代化迈进的越南。面对越南从分裂到统一的历史过程，足以令人感叹世事的变化莫测。

1. 西贡不再是西贡了
阮文绍卷走了十六吨黄金以后
西贡的天空便不再有笑容了
总统府上的黄星红旗
每天也以慵懒的姿势在默念胡志明的遗嘱
“十七度线”已在一九七五
被解放的历史辞典收藏了起来
西贡不再是西贡了

“大使馆”迁到河内去了
这里的扒手和乞丐也多了
闹区的百货公司没有电梯、冷气
所有的道路没有黄白线
破旧的车子一路按喇叭
短小的红绿灯发挥不了什么功能
住家没有电话
公安人员的月薪六十万越币

---

① 参见叶日松：《多情的海岸》，《生命的唱片：叶日松散文选》，花莲：花莲县立文化中心，1993年版，第139页。

② 参见叶日松：《旅游笔记》，《叶日松诗选》花莲：花莲县立文化中心，1993年版，第99～102页。

五百万人无奈的面孔都朝向明天
把日子挤得喘不过气来
无所事事的人　坐在门前喝茶

年轻的少女
骑着机车穷追观光客
于是西贡河的春色便泛滥了起来

一阵午后的西北雨
把西贡的行道树给叫醒了
而“古芝地道”的枪声
也随着老美回国度假去了
我悠闲地在异国的巴士上午寐

南越的首都是西贡，后改名为胡志明市。1954年法国结束在越南的殖民统治，1955年越南共和国（南越政府）成立，1967年阮文绍（1923—2001）当选南越总统，直至1975年南越沦陷前夕。当时阮文绍匆忙离开越南时，据说他带走了越南国库中的十六吨黄金（也有说法是一吨或三吨）。因此诗的第一小段就以阮文绍的流亡宣告了南越的沦陷，西贡被北越共产党解放后，也失去了首都的地位，而越南的首都迁到北越的河内。西贡整座城市开始混乱，治安不佳，经济衰退。作者一边缅怀思考越南的历史，百姓的生活与经济的无着，是一段陷落的历程。因一阵西北雨将作者唤回现实，现在的越南已经开放，世界各地的人都可以去观光旅行，“古芝地道”原为当年越南抵抗法国殖民统治所建造的地道，有些还沿用至越战时期，成为抗美的重要地下基地，现代游客还可以亲身参与“实弹射击”。越战结束了，美国人离开了，诗人因此形容古芝地道的枪声也宁静了。这是一段沉重的历史记忆，但在诗人笔下却是具象又轻描淡写地仅用了两句诗句就总结了一段历史的过去，前四段的重量，在这第五段转为轻快明朗的心境，最后一句“我悠闲地在异国的巴士上午寐”，让诗作进行三次时空的转换：从沉重的历史感中因“西北雨”声回到现实→古芝地道的枪声回想过去→当下，悠闲地在巴士上午寐。诗人清楚地抽离思绪，回复成为异地旅行的旅者，透过观看行动，见证一个国家的兴衰与改变。

再如《东北五首》[①]，可视之为组诗，也是叙事诗。全篇共由五首诗组成，其中值得关注的是一到三首，分别是《凭吊二〇三高地》《和童年一起旅行》《写给溥仪的诗》。这三首诗的书写视角与主轴是从日俄战争到伪满洲国，回顾中国东北地区的历史变迁。诗人借由旅行检视缅怀历史的痕迹，并抒发对历史人物的喟叹。以《和童年一起旅行》为例：

我和童年一起去旅行
一起去长白山和兴安岭狩猎
一起去阅读二〇三高地的夕阳
一起去会晤早已贬值了的不老草
一起去充当貂皮的模特
一起去看看年轻傀儡的模样
一起去速写苍凉的地平线
一起去塞外春城走一回十里长街
一起去踩龙恩殿前的那一块玉石板
一起去吃一顿天下第一的边家水饺
一起去坐软席火车到更北更北的边陲
一路上我们依旧不忘：
“我的家在东北松花江上……”
一路上都在搜集小小的风景明信片
寄给远方的那片云
从来就没有如此接近
接近风中仰望的白桦和杨柳
接近苦难的贫民窟
接近铁路两旁飞扬的煤烟
枝桠上的万国旗
接近几乎被遗忘的高梁
接近每一棵探头叫春的桃花
接近每一座呐喊革命的城市
接近满洲国的伪皇宫
接近松花江上摆渡的老渔夫
去找一些人物作专访

① 参见叶日松：《东北五首》，《叶日松诗选》，花莲：花莲县文化局，2010年版，第201～206页。

去写一篇没有学分没有学位的论文
只是乃木希典不在
东乡平八郎也回东京去了
马卡洛夫的军舰失事
康特拉琴柯则回彼德堡
在亚力山大罗维基寺院去做弥撒了
我只有无奈地、拼命地向旅顺的老妇人
向每一个山头的荒野石缝
每一颗斑驳了的弹痕
要资料要图片要故事
我和童年一起旅行
去找一些人聊天
去听一些人发牢骚
去觅一些绝版的线装书
去买几条便宜的领带和人参
去上一次古老的教堂
去逛一趟找不到出口的地下街
去设计一次冰雕的图案
去拍一次心情的写真
去问候溥仪的遗孀
去张学良的故居打听房地产
旅行回来后
童年便和我分手了
于是我将众多的照片
重新组合成一条记忆的诗路
从大连一直到哈尔滨

这首诗共分四个段落，诗人到了中国东北，第一段的主题是历史、地理课本的东北记忆。从长白山到大兴安岭，曾经是皇家的狩猎场；地理课本告诉学子东北有三宝：人参、貂皮、乌拉草；当然还有在伪满洲国复辟的清末皇帝溥仪；以及对日抗战时骁勇善战的东北军，和抗日歌曲“松花江上”……这些都是课本上的地理与历史，我们透过书本遥想千山万水的距离。而今终于有机会亲临东北的大地，属于东北的风景，能透过感受去追忆那逝去的时空与人物。于是诗人设想是否能找到在松花江上摆渡的老渔夫，向他叩问关于东北的一切，殷殷垂询，理解属于东北的人文风土。

然而时间的流逝，过去已是历史，当下也成为历史。在轰轰烈烈的日俄战争中扮演主角的人们，无论是日军的胜利者乃木希典（1849—1912）、东乡平八郎（1848—1934），还是失败的俄军将领马卡洛夫（1849—1904）、康特拉琴柯（？—1904）都已成一抔黄土，旅人仅能从遗迹、故址、照片、资料中，拼贴组合重新建构属于自己的历史观点。第三段则是对现在东北的观察，此处还有一些传统陈旧的事物，无论是线装书或是人参等物品的交易，也有更引人注目的哈尔滨冰雕活动，现在的旅人，多半是为着后者慕名前往。对诗人而言，从过去到现代，从自我的体验到他者的观看，从大连到哈尔滨的记忆，新旧交织，借由诗歌，也重新建构了自己的东北印象。

廖炳惠认为“跨地域的移动引发的记忆以及认同危机，乃是当前人文地理论述的重要课题”[①]。旅行由于是自主的行动，因此面对异地，旅者心理必然产生所谓的共鸣、惊异，或是对异国情调的记忆，伴随实地考察进行刻板印象的一种验证等。如叶日松在《游日手记》中[②]，就生动地叙述对旅游地的共鸣与日本情调的记忆。

> 沿路欣赏了长崎海岸山隈水湄之后，又来一个“有明海”之游，真是九州之行中，令人难以忘怀的。
>
> …… ……
>
> 那天有明海的海水特别湛蓝，天空也很诗意。海风轻柔地吹过我们身旁，海鸥也轻盈地在海面上飞舞。我们站在甲板上，看着渐渐远去的青山，在海天交接的深处，迷蒙成起伏的海浪。
>
> …… ……
>
> 我们到达蝴蝶夫人纪念园居，已是落日西挂，大地昏黄的时刻。居高远眺，彩霞满天，晚风轻拂，飘来了阵阵凉意。这座高高在上的观光名胜，也是观光古迹，它的庭园和建筑，十分讲究，不论花木的种植、亭台、鱼池的设计，极其艺术之能事。园居内的许多生活用具和布置，也都保存了原来的风格和面貌。很能激起人们思古的幽情。

再如《扶桑四首》[③] 中的第一首《兼六园印象》，透过樱花、江户、木屐声与枫叶这几组公认代表日本的意象，诉说江户时代金泽城中的历史名园兼

① 参见廖炳惠：《旅行、记忆与认同》，载《当代》，2002 年 3 月，第 89～91 页。

② 参见叶日松：《写在湖面上的诗篇》，《生命的唱片：叶日松散文选》，花莲：花莲县立文化中心，1993 年版，第 187～188 页。

③ 参见叶日松：《扶桑四首》，《叶日松诗选》，花莲：花莲县文化局，2010 年版，第 212～214 页。

六园的风华。第三首《那一天我在加贺屋》则记录了著名温泉旅馆加贺屋，透过诗歌，感受日本独有的温泉、水与木头的文化氛围。

《兼六园印象》：

将两千年的心事喷成擎天冰柱
把岁月的光环一一收录在每一册过客的喝采里
缠绵的爱　站成两棵缠绵的树
夜夜谛听来自江户的木屐声
而多情的樱花和矜持的枫叶也把一季灿烂
泼出一则凄美的恋情

《那一天我在加贺屋》：

走入和仓　走入加贺屋
水的温度便逐渐地将扶桑女郎的柔情
蒸溶成一层薄薄的雾
在窗的四周迷漫
让我分不清室内或室外
只把日本海想成自己沐浴的世界
把自己想成是阿信　是天皇
曾经来此细读过水的文化、木头的文化

在《西欧小诗》[①] 中，共有六首短诗，都是旅游西欧国家的特定景点记录。其中如《阿姆斯特丹》一诗，就书写荷兰与海争地的特征，连建筑物都是与之相映，亲身经历，印象更深。

阿姆斯特丹的土地权状
是和海共有的
连地上的建筑物的歪七扭八的图案
也是由海设计的

弗洛伊德所说的心理符号机制中有五个元素，分别是再现、批判、调整、认同、差异，而这种心理机制对吾等分析旅行书写作品实有助益。廖炳惠认为："在旅行的过程中，常常是一种自我和他人再现的心理机制，比较、参考与对照别人的文化社会而显出人我之差别。"[②] 在旅行所构成的时空坐标中，

① 参见叶日松：《西欧小诗》，《叶日松诗选》，花莲：花莲县文化局，2010 年版，第 207～08 页。
② 参见廖炳惠：《旅行、记忆与认同》，载《当代》，2002 年 3 月，第 89 页。

作为主体的旅者如何移动安顿他们所在的位置？海德格尔（Heidegger）认为旅行把生命对彼处的渴望，转变为空间的移动，因此纯粹或从零开始的旅行是不可能的，因为旅行的主体永远带着原先的文化、语言结构或意识形态的眼镜。换句话说，主体带着移动的结构一起旅行。在旅行所经过的土地上，主体同时也将原来的结构带入这些地方；而主体同时也将异地的某些东西带入结构中或带回生长的土地上。[①]

在叶日松的旅行诗中，我们可以看到对土地浓厚的乡愁与认同，如《一份迟到的回忆——致丹扉、晨曦》[②]：

一
走过汉城
方知台北的天空很美
走过利川
方知台湾的啤酒香醇
什么高丽人参
什么 OB 啤酒
什么羊毛皮衣
没有一样为我所钟情
连田野的蛙声
也无法催我入眠
二
在福冈的街头
我们都发现
古典玲珑
美观畅销的布鞋
还是来自台北
在濑户内海的航道上
我们梦境的指针
总是向南
向着台北和花莲
有一天

① 参见李鸿琼：《空间，旅行，后现代：波西亚与海德格》，载《中外文学》，1997 年 9 月，第 109～110 页。

② 参见叶日松：《一份迟到的回忆》，《叶日松诗选》，第 62～65 页。

在富士箱根
在芦之湖
我读到那一片湖水
竟有我们浓浓的乡愁……

事实上吾等可知“地方”是一种观看、认识和理解世界的方式。如果我们把世界视为含括各种地方的世界时，就会看见不同的事物。我们可以从中看见人与地方之间的情感依附和关联[1]，在上引诗作中，我们可以明显看到诗人透过行至异地的对比，强化并确认自我对家乡土地的认同感；同时经由深化家乡与异地的差异，展现家乡地方的特征，此行不仅是经验世界的一次机会，在过程中思乡之情油然而生。人文地理学者瑞尔夫认为，“内在于一个地方，就是归属并认同于它，你越深入内在，地方认同感就越强烈”[2]。如《旅游诗篇》组诗第二章节“在纽西兰上空”，诗人看着风景，联结自己记忆中家乡的风景，他说：

从南岛到北岛
我不断地复习每一章环保山水明信片
嘴里哼着毛利人粗犷的民歌
我一再敦促记忆
不要迷路
记得不要把异乡误写成自己的乡关

诗人的每每外出旅行，异地景物与家乡风物，总是不断地在内心交错激荡着，在《澳大利亚坐观光火车》[3] 一诗中，他说：

这里不是阿里山
不是南投的集集
不是台北的淡水线
更不是花东的纵谷平原
这里是南半球的澳大利亚
是墨尔本

① 参见 Tim Cresswell：《地方：记忆、想象与认同》，徐苔玲、王志弘译，台北：群学出版有限公司，2006 年版，第 21 页。

② 参见 Tim Cresswell：《地方：记忆、想象与认同》，徐苔玲、王志弘译，台北：群学出版有限公司，2006 年版，第 74 页。

③ 参见叶日松：《一份迟到的回忆》，《叶日松诗选》，花莲：花莲县文化局，2010 年版，第 198～200 页。

是 DANDENING 的小小山脉
据说来一次 PUFFING BILLG 之旅
就可以找到失落的童年
带回一册无尾熊抒写的小小诗集

诗作连用台湾四条知名的观光火车路线和澳洲铁路之旅做对照，同样两地都有的观光列车，让他想起童年，也充满乡愁。故乡之于叶日松，是心灵的梦土，也是最温暖最重要的依靠，《花莲组曲》[①] 中书写家乡花莲的“天祥”景点，他就说过，“云把梦托给山水/山水把梦托给云/而来自四方的市声/把古典煮开/让酩酊的过客/将诗交给这一块传说的梦土”。

在叶日松的诗歌中，我们可以阅读诗人的书写，一起游历各地；透过诗人的关怀视角，感受不同文化的差异与反思。如《峇里岛三首》中的第二首《坐马车游 DENPASAR》：

午后的风
飞过 DENPASAR 的天空
将透明的太阳顶住
我套上那位少女赠我的一串花环
坐在马车上
读下午四时后的大街小巷
路原本属于马的
可是这里的计程车、游览车和私家轿车
放肆地和马争跑道
我的马小心翼翼地闪躲车辆
无奈地……
街道看不到手持猎枪的土著
只有一群小孩
一群妇女
一群无所事事的人
以好奇的眼光分享过客的风采
达达的马蹄声
不是情人美丽的错误
而是在认真地计算我该付的 RP

① 参见叶日松：《花莲组曲》，《叶日松诗选》，花莲：花莲县文化局，2010 年版，第 119～123 页。

达达的马蹄声
不是CD里的音乐
而是向文明抗议的宣言
马被车辆挤出病来
却找不到诊所治疗
人类的自私我又能说什么
下了马车
回首望望它
我的心在隐隐作痛

诗歌的叙述，从再现当时的情景开始：到了峇里岛（现作“巴厘岛”）DENPASAR机场，先接受迎宾的花环。到了岛上，坐上马车进行市区观光。马车上的作者是一个外来的游客，他观察了交通乱象，于是有点担心在车水马龙的街道上，马的处境艰难，“我的马小心翼翼地闪躲车辆/无奈地……”观光客总是不断地观看，急于一时想把所有的景物一览无遗，然而，旅人观察住民，住民也好奇地看着这些如潮水般来去的过客。此时的旅人，是主体，也是旁观者，和当地住民彼此带着陌生与好奇。坐马车是一种观光活动的选择，但作者借用郑愁予《错误》的诗句并加以改写，“达达的马蹄声/不是情人美丽的错误/而是在认真地计算我该付的RP”，这里产生了对当地观光手法的写实记录。马原本就不是现代社会的交通工具，是否适合在这样的观光区成为某种观光交通的风景，值得思考。诗人此时更进一步做出批评与同情，他认为“达达的马蹄声/不是CD里的音乐/而是向文明抗议的宣言”，在车流量大且交通混乱的地方，马与车争道，基本上是对动物的另一种伤害，而这种伤害源自人类为了牟取更多的观光利益。然而，身为游客与他者，无法改变现状，只能调整心态，心疼同情这些马匹的遭遇。

在《镜头下的寮国》[①] 组诗中的《另一种教学》一诗中，则兼有反讽与批评，是旅途之外的插曲，也令人对这贫穷的国家的人文风景，有些许不舍。

一群小小的狗仔队
准确地掌握了造访者的行程
引擎尚未熄火
一场骚动
像西瓜田里的苍蝇

① 参见叶日松：《镜头下的寮国》，《叶日松诗选》，花莲：花莲县文化局，2010年版，第230～233页。

紧紧地盯住车门
一堂户外教学　开始贿赂的课程

过去在许多较贫穷的国家游历时，这样的场景极为常见。小小狗仔队是指小孩，只要观光客一到达，瞬间涌上，伸手要礼物要钱，令人不胜其扰，却也令人心酸。诗人反思的角度在于小孩的各样举止必然是大人教导的结果，而这种态度与认知，对年幼的孩童而言是非常负面的教育。但面对经济的困顿，生活的窘迫，似无可奈何，也不忍苛责。类似的经验，亦出现在《到边陲拾穗——缅甸八首》[①] 中的第一首《被拍照的小孩》中，此诗则是站在住民的角度，去揣测观看游客的态度对他们产生的影响：

你们的快门
即使再按千次百次
依然解决不了我们的饥渴

这首诗只有三句，颇有警句意味。我们一到异地，就想透过镜头留下各式的写真，不管别人同意与否。甚或这样的举止，把异地之民当成被观看的动物一般，不断地攫取所需的画面。然而，更深层的意义在于即使开放观光，带来收入，但这些收入真的能解决贫穷与困顿？恐怕问题的解决仍是当地政府的考题。作者不仅反思现况，同时也透过简短的诗句直指问题，带有浓厚的人文关怀。

四、凝视与象征：书写风物景致的美学特色

“游”既然是空间的移动，不可讳言，必然能发现地方的异同，同时能心有所感。在空间移动中，透过对自然景物与文化遗迹的书写，游人气质不同而产生个别的游观视野，都让旅行书写的范畴与内容具备无限的可能性。叶日松的旅行诗文书写，除了传统的纪实之外，在散文文体中，我们看出线性时间的运用，旅途景点的铺陈描绘，也看出文采的典丽醇厚与灵动美妙。如在《从苍茫的世界归来》[②] 一文中，作者书写白岭的山岚景致，他是这样叙述的：

从白岭开始，山路更蜿蜒，风景更奇特了。山峰连着山峰，林木拥

---

① 参见叶日松：《到边陲拾穗——缅甸八首》，《叶日松诗选》，花莲：花莲县文化局，2010 年版，第 209～211 页。

② 参见叶日松：《从苍茫的世界归来》，《生命的唱片：叶日松散文选》，花莲：花莲县立文化中心，1993 年版，第 242～247 页。

着林木。轻柔的烟岚，是捉摸不定的过客，来时匆匆，去也匆匆。洁白的山岚，也像一面薄薄的面纱，有时将整个翠绿的山脉掩盖，有时则让青山露出微笑的面颊。这里的美，并不在于它的妩媚、或雄伟，而是在于它的变化，在于它的风情万种。

山景通常是静态的，但此处作者运用拟人法，不仅让自然景观产生动感，可以跟着文字感受山岚的流动，同时也带给读者视觉上的美感。事实上，叶日松的旅行散文，用字遣词平易近人，流畅好读，更重要的是，没有太多华丽的辞藻，并不减损其作品的优美与内容的深刻，反而能让众人亲近其作品。

在叶日松的旅行诗歌中，我们更能看出其用词的精确，对情感的掌握，写作技巧的熟稔，以及意象的创造，建构出诗意盎然的旅行诗作。在《凭吊二〇三高地》一诗中，作者的叙写如下：

我登临二〇三
在红红的夕阳下读一课历史
翻滚的思绪飞出了子弹
朝向静静的旅顺港
让山山水水也一起醒来
高喊万岁
而所有的梦魇全部凝固

二〇三高地是日俄战争（1904 年 2 月 8 日—1905 年 9 月 5 日）中，旅顺会战的重要陆上战场，也是“旅顺要塞”防线的起点。“旅顺要塞”原为清朝北洋水师军港，甲午战争时曾被日本占领，还给清朝后，俄国又强租此地作为旅顺舰队的基地。然而由于设施老旧，俄军当时不断对旅顺防御工事进行强化。日俄战争中日本舰队击败俄国的旅顺舰队，取得重要的制海权；日俄战争的最终胜利，也促成日本取得东北亚的军事优势。

因此当诗人到了东北以后，借由对二〇三高地的凭吊，发思古之幽情。其中“红红的夕阳”和“高喊万岁”是日军胜利的代词，历史与子弹二词，意指日俄战争的历史。日军胜利赶走俄国，真是噩梦的消解吗？当然不是，于是诗人说，梦魇被凝固，“凝固”用词精确而生动，梦魇的来源由俄国变成日本，一路延续到伪满洲国（1932 年 3 月 1 日—1945 年 8 月 18 日）的建立与灭亡。

在《寂寞的荆州古堡》[①] 一诗中，诗人书写三国时古战场荆州。

战火已熄
貂蝉的笑声也冷了
三国已苍茫
而所有的英雄脸谱也已苍茫
一场激情之后
寂寞便成了每一片无言的砖块
习惯聆听来自那江畔的秋声

整首诗歌着重在叙写对古战场的凭吊。荆州是三国时期兵家必争之地，时至今日，吾等到荆州只剩下缅怀历史的悲壮，与遥想三国千古风流人物刘备、关羽、曹操、孙权等人的风姿。绚烂的已呈平淡、热闹的城池也成为历史的遗迹。诗人用熄、冷、苍茫、寂寞、无言等词汇，凸显历史遗迹的荒凉，所有的人与事，美女与英雄，都随着历史的长河流逝，灰飞烟灭。最后一句中“江畔的秋声”，更增添苍茫悲凉之感。再如《明天的风还会更冷——夜登香港太平山》一诗，诗人运用了唐代诗人陈子昂《登幽州台歌》的意象并加以联结与转化。

深秋十月
我伫立太平山顶
面对冷冷的远方
作一次悠悠的遐思
维多利亚港两岸的灯火
静静底睡着
把所有的倦怠
交给那如钩的新月
沿路寻找陈子昂的足迹
我真的不在意
香江的夜色会把我给
薰醉
若说真的不在意
又何必在一阵醉意之后

① 参见叶日松：《寂寞的荆州古堡》，《叶日松诗选》，花莲：花莲县文化局，2010 年版，第 219 页。

赶着下山
不是怕夜的调色笔
模糊了来时路
而是因为明天
这里的风还会更冷

古来诗人登临远眺，总有许多感怀。陈子昂《登幽州台歌》是千古名篇，"前不见古人，后不见来者"，作者登上香港太平山，此时前是陈子昂，后则为作者；"念天地之悠悠，独怆然而涕下"，面对有名的夜景，作者以个人所感联系古人登临的心情。秋季往往带有分离、孤寂、萧索、冷清之意，"冷冷""悠悠"等词语的运用，一方面是面对季节的变换，进而转化了古人的诗情。不同的是，作者沉醉在香江的夜色美景中却不沉溺，他乡终究不是故乡，深秋天凉时间到了就该离开回家。整首诗以"登临之感"为中心，记录一次观看世界知名夜景的经验，其中更多的是缅怀历史人物之感，并与名篇相呼应的心情。

在叶日松的旅行书写中，另有一项特征值得吾等关注。在其较早期的作品中，往往同一地点，作家会分别用新诗与散文两种文体进行书写，呈现诗歌与散文的互文性，进行相同或不同的观照。索莱尔斯（Philippe Sollers）对互文性所下的定义为"每一篇文本都联系着若干篇文本，并且对这些文本起着复读、强调、浓缩、转移和深化的作用"[①]。巴恩斯和邓肯认为作者透过文本构筑世界与人类的行动，因此他们曾说过，"地点是互文的场域，因为以早期文本为基础完成的不同文本与论述的模式，指涉的是他们对风景与体制深刻的铭记"[②]。检视叶日松的旅行书写，包括去韩国、日本，以及国内的香港等地方的游历经验，皆出现以诗文并呈的方式书写同一地点和旅程。

叶日松在《华克山庄的月光（四）板门店的眺望》一文中，记录了亲自游历板门店的风景。他说：

从汉城到板门店的路上，我发现了一个特殊的景象，那就是一路上都有石板门的设置。据说这种石板门，是准备一旦发生战争，即予破坏，以阻挡北韩的入侵。

沿着这条公路，我也看到韩国农村、田野、丘陵和房屋，特别是德国式的房屋，袖珍玲珑，十分可爱，也很幽雅别致。由于北国的天气寒

① 参见蒂费纳·萨莫瓦约：《互文性研究》，邵炜译，天津：天津人民出版社，2003年版，第5页。

② 参见陈长房：《跨越疆域：论后现代英美文学》，载《中外文学》，1998年10月，第22页。

冷，所以农家中，都有暖炕的设备，而且使用煤球。因此，一到了炊事时间，便可以欣赏到安详幸福的袅袅的炊烟了。

…… ……

一到板门店，我们似乎就被战争紧张的气氛所感染。尽管如此，我们仍然以踏实安全的心情，参观了板门店最前线的军事设施。①

这里除了记录了当地的景观之外，在南北分治的状态下，交界的板门店，向来被视为特殊的地点，也是见证韩国历史政治发展的重要痕迹。

在游历泰国时，作者记录了当地特殊的生活景观与历史遗迹，特别是对当时湄南河的人文景观以及桂河大桥的历史过往，有其细致的观察与缅怀。

(湄南河) 两岸人家的建筑十分古老而陈旧，它们的房屋结构，一半靠在岸上，一半在水中，更有不少的人，他们的家，就是一艘不怎么大的船，永远停在水中，过着与河为伍的日子。他们世世代代延续到今天，吃、喝、拉、撒都在这里……

曼谷的街道和楼房，并不像台北那样新颖雄伟，也没有台北的精致豪华。放眼所见，尽是一些古老的建筑，尽是一些充满了佛意的砖墙屋宇。②

泰国由于地广人稀，到处都可以看到与其说等待开发，不如说是被荒废的土地。从曼谷到桂河大桥的一百六十六公里以及曼谷到芭达雅一百五十公里的大地上，我并没有看到什么现代化的工厂设施，人烟稀少，一片荒凉，极目所见，尽是风中摇曳的椰林和苍茫幽静的田野。在自然景观上，称得上如诗似画，但是在科技文明方面，则依然停留在未开发的行列。③

桂河大桥并不长，大概不到二百公尺，是一座相当坚固的铁桥。桥的中间，为了观光客的安全，全程都以厚实的木板铺钉，以利通行。我们为了不虚此行，每一个人都不放过这难得的机会，一步一步地走过这曾经遭受战争蹂躏的大桥。

…… ……

走过桂河大桥，我们便转往万人公墓。这个公墓就在公路的旁边，

① 参见叶日松:《华克山庄的月光》,《生命的唱片：叶日松散文选》，花莲：花莲县立文化中心，1993年版，第183～184页。

② 参见叶日松:《湄南河的水，何时沉淀出泰国人的明天!》,《生命的唱片：叶日松散文选》，花莲：花莲县立文化中心，1993年版，第212～213页。

③ 参见叶日松:《泰国之旅 (补记篇)》,《生命的唱片：叶日松散文选》，花莲：花莲县立文化中心，1993年版，第225页。

环境非常幽静。每一个碑石上均刻着死者的名字、年龄和国籍。碑石的上面也有一个十字架。鲜艳的黄白色菊花，在风中不停地摇曳，不断地唱出了生命的哀歌。碑石上稍稍褪色的字迹，在阳光下，闪烁不出人性的尊严。[①]

以书写韩国的作品为例，散文篇名为《华克山庄的月光》，按照时间先后，依序分为“（一）汉城暮色、（二）冬天的暖流、（三）华克山庄的月光、（四）板门店的眺望、（五）汉城之夜、（六）再见！汉城！”等六个篇章。在现代诗篇中，则分成两首诗《再见汉城》与《南韩的星夜》。透过散文与诗歌两相对照，相较散文，吾等可见《再见汉城》一诗，可说是韩国行的回顾，此篇诗歌是采用倒叙的方式书写。全诗先从离开韩国起笔，接着用一段书写回顾下机后所走过的地点，第三段则书写韩国的人文景色，最后用“再见汉城”做结。

我曾读过你那
金浦机场宁静的黄昏
汉江桥畔凄美的落日
华克山庄迷蒙的烟景
停火线上遥远的枪声
我也曾走过
从汉城到板门店的公路
北国的田野
利川的农村
以及许多用银杏、枫树、霓虹灯
织成的缤纷的街道
我曾发觉
南韩的田野像中国
在千里沃野上
有农夫汗水提炼的金黄
不但在姑娘娇羞的清音中
有一份温柔与纯情
就是汉城的夜色
也是十分的阿里郎

① 参见叶日松：《湄南河的水，何时沉淀出泰国人的明天!》，《生命的唱片：叶日松散文选》，花莲：花莲县立文化中心，1993年版，第217页。

你曾告诉我
明年再来时
东方生命保险公司的
六十三层高楼
就会为你升起灿烂的灯火
像南山塔一样
把汉江照成迷人的风景
把 SEOUL 照成一座童话世界

而《南韩的星夜》一诗，共分成四大段落，其中第一段和第四段是书写初到韩国与韩国的夜晚。第二段是《从汉城到板门店的路上》：

芦花早已飞落在秋收后
北国的原野
公路两旁的枫树
在蓝天的画纸上
涂染一幅红红的诗情
农村的风景
原属于高丽
而一幢幢的屋宇
却是德国的翻版
从汉城到板门店的路上
我看到一座座的石板门
都镌刻着滚动的太阳
滚向停火线的北方
滚向明天

散文一开始提到，“我们沿着汉江旁边的高速公路前进，一路上所见到的，都是一些枫树和银杏，红红的颜色把汉江的岸边，染成美丽的图案”。是对应诗歌前五句。关于路途景色的书写，诗歌用了四句进行描写，散文的叙述是“沿着这条公路，我也看到韩国农村、田野、丘陵和房屋，特别是德国式的房屋，袖珍玲珑，十分可爱，也很幽雅别致”。而诗歌的后五句书写到板门店路上的情景，散文则是“从汉城到板门店的路上，我发现了一个特殊的景象，那就是一路上都有石板门的设置。据说这种石板门，是准备一旦发生战争，即予破坏，以阻挡北韩的入侵”。第三段《停火线边缘的沉思》则是对南北韩对峙的反思：

我想　这里本来就是宁静的
我想　这里本来就不该流血的
为什么有那么多的屈辱
加在它的身上
为什么有那么多不幸
写在它的脸上
风景已不是风景
风景已是另一种风景
希望就这样永远停火吗？
停火的针线
缝补不了创伤的大地（也是被撕裂的）

而散文则是展现一种理性地叙述并进行反思："我们参观了板门店前线的第三隧道以后，便到瞭望台去眺望卅八度线以北的北韩城镇和大地，我清晰地看到一线之隔的北韩田野和农家。一边是自由，一边是奴役，生活方式的不同、体制的不同，使高丽人走进幸福和苦难的极端世界。"

透过上述诗与散文的对照，可见叶日松在文体的运用上，散文所透露出的情感较为平静理性，而诗歌除了在字词方面表现凝练之外，增添了情感的流露，写作技巧的使用更为多元，如"停火的针线/缝补不了创伤的大地"，让事件的内涵更深刻，传递的意象更为鲜明，其对读者所产生的心里冲击亦有轻重的差异。

五、结论

古人常说"读万卷书，不如行万里路"，在《论语·雍也》中，孔子也提出："知者乐水，仁者乐山。知者动，仁者静；知者乐，仁者寿。"在中国文学传统中，早有对山水风景、物候与游观的书写。近年来，旅行书写在台湾蔚然成风，成果亦呈现百家争鸣之态。外出旅行同时也是一种认识他者乃至于异地文化的历程，因为文化体系是由价值观（values）、常规（norms）及象征符号（symboles）组织而成，这些价值观、常规、象征符号为左右行动者所采取的行动，亦限制了各个行动者之间相互往来的行为模式。[①] 旅行是参与体会异地文化与自我差异的方式，亦可以透过实地亲临，重新理解文化中

① 参见 Talcott Parsons and Edward Shils：《价值观与社会体系》，吴潜诚：《文化与社会》，台北：立绪文化，1997 年版，第 53～54 页。

的象征符号背后的意义，并调整对某地某物的刻板印象。

是故日松的旅行书写，实可得到以下五点结论：

第一，从身为他者的游客角度，作者仔细观看品赏景致，并赋以更优美的词汇再现当日地景的风貌。同时在游观的过程中，能够掌握地方的重要性，特别是历史意义，丰富了书写的内涵，地方感的重要性往往力透纸背，同时在文化与自然交错的状态下进行风景书写，也突出了当地风景的独特性。

第二，在书写策略部分，叶日松的旅行诗文大抵都有一个较为稳定的写作架构。特别是叙事组诗方面，撷取各地特有的事物意象进行特征叙写，除了展现属于游客视角的他者观看心理外，更重要的是透过家乡与他方的对比，不仅没有乐不思蜀之感，反而强化了家乡的重要性与意义，更是一种心灵梦土的再确认。

第三，透过旅游进行异地文化的探索与感知，明显发现人我的差异，没有对错或批判，经由反思与调整，不仅铺陈了乡愁，进而扩充自己的视野，更加肯定对土地的文化认同。

第四，在诗作中明显看出诗歌与散文的互文性。作家能够掌握文体特性，适切地操作不同文体，其对文体熟稔度，特别是让诗文作品即使书写同样一时一地一物，都能拥有各自的风貌与特征，同时也具备互补的作用，让一趟旅程的纪实更为之详尽。经由不同文体的记录对照，更能清楚勾勒一趟旅行的历程与收获。作者有意识地展现地方之间的共性，我们进行一趟旅程得见风景，同时透过作品，传递一种因之风景，风景中又有风景，带我们进入另一趟旅程，让读者身处可见与不可见，需要一点想象与思索的境界。这些不可见的风景，比如在古战场凭吊，带有神圣崇敬的意味，因历史感更增添了风景的独特意义。

第五，在美学艺术层次方面，作者常见拟人法与譬喻象征的使用。当风景与文学进行绾合，象征手法的使用会让意象更鲜明，也将会重新铭刻在读者的意识中，重构一地的人文景观。且每趟旅程的反思，都引领读者面对异地文化与他者的生活，能用更丰厚包容的眼光与态度，随时调整自我的观点，欣赏异地的美好。

错置叙事策略下的义利抉择

——金庸小说中的财富伦理叙事论析

马云雅*

摘　要：金庸小说中众多江湖人物因为财富伦理观的迥异而产生财富获取方式的差异。在财富伦理叙事策略上，金庸通过精心设置一场场伦理错置，充分展露了财富对江湖人物伦理观念的冲撞、操纵和控制，褒扬取义舍财的守义之举，鞭挞因财富伦理价值观扭曲而违背江湖道义的违义行径。

关键词：财富　伦理叙事　错置　守义违义

财富在每个社会人的现实生活中都是不可或缺的。向往和合理追求与拥有财富是人生的恒常主题。对存身江湖这一特殊虚拟社会的金庸小说作品中的江湖人物来说，亦是如此。江湖芸芸众生对财富的取舍态度形形色色。他们的财富观及获财方式是金庸小说财富伦理叙事的重点着墨之处。

侠之为侠，其江湖行为须重义轻利，视财富为身外之物。摆脱财富的诱惑和羁绊是江湖侠士天经地义的信条与义务，也是金庸小说所始终坚持的江湖正向伦理导引。因为这种叙事取向，置身散发着巨大诱惑力的财富伦理场域之中，侠义人物始终能保持维护江湖大义、重义轻财、以财富成全江湖道义的伦理定力。在《飞狐外传》与《雪山飞狐》中，胡氏先祖飞天狐狸身为闯王身边武功最高也最贴身的卫士，拒不吐露闯王军刀所隐藏的义军财富埋藏地秘密。即便军刀的秘密成为胡、苗、范、田四大武林家族百年辗转报复的伦理源头，胡氏武林世家也宁愿一代代被冤枉身死而缄口不置一辩。绵延百年的家族仇杀代价昂贵，因为胡家的重义弃财，才摆脱了吐露秘密的违义伦理危险。同样的叙事选择下，在江湖正向伦理导向中，侠必须运用江湖智慧来保持对财富的节制和必要的戒心。《碧血剑》中，袁承志在发现建文帝所

* 马云雅，1972年生，四川省南江县人，南充职业技术学院教师教育系副教授，研究方向为中国现当代文学、高职教育。

遗留宝藏之后，面对眼目所及处那些难以计数的金银财宝，他首先所想到的是如何以父亲的言与行为榜样，如何将珠宝用于保国卫民。袁承志明白大义所在，置身财富的引力场中始终保持着适度的清醒。袁承志师兄、华山派铜笔铁算盘黄真也在守义的原则下对江南石梁派温家劫留闯王军饷进行劝导："对财富的处置不仅仅应按照简单的江湖丛林原则行事，而是要分清大义所在。"尽管这番话有些一厢情愿，难以浇灭财迷心窍、贪婪成性、宁愿陷溺不义泥淖之中的温氏五老的贪欲，但也明示了无原则的财富攫取是江湖大忌。因为江湖豪侠的潜在标准之一就是扶危济困、慷慨施财，而追逐铜臭是江湖侠义的禁忌。摆脱财富的诱惑，方为江湖行走的正途。《飞狐外传》中，凤天南仗势杀死钟阿四全家后为了摆脱胡斐的追杀，贿赂胡斐，送银子、田地、大宅子，想方设法用财富让胡斐有所软化，但胡斐不为所动，言辞掷地有声："大丈夫义气为先，以金银来讨好胡某，可把胡某人的人品瞧得一钱不值了！"可见，侠义人物深刻认识到：江湖行走中，财富往往会化为缧绁和牵累。不讲任何道义，无限度地追求财富是江湖纷乱的根源，也是江湖人物的耻辱。

但江湖之路不是侠的专用通道。更多的江湖豪客不顾一切地追逐财富进而坠入邪恶的深渊而不自觉。财富成为其行走江湖的唯一攫取目标，他们的江湖行止因为财富的蛊惑而走样，甚至令人不齿。金庸用一场场错位的财富观，完成反派江湖人物的财富伦理错置叙事："弟兄们饿了几天肚子，想请马老英雄赏口饭吃。"《飞狐外传》中跌打医生出身的盗魁阎基在商家堡劫飞马镖局百胜拳王马行空所保的三十万两镖银时，可谓明火执仗、毫无顾忌。被金钱所奴役的盗贼行进在江湖正向伦理的边界之外，在巧取豪夺之中形成他们自己的邪恶伦理观。作为江湖中的盗者，抢劫被其视为理所当然的本分。他们靠的就是在刀尖上舔舐弱者的眼泪和鲜血来维持自己卑下的江湖生存。对弱者的保护、对财富的义利取舍是与这类盗贼绝缘的。利挣脱了义的约束，成为其为害江湖、横行于武林的托词。当阎基遇到了比自己更为强力、丝毫不讲江湖道义但又自诩正派名门的田归农，二人一拍即合，其行事原则印证了什么叫强盗伦理逻辑：谁强大谁就是江湖的主宰，就拥有对财富的占有资格："这里三十万镖银，我拿一半十五万，余下的你拿五万，还有十万两你说怎么分？……三位侍卫大人在此，常言道见者有份，每人分一万两。余下二万，就送给此间主人。你说我这样的分法公不公平？"堂堂天龙门北宗掌门人田归农振振有词地按照强盗逻辑划分财富，与强盗讨价还价，坐地分赃。戚长发、凌退思、万震山、霍元龙、史仲俊、陈达海……与阎基、田归龙等同类的江湖丑角在金庸其他作品中并不鲜见。他们中的任何一个人都印证了什么是错置的金氏财富伦理叙事策略：在叙说江湖败类的行径时打破侠义江湖人物守义的正向伦理固在状态，让武林人物在被改塑和扭曲的反向伦理漩涡之中恶行尽显，以此来反衬侠义人物守义的崇高和可贵。“用不公正的手段赚钱，是最大的恶事。”[①]反之，以江湖公义为财富取舍标准，才是遵循大义，符合江湖正道和小说接受者的阅读期待。违义与否，是界定江湖人物善恶的标尺。

在财富伦理错置叙事架构之下，《碧血剑》中袁承志护送珠宝运送车队北上时，山东直隶各处强盗蜂拥而至。在内讧的过程中，不同的盗群按照实力强弱瓜分财富，毫不顾忌江湖伦理的制约，上演了一场注定落空的闹剧。在《飞狐外传》和《雪山飞狐》这两部小说中，闯王的军刀成了江湖中人头顶的达摩克利斯之剑，辗转悬挂在所有置身于其冷峻光芒下的武林人物，检验着他们占有财富的尺度和方式。田归龙将藏宝刀的铁盒交给女婿陶子安，嫁祸陶子安后转移宝刀；打遍天下无敌手的金面佛苗人凤和田归龙双方的父亲为争夺宝藏火并而很不体面地死去，完全颠覆了读者对这两个所谓侠义家族的阅读定势。更有甚者，在宝藏面前本来就被错置的伦理观往往变得更加直接和疯狂，变异成为一种难以抑制的占有欲望。面对封冻的珠宝，“宝树（小镇跌打医生出身的大盗阎基的法号）取过一把单刀，就往冰上砍去，他砍了几刀，斩开坚冰，捧了一把金珠在手，哈哈大笑。……众人一见，胸中热血上涌，各取兵刃，砍冰取宝。……每个人取到珍宝，不住手地塞入衣囊，愈取得多愈是心热。”《雪山飞狐》一书结局中，天龙门、饮马川山寨、平通镖局诸路人马，为了争夺宝物，杀成一团。人人都穷尽心智来填充欲壑，人人都贪得无厌。在财富追逐的迷途中，这些被财富宰割的肮脏灵魂不择手段地践踏最基本的江湖正向伦理。直到胡斐用珠宝做暗器，打得宝树哀号连连时，“（宝树）先前只愁珍宝不多，此时却但愿珍宝越少越好。”也只有他们的生理存在受到威胁、财富直接成为伤人的利器时，最贪恋珠宝的人才会觉得它的可怖。财富的魔力才稍微减退，让步于求生的本能。但这只是肉体的痛楚所带来的暂时悔悟。占有财富的本能在这些江湖人物心中本来就没有伦理堤坝。一旦生命摆脱威胁，其财富贪欲的本能就四处漫流，吞噬着最起码的人性。在胡斐准备关上藏宝洞窟之际，他对苗若兰说：“我们在这里等上一会，瞧他们出不出来。哪一个贪念稍轻，自行出来，就饶了他的性命。”这给那些在洞窟中争夺财宝的江湖人物留下了一条生路。但贪婪让“洞内个人双手乱扒，拼命地捡拾珠宝，只恨爹娘少生了自己两三只手”。在财宝面前的末路狂欢

---

① 巫宝三主编，厉以平、郭小凌编译：《古代希腊、罗马经济思想资料选辑》，北京：商务印书馆，1990 年版，第 42 页。

中，这些人在狂喜中走入生命的尽头。

“卑劣的贪欲是文明时代从它存在的第一日起直至今日的动力：财富，财富，第三还是财富——不是社会的财富，而是这个微不足道的单个的个人的财富，这就是文明时代唯一的、具有决定意义的目的。”① 由财富所导致的贪欲是文明时代的动力。金庸小说中的江湖也一样，正是因为一些武林个体的贪欲，在社会中经常因利益冲突而产生财富欲望的膨胀，成为江湖动荡的畸形动力源头之一。《碧血剑》中，龙游帮和青青为争夺闯王黄金而相争斗。足见大利所在，见利忘义之人非互相残杀不可。这是袁承志等对江湖畸变财富观的清晰认知。《白马啸西风》中镖师陈达海带领晋威镖局的镖师和晋陕甘凉一带的江湖豪客，千里追杀白马李三夫妇，抢夺通往传说中埋藏巨宝的高昌古国的地图。镖客本来应该是财富的守护者，但他们被心中的贪婪完全主宰，不受任何伦理制约，在哈萨克部族中烧杀奸淫，成为不折不扣的强盗；《碧血剑》中的石梁温家更是一个强盗世家，对财富的占有欲望淹没了亲情和人间的一切温情。温氏五老巧设计谋将金蛇郎君弄成残废，除了解除金蛇郎君可怕的血亲复仇的威胁这一目的之外，追索金蛇郎君所知晓的宝藏秘密是一个最重要的诱因。为了这个目的，温氏五老可以残杀直系亲属温仪、可以暂时不管金蛇郎君报复杀死众多温氏家族成员的复仇行动，一门心思地究问宝藏所在！当不受拘牵的财富欲望泛滥成灾，伦理错置就必然出现。《连城诀》中荆州知府凌退思为实现对巨额财富的占有将现世权力和江湖权力结合，手段用尽。他本为两湖龙湖帮大龙头，却想方设法来到荆州，机关算尽的根本目的就是寻找埋藏宝藏的秘诀“连城诀”。其亲生女儿凌霜华的个人感情幸福不仅在凌退思的寻宝圈套中被扼杀，而且连她的生命也被扼杀：最后被父亲活埋在棺材里，惨死在凌知府对财富的可怕贪欲之中。财富原罪的血腥将最起码的父女亲情连根拔起，血缘关系因为被财富腐蚀而变得面目狰狞，鲜血淋漓。最终，《连城诀》中众人丑相百出：面对宝藏，“有人突然间扑到金佛上，抱住了狂咬，有的人用头猛撞。……他们一般地变成了野兽，在乱咬、乱抢，将珠宝含在嘴里！”人本来应该是金钱的主宰，但此刻却变成了匍匐在它脚下乞求施恩的对象。畸形财富观与占有财富的利益驱动结合，诞生财富观的失衡和颠倒。《射雕英雄传》中杨康面对生父杨铁心和大金国王爷完颜洪烈时心头几番思量、逡巡：“完颜康听了母亲之言，本来已有八成相信，这时听师父一喝，又多信了一成，向杨铁心看去，只见他衣衫破旧，满脸风尘。再回头

① 恩格斯：《家庭、私有制和国家的起源》，《马克思恩格斯选集》（第4卷），北京：人民出版社，1972年版，第233页。

看父亲时，却是锦衣玉饰，风度俊雅，两人直有天渊之别。完颜康心想：‘难道我要舍却荣华富贵，跟这穷汉子浪迹江湖？不，万万不能！’”杨康的心绪在挥金如土的大金国小王子和卑微贫贱的普通江湖汉子之子之间选择，权力和财富的双重诱因让他最终拒绝成为忠良之后杨康而选择敌国小王子完颜康的身份，作出了令其身死名臭的错误人生抉择。

“财富是些有用的东西，对有用东西的使用，既可以好，也可以坏。”① 对财富的不当获取会侵袭武林反面人物的伦理肌体，将他们打入行恶难悟的伦理错置绝境，成为恶不可恕的江湖败类。在金庸的笔下，财富伦理的错置让人性产生歧变，腐蚀着武林人物之间的伦理关系和他们的灵魂，让江湖人物陷溺于其中，踏上不知醒悟的迷途。“财富、权力、荣誉……使人自满，并由此经常使人傲慢，如若没有一个善良意志去正确指导它们对心灵的影响，使行动原则和普遍目的相符合的话。”② 聚敛财富进而获取至尊的江湖地位的欲望为伦理错置推波助澜，驱使江湖行恶者运用机谋和韬略巧取豪夺，走向伦理极端。财富成为检验江湖个体精神境界的试金石。反派江湖人物无法遵循有度获取财富、按义取利的财富获得原则，也难以认同以义驭利的财富利用方式。他们在追逐财富的过程中想象着财富所能带来的幸福感。他们没有意识到，“幸福由内心的安宁和享受构成。没有内心的安宁就不会有享受”③。失却伦理法度的追求财富让他们在财富伦理错置中错过了获得伦理宽恕的可能性。金庸小说中违义江湖人物的江湖人生结局都最终被财富钉在武林大义的耻辱柱上，彻底毁灭，无一例外。耐人寻味的是，金庸在《白马啸西风》中所设置的高昌古国财富迷局的答案竟然是：所谓的古国财宝，只不过是中原到处可见的纸、笔、围棋、七弦琴等文化物品。这是一种暗示：传统的文化价值乃至这些文化物品所深蕴的正向伦理，才是人们最应该珍惜的财富！

结语

财富让人癫狂、返回兽性和兽行而做出的种种违义之举让人触目惊心。让那些自觉或不由自主地踏进伦理错置迷局中的人们陷入迷乱的根源正是那些对财富过度艳羡和渴求的欲望。而对财富的合理处置，可以唤醒武林个体沉睡于追利逐财的对抗本能，避免攫取和占有财富的欲望化为沉重的负担和

① 亚里士多德：《尼各马科伦理学》，苗力田译，北京：中国社会科学出版社，1990年版，第66页。

② 康德：《道德形而上学原理》，苗力田译，上海：上海人民出版社，2002年版，第8页。

③ 亚当·斯密：《道德情操论》（二），吕宏波等译，北京：九州出版社，2007年版，第355页。

不可逾越的障碍，挣脱财富对江湖个体的束缚，翻越诱惑的藩篱，绕开财富导致的伦理错置，从而克制对财富与权力的粗陋冲动，进行价值秩序重新异向构建，通过自我约束、控制、超越从而实现自我拯救。对财富的取舍进行有意错置、将财富伦理错置中的违义予以穷形尽相地揭示是金庸小说财富伦理叙事的一种独特的叙事策略。正是在这种叙事方式之下，在违义与守义的对立中，在正反人性的鲜明对比下，金庸的小说避免了堕入浅薄、庸俗的文化次品而成为深刻揭示人性丑陋面的经典。

一日诗人，一世诗人

——试析痖弦诗歌中的存在主义特征

孙珂珂*

摘　要：台湾的现代派诗人痖弦一生作品不多，却在文坛上有着重要的地位。痖弦的早期诗歌受到了里尔克的影响，因而他的创作中体现出存在主义的特征。工业文明带来的深渊引起了他的深深焦虑，“离散者”的身份使得他的乡愁更为浓郁和深远，小人物的悲剧命运和苦难生活引发了他的悲悯。痖弦的诗歌始终在关注人的生存境遇，以个体之经验叩问存在的价值，寻求人类的精神家园，指引对抗痛苦的方向。

关键词：乡愁　精神家园　深渊　苦难

痖弦原名王庆麟，1932 年出生于河南南阳，1949 年参军，同年到达台湾，至此与故土分离 43 年之久。痖弦与洛夫、张默被誉为台湾创世纪社的“三驾马车”，他于 1953 年发表第一首诗歌《我是一勺静美的小花朵》，1965 年便封笔不再创作。“一日诗人，一世诗人”，痖弦的诗歌创作生涯只有十二年，诗作不多，却以诗歌语言的魅力和思想的深远享誉文坛。正如张默所言：“甜是他的语言，苦是他的精神。”① 他的诗歌受到奥地利诗人里尔克和中国现代诗人何其芳的影响，善于运用排比、重复、顶真等修辞打造音乐性的语言，使得诗歌朗朗上口，回环曲折。同时痖弦的诗歌又具有超越语言的意义，他在诗歌中注入自身的忧患意识，挖掘生活的苦痛，以个体经验揭示人类的生存困境。

痖弦在河南生活了 16 年，对于故乡有较为清晰的记忆。“一个人如果有完整的对故乡、慈母的记忆，可能够他写一辈子。”② 河南故土与童年的回忆

---

* 孙珂珂，四川大学文学与新闻学院中国现当代文学专业 2018 级研究生。

① 王晋民、邝白曼：《台湾与海外华人作家小传》，福建：福建人民出版社，1983 年版，第 171 页。

② 痖弦：《双村记》，张立宪：《读库 1503》，北京：新星出版社，2015 年版，第 1 页。

给痖弦的创作带来了极大的影响。痖弦出生于河南南阳的一个农民家庭，父亲是一名小学老师，对儿子寄予厚望。在父亲的熏陶下，痖弦自幼就阅读《幼学琼林》《古文观止》《繁星》《春水》等古典和现代文学作品，为他以后的诗歌创作奠定了基础。此外，中原地区厚重的文化底蕴和感时忧国的担当意识也是痖弦创作的源泉，儒家文化在中原地区长期占据着重要地位，知识分子们大多继承了“知其不可为而为之”和“出将入相”的精神文化，用悲悯之心去关注民族的苦难，用忧国忧民的担当去探索时代的前进方向。“诗，有时比生活美好，有时比生活更为不幸，在我，大半的情形属于后者。而诗人的全部工作似乎就在于‘搜索不幸’的努力上。当自己真实地感觉自己的不幸，紧紧地握住自己的不幸，于是便得到了存在。”[①] 痖弦有着“离散者”的身份焦虑，描写现代与传统撕扯带来的现代人的麻木与腐朽，他把思乡的苦痛融入到诗歌之中，为虚无的精神世界找寻依托，也不吝惜笔墨聚焦于底层小人物的生存状态。痖弦执着地追寻精神的原乡和生命的诗意，以个体之经验走向存在之思，他在颂歌时代书写黑暗，揭示“光明”之下的颓废和堕落，叩问生存的意义和价值。

深渊反思：救赎精神异化

“以海德格尔之见，现代世界的根本危机不是别的什么，而是现代人远离了自己诗意的生存根基，悬于无底的深渊之中而不自知。”[②] 存在主义感知到了现代社会的根基失落，人被现代技术操纵，试图将自己的意志凌驾于自然之上，因而被政治、经济、物质等束缚，丧失了自我的本质，而痖弦诗歌中体现出的现代社会的“异化”与这一点不谋而合。

痖弦在故乡南阳度过了他的童年时光，乡土生活的记忆镌刻在他的心中，这种宁静、平和又充满生机的乡村生活体验，给痖弦的生活带来了诗意，他前期的诗歌创作中便有不少对于乡村的描写，这种体验在都市生活中也越发难能可贵。于痖弦而言，乡土是他生长的根脉，也是温暖而光明的精神家园。60年代的台湾迎来了经济的高速发展，城市的发达对于出身乡土的诗人来说是一种挑战，机器的轰鸣代替了虫鸟的鸣叫，千篇一律的商品代替了鲜活的田间意象，麻木的生活体验代替了炙热而满足的劳苦，这种畸形的繁荣和物质主义对人心灵造成了压迫，现代都市生活使人们丧失了既定的生活准则和

---

① 痖弦：《中国新诗研究》，台北：洪范书店，1981年版，第49页。

② 余虹：《艺术与归家——尼采·海德格尔·福柯》，北京：中国人民大学出版社，2005年版，第176页。

准确的生活方向，造成了精神上的茫然和流浪感。痖弦对于现代工业文明的发展怀有深深的焦虑，物质主义的甚嚣尘上削弱了原始生命的活力，人们在机器复刻时代变得苍白、麻木和同质化。城市和现代文明的发展在给人们带来便捷的同时，也使得生活与精神之间出现了巨大的裂痕，人们为了生存而活着，无力再追求生命的价值和精神的富足，崇高由此堕落。敏感的诗人们感知到了光怪陆离的都市生活中潜藏的痛苦和生存危机，他们试图探索人性深处的不安与惶惑，揭示痛苦背后的精神文化根源。

而痖弦正是要在诗歌中表现对这种“异化”的嘲讽和批判，展露对于人们生存境遇的悲哀。他在诗歌中企图“说出生存期间的一切，世界的终极学，爱与死，追求与幻灭，生命的全部悸动、焦虑、空洞和悲哀！总之，要鲸吞一切感觉的错综性和复杂性”[①]。诗人提出生存的目的和意义这一命题，把目光投射于残破、阴暗之处，我们不寄希望于从诗歌中找到解决问题的途径，但是深渊之处的呼唤却显现出微弱的希望——我们需要拯救精神的虚无，使人们重新回归温暖而充满希望的精神家园。

痖弦在《断柱集》中书写现代都市中的奇形怪状，审视工业文明带来的黑暗与痛苦，缅怀希望的破碎与古典的消亡。诗人尽情描写中国街上，以及芝加哥、巴黎等城市景观，尽管有些地方他未曾踏足，但可以预见共同处于工业文明浪潮中的人们如何埋葬传统，失去精神依托。“在芝加哥我们将用按钮恋爱，乘机器鸟踏青。自广告牌上采雏菊，在铁路桥下铺设凄凉的文化。”[②]“无轨电车使我们的凤辇锈了，既然有煤气灯、霓虹灯，我们的老太阳便不再借给他们使用。”[③] 当现代设施取代传统物件，文化意义也随之而消失，它们在历史的长河中大浪淘沙，却无可避免地被抛下。踏青、采雏菊本应亲近大自然的象征，但是工业社会中的机器鸟和广告牌的出现使其显得不伦不类，它们在慢慢折断农业文明的翅膀；当无轨电车取代凤辇，表面上看人们的生活似乎更为便捷，但是诗人却用灯光取代太阳与之类别，失去太阳的人们显然无法生存，那工业商品取代传统物件的社会无疑也在迈向精神的绝境。“所有的悲哀要等明天再说，今天我们必须工作。”[④]“一些时间的斧子在额上凿着年轮，一些钉棺椁的声音，啊啊，或人哪，一些钉棺椁的声音。”[⑤] 现代文明和历史文化之间的冲突造就了死气沉沉的生存状况，痖弦在诗歌中发出悲哀

① 痖弦：《诗人手札》，载《创世纪》，1960 年第 15 期。
② 痖弦：《痖弦诗集 · 芝加哥》，桂林：广西师范大学出版社，2016 年版，第 110 页。
③ 痖弦：《痖弦诗集 · 在中国街上》，桂林：广西师范大学出版社，2016 年版，第 89 页。
④ 痖弦：《痖弦诗集 · 巴比伦》，桂林：广西师范大学出版社，2016 年版，第 93 页。
⑤ 痖弦：《痖弦诗集 · 阿拉伯》，桂林：广西师范大学出版社，2016 年版，第 96 页。

的呐喊，当精神世界被生存本身的艰难所压制，这何尝不是一种倒退？悲哀无处诉说，灵魂又被置于何处呢？干涸的心灵感受到了颓废与堕落，却依旧只能跟随生存的脚步慢慢放弃自我，时间将人们送往生命的尽头，而人们在生命途中却没能留下什么。

另一首长诗《深渊》副题为“我要生存，除此无他：同时我发现了他的不快。——萨特”①。萨特认同尼采所说的“上帝死了”的论调，宣告信仰的坍塌，因而造成了人类情欲的放纵，使得人间变成了深渊和地狱，神性的丧失意味着人类失去了精神指引，必须做出生存的选择并为此负责。“欲望不是出自充实，而是出自贫乏。”② 人们用物质主义的欲望取代精神信仰的贫瘠，而无法从中得到慰藉的人们深刻感受到了生存的孤独与绝望，意识到他们失去了生存的意义和追求，成为百无聊赖的存活者。

> 而我们为去年的灯蛾立碑。我们活着。我们用铁丝网煮熟麦子。我们活着。
> 穿过广告牌悲哀的韵律，穿过水门汀肮脏的阴影
> 穿过从肋骨的牢狱中释放的灵魂，
> 哈里路亚！我们活着。走路、咳嗽、辩论，厚着脸皮占地球的一部分。
> 没有什么现在正在死去，
> 今天的云抄袭昨天的云。③

现代人所说的“活着”便是由如此诡异的画面组成的，原有的生活规则和秩序被彻底颠覆，为灯蛾立碑，用铁丝网煮熟麦子，这是乡土文明裂变成的奇异景观，广告牌、水门汀等展现了都市生活的光怪陆离，也带来了悲哀与肮脏。被工业文明挟裹的人们失去了精神的追求，熙熙攘攘生存在地球上，日复一日过着一成不变的生活，没有什么称得上死去，也可以说没有什么称得上活着。痖弦在诗歌中展现了工业社会对人的自由的限制，人被迫成为社会运转的一个零件，失去了选择的空间，这是对于人文主义的一种摧残。

> 接吻挂在嘴上，宗教印在脸上，
> 我们背负着各人的棺盖闲荡！
> 而你是风、是鸟、是天色、是没有出口的河。

---

① 痖弦：《痖弦诗集·深渊》，桂林：广西师范大学出版社，2016年版，第211页。

② 万孝献：《贫乏时代 诗人何为——海子存在主义诗学观浅析》，载《滁州职业技术学院学报》，2006年第1期。

③ 痖弦：《痖弦诗集·深渊》，桂林：广西师范大学出版社，2016年版，第213页。

是站起来的尸灰，是未埋葬的死。[①]

痖弦在《深渊》中运用了超现实主义的手法，将各种奇特的意象串联在一起，创造奇诡景观的同时传递出一种心理上的真实。接吻、宗教、棺盖、尸灰等意象通过错位粘贴组合成荒唐而深刻的画面，生动地表现出现代人在工业社会中的生存处境。人的生存本身就是一种悲剧，在现代社会中被迫充当社会运转的工具，造就了精神上的压抑和苦闷，现代人普遍摒弃了情感，而打造一种“活着”的假象。死亡意象的反复出现强化了诗歌的悲剧色彩，同时也反衬出活着的虚无与悲哀。

而你不是什么；
不是把手杖击断在时代的脸上，
不是把曙光缠在头上跳舞的人。
你吃遗产、吃妆奁、吃死者们小小的呐喊，
你从屋子里走出来，又走进去，搓着手……
你不是什么。[②]

“不是什么”是对知识分子存在价值的否认，也是对于知识分子在时代中失语的呐喊。他们的书被撕毁，默默吞下社会上的呼喊，他们失去了神圣感和责任意识，同现代社会一起坠下深渊，为了生存而学会委曲求全。知识分子本应作为时代的良心而存在，但是他们的生存空间被挤压，话语权利被剥夺，从而被迫学会妥协，迎接一个腐朽和堕落的时代。痖弦在《深渊》中表现了对这一现象的嘲弄，发出自身的质疑和困惑。

存在主义宣告了神性的消亡，海德格尔认为，诗人在贫乏年代的使命就是用语言来指引人们寻找神的踪迹。一方面来说，痖弦在诗歌中揭露出精神贫瘠时代的黑暗、绝望与无奈，展现物质时代人们心灵世界的空虚与迷惘。诗人的创作是对现实的升华和照亮，痖弦的诗歌超越了存在物本身，展现对物质享乐的摒弃，在直面深渊与罪恶的思索中获得一种洞悉生命本质的可能，从而引导人们走向对精神世界的追寻。另一方面来说，诗歌本身便是一种安慰，痖弦的诗歌少有凌厉的笔调，他创作中呈现的生机与温和的感伤显现出了诗歌抚慰人心的力量，以此来对抗现实的冷硬与残酷，从而展现了人类诗意栖居的可能。痖弦是敏感而痛苦的，他以赤子之心思索人们的生存现状，担负起知识分子的使命，以诗歌语言指向精神纬度的回归，为异化的社会重

---

① 痖弦：《痖弦诗集·深渊》，桂林：广西师范大学出版社，2016 年版，第 215 页。

② 痖弦：《痖弦诗集·深渊》，桂林：广西师范大学出版社，2016 年版，第 216 页。

新注入温暖和希望。

文化乡愁：寻找精神故乡

“乡愁”主题几乎贯穿了古今文学史，具有超越时间和地域的意义，也最能够引起人们的共鸣。屈原《离骚》一题便有人解析为离愁别绪；古诗中专有“乡愁诗”为以类别表达游子的思乡哀愁；鲁迅的乡土文学中也涌现着乡愁情节；华文文学中多有作家表现远离故土的乡愁心绪。对家园的眷恋是人类共有的一种情绪，然而乡愁文学却远远超出了这个范围。正如张叹凤在《中国乡愁文学研究》中提到：“乡愁实则也是一种带有浓郁乌托邦色彩的思想情怀。当然这更着重指意精神层面。就本体而言，乡愁还是一种血脉亲情、故园意识，是时空距离导致的人的怀旧感伤情绪，以及人生不能自主、不能预料的有关生命时光的咏叹等。”① 乡愁表达的是一种精神上的需求，它不仅指向“异乡客”，也指向被物质主义和工业文明胁控的“现代人”，以一种感伤情调和悲伤色彩呼唤精神的还乡，表现出一种家园意识。正如海德格尔所说：“精神驱赶灵魂上路，使灵魂先行漫游，精神置于异乡者之中。”② 存在主义的意义从某种程度上来说正是表达人们对于精神家园的追寻，乡愁诗中的“漂泊—返乡”模式是自我身份确认的一种途径，也是对于生命终极意义的追寻。

痖弦在青少年时期离开家乡，未曾想到便是与父母的诀别，与故土分离40余年。河南故乡的风土人情和精神文化已经融入他的血脉之中，到达台湾之后，痖弦这一批诗人一直以“外省人”自居，无法真正融入当地的生活环境之中。这一时期，痖弦创作了大量乡愁诗，表达对于家乡的思念和精神无所依托的失落。落叶归根的执念与不能归家的现实相冲突，痖弦描写“外来者”对故乡的思念，体现出一种人文的关怀与诗意栖居的诉求。故乡对于痖弦来说犹如一个“失乐园”，失去的事物显得分外珍贵和美好。他有着浓厚的故乡情结，40多年后回乡之时仍能够说一口流利的南阳话，对儿时的芝麻叶面条、红玉米、曲剧杂耍也念念不忘。痖弦在诗歌中赋予了故乡“玫瑰色滤镜”，将具体的意象和流动的经验相结合，于真实的景象中传递出诗人内心深入的温暖与凄凉、忧郁与期望。譬如《红玉米》一诗：

犹似一些逃学的下午

① 张叹凤：《中国乡愁文学研究》，成都：巴蜀书社，2011年版，第44页。

② 海德格尔：《在通向语言的途中》，孙周兴译，北京：商务印书馆，2004年版，第290页。

雪使私塾先生的戒尺冷了
表姊的驴儿就拴在桑树下面
犹似唢呐吹起
道士们喃喃着
祖父的亡灵到京城去还没有回来
犹似叫哥哥的葫芦儿藏在棉袍里
一点点凄凉，一点点温暖
以及铜环滚过岗子
遥见外婆家的荞麦田
便哭了①

痖弦对于家乡的思念留存在特定时期，童年回忆伴随着故乡风物构建起他的乡愁体系。悬挂在屋檐下的红玉米大概就是痖弦儿时常见的，由此勾联起诗人的回忆。整首诗歌中难掩哀愁和忧郁，却也传递出了童年的温馨与愉悦。“私塾先生的戒尺冷了”是痖弦的亲身体验，他小时候逃学被抓到，被教导主任用戒尺打了一顿，这本该是一场惨痛的经历，却在诗中显出脉脉温情。“叫哥哥的葫芦藏在棉袍里”“铜环滚过岗子”，“叫哥哥”是河南方言中的蝈蝈，一般活跃在夏季，天凉之时，孩子们为了留住它便将它藏在棉袍里，这是孩童们试图挽留生命的天真与善良。“铜环”是孩童们的玩具，是儿时最为纯真的欢乐。“遥见外婆家的荞麦田/便哭了”哭的或许就是童年的结束和欢愉的远去。诗人离开家乡之后只能怀念家乡的种种物象，于是这便成为难能可贵的记忆，承载着无尽的期待。回忆被蒙上滤镜，转变为情感的抒发，痖弦在这首《红玉米》中传递出来的乡愁不如说是对于童年生活的眷恋，他构建起一个温馨的精神原乡来作为依托，抚慰他无法归家的抑郁。

此外，“所谓乡愁并不仅仅是地理的，也是历史的。并不是说回到你的家乡，回到那一村一寨就可解愁的。乡愁往往是历史的沧桑感和时间的沧桑感在其中”②。乡愁对于痖弦等人来说，并不仅仅是回到故居，“独在异乡为异客”的孤独情绪和漂泊心理使得他们迫切渴望找寻精神的归宿，这里的乡愁更多的是精神象征，也即文化乡愁。譬如《我的灵魂》一诗：

我的灵魂原来自殷墟的甲骨文
所以我必需归去
我的灵魂原来自九龙鼎的篆烟

① 痖弦：《痖弦诗集》，桂林：广西师范大学出版社，2016年版，第59～61页。
② 参见《北京青年报》，2003年10月28日。

所以我必需归去
……
啊啊，我的灵魂已倦游希腊
我的灵魂必需归家
君不见秋天的树叶纷纷落下①

诗中反复强调“我的灵魂必需归家”，这里的“家”显然不是指具体的场所，而是精神的归宿。痖弦创作这首诗时正值1957年，与故乡的分离与归家愿望的破灭给人们的心理笼罩了一层阴霾，离开文化根脉发源地的诗人们感受到了失却根基的恐惧，惶惑与焦灼的心理无处抒发，便在乡愁诗中体现了出来。《我的灵魂》一诗中出现了许多归家的具体指向，黑龙江、珠江、黄山、西蜀栈道，显然这并不是诗人的故土，甚至诗人从未到过这些地方，这些诗人想象中的家园却真实地存在于大陆的地域之中，诗人在这里表现的孤悬海岛的焦虑，品赏大陆地理风光的愿望显得遥不可及，便用想象中的游历来进行自我慰藉，灵魂的返乡代替了肉体的返乡，更能表现出诗人此时内心的苦痛。殷墟的甲骨文、九龙鼎的篆烟、敦煌千佛的法掌、李思训的金碧山水等是中华文化的发源及发展，也是诗人灵魂的来源，这是寻根意识的一种体现。在中国，迁徙的历史由来已久，但人们心底涌动着的依然是对于家乡的眷恋，“安土重迁”成为中国人的一种“集体无意识”。古人云：“父母在，不远游。”古诗词中不断出现的“游子”“断肠人”“羁旅客”等形象充分展露了离乡的愁苦。“家乡”是自我存在的原始场所，离乡则意味着失去自我确认的根基，对于家乡的思念和回归实质上也是自我身份确认的需要。

“离散者”的身份和漂泊的状态为痖弦的诗歌注入了“乡愁”意识，现代工业社会的变革挤压了乡土的生存空间，对人们的心灵世界产生压迫，无疑又加重了这种“失乐园”的忧虑。痖弦对灵魂回家的渴求也是对于“外省人”无法找到生存位置的慰藉，诗人把无所归依的心理状态转化为找寻根基的诉求，从而寻求身份上的认同和价值上的认可，以此实现对个体生存意义的把握。而对于处于精神荒漠的现代人而言，故土的丧失与精神的失落具有同步性，当人们无法在现代社会中找寻到心灵的栖息之地，便将目光转向回忆，沈从文的湘西世界充满“美的虚幻”，鲁迅笔下的故乡也有难得的温情，而痖弦诗歌中的故土则停留在“玫瑰色滤镜”渲染下的童年时期。失去的故土是内心的永恒遗憾，而精神层面对于故乡的回归是弥补缺憾的一种途径，因此这种“乡愁”便有了不可捉摸的宿命感。痖弦诗歌中的故乡是精神家园的象

① 痖弦：《痖弦诗集》，桂林：广西师范大学出版社，2016年版，第242～247页。

征，诗人始终走在“返乡”的道路上，试图消解现代文明冲击下的空虚与无意义，从中获取疗救现实精神创伤的理想之所。

关注人性：理解生活苦难

痖弦保有着诗人的敏感与悲悯之心，思考人类的生存境遇，他的目光不仅聚焦于精神家园的回归，也关注底层人物的日常生活。诗评家沈奇认为他的几十首诗歌中几乎承载了生命的一切：“以忧郁的目光、以反讽的口吻、以流浪者的思维、以智者的言说，体验、经历、洞穿，把所有的人带入诗的意境中，通过对个人生存窘态和公众生存危机的独特审视，揭示时代和民族的忧患并最终抵达生命最深刻的精神深处。”[①] 文学家们一直秉持着一种人文主义精神，始终关注着个体的存在，对于命运悲剧的书写也使得他们的作品更为深刻。而痖弦更是认为诗人的任务就是“搜索不幸”，在不幸中把握自己的存在。

对于“存在”的思考无法摆脱对生活表象的关注，痖弦在《侧面》这一卷中描写水夫、上校、坤伶、弃妇这些小人物的人生悲剧，表现人类的生活苦难。诗人不再像“深渊”时期那样声嘶力竭地呼喊，而是静静感受生活的苦楚与辛酸，这是一种更为沉痛的生活体验。生活的一地鸡毛对于生命意义的消磨在拷问着存在的价值，譬如《上校》一诗：

> 他曾经听到过历史和笑
> 什么是不朽呢
> 咳嗽药刮脸刀上月房租如此等等
> 而在妻的缝纫机的零星战斗下
> 他觉得唯一能俘虏他的
> 便是太阳[②]

于上校而言，军功与荣誉是他生命价值的体现，却并非不朽的存在，在日常生活中消磨他的是咳嗽药、刮脸刀和房租等琐碎物件，而他或许在独自忍受战争带来的伤病的折磨。最终俘虏上将的不是敌人，不是残忍的战争，而是无私而温暖的太阳。上将在战场上的贡献和付出并没有获得相应的回报，最终他在对自然的回归中感知到了温暖。诗歌从个体经验的层次升华到了人类的一种普遍情感，生活的苦难无处可诉，社会制度并不健全，公平正义无

---

① 沈奇：《痖弦诗歌艺术论》，载《华文文学》，2011 年第 3 期。

② 痖弦：《痖弦诗集》，桂林：广西师范大学出版社，2016 年版，第 130 页。

法完全实现，人们却从自然中得到抚慰。诗歌的场景由宏大转向平庸，从激烈转向平淡，集体的胜利却不能保证个人的幸福，回归到日常生活的人们仍要面临种种生活的苦难，上将的不幸不是个人的不幸，他代表着这一类奉献自己却又为生活苦苦挣扎的人群，然而人就是与苦难并存的，被阳光温暖的上校享受着生存的慰藉，也在叩问存在的意义。而那样无数与上将一样的人，面临着现实的无奈，又如何能继续前行，理解苦难，实现人生的价值呢？

另一方面，生存本身便是一种挑战。譬如《坤伶》："十六岁她的名字便流落在城里/一种凄然的旋律/那杏仁色的双臂应由宦官来守卫/小小的髻儿啊清朝人为他心碎/是玉堂春吧（夜夜满园子嗑瓜子儿的脸！）/'苦啊……'/双手放在枷里的她。"[①] 十六岁的坤伶流落至城里，她的生活充满着动荡和无奈。她杏仁色的双臂，小小的髻儿令人心动，她美丽而柔弱，人身并不安全，随时可能受到伤害。唱戏者处于社会的底层地位，她在戏院中被人观看，成为他人的谈资。"苦啊……"是坤伶发出的感慨，生活的辛酸尽在这一声悲叹之中，她也背上了一生的枷锁，而她的生活遭遇也是战争中四处飘零的人们的象征。《水夫》中写水夫凄凉的爱恋，"他妹子从烟花院里老远捎信给他/而他把她的小名连同一朵雏菊刺在臂上/当微雨中风在摇灯塔后边的白杨树/街坊上有支歌是关于他的"[②]。水夫的妹子深陷烟花之地，两人彼此牵挂，水夫臂上的雏菊和街坊上的歌都是他们感情的见证，然而现实的困苦却给他们的爱情蒙上了阴霾。水夫在海上航行却不知终点在何方，烟花地里的妹子又真的能够始终等待水夫吗？分离和等待之苦透过诗歌的意象传达了出来，或许他们的相恋是没有结局的，但这种没有希望的相恋正因感情的真挚而显得凄凉。《弃妇》中写弃妇被抛弃的悲哀，"她已不再是/今年春天的女子/她恨听自己的血/滴在那人的名字上的声音/更恨祈祷/因耶稣也是男子"[③]。弃妇曾经也是容颜姣好的女子，令男子心动。但是当她不复从前的容貌，便遭到抛弃。她对于抛弃自己的男子无比憎恨，却无法从感情中走出来，因而不断地伤害自己，甚至厌恶所有的男子，她的无奈正凸显出她的悲哀。

诗人并非止步于生活的表象层面，以感性来体验生活的空洞和迷茫，他用充满同情的笔调来写这些小人物的生活和命运，把苦难溶解于生存本身之中，也超越了人物本身来体会人生中的无奈与悲剧。我们都是被命运这张大网束缚的渺小生物，面对与承受苦难是人生不可避免的。痖弦关怀人类的生存处境，理解他们的悲哀与苦难，或许我们并不能打败命运战胜苦难，但是

---

① 痖弦：《痖弦诗集》，桂林：广西师范大学出版社，2016 年版，第 133 页。
② 痖弦：《痖弦诗集》，桂林：广西师范大学出版社，2016 年版，第 128 页。
③ 痖弦：《痖弦诗集》，桂林：广西师范大学出版社，2016 年版，第 140 页。

对苦难的关注就意味着一种对抗的姿态，透过绝望和痛苦来发现希望的曙光，不论是和解还是抗争，都能显示出存在的意义和价值。

与此同时，痖弦的诗歌在剖析生活的伤痛之外，还在积极探寻超越与救赎之道。中国古代的“逍遥止境”阻断了对于人文价值的关怀，提倡逍遥无为，从而实现对苦难的超越。而痖弦始终秉承人文主义的思想，在诗歌中表现出反抗姿态，从而展现对生命价值的关怀。20世纪五六十年代的台湾崇尚健康而崇高的赞歌，痖弦却与时代相背离，以直面死亡的勇气，揭示生活中的残酷与丑陋，让人们看到一个真实的世界，而不是被虚伪的光明麻痹。这并不意味着诗人过分强调生活的阴暗面，而忽略那些光明美好的事物。诗人描写社会的黑暗、个人的堕落，体现出来的不是纯粹的悲观和无为，而是以反面思维来抵挡虚伪，也正是从这些负面书写中我们才能看到振作的动力，激起抗争的希望。痖弦从来不粉饰痛苦，而是要我们坦诚地面对生命本身，不屈服于此，在感受与对抗中寻找生命的意义。而诗人对于苦难和悲痛的理解，也并非是个人情绪积郁的宣泄，而是在对个体存在命运的观照中传递出一种悲剧精神：书写悲剧正是为了对抗悲剧，即便我们无法摆脱生活赋予我们的诸多折磨，也可以在对抗中展现生命的积极意义，实现个体的价值。

“带有存在主义特点的作家和以往的或一般别的作家的一个明显区别是，他不再把创作当作单纯的功利追求或审美游戏，而是当作生命存在的一种方式，或者说生命能量消耗的一个过程。”① 痖弦有着自己的诗歌理想，他的诗歌融入了对人类生存和命运的思考，整体表现出痛苦的思想和忧虑的意识，可以说他的创作始终和“人”纠缠在一起，诗歌是他探究人的精神归宿的实验。

正如痖弦自己所说“一日诗人，一世诗人”，诗人的意义不在于写作词句，而在于传递深思与慰藉。中原文化的厚重与担当意识为他的诗歌创作提供了文化底蕴和精神根基，海德格尔提出“诗人何为”这一论题，痖弦秉持“我思故我苦”的理念承担起知识分子的使命，用鲜活的语言传递出忧郁的思想，具有鲜明的存在主义特征，他对人们精神世界的迷失和物质主义的甚嚣尘上怀有深深的焦虑，以赤诚之心关怀人类的生存境遇，直探深渊之下的虚伪、邪恶与沉沦。痖弦从不回避描写苦难，但他的难能可贵之处就在于他的抒情不指向生存的虚无，而是试图超越生活的苦难来寻找精神的救赎之道，他理解生活的苦痛，将悲剧赤裸裸地暴露出来，却不沉湎于欲望与绝望之中，诗歌是诗人追问人的存在价值的途径，他由此追寻与现实黑暗及苦难对抗的力量，努力探寻精神皈依的家园，用诗与思指向希望的光芒。

---

① 叶延芳：《永不枯竭的话题——里尔克艺术随想录》，北京：东方出版社，2002年版，序言第1～2页。

悲剧视阈下的女性生存问题

——李昂《杀夫》与章诒和《刘氏女》比较研究

任思雨*

摘　要： 妇女苦难叙事一直是女性作家创作的焦点。李昂的《杀夫》开启了新的“杀夫”写作现象，而章诒和的《刘氏女》则将其置于“大墙小说”的背景下。两部小说虽然同在“杀夫”大主题下写作，但李昂以尖锐的笔锋刻意塑造了林市“不能为人”的悲剧，章诒和则以同情的立场真实地反思了刘月影的蒙昧。两性角色的关系设置带来了“杀夫”叙事圈套的“正音”和“异音”，更深刻地揭示出了不同的文化反思和社会批判。《杀夫》集中笔墨揭露了封建男权文化对女性的残害，也批判了封建迷信和家族文化的弊端。《刘氏女》意在用平凡妇女的监狱生活反思，书写“人在世”的挣扎，反映了人性的深度和复杂性。同时，这两部作品也站在女性本位的立场上，不仅反思了女性自身的蒙昧带来的苦难与罪恶，也试图通过失语的男性角色，控诉暴力霸权的危害，启示和谐两性关系的重要性。

关键词： 杀夫　刘氏女　女性　悲剧

罪恶、黑暗和苦难，乃是文学叙事的重要内容。女性在生存、婚姻和精神上的苦难，虽在封建文学中时有流露，但妇女叙事依然是作为男权叙事的陪衬部分。随着时代发展，现代社会建立，女性叙事时有波潮，但真正出现自觉的发展是在20世纪80年代中期，社会思潮的解放和西方女性主义理论与批评的译介，让女性主义在中国真正有了发展的土壤，现代女性文学的本位意识也逐渐建立起来了。李昂获得台湾《联合报》1983年度中篇小说奖的小说《杀夫》犹如一声异响，炸开了自觉关注女性苦难主题的叙事浪潮，同时也开创了“杀夫”这一写作现象。而后，女作家方方《奔跑的火光》、池莉

---

* 任思雨，四川大学文学与新闻学院中国现当代文学专业2018级研究生。

《云破处》、迟子建《第三地晚餐》、须一瓜《第三棵树是和平》等小说都跟随李昂的目光继续关注现代女性的悲剧，描写了一个又一个“杀与被杀”的家庭悲剧故事。这些小说中上演杀夫故事的女性，时代、身份、性格、命运也各不相同，正说明两性之间的激烈对抗，绝非个别女性的偶然因素造成的，是有其必然的社会因素和人类困境。21世纪以来，女性叙事朝着不同的方向发展。而章诒和的《刘氏女》将女性的苦难叙事推回到20世纪中期，并且将“杀夫”这一主题放置在“大墙文学”的内核中，用一个寻常女工犯罪的悲剧故事，揭示更为丰富的社会内容和人性的复杂。

本文拟从作品背后的作者动机、女性“杀夫”模式和男性“失语”现象三个方面出发来探讨《杀夫》和《刘氏女》同一主题书写的不同意蕴，以期寻找女性悲剧的原因和当代女性生存困境的出路。

一、创作的“探源”

正如李昂自我表述到：“不仅对系列鹿城故事，以及往后的整个创作……都是一个重要的转接站。”[①] 由《杀夫》开始，李昂从前期自我呻吟式的写作中跳了出来，开始走向现实人生。虽然回到“鹿港”这一自我创作的文化源地，但是将自己目光从花季少女“性”困扰和救赎的主题转向了更广阔的社会层面，对那些迈向婚姻和家庭的妇女问题“冷酷”批判。《杀夫》讲述了在日据时期的农村地区——陈厝，少女林市9岁失去父亲之后又被叔父侵占了房屋，她被迫和母亲沦为流民阶层，栖身在破旧宗祠中，以零工和捡拾为生，时常忍受饥饿和寒冷的摧残。13岁那年，村子里遭遇兵患，母亲被一个流兵强奸，因而被族里的父老以不守妇道而处死。林市就成为叔父家的“奴隶”，做了许多工，吃了许多苦。叔父等到林市成年后，迫不及待将其嫁给杀猪匠陈江水以换取“猪肉”。从此林市就掉进了性虐待和暴力的魔窟中。但生活也有值得期许的时刻，她不用再忍受饥饿的折磨。好景不长，以阿罔官为代表的农村妇女群体将林市用流言压倒，陈江水亦不给她提供充足的食物。更残暴的折磨和求生之路的断绝（陈江水砍死了林市用以换米的鸭群和林市四处求工无门）让林市在目睹陈江水杀猪的血腥场面后彻底崩溃了，她在迷狂中将陈江水像猪一样肢解了。在《杀夫》中李昂以强劲的笔触和富有穿透力的文字讲述了林市“人不被当人，人无法为人”的悲剧故事，以此反思封建社会男权文化、迷信文化和宗族文化压迫下女性的悲惨命运。

① 李昂：《杀夫·写在书前》，台湾联合出版事业股份有限公司，2004年版，第9页。

据悉,《杀夫》的创作灵感来自李昂在友人家中看到的旧上海十里洋场的一则奇闻《詹周氏杀夫》:詹周氏是个信佛的女人,其夫是屠夫,以杀猪为生,那个男人以杀猪为乐趣,以此戏弄信佛的老婆,并且丈夫把詹周氏当作取乐与施虐的工具。长此以往,詹周氏精神失常,她趁丈夫熟睡,把他斩切。李昂有感而发,力图描绘“女性在无经济独立之条件下,只有仰赖男性为生,其可能的悲惨状况之一般”①。于是她借用詹周氏故事的外壳,将背景放在自己所熟悉的鹿港农村,用富有感觉官能和隐喻性的笔触塑造了林市、陈江水、阿罔官等多个富有社会和文化内涵的人物形象。

另一方面,章诒和的作品则来自真实案件,她因个人原因“监狱里蹲了十年,出狱后噩梦十载。白天奔波劳碌,夜晚被人追逐残害……怎样才可结束内心的恐怖?想来想去,唯一的出口就是倾诉,倾诉的方式就是用笔写出来”②。于是,章诒和拟写十个女囚的故事。《刘氏女》是第一本,主要讲述了“我”张雨荷因政治犯罪被羁押到M劳改场,由组织安排向刑事犯刘月影学习杀猪,并从此相熟,借帮助刘月影写个人年终总结的机会,得知了刘氏当年杀夫的真相:刘月影嫌弃丈夫老魏有羊角疯,生活陷入绝望,于是离婚不成功,又有了孩子牵挂的刘月影在严冬老魏发病的时候将其掐死,做成腌肉。不料却被醒来的儿子看到全过程。刑满释放的刘月影怀着热切的希望找到儿子,不料儿子因为母亲的罪行留下了难以消解的心理阴影,被漠视和疏离伤害的刘月影,选择回到劳改队。而后她短暂地迎来了爱情的春天,和军人覃相爱了,但最后也因为迈不过她的犯罪背景,无疾而终。因为“杀夫”,刘氏在痛苦和无爱中度过了她的一生。一方面章诒和是创作者,一方面她也是被禁锢女囚的同伴。因此,她不仅可以获取大量的感性材料和真实心理情绪,获得最真实的“当事人”陈诉,如《刘氏女》“从外貌到情节,皆有所本”,作品包含了现实主义的反思,真实地写出了这些女囚的悲惨人生故事。也正因为这份真实的背景,《刘氏女》的“杀夫”更“触目惊心”,是现代法制时代的愚昧行为。而且,同为被压迫者,章诒和更能体会这些女囚内心的痛苦,反映在《刘氏女》的文本面貌上,虽因小说体裁要求,努力克制自己主观情感的投入,但比《杀夫》更多一份人文关怀和同情的笔触。

在这两部杀夫故事的叙事核心中,李昂借力用冷静的笔触将“杀夫”内化,将所有情感强度和力度集中在林市一人的“不能为人”的困境上,用创作者的诡谲笔墨为林市搭建了一个魔鬼森森的世界,以更富传奇色彩的“一

① 李昂:《杀夫·杀妻·杀猪 传真对话国际篇》,载《台湾文学选刊》,1989年第7期。

② 章诒和、曹疏影:《芦花吹白上人头,镜里萧疏不奈秋——〈刘氏女〉笔谈》,载《南方周末》,2011年5月26日,第D23版。

人复仇”故事揭开男权和封建社会的丑恶面纱。而章诒和则以温情的笔调将“杀夫”外化，用一位普通妇女——刘月影的犯罪，用日常经验的叙事，折射更广泛的寻常人情和人事，意图在反思社会的层面上涵盖更复杂的人性悲剧。两个文本效果和面貌差异背后是两位女作家身份认知的分歧。李昂站在了“外在”创作者的角度，仿佛是一位手持刀斧的“审判者”，“一心一意”想要置林市于死地。在文本的叙事逻辑中，林市可以说是必死无疑！李昂曾在采访中表述道：“写《杀夫》的时候，我觉得自己是与社会的墨守成规和保守势力抗争，充满了奋斗的力量。”[①] 反映在文本叙述中，林市经历了多重求生，但又一一被作者“有意”化解，最后走向绝境。在未开化的年代，丧父可谓是灭顶之灾，林市母女被赶出家门的命运可谓是典型的印证；几年后，林市在一场“偶然”遭遇中又被安排失去了母亲。而后，叔父更致力于将林市推向不可能幸福的生活泥沼中，“碍于族人面子几次没将林市卖成给贩子……赶着替林市物色人家”[②]。结婚后，阿罔官为代表的女性集体曾短暂给林市带来新的快乐，但随着叙事节奏的展开，她们就变成了林市悲剧道路上的一个个推手。在这些人物身上，很难看到李昂为他们留下一点点的人性光辉，反而是集中笔墨去突出他们有意识、无意识“恶”的一面。这便是作者的故意之笔。最意味深长是杀猪匠陈江水这个男性角色，他的暴虐可以说是造成林市悲剧命运的直接原因。李昂为他准备了两幅面孔：面对林市的“兽类”面孔，过度凶残；面对金花的“人类”面孔，充满底层民众的悲情。从这两幅分裂的面孔的间隙，可以窥视李昂的创作意图——她要用这样一个蓄意塑造的“鹿港”社会来揭示 20 世纪中期农村妇女的最引人深思的苦难。用林市的“非人”命运表达她和保守且落后的社会抗争。

不同于李昂在创作《杀夫》时自我安适的状态[③]，章诒和的创作动机则是出于自我人生中一段压抑而痛苦的岁月的体会。所以，不同于李昂叛逆强力的人格在《杀夫》的小说形成的突显的“外在”视角，章诒和在《刘氏女》的叙事中时常显露出“内化”视角，她“在监狱里蹲了十年，和女犯们日出而作，日落而息”[④]，故而，在这段时间里和女犯们平等的相处和相同的遭遇，影响了她的自我身份认知，透露在《刘氏女》的文本中则是作者无处不在的“同情与理解”。她没有像李昂一样，在叙事中一环扣一环地将人物命运安排妥当。她是将刘月影的悲剧故事的真实触目惊心地呈现出来。刘月影也有两

① 李昂：《写作伴我一生》（名人专访），新浪网。

② 李昂：《杀夫》，哈尔滨：北方文艺出版社，1988 年版，第 8 页。

③ 当时李昂在台湾文化大学教书。

④ 章诒和：《刘氏女》，桂林：广西师范大学出版社，2011 年版，序言。

幅面孔，面对常人和儿子的“温情”面孔，面对丈夫“老魏”的“冷酷”面孔。刘月影在小说中的第一次露面是为儿子纳鞋底，“话音提高了，显然在为儿子自豪”①。似乎向读者暗示这是一个充满母爱的妇女。这样的叙述笔调在文中比比皆是，反映在背后是章诒和从现实关怀出发，真正地理解她们的悲剧命运，既不抹杀她们的犯罪事实，也不掩盖身上的人性之光。故而，比起《杀夫》犀利尖锐地指出问题，《刘氏女》则能带来更深刻的人性反思，关于“人性的不可测”的思索。

二、杀夫的“正音”和“异音”

从小说内容层面上来讲，《杀夫》和《刘氏女》虽然都是写了女性在极度绝望中以极端残忍的手法将其丈夫杀害的故事，但由于上文所表述的两个作者的创作意图不一样，“杀人者”生存的时代环境和面临的压迫力量也不一样，所以表现在文本叙事中呈现出对“杀夫”故事讲述的“典型”和“非典型”模式。《杀夫》试图传达的是社会被男权主义所占据的反思，故而女性被置于弱小势力的一方，只能采取极端手法完成自我的解放。但这种解放同时意味着自我毁灭。而《刘氏女》试图传达对社会现实和人的“无知”的思考，所以女性不一定非得处在“弱小”的一方，反而容易展现出“无知者无畏”的强势主体意识。两部小说通过不同的叙事模式完成了各自不同的主题诉求。

《杀夫》试图表达“生不能生、死不能死”的女性生存困境，所以，林市和陈江水的角色设置是“男强女弱”。陈江水被有意地塑造成掌握了身体力量、经济、家庭地位、话语权力等各方面优势的一方，而林市仿佛是社会底层中的最弱者，在家族中受族人欺负，在家庭中受陈江水折磨，在村落中受群体嘲讽。并且林市的自我认知也是愚昧的，她的本性就是忍受，从来不知反抗为何物，忍受外界加于她的层层重压，直到生而为人的底线被突破，作为一个“人”，不能再忍下去了，林市才第一次也是最后一次掌握了自己的身体力量和生存权利。作者为林市的悲剧设置了必然的推动力，一切看得见和看不见的力量都在促使林市转为一个“杀人者”。因此，《杀夫》采用的是典型叙述模式“丈夫施暴——女性受虐——杀夫——受法而死”。林市悲剧的直接因素来自夫权代表——陈江水。陈江水对林市生命的威胁主要来自两个方面，一是暴力，包括打骂和性虐待，与林市萎缩的人格相对应；二是生存权的剥夺，给林市带来了无法生存的饥饿和毁灭性的精神打击，这是最终导致

① 章诒和：《刘氏女》，桂林：广西师范大学出版社，2011 年版，第 15 页。

林市崩溃，举起屠刀的原因。从林市新婚的那天，性暴力一直伴随着她，“惨叫”“嚎叫”“挣扎”“巴掌”“恐惧”这样的词汇在林市和陈江水的性爱描写中比比皆是，是她“一天中最难承受的时刻”[①]。另一方面，人最基本层面的食物需求决定这个人“是否能活”，当饥饿的欲望战胜了其他所有的欲望以后，人清醒的意识，伦理道德等一切形而上的价值追求将被抛弃。体现在《杀夫》中，性暴力是林市最难挨的时刻，但挨过了就是她最快乐的时候，因为“在陈江水要她的那一天，他会带回来丰富的鱼、牡蛎，偶尔还有一点肉片”[②]。来自饥饿欲望满足的快乐掩盖了一切其他作为基本的人生存的欲望。当生存的欲望满足不了时，稍有刺激，精神便会出现崩溃。这里就涉及林市悲剧的另一层原因：封建迷信文化造成的人的愚昧，由于封建宗教的影响，陈江水的杀猪的职业本来让林市害怕，残害生灵是会有报应的。而后在饥饿的驱动下，林市不得以吃下了祭祀的面线，便想到“那无数的细条面线，每条都附有一个吊死鬼的紫红色舌头，存留在她的肚腹中”[③]。而被迫观看了杀猪的惨象后，“头发凌乱眼睛赤红，跪在地上不住地朝过往的行人匍拜”[④]，而陈江水对着几近崩溃的林市骂她阿母，并且扬起猪刀“你今天若不哀哀叫，我就一刀给你好看”[⑤]，彻底刺激了林市，导致惨案的发生。林市的生存悲剧间接因素还来自跟她同属一个性别以阿罔官为首的农村妇女群体。她们本来也是男权社会的受害者，却被塑造成按照男权标准要求自己的一群人，反过来去迫害自己的同路人，如年老的寡妇——阿罔官，长期守寡和社会倾轧带来了性变态的心理，常常躲在土墙边偷听林市和陈江水的私生活，而反过来，她又成为林市人格毁灭的刽子手，她常在背后败坏林市的名声：“每回唉唉大小声叫，骗人不知以为有多爽，这种查某，败坏我们女人的名声……都是林市贪，早也要晚也要，真是不知见笑。”[⑥] 她是明白地知道林市是被逼无奈受尽性虐待，而自我得不到满足扭曲的性心理导致她无视良知，用最大的恶意去讽刺身边的女性。她的行为激起林市的自尊，并再也不愿意叫喊，这又导致陈江水更加变态地折磨林市。这些被损害者拿起流言的屠刀让林市成为一个孤独绝望的个体，无论是男性群体还是女性群体都得不到帮助，必然会走向绝路。

---

① 李昂：《杀夫》，哈尔滨：北方文艺出版社，1988 年版，第 33 页。
② 李昂：《杀夫》，哈尔滨：北方文艺出版社，1988 年版，第 33 页。
③ 李昂：《杀夫》，哈尔滨：北方文艺出版社，1988 年版，第 104 页。
④ 李昂：《杀夫》，哈尔滨：北方文艺出版社，1988 年版，第 109 页。
⑤ 李昂：《杀夫》，哈尔滨：北方文艺出版社，1988 年版，第 111 页。
⑥ 李昂：《杀夫》，哈尔滨：北方文艺出版社，1988 年版，第 81 页。

《刘氏女》试图通过“无爱的可悲”表达人性的复杂性和不可测。它颠覆传统的女性受暴力虐待而复仇的“杀夫”模式，将刘月影和老魏设置为“女强男弱”的角色模式。刘月影“高大强健的她长着一头卷曲的褐发……牙齿雪白……臀部结实……在西方人眼里，这些特征是很性感的”[①]，而老魏呢，岁数大，个头矮，发起羊角疯“听见屋里头发出一声怪叫，太吓人了！……就见老魏直直地躺倒在地……手掌攥得像猪蹄，脚板往外拧……没一点人样儿”[②]。在外貌上，刘月影的美丽和老魏的丑陋形成了鲜明的对比。在工作方面，刘月影性格风风火火，“处处争当积极分子”[③]，很快受到大家的喜爱和关注。而老魏性格懦弱，缄默，“没有心”。这两人之间必然会产生冲突。另一方面，通过刘氏女的叙述，可以得知这是一场无爱的婚姻，“父母包办，媒婆上门”“乡下人结完婚，往下就叫过日子”[④]。人性的本质是渴望爱的，在这场婚姻中，刘月影的感情欲望一直处于被压抑的状态。而当外界环境不能帮助她释放压力（组织称老魏可怜，不同意离婚请求），还加重压力时（老魏在看电影时发病了，刘月影的自尊和面子全被打破了），矛盾就尖锐地激化了，“我也疯癫了，跺脚，捶胸，大哭……羞到家，悔到头……他在，我没法活，也不想活”[⑤]。一旦人性陷入偏执，伦理道德都被打破了。和林市在迷幻中杀人不一样，“一定是又做梦”这句话在短短一两百字杀夫场景描写中出现了三次，意在说明林市的无意识杀人和精神状态的混乱。而刘月影是十分清醒的“有意识杀夫”：先向众人渲染老魏病重的假象，又耐心地等待到严冬时节，因为不易被邻居察觉。整个杀人腌肉的过程更像是经验丰富的屠夫在肢解尸体。杀人的时候，还有这样一个小细节：当老魏发病后，她去扇他耳光“忽地不放心起来：万一，清醒了呢……见毫无反应，悬着的心才踏实下来”[⑥]。足以说明，这是一场有计划的清醒的谋杀。但也更是这样，才更突显欲望失控的可怕，“不管法律有多少条款，一个人如果没有了内在标准的约束，会坠落到什么地步啊”！[⑦] 人性一旦疯狂没有什么可以拦住，杀夫惨案便发生了。

林市是封建时代的刘月影，两者虽然生活在不同时代，有着不同的社会环境，但是两者有着共通之处——自身的愚昧。因为从小生命处于被打压的状态，林市的自我独立人格并没有觉醒，面对暴力，选择忍受，从未有反抗

① 章诒和：《刘氏女》，桂林：广西师范大学出版社，2011 年版，第 16 页。
② 章诒和：《刘氏女》，桂林：广西师范大学出版社，2011 年版，第 62 页。
③ 章诒和：《刘氏女》，桂林：广西师范大学出版社，2011 年版，第 65 页。
④ 章诒和：《刘氏女》，桂林：广西师范大学出版社，2011 年版，第 60 页。
⑤ 章诒和：《刘氏女》，桂林：广西师范大学出版社，2011 年版，第 68 页。
⑥ 章诒和：《刘氏女》，桂林：广西师范大学出版社，2011 年版，第 77 页。
⑦ 章诒和：《刘氏女》，桂林：广西师范大学出版社，2011 年版，第 76 页。

之心，对封建迷信坚信不疑，由此还引发了精神崩溃。而刘月影的愚昧则是出于对法律的无知，对婚姻的无知，自以为杀夫的解放之路其实是退无可退的绝路，“活着就像一场噩梦，再也无法泰然处世……一生一世，不论路在何方，家不再是一个安顿身心的地方”①。通过这两个女性的悲剧命运，折射出一个时代诡异的面影。

三、被杀者的“失语”

如果说杀夫故事中女性形象是着重刻画的，既是受压迫者，又是“杀夫”的操作者，那么男性形象也是必不可少的，他们既是压迫人者，也是“被杀者”。整个完整的“杀夫”叙事必然是要由男女双方性别角色构成，缺少任何一方都是不完整的。但由于“杀夫”主题的叙事大多是女性作家书写的，作为新时代的女性作家，她们对旧文化的反思，对自身解放的追求，反映在文本中是男性角色的必然缺席和失语，女性的生存状况和心理状况的必定突显。《杀夫》和《刘氏女》虽然通过塑造不同的女性形象来完成社会反思，但是对男性形象的建构则呈现出一致的倾向：角色失语。目的在于消解男性英雄形象，夺回女性话语权。

在《刘氏女》中，老魏从头到尾都是“沉默”，作者采用第三人称的视角审视老魏，读者只能通过刘月影的叙述得知老魏的外貌和性格，了解事件的整个过程，对老魏的所思所想一无所知。“失语”的老魏既是刘月影悲剧的直接造成者，另一方面却也扮演了受害者的角色，“唯见脸颊一侧缓缓地流出两滴泪。就这样老魏经过了短促的挣扎，离开了人世”②。连死亡也如此不动声色。接下来的故事，老魏是作为一具“不会说话”的尸体参加的。文本中，彻底“沉默”的老魏则遇见了自己的情敌“军事罪犯”覃思聪，作者企图通过老魏和覃思聪的对比，消解传统的男性文化中“夫权”压制“妇权”的一面，表白女性对“内外”健全的男性的美好追求，强调这种追求的合理性。首先，对比两者的外在形象，老魏“岁数比我大好多，个头比我矮不少”③，大约是个猥琐的形象，和高大的充满生命力的刘月影比起来自然是不对等的。覃思聪则是刘月影“一眼相中的英雄”，但透过她的话语“不过老覃的体弱多病，我有点犹豫”④ 暗暗透露出，尽管老覃各方面超过了她，但身躯的不健康

① 章诒和：《刘氏女》，桂林：广西师范大学出版社，2011 年版，第 80 页。
② 章诒和：《刘氏女》，桂林：广西师范大学出版社，2011 年版，第 77 页。
③ 章诒和：《刘氏女》，桂林：广西师范大学出版社，2011 年版，第 60 页。
④ 章诒和：《刘氏女》，桂林：广西师范大学出版社，2011 年版，第 143 页。

仍不是刘氏所满意的。其次，对比两者的个性，老魏“根本没心”“三脚踹不出个屁来”自然和刘月影是没有任何感情基础的。老覃则“技术好”“挺文气”“一点脾气也没有”，并且看重刘月影“我失去了朝阳，不能再失去暮色”[①]。最后，两者的命运也不同，老魏的结局是死亡，覃的选择是离开刘氏女。但无论是哪个结局都反映出刘月影自身的蒙昧对其自我幸福的戕害，“杀夫”既解脱不了她的婚姻困顿，也让她背上道德的枷锁和法律的惩罚，也正是她的这场“杀夫”葬送了她的后半程幸福——老覃的母亲因她的案情坚决反对他们的恋情。

在《杀夫》中，杀猪陈是“半失语”的，当他扮演杀猪匠、情人、邻居时，语言是正常的，符合杀猪匠的身份，另外，面对妓女金花时，陈江水的语言仿佛一个有情有义的好汉，在得知金花婆婆叫她回去时，担忧“回去要下田，你吃得了苦么”[②]？还扬言：“以后有人对你敢怎样，你来猪灶找我，我猪刀拿来让伊好看。”[③] 充满下层贫苦人民之间惺惺相惜的温情。而当他面对林市——本应该是平等的婚姻关系缔结者，他的语言充满了暴力和性侮辱词汇，从未与林市有正常的平等的夫妻对话，要么是不理睬，文中多次写到陈江水吃饱喝足，满足自己欲望之后，自顾自地出门了。要么是辱骂的命令，如“来，臭贱查某，陪我喝酒”[④]，“你先象过去哀哀叫几声，我听得有满意，赏你一碗饭吃”[⑤]。一个“赏”字突出表明林市在他眼中是食与色的交换关系，从未尊重过。这样一种分裂的语言状态深刻地揭示了男性霸权文化“他使用暴力，是为了维持（或重建）自己的控制权，而且也是因为他相信男人有权支配女人。暴力与权力脱不了关系；男人使用暴力以维持自己的支配地位”[⑥]，由此，在男性试图宣泄霸权的婚姻关系中，两性冲突将是必然发生的，霸权的后果则是以更激烈的形式“反霸权”，两性的悲剧故事都诞生了，男性看似积极的施暴实则是在推动自我毁灭。

李昂、章诒和这两位生活在不同时期、地域、文化氛围中的女作家通过对“杀夫”这一女性苦难主题不同的书写方式，不仅将其笔下女主人公真实的生存困境展现在读者面前，也揭示了女性在生活中的多层次诉求，当生存欲望不能得到满足时，便会走向生命的冲动，往往会做出超越伦理的犯罪。

---

① 章诒和：《刘氏女》，桂林：广西师范大学出版社，2011年版，第148页。

② 李昂：《杀夫》，哈尔滨：北方文艺出版社，1988年版，第67页。

③ 李昂：《杀夫》，哈尔滨：北方文艺出版社，1988年版，第69页。

④ 李昂：《杀夫》，哈尔滨：北方文艺出版社，1988年版，第20页。

⑤ 李昂：《杀夫》，哈尔滨：北方文艺出版社，1988年版，第101页。

⑥ 亚当·朱克思：《扭曲的心理——为何男人憎恨女人》，吴庶任译，呼和浩特：内蒙古人民出版社，1997年版，第271页。

两位女作家共同关注着女性命运，采用女性视角叙事和男性反英雄形象的塑造来夺回女性的话语权力，力图暗示读者无论是古代社会还是进程中的现代社会，男女关系并未处在和谐的状态中，一旦一方过于侵占另一方的主体权利，便会出现不可挽回的悲剧。通过“杀夫”的悲剧故事的书写，暗示在现代社会中，女性和男性的关系越来越紧张，难以调和的矛盾正在加快浮现，警醒世人驱除蒙昧，反思自身生存状态，破除男性霸权，建构和谐的性别关系。这也是这两个女性——林市和刘月影的悲剧故事的价值指向所在！

在宗教外衣下的自我身份认同书写

——读陈映真《加略人犹大的故事》

龙萧*

摘 要： 陈映真的小说研究曾获历代学者关注，无论是人性、死亡，还是陈映真本人的左翼思想，抑或其忧郁的文学气质，甚至在“殖民地回忆”的框架下讨论陈映真的小说，都是对陈映真小说的主题及思想的一种总体性书写。更有学者将陈映真的小说解读为一种“虚无的书写”①，而另一些学者则试图从宗教的视角来看待陈映真，或在左翼的框架下讨论陈映真小说中的信仰问题。这样的解读无疑触及了陈映真小说所面对的宗教性语境。而在相关讨论中，很少有学者注意到陈映真的短篇小说《加略人犹大的故事》为何选择宗教性话题，在这种宗教的外壳下，又是如何通过欲望身体的书写以及复仇式的自戕实现个体生命的存在，完成自我身份的认同。当我们仅仅从左翼的角度考察《加略人犹大的故事》中的信仰问题，或者说把这个文本完全理解成一种在左的信仰下的一种艰难的自我确证，可能会忽略陈映真在创作这篇文章时的台湾本土时代环境，也忽略了在这种宗教的外衣下隐藏的欲望身体和复仇式自戕的书写。一旦忽视了这种通过欲望身体和复仇式自戕的书写实现自我认同的问题，将导致对这篇文本的理解陷入一种偏颇。在《加略人犹大的故事》中，犹大试图以希罗底的爱和耶稣的爱作为自己理想的填充物，却失败了。希罗底的爱与情热，耶稣的“爱的教训”与犹大“社会的弥赛亚”，三者本是互不相通的，犹大把自己的理想错位寄托于爱，试图用情欲，信仰填充理想来实现自我的认同。这种宗教外衣下的爱与仇，信仰与理想之间的对话正是陈

---

* 龙萧，四川大学文学与新闻学院现当代文学专业 2018 级研究生。

① 朱文斌、岳寒飞：《在虚无中存在：论陈映真小说的“虚无”书写》，载《文艺争鸣》，2017 年第 3 期。

映真在60年代初台湾特殊境遇下采用的书写策略。运用《圣经》里的宗教性故事作保护屏障，在可能的限度里书写犹大的欲望身体以及复仇式的自戕，来证明个体生命的存在，完成自我身份认同。

关键词： 宗教性　欲望　复仇式自戕　自我身份认同

一、宗教性“外衣”

《加略人犹大的故事》发表于1961年7月二卷九期《笔汇》月刊，《笔汇》时期的文章，“显得忧悒、感伤、苍白而且苦闷”[①]，那么，陈映真为何选择这种具有“浓重”的“惨绿的色调”的基督故事作为这篇文章主题？为何不同于鲁迅《故事新编》中选择古代原始神话作为他的文章主题？这是一个值得思考的问题。

从50年代台湾本土的历史语境出发，“一九五〇后的台湾社会，不是什么被国府集团‘再殖民’的社会，而是美帝国主义下的新殖民社会”[②]。换言之，由于在经济上对于“美援”的依赖，当时的台湾在文化、思想、文学、艺术各个方面都受到美国的影响。基督教文化也在20世纪五六十年代美国对台湾的政治支持与经济支持中铺陈开来。其实从17世纪荷兰侵占台湾开始，基督教就已开始传入台湾，日据时期的台湾以及光复后的台湾始终都没能摆脱基督教的影响。无论这种宗教信仰是来自殖民者的施压还是来自原住民的自主选择，基督教文化在台湾具有扎实的根蒂这一事实是存在的。

日据时期的基督教教派在台的传播，如日本基督教会、日本圣公会、日本组合基督教会、救世军、日本圣教会、安息日会等，九一八事变后，基督教受日本军国主义者全面控制，建立基督教学校、教会医院等为日本统治者服务。据陈映真的描述，其父生于1905年，正是处于日据时期，其成长的时间也完全在日据的范围之内，日本本是想通过基督教巩固和美化自己的侵略，无意中也撒播了基督教文化的种子，这使得父亲在丧子之后（陈映真哥哥），

① 陈映真：《试论陈映真》，薛毅：《陈映真文选》，北京：生活·读书·新知三联书店，2009年版，第3页。

② 陈映真：《关于“台湾社会性质”的进一步讨论——答陈芳明先生》，载《联合文学》，2000年9月号。

选择基督教而非其他的信仰作为自己疗伤的方式，成为一种契机。[①] 陈映真的父亲是“一个信仰根基稳固的基督徒、一个慈爱而又对于思想人文具备了绝不同凡响的认识力的父亲，和一个满有智慧和尊严的知识分子”[②]。在当时的环境下，“对于……‘三自教会’，父亲有同情的理解，而对于……扩建‘地下教会’，父亲抱着无法搁置的忧愁。正如一九八九年父亲出版的唯一文集《在基督里的一得》里所表达的那样，父亲认为中国的基督教应该和中国的文化、人文传统、民族心性、社会和伦理体系等具体条件相糅合，从而探索和建立有中国独自性的神学和信仰的话语。父亲绝不是一个社会福音派，但他深信人比仪礼为贵重（‘安息日是为人所设，而不是相反’）。父亲也信，热爱正义，使人得以从精神和物质（制度）的枷锁中得释放，是‘父交给子，要子成就’的使命。父亲相信，上帝最大的祝愿，是‘唯愿公平如大水滚滚，使公义如江水滔滔’”。陈映真曾屡次谈到父亲和自己晤谈的那三句话：“首先，你是上帝的孩子。其次，你是中国的孩子。最后，你才是我的孩子。”[③] 父亲用伦理与信仰，“在儿女的心中守住了一个祖国。重新给了儿女一个实在的祖国，让我们的心稳如磐石，幸福而又满足”[④]。

父亲对于基督教的信仰与皈依使得陈映真从小成长在有基督教文化熏陶的环境下，这种家庭的基督教氛围对陈映真影响是深刻的，正如陈映真自己所说：“我青少年时代是一个很虔诚的基督徒，每一天在找自己的错，然后百般地请求耶稣赦免我，我想这样的体验对我是有好处的，就是省视自己软弱一面的习惯。”[⑤] 一直到晚年，陈映真依旧真诚地信奉着基督教，在经历一场出生入死的大手术后，思索生与死的哲学问题时，自觉不自觉地想到上帝让自己“从死荫的幽谷走出，有何用意和目的”，“每晚在入睡前向‘上帝’诉说”。“认罪、赞美、感谢”“想着基督走向各个各他的十字架的漫长苦路时所受的百般凌辱、拷打和羞辱，而那无罪者所受的鞭打和糟践，却无不是为我

---

① 陈映真：《父亲》，薛毅：《陈映真文选》，北京：生活·读书·新知三联书店，2009年版，第62页。陈映真谈到“父亲在一九四六年突然丧失了爱儿——我的双生哥哥映真。他一个人和丧子的猛烈的伤痛苦苦挣扎了四年，一直到一九五一年因皈依了基督教，才把自己从伤怀中释放出来”。

② 陈映真：《父亲》，薛毅：《陈映真文选》，北京：生活·读书·新知三联书店，2009年版，第65页。

③ 陈映真：《父亲》，薛毅：《陈映真文选》，北京：生活·读书·新知三联书店，2009年版，第66页。

④ 陈映真：《父亲》，薛毅：《陈映真文选》，北京：生活·读书·新知三联书店，2009年版，第66页。

⑤ 陈映真：《我的文学创作与思想》，薛毅编：《陈映真文选》，北京：生活·读书·新知三联书店，2009年版，第52页。

的一身重罪的代赎”[①] ……

陈映真本人的个人成长历程同其父一样，也没能摆脱日据时代带给他的基督教文化的影响。1950 年至 1965 年，是台湾基督教急速发展的时期，传教团体、信徒人数以及神学院校数量急剧增加，“如信徒人数在民国三十七年（1948 年）为五万一千人，而到 1960 年则为二十二万人；神学院校数，由上一阶段的一两所，增加为十所；传教团体则由原来的四个，增加为三十三个”。正如史文森在《台湾教会面面观》中描述这一时期的教会发展所称，“这个时期是台湾空前福音门大开的好机会，到处都发出请过来帮助我们的呼声。……如此一来过去不知名的宝岛台湾，在一夜之间变成一块新的传教良田”。尽管陈映真“在信仰上相信摒弃作为社会机制的教会组织”，但这并不妨碍他“直接通过阅读圣经（甚至是希腊语圣经）和祷告直接听取上帝的意指和教诲”，成为一个“无教会论”者。[②]

除了来自日据时期的基督教环境，家庭中父亲的影响以及陈映真本人基督徒身份的种种因素的作用之外，台湾的 60 年代也是一个特殊的时期，给陈映真在《笔汇》时期创作的两篇宗教性主题的文章《苹果树》《加略人犹大的故事》创造了契机。

20 世纪 60 年代的台湾，是处于世界性和民族性问题的“中间物”。一方面台湾当局对内进行更加严密的控制；另一方面全球冷战对峙，美国不断加强对台湾的多方面支持。这造成了 60 年代台湾文学出现断裂的倾向。这种断裂现象在许多方面都可以发现，包括作家世代的差距，美学思维的迥异，以及对现实环境的不同回应。

经过 50 年代危疑动荡的时期，为了维持它权力支配的优势，台湾当局借反共之名所实施的戒严政策未尝稍懈。尤其是 1954 年“中美协防条约”签订后，海峡两岸的隔离政策在当时渐趋稳固，这反而有了较为安定的政治空间，更能够对社会内部施行高压统治政策。1960 年的雷震事件，象征着国民党对知识分子的欠缺宽容。雷震遭到逮捕，以及他创办的杂志《自由中国》遭到查禁，意味着自由主义思想在台湾的延续受到重挫，知识分子的思想言论空间面临前所未有的监控与压缩。粗粝的政治现实使作家强烈感受到，所谓反共政策与戒严体制，并没有让台湾社会变得解放，更没有让岛上住民享受到免于恐惧的自由。作家对于高压统治的事实产生高度怀疑，从而对台湾当局

---

① 陈映真：《生死》，薛毅：《陈映真文选》，北京：生活·读书·新知三联书店，2009 年版，第 72 页。

② 陈映真：《生死》，薛毅：《陈映真文选》，北京：生活·读书·新知三联书店，2009 年版，第 71 页。

的立场也产生了困惑。当时作家的作品既无法反映对社会的感受，也无法对台湾的现实表示积极的态度，因此，他们的文学也不能不与政治保持疏离的关系。陈映真之所以选取宗教性题材，也是在当时当局的高压统治下采取的不得已的方式，试图在当局的高压文网之下戴着镣铐跳舞。

就全球冷战的形势而言，以美苏对峙为主的资本主义与社会主义两大阵营之间的抗衡，在60年代大致确立下来。美国对台湾的协助，也以这段时期最为稳定。不仅是美国第七舰队在台湾海峡的防卫成为制度，尤有进者，经济上的美援物资与跨国公司的陆续到达台湾，使日据时期残余下来的工业基础得到复苏的机会。台湾在政治、经济、军事的对美依赖，也无可避免地形塑了一面倒的亲美文化。在特定的、被支配的政经结构之下，知识分子的思考逐渐丧失“左”的批判精神，而只剩下“右”的共谋思考。因此，在美国大量的文化倾销之下，台湾作家只能被迫居于接受的地位，无法施展丝毫抗拒的能力。美国现代主义思潮，便是由于帝国主义文化与台湾亲美文化的相互激荡而终于在岛上开花结果。

现代主义时期的陈映真，“笔汇”时期的作品所表现的宗教性主题（《苹果树》《加略人犹大的故事》）、自我情欲的放逐（《猫它们的祖母》《那么衰老的眼泪》）与个体生命与理想的毁灭（《我的弟弟康雄》《乡村的教师》），既是对当时反共政策与戒严体制的抗拒，也是为了寻找思想与精神的出路。陈映真所写的自我情欲的放逐与个体生命与理想的毁灭，其实蕴藏着正面的、积极的生命意义，是个体生命寻求自我存在的一种方式，以此来证明自己的存在，寻找自我的认同。

综上种种因素，我们便不难理解陈映真在《笔汇》时期创作出的两篇宗教性主题的文章《苹果树》《加略人犹大的故事》。前者以“苹果树”代表的幸福，很接近基督教的“应许之地”，特别是其中那句“那个时候，再没有哭泣，没有呻吟，没有诅咒，唉，没有死亡”①。它与《圣经·启示录》第21章第4节“神要擦去他们一切的眼泪；不再有死亡，也不再有悲哀、哭号、疼痛，因为以前的事都过去了”非常接近。后者则是改写《福音》中的加略人犹大以三十枚银币出卖耶稣的故事。《苹果树》不是本文所探讨的重点，故而抛开暂不谈，本文主要是以《加略人犹大的故事》作为切入点，试图探究在这种宗教的外壳下，陈映真又是如何通过欲望身体的隐喻书写以及复仇式的自戕实现个体生命的存在，完成自我身份的认同。

---

① 陈映真：《苹果树》，《陈映真文集·小说卷》，北京：中国友谊出版公司，1998年版，第68页。

二、欲望身体的书写

《加略人犹大的故事》的一至三节，几近占用文本的三分之一的篇幅叙述希罗底和犹大的爱情。为何陈映真要用这么多的笔墨描写希罗底和犹大的爱情，这是否有其他更深层的意蕴，引起笔者的关注。通过细读文本，笔者发现无论是犹大还是希罗底，都是以一种个人欲望身体来填充其政治理想或乡愁的所造成的空白，来证明自己的存在。两者之间的区别在于，犹大的政治理想——“社会的弥赛亚”缺席时，便向希罗底的爱和情欲中弥补这种理想的缺憾，但却失败了。同时，政治理想的缺憾反过来造成爱情的某种不完满。当犹大的理想目标出现时，他在爱与情欲中便能够全心全意地投入，从而使希罗底享受到爱情的圆满。希罗底没有什么理想也无所谓什么政治理想目标，她被犹大“粗鲁”的政治魅力和外在魅力吸引，于希罗底而言，她只有乡愁，这种羁旅的乡愁让“伊更加深深地依附着犹大。伊付出伊的全部，也完全地栖息在他的不可测的胸臆之中”。犹大的爱能够填补乡愁带来的寂寞。希罗底近乎以一种依附的姿态存在于犹大的生活中，因为希罗底完全的爱与情欲的享受，实质上是来自犹大的个人生活目标的完满所带来的这种快感。

希罗底同犹大恋爱的契机源于一次在犹太人会堂里奋锐党的政治秘密聚会，少女希罗底作为祭司亚居拉的女儿，为这场秘密聚会掌灯并提供饮水和食物，使得她能够见证这场秘密聚会变得合情合理。从少女希罗底这个旁观者的角度来看犹大的“社会的弥赛亚”和以奋锐党为代表的“政治的弥赛亚”之间的辩论。犹大相对于奋锐党而言作为一种“他者”存在，“他最近才参加他们的聚会，却并不是他们之中的一员”，故而最能引起希罗底的注意。犹大在抗拒奋锐党“政治的弥赛亚”① 之时，提出的“某一种形式的世界主义”的“社会的弥赛亚”②，在这两种政治理想的论辩中，被祭司亚居拉指认为“异端”的犹大，更能够引起少女希罗底的注意。犹大在这个秘密聚会中的种种言行举止成为一种特殊的存在，被少女希罗底关注：这个“高而瘦的青年”“给人一种肮脏的感觉。也因此使他那红艳的腰带显得极不相称了”。“发须浓

---

① 政治的弥赛亚：奋锐党（以祭司亚居拉为代表）强调反抗罗马统治，建立以色列自己的政权，实际上是用一种民族主义（以色列民族反抗侵略，保卫自己民族的民族主义）来抵御另一种民族主义（罗马人侵略的出发点，即罗马本民族的民族主义）；于以色列民众而言，只是做了“自己人的奴隶”，同沦为“异族的奴隶”没什么两样。

② 社会的弥赛亚：同奋锐党保持距离的犹大，质疑“政治的弥赛亚”，提出解放异族与自己人的“奴隶”，消解异族和本邦的权柄，形成世界性的、人道主义的“社会的弥赛亚”。

密，茶铜色的脸在谨慎的羊脂灯中，闪烁着某一种橄榄果似的绿色了”，“嘲笑的，狡慧的，不驯的眼睛”，“使他的脸上有着一种微妙的犷野和倨傲”[①]。在这场秘密聚会中，犹大以其“粗鲁”的政治魅力和外在魅力俘虏了少女希罗底。希罗底“使用了一些少女的细致的心所设计出来的小小诡计”，“赢得了犹大”。这个“小诡计”隐喻着欲望身体的秘密。换言之，希罗底用身体引诱犹大，使得犹大在情欲上得到满足。这种身体欲望的完成，于犹大而言是一种“生命的新的呼吸”，为他“开辟了一个新奇的世界”。犹大试图在这“生命的新的呼吸中”寻找自我，并把“社会的弥赛亚”的理想投射到爱的情欲之中，以此来填补理想的空白。

法律上，利未人婚姻中森严的戒律，以及政治上老祭司亚居拉和犹大本是针锋相对的两派，都使得犹大和希罗底光明正大恋爱成为不可能。故而使得两人私奔到迦萨这一事件变得合情合理。

两人在迦萨度过的五年时间里，情欲一直存在于犹大和希罗底的生活之中。犹大在“初度的激情之中，少年的正义和伦理筑成的都城，以一种目眩的速度全部崩溃殆尽了。为以色列人，为这全世界的人所构思的无有之乡消失了，他的一切青年野心、抱负也像一阵海风似的吹到无极”[②]。情欲的实现和满足，使得犹大青年时期“社会弥赛亚”的理想消退，而理想的消退，反过来影响犹大在情欲中的状态和发挥，“他并不是能够完全地耽溺在情热之中的人；极热情的片刻，不能完全沉溺在欢悦里，狰狞地清醒着”[③]，犹大试图以爱情中的身体欲望来替代他的政治理想，以此来完成政治理想的完全，但这种情热无法填充政治理想的失落，正如文本所言，犹大“日复一日地在爱情中追索着某种完全，但他一天比一天真切地感觉到一种无可如何的失败”。

> 他爱恋着希罗底，这爱浓过烈醇。也便是这爱一直在抹杀着他从内里感觉得到的矛盾。每次他轻轻地抱着伊，埋首于伊的头发、伊的颈的时候，他的心总不住地呢喃着：看我多么爱着伊，看我多么爱恋着……我可不是拥抱着吗?
>
> 他于是便又感觉到那种失败了，使他忧戚地把伊紧紧地绞进他的怀里。激情燃烧起来，然则他觉得自己又渐渐地远去了，去到那繁星的空际去，他的心是寂寞的。[④]

---

① 陈映真：《加略人犹大的故事》，《忠孝公园》，南京：江苏文艺出版社，2012 年版，第 19 页。
② 陈映真：《加略人犹大的故事》，《忠孝公园》，南京：江苏文艺出版社，2012 年版，第 21 页。
③ 陈映真：《加略人犹大的故事》，《忠孝公园》，南京：江苏文艺出版社，2012 年版，第 22 页。
④ 陈映真：《加略人犹大的故事》，《忠孝公园》，南京：江苏文艺出版社，2012 年版，第 22 页。

让犹大长此以往地过着五年这样的生活的支撑点是“希罗底的幸福的、无识的、满足的脸”。这张脸“往往在这种悲愁的片刻里带给他一线安慰。他感觉到一种仿佛一个父兄在注视着一张甜蜜地沉睡着的子弟的玫瑰般的脸孔的时候的温暖和安慰了，这温暖流过他的全身，想到羁旅异地，不由得全心爱恋起来”。只有希罗底的笑脸能够暂时缓解犹大用情热填补理想失落造成的自我迷失感，却无法消弭这种迷失感，长此以往，使犹大落下“忧郁病”的病根。

忧郁的犹大之于希罗底，“现在已经失落了的狂悍狡慧的动人的青年时代，但伊却在日深一日地宿命般地爱恋着他”。希罗底对犹大的关怀完全是纯粹的女性发自内心的对于男子的爱，是单纯的没有糅杂任何功利性的目的。“伊服侍着他，为他收拾这小小的房子，为他做着各样的饼食。他的喜悦和忧愁会直接地传到伊，而且完全成为伊的忧喜。”[①] 同犹大一样，希罗底也没有完全地沉溺在爱与情欲之中，她有她的乡愁。

“伊时常了望着门前那条通往故乡耶路撒冷的驿道，那些成队的商旅，往往会那么致命地叩动了伊的乡愁。伊默默地想起那座苍老的会堂；伊的逝去了的如花的少女的冠冕；伊的年老而且慈爱的父亲。那些来自埃及和跨海而来的异邦的商人们各种不同的风情和衣饰，或许会给予伊种寂寞中的娱悦罢。但羁旅的感觉也因此益加深重了。”[②]

希罗底的乡愁造成的羁旅惆怅感和失落感，同犹大一样，把这种乡愁完完全全地寄于对犹大的爱的情欲之中，通过这种情热来满足和替代乡愁的失落。“这一切都使伊更加深深地依附着犹大。伊付出伊的全部，也完全地栖息在他的不可测的胸臆之中。”[③]

犹大试图用情欲来补充替代政治理想的不完满造成自身爱情身份与政治身份的失落，失败了，希罗底试图用情欲来填充乡愁的失落，成功了。希罗底成功的原因在于她的纯粹，仅仅是发自内心地对犹大精神和肉体的爱。犹大在情欲同政治理想之间的矛盾使得犹大这个人物本身充满了丰富的张力，因而更具有可读性和探索性。无论是希罗底的用情欲填充乡愁的成功还是犹大用情欲补充替代政治理想的失败，两者的动机皆是为了在作为政治理想和乡愁替代性和补充性的个人身体情欲之中寻找自我存在的价值和意义，寻求自我的认同。

犹大用情欲补充替代政治理想的失败为其出走打开了一个缺口，希罗底

---

① 陈映真：《加略人犹大的故事》，《忠孝公园》，南京：江苏文艺出版社，2012 年版，第 22 页。
② 陈映真：《加略人犹大的故事》，《忠孝公园》，南京：江苏文艺出版社，2012 年版，第 22 页。
③ 陈映真：《加略人犹大的故事》，《忠孝公园》，南京：江苏文艺出版社，2012 年版，第 23 页。

成功用爱和情欲填充乡愁，自然而然地会以一种家庭与爱的守望姿态关注犹大的离开与回归。这样就使得犹大离家再归来的情节顺利展开，一切都水到渠成。

离家后的犹大寻找自己失落的政治理想，在途中，经由西门的引导，见到了耶稣。耶稣“风霜和憔悴”之中流露着“一股高贵的仁慈的风采”，“他能用他那优雅而质朴的语言讲述各种比希利尼人的寓言更美丽的比喻和暗喻”，“时常说着一些充满了摄人的权柄的话”，“他对待罪人、贫贱者和受侮者的诚挚的爱情”使得犹大决心归从他。《加略人犹大的故事》中的耶稣形象和陈映真本人对耶稣的印象相差无几，“耶稣出生于拿撒勒那样一个被耶路撒冷人所鄙视的、贫穷的、最没有文化的底层的社会，出生在那里，并且在那里向低贱的劳动者传道，向妓女传道，跟被别人所排斥的麻风病者、瞎了眼的人、税吏传道；对那些有知识有学问有财富的法利赛人却大声地斥责”①。

这样的耶稣成为犹大“社会的弥赛亚”的政治理想的完美填充物和替代者。耶稣身上那种“行动的魄力”弥补犹大本身思想大于行动的缺陷，这使得犹大政治理想从失落的空白状态转而成为可填充的状态，使得犹大动人的青年时代回归了。故而文本中有这样的叙述：

> 犹大想着现在他所找着的绝不只是一个像其他野心的十一个师兄弟所料想的政治的弥赛亚，而且更是一个社会的弥赛亚。他终于找到他的思想的偶像了；他自知自己缺乏行动的魄力，如今他找到了那正是他所缺少的，极为聪明的行动家了。他的少年的正义在顷刻之间复苏了，他的生活开始有了一种强烈的目的。②

犹大正是在这样的状态下，“怀着这样火热的心回到迦萨去，预备一些必要的行装，做长久奔波的计划。他的生命像把火也似的燃烧了起来。‘我想我已经遇见了一个聪明的人，极聪明的人，’他不住地对自己说，‘也许他就是犹太人的希望；这世界的希望罢!’”回溯到文本的第一节的第二段，重复出现了这段话，道出希罗底能够完全享受犹大所带来的情欲的原因。

> 伊真切地感觉得到耶路撒冷远行之后的他的改变：他变得生意盎然，他的眼睛里重又燃烧起一种逼人的火焰，那一度震慑了少女的希罗底的火焰！三日来伊重又得到他完全的，无保留的自由的爱情，这匆促的幸

① 陈映真：《我的文学创作与思想》，薛毅：《陈映真文选》，北京：生活·读书·新知三联书店，2009年版，第52页。

② 陈映真：《加略人犹大的故事》，《忠孝公园》，南京：江苏文艺出版社，2012年版，第27页。

> 福使伊的女性的心大大地欢喜。[①]
>
> 伊从未直在这匆促的三日之间为伊带来从未有过的完全的爱情。伊从未直觉过像这次那样被完整地所有，那样清楚地看见他对伊的爱恋。[②]
>
> 三日来伊又重新得到他完全的，一无保留的自由的爱情，伊感觉到他在轻轻吻着伊的头发，一种幸福的快乐在伊里面激荡起来，他的苏醒了的生命力，他的那些伊所不能了解的新的希望，掺杂着他完完全全的情热，在这样轻柔的拥抱里传给了伊。[③]

《加略人犹大的故事》的一至三节中反复出现希罗底享受到犹大带来的完全的一无保留的爱与情欲。希罗底近乎以一种依附的姿态存在于犹大的生活中，她守望着犹大，期盼他的归来又不舍他的离去，犹大的一来一去，一停一留，造成希罗底在乡愁与爱的情欲之间来回波动。犹大的缺席造成希罗底的爱与情欲的失落，这时候乡愁充溢于希罗底的身心，当犹大归来时，带给希罗底完全的爱与情欲的享受，乡愁没有消失，而是成功转移到对犹大的带来情欲的狂欢。犹大之所以能够给希罗底带来情欲的狂欢，实质上是来自耶稣的存在充当了犹大个人政治理想目标可能实现的填充物。这个时候的犹大能够在情欲和政治理想中找回自己，完全投入情欲，“在这短促的三日之中，当他发现曾几何时自己已经能够越过那一道不可思议的鸿沟，用完全的自己去爱希罗底的时候，他的心止不住雀跃起来。头一次他感觉到爱人的幸福，充满在他的每一个脉动之中，使两个灵魂合而为一了”[④]。此时犹大完成第一次自我认同。

三、复仇式自戕

三日之后犹大离开迦萨，离开希罗底的情热，开始践行自己“社会的弥赛亚”的理想，以“一种无比的工作的热情，沉默地跟随在耶稣的后面”。此时的犹大同希罗底一样以旁观者的姿态看耶稣。耶稣细枝末节的一举一动全都牵扯到犹大的情绪，不同于希罗底对犹大的身心的寄托和依恋，“他的喜悦和忧愁会直接地传到伊，而且完全成为伊的忧喜”，耶稣的“爱与权威的教训”代表一种信仰，犹大把全身心的政治理想全寄托在耶稣身上，耶稣就是犹大所要追随的弥赛亚。犹大误把自己的理想等同于耶稣的信仰，两者形成

---

① 陈映真：《加略人犹大的故事》，《忠孝公园》，南京：江苏文艺出版社，2012年版，第17页。
② 陈映真：《加略人犹大的故事》，《忠孝公园》，南京：江苏文艺出版社，2012年版，第18页。
③ 陈映真：《加略人犹大的故事》，《忠孝公园》，南京：江苏文艺出版社，2012年版，第17页。
④ 陈映真：《加略人犹大的故事》，《忠孝公园》，南京：江苏文艺出版社，2012年版，第23页。

一种误差，这种误差导致了耶稣被杀，犹大自杀，两个个体生命的毁灭。《加略人犹大的故事》六七两节细致地描绘犹大的理想与耶稣的信仰误差产生的裂隙，为更清晰直观地看到耶稣每一次举动都会冲击犹大的理想，引发犹大情绪的波动。列表如下：

耶稣清洁圣殿，却无扩大激愤行动的意向	犹大有些轻微地失望
耶稣太过认真地扮演上帝遣来的救世主，超出其政治社会目的	动摇犹大以为自己有对耶稣别的门徒所不能了解的自信
耶稣没有一次不在群众疯狂拥戴他时悄然退隐	犹大不解、质疑耶稣
耶稣指使门徒，要骑驴进城（耶路撒冷），犹大以为耶稣故意应验撒加利亚书的预言	犹大对一切的布置感到厌烦和不屑
耶稣进城，引起群众极大的轰动欢迎和喧腾	犹大兴奋地在人丛中来回地奔跑呐喊着
耶稣隐退，群众退隐	犹大失望、悲哀转化为愤怒； 犹大对耶稣的失望，使他终日感到噬心的痛苦

从上表中我们可以看到，犹大的理想一次次地受到耶稣的冲击，对犹大情绪波动最大的两次是耶稣进城后群众的喧腾时，犹大的大欢喜；喧腾狂欢到极致时耶稣与群众的隐退，犹大感受到极大的失落与悲哀。犹大的理想与耶稣的信仰此时产生极大的裂隙，犹大寄托于耶稣的“社会弥赛亚”理想也随着这个裂隙的扩大而消失了。这也是犹大“社会的弥赛亚”的第一次破灭。

犹大不得不自己行动了，以色列民族对耶稣的狂热爱戴以及耶稣语向门徒们暗示自己即将受死的命运，促成犹大酿成黑暗的意念——设计耶稣死于罗马人之手，激怒群众，奋锐党领导群众推翻罗马人。犹大开始勾勒“社会的弥赛亚”蓝图，主动行动，犹大到殿堂会见祭司亚居拉，以三十个银币——一个奴隶的身价“卖”出耶稣（交给罗马人以刺杀），此时，“社会的弥赛亚”和“政治的弥赛亚”形成某种共谋关系。犹大于深夜把耶稣交给罗马人，第二天耶稣在狂热地喊着处死耶稣的人众中，被钉在十字架上死去。犹大“社会的弥赛亚”政治理想彻底破灭。

犹大复仇式的自戕完成了他的第二次自我认同。犹大的死并非因为出卖了耶稣，而是亲眼看到，原来他寄希望耶稣之死会激怒起反抗风潮的群众，却狂热地加入了迫害七日前他们还热烈拥戴的耶稣的风潮。犹大在绝望之中感悟到了耶稣的真谛，即第三种政治理想——耶稣的无统治无国家的乌托邦政权，于是自杀。

1924年12月20日鲁迅写下两篇《复仇》，第一篇写一男一女，裸身持刀对立于旷野中，路人从“四面奔来，而且拼命地伸长脖子，要赏鉴这拥抱或杀戮，他们已经预觉着事后自己的舌上的汗或血的鲜味”①。但是两个裸身男女始终毫无动作，终于让无聊继续无聊下去，至于干枯老死。

第二篇描写耶稣被钉在十字架上，他拒绝服用麻醉的药酒，为的是玩味人们如何对付他们的“神之子”，终于在大痛楚中完成了大欢喜。鲁迅不是基督徒，他没有基督徒的深刻悲悯，而是把持刀男女的对立和耶稣钉在十字架看作是对盲从者的复仇。而陈映真笔下的犹大之死，却是一种因盲从者而起的对自己的“复仇”。犹大的死含有自戕性的复仇情结。这种“复仇”因群众盲从而起，犹大对群众满怀期待，却发现群众只是盲从者和看客，这使得犹大的理想完全破灭，最终戕害自身，完成对群众的复仇，也完成了对自身的认同和指认。

《加略人犹大的故事》中，犹大通过欲望、死亡完成自我认同和指认，皆是披着宗教的外衣，在当时的特殊境遇下采用的书写策略，以戴着镣铐跳舞的姿态书写个人当时的处境，缺失确定、稳固的身份归属，他在本篇积极地进行通过欲望身体的书写和复仇式的自戕来完成自我身份认证，犹大的爱情身份、政治身份、耶稣门徒的身份，重重身份的指认构成犹大极富生命力的个体，在不同的身份的张力中寻求自我的认同，证明自我存在的价值与意义。

① 鲁迅：《鲁迅全集》(第二卷)，北京：人民文学出版社，1982年版，第176页。

“孩童式”叙述视角下的“我城”现实

——西西《我城》中女性的社会参与意识

张雪*

摘　要：“孩童式”叙述视角，即以孩童的视角去观察、认知、理解事物，使小说的创作思维和语言组织体现出孩童的思维和心理特征。《我城》以一种孩童的视角来观察、认知现实世界，小说主要人物阿果、阿发、麦快乐都有一双孩子的眼睛，使小说整体呈现出天真稚趣的风格。创作于 20 世纪 70 年代的《我城》，显示出当代女性介入现实的愿望，具有强烈的社会参与意识。本文以儿童认知思维特征入手，分析其在小说环境、人物、情节、主题塑造方面的体现，展示当代女性参与社会的方式之一种。

关键词：西西　《我城》　“孩童式”叙述视角　女性社会参与意识

《我城》是香港女作家西西的一部长篇小说，最初写于 1974 年，1975 年在香港《快报》上连载，连载近半年。成书出版则有多个版本，1979 年素叶版，约 6 万字；1989 年允晨版，约 12 万字；1996 年，素叶增订本，以允晨版为底本；1999 年，洪范版，约 13 万字。可见，每一种版本都是一次新的演出，本文依据的是经洪范书店授权，广西师范大学出版社于 2010 年出版的版本。初版之后，西西对《我城》的改写内容较多，分析这一文本有必要说明所依据的版本，避免批评含混。

尽管版本不断变迁，西西赋予《我城》的“孩童式”叙述视角却始终如一。叙述视角是“叙述加工中的一个方式问题，是叙述者‘自限’的一种”①，使“小说中的时间不再是最重要的，最重要的是人物对事件的反应”②。“孩童

---

* 张雪，四川大学文学与新闻学院 2019 级硕士研究生。

① 赵毅衡：《当说者被说的时候：比较叙述学导论》，成都：四川文艺出版社，2013 年版，第 126 页。

② 赵毅衡：《当说者被说的时候：比较叙述学导论》，成都：四川文艺出版社，2013 年版，第 126 页。

式”叙述视角，即以孩童的视角去观察、认知、理解事物，使小说的创作思维和语言组织体现出孩童的思维和心理特征。《我城》以一种孩童的视角来观察、认知现实世界，小说主要人物阿果、阿发、麦快乐都有一双孩子的眼睛，小说整体呈现出天真稚趣的风格。

这种叙述视角独具匠心，西西为何要采用这种“孩童式”叙述视角？这种叙述视角与小说的其他叙述成分之间有何关系？它能传达出作品和作家怎样的特质？因此，本文以儿童认知思维特征入手，分析其在小说环境、人物、情节、主题塑造方面的体现，展示当代女性参与社会的方式之一种。

一、客观事物拟人化

《我城》中，对许多客观事物的描绘，大多赋予其生命体的特征，有拟人化倾向，这与儿童认知特点相符。瑞士著名的儿童心理学家皮亚杰，提出了认知发展阶段论，认为“儿童最初的世界是完全以他自己的身体和动作为中心的‘自我中心主义’，它是完全无意识的”[①]。由于儿童多以“自我中心主义”的方式去感知世界，他们“不能区分自己和外部世界的界限”[②]，因此认为外部世界具有自我的特征，如具有生命，具有和自己相同的生活内容。

这在小说开头对阿果一家即将搬入的新家的描绘中有所体现：

> 我看见屋子，它和它的那些房子朋友们排了一种它们自家高兴排的队，占满整条大街的两边，如一座林。大屋它独个儿凹在一个角落上，别的房子高，它矮；别的房子瘦，它胖；别的房子开朗活泼，它笨，又呆。这，我想起来了，它完全如同我阿果。它正在睡觉，我由得它去睡。天气不冷，但它缩做一团，灰色的外石墙，有如裹了一件厚极了的粗呢外套，加上麻点子的绒毛围巾，以及手套，以及袜子。[③]

在文本故事中，阿果此时是一位即将进入工作岗位的青年，并不处于孩童阶段，西西却让他以孩童的心态去认识这所房子，使它仿佛也具有生命，传达出某种隐喻意义。故事从搬新家写起，渲染出一种辞旧迎新的氛围，反叛过去的旧，迎接面临的新，这与小说“创造美丽新世界”的呼吁相契合。同时，赋予房子生命特征，这种“孩童式”的叙述视角下，仿佛房子也有自己的个性，不与周围的其他房子同流，这与后文所描写的悠悠坚持用手洗衣

① 皮亚杰·海尔德：《儿童心理学》，吴福元译，北京：商务印书馆，1980年版，第12页。
② 皮亚杰·海尔德：《儿童心理学》，吴福元译，北京：商务印书馆，1980年版，第16页。
③ 西西：《我城》，桂林：广西师范大学出版社，2010年版，第7～8页。

服而不用机器、阿发想要在天台建造一个花园而不像众人把它当作垃圾场、麦快乐毁掉“华人与狗不得进内”的公园规则而树立了“咖啡或茶免费供应”的新规则、阿北坚持用手工一丝不苟地做桌椅而不用可以偷懒和马虎的机器等人物和情节形成隐喻，表现出西西对被冰冷的工业文明所腐蚀了的现代人生存现状的反抗。“万物皆有灵”的童真，体现出西西对现实的深刻反思和批判。

对客观事物的拟人化，不仅体现在外观的描摹上，西西还赋予了客观事物具有语言表达的能力。如第二章中，悠悠在海港大厦看美术展的情景：

悠悠进去即碰见一个满身涂着白漆的空电油桶……桶边有几个颜色不同的字……字们说：我肚子饿了……

在电油桶旁边，是一个扭开了的水龙头……这个水龙头镶在一幅画里……画里的气泡，浮在水龙头的嘴边，里面写着：我口渴了……①

字具有“说”的能力，水龙头也长了“嘴”，这种拟人化使桶和水龙头的遭遇更能引起人们的同情，强化现实忧患的感染力。电油桶的空和水龙头的无水状态，体现出石油和水资源荒缺的现实。1973 年，中东石油生产国提高石油价格，爆发了全球能源危机，受资本主义控制的香港也未能幸免，石油资源紧缺。同时，三面临海的半岛形态，使香港淡水资源有限，又人口压力巨大，水资源十分紧缺。到了 70 年代初期，约占香港陆地面积的 14％的市区，容纳了超过 90％的人口。时代背景和香港的地理人文特征，使选段中资源紧缺的现实指向香港。但另一方面，这种对资源的忧患意识本就是工业时代的现代社会应有的社会责任感，不仅是香港城，全世界任何一个城都应该对资源树立起节约、保护意识。由于“肚子饿”和“口渴”的这种人的生理感受，更能被人们理解，更容易唤起人们的同理心，采用这种“孩童式”的叙述视角，在增强小说感染力的同时，也传达出作者积极关注社会现实的社会责任感。“我城”即是所有城，这体现出西西对整个世界的现实关怀。

除了外貌和语言，在动作上也对客观事物作了拟人化的处理：

想了半天，麦快乐愈想愈不快乐，竟然说，不如不做人，做空气算了。说时，真的把头朝墙撞去。他一撞，却撞着一串辣椒。有两只辣椒即时扁了，而且跑进了麦快乐的嘴巴里，辣椒好辣，辣得麦快乐眼泪都淌了下来。不过，辣椒却把麦快乐的不快乐辣走了。②

① 西西：《我城》，桂林：广西师范大学出版社，2010 年版，第 23～24 页。

② 西西：《我城》，桂林：广西师范大学出版社，2010 年版，第 74 页。

赋予辣椒"跑"的能力，将麦快乐的悲伤喜剧化，这种童趣的表达，引起人们对麦快乐不快乐现象的关注。麦快乐的家住在一栋大厦的顶楼，需乘电梯回家，有次回家见电梯门快关上了，便快速冲了过去，但电梯里的人们因为看见麦快乐如此闯入，又穿着牛仔裤、褪色布衫，留着长头发，便表现出对麦快乐的不信任，不愿意跟他乘同一趟电梯，这让麦快乐十分悲伤。这个情节体现出现代社会人与人之间冷漠、不信任的现状。当麦快乐每次搭电梯总是慢慢走，和大厦里的人们经常道早安午安，大家才愿意跟他乘电梯。在快节奏的现代生活中，也许应当慢下来，与周围的人们多一些问候与关爱，才能化解这工业文明带来的冰冻感。这体现出西西对工业文明下人心、人性的思考，建立美好、纯真、和谐的人际关系的愿望。

由此可见，西西对客观事物的拟人化，赋予环境以生命特征，体现在事物的外貌、语言、动作等多个方面，在这种纯真与童趣的背后，传达出西西对社会现实的深入观察和深切关怀。这种拟人化最终赋予"我城"以生命，整个城市中的万事万物都具有生命，仿佛是一位赤子，用最纯真的感情爱着"我城"这位母亲，体现出西西强烈的社会参与意识。

二、语言组织独创化

儿童具有对语法的独创能力，而西西往往在反映一些社会问题的时候采用这种儿童般的语言独创性。美国语言学家乔姆斯基在《句法结构》书中认为："一种语言的语法正好反映出说这种语言的人的行为，因为说这种语言的人只须根据他对这一语言的有限的而又带偶然性的经验就能说出并且理解无限数的新句子。"① 在经过许多转换、生成句子的试验后，乔姆斯基得出一种"推导式"，认为人们是可以根据自己的经验从有限的语素中，生成无限的句子。受到乔姆斯基转换生成语言学的启发，哈佛大学的布朗、伯科，加利福尼亚大学的欧文、米勒等学者对儿童的造句法有过一些观察实验，这些研究表明"儿童造句不仅包含概括性的同化作用这一重要因素，而且也包含某些独创性的结构在内"②。因此，儿童也具有这种以自我经验而生成无限句子的能力，这种语言组织体现出独创性。西西在小说中也采用儿童的这种语言思维特点，将语言组织独创化，使语言表达充满稚气。

升中生的阿发，写给邻居的信中则体现出这种语言的独创性：

---

① 诺姆·乔姆斯基：《句法结构》，刑公畹、庞秉均、黄长著等译，北京：中国社会科学出版社，1979年版，第8页。

② 皮亚杰·海尔德：《儿童心理学》，吴福元译，北京：商务印书馆，1980年版，第65页。

> 因为天台上都是垃圾，毽子自然没有得踢了。当我对着垃圾呆呆地看的时候，却看见了一队操着兵也似的蚂蚁，朝一幅墙爬上去，那墙，就是木马道三号你们的墙，墙上，就是木马道三号你们的窗了。我想，蚂蚁如果爬进你们的屋子，一定会给你们惹来很多麻烦的吧。于是，我找到了一条长的水管，对准了蚂蚁，用水冲，我做得手都酸了，才把它们冲不见掉。[①]

“没有得踢”，是因为我们平时会说“有得踢”，而“有”的反义词是“没有”，便构成了“没有得踢”；“不见”是“冲掉”这一动作的结果，将两者简单结合起来，构成“冲不见掉”的表达。这种简单的语言思维，体现出儿童的稚气感。我们往往说“没得踢”，而不是“没有得踢”，说“冲不见了”而不是“冲不见掉”。这种简单而独创的语言组织现象，在后文对麦快乐的介绍中也有体现：

> 麦快乐有很多工作要做，譬如说，看看木马的尾巴有没有不见掉。[②]

不难发现，这种语言独创性往往在反映社会问题时出现，这也许是为了引起读者对社会问题的关注。邻居们并没有爱护共同生存环境的意识，将天台当作垃圾场，阿果和阿发清扫了三遍之后，仍有垃圾出现，而垃圾清理员的一句“很好的天台啊，可以做一个花园的”[③]，则引发人们思考人与公共环境相处的另一种方式，如此，阿发在天台有毽子可踢，邻居们也不用害怕吃到爬进厨房的蚂蚁或虫子，人与环境的相处模式更加友好、和谐；麦快乐作为公园管理员，帮助人们与公园环境之间建立起和谐的关系，而弄坏木马的尾巴，这一不善待公共设施的行为，是麦快乐不愿意看到的，便用“不见掉”这种特殊的语言组织方式来表达。用这种儿童式的语言独创性，是要获得语言的“陌生化”效果，避免人们用惯常的思维和自动的感受去接收作者想要传达的信息，从而延长感受时间，引起人们对“陌生化”处理下社会问题的关注和反思。

小说中描述的这些现象，都体现出人与公共环境之间关系恶化的现状，而阿发、阿果和麦快乐仍保持着人与环境和谐相处的愿望，这一反差背后，体现出作者西西对“创造美好新世界”的追求。

---

① 西西：《我城》，桂林：广西师范大学出版社，2010 年版，第 63 页。
② 西西：《我城》，桂林：广西师范大学出版社，2010 年版，第 69 页。
③ 西西：《我城》，桂林：广西师范大学出版社，2010 年版，第 66 页。

三、情节设置碎片化

《我城》从资源、环境、人口、种族、人性等诸多方面反映了“我城”的现状，所描绘的现实十分广泛，其呈现方式也较为杂乱，情节设置体现出碎片化的特点，这与儿童的感知特征有关。皮亚杰曾对六岁儿童和成年人做过一个测试其知觉活动的实验，发现儿童的注视点的分布面积比成年人大，“儿童因前后细察所引起的从这部分到那部分的眼球转移运动和比较运动发生次数较少，仅出现随便的简单的‘位移’”①。总之，儿童观察的中心点是不规则的，似乎期待观察到所有东西，其探究活动并无某种策略的指导。

在这种感知方式下，西西笔下“随便简单的‘位移’”，描绘了众多“我城”的现实。如报纸上的社论写着塑胶袋取代黄麻，出口黄麻无法养活“每方哩一千四百人”；飞机带来“漫天的噪音”；研究人类问题的专家认为打字机“带来一种工业文明的冰冻感”；麦快乐和花王傻为找回笔记本的失主而刊登广告，别人却认为不如省下登广告的钱去吃两顿饭或者买彩票；阿北把椅子当作艺术品来制作，阿东却告诉阿北可以用机器做得又多又快，在眼睛看不到的地方可以马虎些，这样可以赚更多的钱；战争让“荷花们”没有了父亲，阿北没有了妻子；阿果往三合土墙上钉钉子时，希望三合土墙应该打破自己的小圈子，“不再矜持，多点包容”；“你”看到世间一切都被塑胶布包裹了起来，人们不相往来，而有一个人在用剑试图“割破那些封闭物体的布幕”；阿傻求签，签上写着“天佑我城”；阿游远航的船上来了新的海员，众人便问“我们的城怎样了呢我们的城别来无恙吧”；城里的人们给难民疗治流血的伤口，带去粮食和衣物……这些情节都显示出碎片化的特点，没有固定章法地呈现给读者。

“孩童式”的视角，对一切事物的认识都没有次序或逻辑，这种没有逻辑本身也是一种逻辑。皮亚杰经过实验后得出：“在开始时儿童并不存在含有以物体和事件作为内容的单纯的空间或时间次序，而是存在着几种完全以儿童自己身体为中心的杂凑的空间……以及某些时间印象，但没有客体间的协调。这些不同空间随后逐渐协调起来，但这些协调在相当长时间内是不完全的。”②当儿童“把一切事物都归之于自己的状态和自己的行动时”，并未形成一个永久客体的世界，而是“一个变动不居的‘动画片’般的世界”③。西西以这种

① 皮亚杰·海尔德：《儿童心理学》，吴福元译，北京：商务印书馆，1980年版，第33页。

② 皮亚杰·海尔德：《儿童心理学》，吴福元译，北京：商务印书馆，1980年版，第14页。

③ 皮亚杰·海尔德：《儿童心理学》，吴福元译，北京：商务印书馆，1980年版，第22页。

“动画片”式的呈现方法，来描绘“我城”的现实，表面上看起来各个画面之间都没有太大的逻辑关系，但人们能在这表面的杂乱无章背后，看到“我城”的更为深刻的现实：“我城”的现实生活本就是这样杂乱无章，一切社会问题都从不经意的地方涌现出来；表面上看起来毫无逻辑的情节，却都指向现代人生活的现实，一方面是资源紧缺、战争苦难、人心冷漠、物欲横流、环境恶化，另一方面是在努力创造美丽新世界的阿果、阿发、悠悠、麦快乐、阿北；一方面是不断逃离自己城市的难民，另一方面是漫游到世界各地都始终牵挂着“我城”的阿游——“我城”正是在这种忧患后的积极乐观下不断更新的。

情节设置碎片化背后，各种现实的呈现共同指向小说的主题：“对于这个世界，你无需感到绝望”，环境污染、人口膨胀、工业文明带来灾难、机器将取代人类，这一切都是地球为我们发出的讯号，警示我们“不可过分奢侈，不要任意挥霍”，应当“好好珍惜我们这美丽的星球”。这体现出西西不仅具有对忧患现实问题的悲悯，更具有改变现实的愿望，和“创造美好新世界”的决心，体现出作为“我城”之“我”的强烈的主体参与意识。

四、结语

从环境、人物、情节等方面考察“孩童式”叙述方式的特点之后，不难发现，采用这种叙述方式，是为了更全面而深入地反映、介入现实，体现出西西社会参与意识下的对现实的关怀。“孩童式”叙述视角塑造出小说一无心机的俏皮感，使人在愉悦和喜剧中，感受现实的沉重。可爱的童真下蕴含着对“我城”现实的深刻关怀，“使我们了解中国当代女性主义如何与中国现实生活对话，从而在本土环境中呈现出自身存在的特点”①。在孩童视角下，对工业文明的批判、对人口膨胀的担忧、对资源紧缺的反思、对人与人之间隔阂的刻画、对物质欲望的盲目和精神世界的空虚的摹写指向一种更质朴、纯净的感伤，这使得对和平的向往、对美好人性的回归、对创造美丽新世界的愿望显得更为紧迫。这种叙述方式使《我城》虽立足于香港现实，但又对当代世界现实、现代人的生存困境有广义的象征。

“孩童式”叙述视角，启发我们思索儿童的思维成长过程与女性社会参与意识之间的像似性。如同儿童需要脱离“自我中心”而进入更深层的认知思维，当代女性也逐步走出自我和家庭的狭隘空间，接触这个更广阔、更复杂

---

① 荒林：《作为女性主义符号的另类场景》，载《中国图书评论》，2006年第5期。

的世界。这促使我们对书名"我城"产生更深入的思考，这一命名，体现了以西西为代表的女性开始建立起主体意识，参与社会规则的建构。朱智贤认为："当儿童开始掌握'我'这个词的时候，在儿童自我意识的形成上，可以说是一个质的变化，即儿童开始从把自己当作客体转变为把自己当作一个主体的人来认识。从此，儿童的独立性开始大大增长起来。……随着儿童把自己当作一个主体的人来认识，他们也就逐步学会了对自己的评价……而这就可能出现最初的道德判断。"[1] 由对自我的混沌感知，到确立自我的主体性、独立性，再到将自我纳入社会道德评判的范畴，这也是当代女性逐步进入社会、参与社会的写照。

"我城"的现实是任何一个城的现实，对"我城"的深沉的爱，也是对"你城""他城"的普世性的关怀，这是当代女性介入现实、参与社会的方式之一种。这种叙述方式为中国当代文学的现实关怀，塑造了一种柔软、细腻、童真的新面貌。

---

① 朱智贤：《儿童心理学》，北京：人民教育出版社，2000年版，第177页。

编者按：古远清教授是一位勤奋笔耕的著名华文文学研究学者、文学史家，向有独家修史的誉评，在近期战疫情的武汉围城中，他仍旧忘我攀登、研而不休，接连推出五部新著。今年是这位年轻的老学者八秩大寿，我们谨以此辑为先生寿，祝学术道路仍旧宽广。

古远清新书五种

《澳门文学编年史》（第二卷），花城出版社，2019 年版。

该书重新回到澳门文学 1950—1969 年的现场，以重考据、重实证的“朴学”精神，立意对文学基底的搜寻、复原、重建，通过对文学史的原始资料的发掘、整理、钩沉、甄别、对照和胪列，深入剖析澳门文学的历史进程，逐日记载了澳门文学发展的印迹，构造一个“用事实说话”的文学史，从而展现澳门文学自身独特的文学景象、发展规模、脉跳速率和文学生产方式。

《余光中传》，长江文艺出版社，2019 年版。

著者并非按照传统体例写出传主始终，而是分门别类地对传主的学术渊源、诗歌观念、思潮争议、学术、交往、兴趣进行勾绘，采用通俗叙述与学术评论相结合，偶有个人议论的方式写作，秉承大众能读懂的原则，把余光中的研究做得通俗易懂。

《世界华文文学研究年鉴·2017》，武汉大学出版社，2019 年版。

《世界华文文学研究年鉴》不是为完成任何课题而编纂的，编著者力图将它编纂成既符合年鉴体例同时又有个人风格的工具书。所谓个人风格，是指不仅把年鉴看成是年度资料汇编，同时也把它视为研究者心灵史的记录。

《世界华文文学研究年鉴·2018》，华中书局，2019 年版。

该书通过“综述”“现场”“争鸣”“访谈”“悼念”“书评”“资料”“年谱”“机构”“会议”等栏目，反映世界华文文学这门学科 2018 年度的基本状况和重要成果，并汇集有关重要信息。

《古远清八秩画传》，《名作欣赏》杂志“别册”，2020 年 5 月。

由《我的文学评论道路》《学术界对古远清的不同评价》《古远清所承担的课题》《古远清著作总目》《古远清论著要略》《古远清学术年表》《封城期间的成果》等部分组成。《名作欣赏》“正册”还配有《古远清专辑》：（香港）黄维樑《古老：文名远播，两袖清风》、吴思敬《古远清这位独行侠》、（澳门）朱寿桐《他是一位年长的青年学者》、牛学智《另类文学史家古远清印象》。

古远清：修史健力士（Guinness）

黄维樑*

“封城之恋”结出甘果

一月下旬外游，在国外听到武汉封城的重大消息。月杪旅毕回家，致电围城中的老古，问近况，他说现在正好更为集中精力撰文、编书。封城那一天是1月23日，我想，这非常时期一开始，古远清教授就大笔123、123，加强力度从事他正常的名山事业了。过了好一阵非常日子，再联系，知道远清兄近期一直构思、整理、编纂的《当代作家书简》和《世界华文文学研究年鉴·2019》已竣工。小说家有《倾城之恋》，我们的史家有“封城之恋”；与书的马拉松苦恋，又结出了甘果。

古远清教授与辑刊编者张叹凤

古远清多产，也多名号，老古、远清兄这些我所用的平常称谓之外，还有古老、古公、远公、古老师等嘉名。我也曾称他为文学学学术界的“强人”，现在认为必须加上“史家”这个称呼。刚编好的《世界华文文学研究年鉴·2019》不算，从《世界华文文学研究年鉴·2013》开始，已出版面世由他编著的《年鉴》共有六册。而从1994年起，史家古远清已先后出版了《台湾当代文学理论批评史》《香港当代文学批评史》《中国大陆当代文学理论批评史》《台湾当代新诗史》《香港当代新诗史》《海峡两岸文学关

---

* 黄维樑，著名学者、文学评论家。曾任香港中文大学、澳门大学教授，四川大学讲座教授。

系史》《台湾新世纪文学史》《中外粤籍文学批评史》《澳门文学编年史》（第二卷），还有《余光中传》一书，一共有史书十多册，都是独力撰写或独力编修的，真是个“独派”。古教授毫无疑问是一位大史家。个人完成《中国新文学史稿》的王瑶，九泉之下有知，必定对当今史家古远清的逾一千万言诸巨册瞠目结舌。集合群力编写《剑桥英国文学史》的英国衮衮诸公，听闻古公的伟业，必定以为这位东方超人神通广远，天上的缪思女神日日赐以如泉灵感，地下庞大的幽灵写作班子夜夜秉烛达旦。

古老师是否会升格成为公认的古大师，我没有预言家的本事，而且大师通常是追封的。天上缪思和地下幽灵的讲法富有奇幻色彩，我一向遵从孔夫子“不语怪力乱神”的遗训。摆在我眼前的，是实实在在堆得“等半身”高的史册：有文学史《台湾新世纪文学史》；有文学文类史如《香港当代文学批评史》《台湾当代新诗史》；有文学编年史《世界华文文学研究年鉴·2013》多册；有作家传记《余光中传》。漪欤盛哉，这是古远清的“四史”——四类文学史。

“四史”：元亨利贞

对古教授的“四史”，还有他“四史”之外的相关华文文学论著，该怎样形容、怎样评价呢？要对近一千万言文学批评书写（如计入编著书籍，则更多了数百万言）① 予以评价，是个大难题，我的能力和时间远远未逮。我且作基本上是大而化之的概述略评。朱寿桐教授称老古为“古老”，我的概述，就借用我国最古老的文化经典《周易》的关键词来开头吧。

《周易》第一卦“乾卦”的卦辞是“元亨利贞”。“四史”（我论述时或会加上之外的其他古氏著作）的特色和成就，其一是“元”。元有始、大之意。古老的《香港当代文学批评史》《香港当代新诗史》等，都是这种分类文学史书的第一本，开风气之先的；其中香港批评史，迄今没有来者。《世界华文文学研究年鉴》已出版了六册，是记录、梳理华文文学研究的开荒牛。此牛大气，全身都是宝。数百万言的“四史”，合起来气魄之大，更不是一头牛或四头牛所能匹及。

其二是“亨”。亨有通、沟通之意。香港和台湾的文学史远远没有整个中

① 当代学术界有“大文学史”的讲法。传统的文学史主要论述作家和作品的特色、成就、影响，兼及时代社会的因素。新的讲法是将作家的生活、读者的反应也包括在内，而且文学的范围扩大了，不限于诗歌、散文、小说、戏剧四种文类。根据这个讲法，古远清的所有书写，都可用“大文学史”来涵括。

国文学有数千年那样长。这里所谓“四史”，却都是设定了时代和地域之后，就通论那个时代那个地域。至于《海峡两岸文学关系史》，其沟通的目的，更彰彰明甚。事实上，古老曾自道其三本批评史系列，“立志要把大陆、台湾、香港打通”；他还“认为有胸襟、有气度的批评家不能妄自尊大，动辄把别地的文学及其文学批评看作是不足挂齿的一小块”。

其三是“利”。利有和、和谐、利物之意。早期大陆学者研究台港文学，颇有促进了解、达至各地和谐的目的；古远清的“打通”说，即是此意。各地汉语（华文）作家，其作品有古氏书而获推广，读者则读古氏书而得益，这些都是利好。不过古氏的批评有时相当尖锐，或所涵盖的作家作品被认为不周全，不免使人不快，甚至引起谩骂，如其《台湾当代新诗史》的“读者反应”所显示，这却是“不和”了。幸好骂战都是文坛诗苑小圈子的事情，而且往往有后来相逢一笑泯恩仇的。老古还有一种解嘲的说法：“不批不知道，一批做广告。”

其四是“贞”。贞有正、正道之意。古老的书所引所述种种材料（或谓史料），是否都正确无误，其批评是否遵循正道，其评价是否公正稳当，这些是很难轻易一一论断的。卦辞是“元亨利贞”的乾卦，“乾”字也可用来形容老古。当我与古兄叙晤时，如果用《三国演义》人物来形容他，我不会想到诸葛亮，而是想到张飞：浓眉大眼、气大声宏，还有早餐厅中他那“卓越”的头发——我意思是酣睡后醒来自然豪放的“昨夜”头发。乾者，健也，阳刚也，刚健也；原籍广东的客家人，定居武汉数十年，成为握管敲键孔武有力的汉子（敲键有贤内助即“小秘”或“老秘”代劳）。他对文学研究绝对忠贞，乃有如此超级的丰产。

评古远清评夏志清评鲁迅白先勇

等身的批评巨册，是古远清数十年博览千卷万卷书刊后慎思明辨写下的议论文字。写诗、散文、小说可以慢工细作，如台湾《背海的人》作者王文兴背负创作的十字架，一天只写一百字；也可以像香港的三苏、倪匡那样近乎天马行空，一个上午飞笔万言。写评论，包括文字的千万（是一千万）富翁古远清，却是慎重地，踏实辛苦耕耘出来的。他的夫子自道文章中说——凡是认真严谨的学者也都有这样的经验——有时为了查找一条资料就用了半天的时间。《文心雕龙·神思》告诉我们，“张衡研京以十年，左思练都以一纪”；十年辛苦不寻常，两千年后我们有古远清十年磨成的一剑：他的《中国大陆当代文学理论批评史》。不计酝酿筹备的时间，其《香港当代文学批评史》也用了三年才写出来。古远清有“快刀手”之称，对此我只能说牛也有变为“奔牛”的时候，其速度是绝不能跟“天马”相比的。面对千万富翁的财产，我们要为他估值并不难，而面对文字富翁的业绩，怎样论断其正确、其正道、其公正呢？以下只能举例试论。

鲁迅写了小说，白先勇写了小说。夏志清评论鲁迅、白先勇的小说，古远清评论夏志清评论鲁迅、白先勇的小说。而今我要评论古远清的评论，我就非得鲁迅和白先勇的小说、夏志清的评论、古远清的评论等都看不可。[①] 而古远清数十年来评论的是大陆、台湾、香港、澳门——还有其他地区——的汉语作者的著作，这些著作是鲁迅、白先勇、夏志清书写的多少百倍，满满充塞在古兄书城般的书斋。在怀疑老古如何看得透、看得细、评得透、评得细的同时，我们，至少是我，怎有能力论断其全部书写的正确、正道、公正？知其不可而为之，所以我这里只能姑且举例：以鲁、白、夏、古的书写做个抽样研讨。说明一下，古远清的相关论述，我根据的是《古远清自选集》里《夏志清和他的〈中国现代小说史〉》一文。

引证准确，行走正道，力求公正

夏志清的《中国现代小说史》出版后，有褒有贬，在学术界影响深远。贬之者说夏志清对作家的评价带有政治色彩，说他拔高张爱玲和钱锺书而贬低鲁迅。古老不否认夏评有其政治立场，但指出夏志清“对一些政治倾向他不赞成的作家……不一笔抹杀他们的艺术成就。如夏志清非常欣赏鲁迅的《狂人日记》《孔乙己》等短篇小说，称其为‘新文学初期的最佳作品’，鲁迅不愧为‘最伟大的现代中国作家’”。古远清这里引述夏志清的意见，基本上是准确的。

我曾读过夏氏《中国现代小说史》的英文原著，又校阅过其中文译本，对此书的内容相当熟悉，这里补充一点意见。古谓夏“非常欣赏鲁迅的《狂人日记》《孔乙己》等短篇小说”，这里的引述没有错；不过，古氏如能加引

---

① 批评家、修史者论著数量极大，要评他的表现极为困难。这里略加补充解释。假设作家及其作品是A，某批评家/修史者对A的论述是B，另一位批评家对B的论述是C，又一位批评家对C的论述是D。这个D是极难写得出来的，真的是“Difficult”啊！这个D，是对C对B对A的评论，是三层评论。柏拉图的模仿说指出：以椅子为例，椅子的理念（idea）存在天上。木匠模仿这个理念，制作出现实世界可供我们坐的物质的椅子。艺术家（画家、作家）描摹这物质的椅子，这只是对模仿的模仿。柏拉图这里说的是失真，两层次的失真。刚刚说的ABCD，那是说涵盖，有三层次的涵盖。失真多，真相模糊；涵盖多，全面公正的评论难为；难为之外，还往往让D的作者，看不到或不想花时间去看B以至去看A，这也是一种模糊。

鲁迅的《药》和《祝福》两篇，会更好。对于《药》，夏志清特别欣赏，在其书中对它细加评论。此外，古认为夏认为鲁迅是“最伟大的现代中国作家”，古这个句子的语气跟夏行文的语气有些微不同。《中国现代小说史》是这样写的：“鲁迅……被公认为最伟大的现代中国作家。”我把夏氏此书的英文原著找出来一看，原句是“Lu Hsun has…… been generously regarded as the greatest modern Chinese writer”。换言之，原著和译本语意一致，夏志清只引述一个“公认”的说法，而他并没有否定（或表示不同意）这个说法而已；“最伟大的现代中国作家”的称号，并不是夏志清个人给鲁迅戴上的。

接着讨论另一个问题。夏志清评论白先勇的小说，讲到《芝加哥之死》时，谓此小说的主角吴汉魂在“努力探索自己的一生，他忘不了祖国”。古评夏的文章中有这样的语句：“这（夏志清的说法）是牵强附会。从作品中的描写是无论如何得不出这个结论的。”我看到这里，觉得夏志清的评论不妥当。为了核实古氏文章的论述，我重读《芝加哥之死》这篇小说，读毕认为夏志清的见解并不中肯。我又找出夏志清的相关文章，发现在“努力探索自己的一生，他忘不了祖国”之后，接着还说“他［主角吴汉魂］的命运已和中国的命运戚戚有关，分不开来”。夏的说法未谛。“中国”和“中国人”字眼，在《芝加哥之死》里面虽然出现了好几次；然而，主角吴汉魂留学时读的是西洋文学，想的是西洋文学，毫无中国文学的影子，也没有表示对中国历史和现状的任何关怀，更完全没有郁达夫《沉沦》（也是写留学生在异国抑郁空虚想自杀的故事）的主角有意跳海之前的几声呼喊：“祖国呀祖国！我的死是你害我的!”“你快富起来，强起来吧!”“你还有许多儿女在那里受苦呢!”吴汉魂打算跳湖时，脑中只有莎士比亚悲剧中的名句，和中国及其文化完全没有关系。

这里还有个问题。古远清文章中“牵强附会”等语句，是作者自己的话呢，还是引述别人的话？“牵强附会”等语句之后有个注释，表示可参考郑振铎的文章。我手边没有郑文，未能查核。如果那些语句是郑氏的，那么，有一个道理可以引申出来：处理的作家作品多如恒河沙数，批评家凡事“亲力亲为”是绝不可能的。批评家常常会引述别人的话语，当然，他征引别人的评论，也得慧眼独具。

古远清评论夏志清的名著，有褒有贬。在肯定其学术地位和影响力，在指出其“拓荒精神”、其“创新精神”其若干论点的“确切”之余，也认为作为一本小说史，“整体的历史感不甚鲜明”。这些我都认同。古远清认为夏志清“博学”，他常引西方文学以为比照，可谓“思路新、视野广，能启人心智”，这些也是知言，夏确是一位非常杰出的学者评论家。但他认为夏志清有些比照的做法，是为了“炫耀自己的博学”，做比照时又往往“一笔带过”而“无具体的说明”，这些批评则有点严苛了。须知道，旁征博引如果是妥帖的，有助于加强文章的说服力。论述的作家作品众多而篇幅有限，对于一些观点自然只能“一笔带过”；夏志清的一些提点，往往启发后学者跟着向前进，如对于钱锺书和张爱玲的研究。总括古远清对夏志清《中国现代小说史》的评论，我认为古远清所用材料基本准确，他走在批评的正道上，其立论也力求公正。

揭秘与直言

对待文艺作品，多的是仁智不同之见；评价难以客观公允，难以尽如人意，能够力求公正已十分难得。如何看待古远清“四史”的正确、正道、公正，应该尽量引述更多例子。比如他评论余光中。古远清对余光中非常推崇，出版过余光中的传记之外，还编过《余光中评说五十年》；谈话和为文，都常引余光中；更称誉他的诗文是两岸的“单打冠军”。在各种文类中，远清兄对诗歌的评论最为擅长；他推崇余光中，和我一样同为大诗人的知音。余光中并不“自珍”的一篇文章及其相涉事件，在“四史”的相关论述中总被提及，被析论。古教授这样做乃为了客观公正地反映作家的不同表现，也为了表示他重视文学的历史脉络。

古远清之为史家，有很强的时代历史观念，因此他常常把政治也写入其论著。在一篇文章后来成为史书的一个章节里，他把一群台湾作家的政治属性一一点明，又为作家加上封号如“某营文坛的精神盟主”。若干台湾作家的政治性作为，他也揭露，就像他曾经把《文化苦旅》作者的过去作为道破一样。学者或作家的风流事迹，也为他所娓娓叙论；他所持的理由是，学者或作家的生活跟他所写或所评可能大有关系。学者作家的政治性事件和绯闻，读者多有兴趣知道，满足其“窥密”欲望；史书中加上这类内容，或有讨好读者之意。笔墨官司涉及文学论争，本身有意义，也会加强读者的兴趣。台湾有过多场文学论战，古远清乐于记述和评论。香港文坛没有大鸣大放的争论，古远清觉得不够热闹，观察起来不过瘾。

古教授撰写的文学史，其内容特色，就是既有秉笔直书的正直，还有喜欢争鸣争锋的热闹。他书写的正直坦率，还包括勇于指出同行著作的“硬伤”，即资料的错误；那些被他评得“遍体鳞伤”的著作，这里恕不点名了(不过，古远清的书有时也难免有史料的不正确)。另一个“直言”是，在他观察香港的文学和文学批评后指出：香港本身没有大诗人，没有大批评家。这，或许会引起一些讨论。

不赶时髦，追求妙趣

如今“搞”文学研究的中华学者，大都喜欢采用当代西方那些好懂或不好懂的理论。古教授不赶时髦，不来这一套；有人因此会认为这太古老了，这是土法炼钢而已。我不认同这样的批评。从事文学批评，如果能以《文心雕龙》说的“衔华佩实”“取熔经意，自铸伟辞”“通则可久，变则不乏”作为衡文的标准，就够通达了。评论时、撰史时，援用一些古今中外适切的理论，如烹饪时用盐或用酱油；略为加添时髦新奇的术语，好比撒上一小撮香菜，也可增加美观或加强一点食欲。然而，毫无原则地滥用现代西方那些为数不少的艰难理论，只是大加麻辣咸酸重味，只是皇帝的新衣而已。①

文学史必涉及撰史者对作家作品的评价。为某个时代、某个地区的文学修史，如果是中规中矩的开风气之作，这已是一项难得的成就。如果书是“先驱”，而此书在对作家作品力求客观精到的论述之外，更能“慧眼识英雄”，特别标榜推崇比较不“惹眼”的作者，而其评论又具有强大的说服力，取得多数读者包括行家的认同。那么，这本文学史的价值自然更大。夏志清的《中国现代小说史》获得高度的评价，甚至有人称之为“经典”，正有此因素。“先驱”和“慧眼识英雄”都因为有新意。创作和批评，都重视创新。有新意的文学史，如果修史者论述之际，行文吐属博雅，在古代文学和西方经典文学中手挥五弦、俯仰自得，那真是大批评家、大史家了。然而，环顾四周远近，我们可有这种理想的大人物？②

看其书识其人，与老古相交已有三十多年。就算不称老古而称古公或古老，远清兄绝非古板的人。约十年前开始写的《百味文坛》小品，惹得多少

① 评论作品，可用这里说的准则，修史呢？《文心雕龙·史传》对编写历史提出几个原则，有下面的说法：“原夫载籍之作也，必贯乎百氏，被之千载，表征盛衰，殷鉴兴废，使一代之制，共日月而长存，王霸之迹，并天地而久大。”其理论经过转化，可应用于撰写文学史。古远清修撰“四史”，也应该离不开这些原则；评论古的史书，可参考此等标准。

② 古远清的不同史书，往往有一些论述在甲书出现了，又在乙书出现，甚至在丙书重现，所谓绿杨宜作两家春甚至三家春。即使扣除重复的内容，古氏的著作数量还是大得惊人。以量而言，“四史”等大册使得古远清在中华的文学批评家、修史家中，就我所知所见，应是鹤立鸡群；以批评和修史的总体成就而言，我反复说过，不能轻易评价。假如我们“好高骛远”，拿古远清和外国（就限定英语国家好了）的批评家、修史家相比，那就更难了，也许更不实际了。我倒是想到韦勒克（René Wellek）的《现代批评史》（*A History of Modern Criticism*），八大册公认的巨著，1955 至 1993 三十八年间先后出版的。韦勒克通晓多国语言，此伟构论述的是英法德意俄美六个语种的批评家的著作，我只曾读过八册中两册的部分章节。我“好高骛远”地提及韦著，绝无要拿古、韦做一比较之意，只是反复强调称职的 D 作者难为而已。

人边读边喷饭；近年各地学术研讨会他加插首创的、自编自导自演的“学术相声”，则几可和每年春晚的相声媲美，难怪吸引了很多女粉丝（当然也有男的）。2011 年 8 月出版的《古远清这个人》自序《从“脑白金”到“脑白痴”》，是篇自吹自擂、自贬自嘲的妙趣文章。如此种种，是史家古远清的另一面。

努力耕种，努力收获

说起《古远清这个人》这本书，它与“孪生兄弟”《古远清文学世界》一样，除了自序文和其他多篇自撰文之外，还辑载了大量各地同行文友的文章。原来为了庆祝七旬大寿，古远清邀请文友撰文讲述对“古稀”者为文为人的印象；此举一呼而过百应，从心且超所欲。两本书成为庆祝华诞的诗文嘉年华。

古远清努力耕种，也努力收获：收获前面所论堆起来如高山般的自撰书册，收获所说两书汇起来海量的评说文章，包括我那篇有幸成为《古远清文学世界》序言的《老古：文名远播，两袖清风》。述说老古其文其人的拙作，还有多篇。其文说不完，其人也述不尽。《老古》一文中，我称述老古的“六书”：“不是《说文解字》说的六书，而是读书、购书、藏书、教书、写书、出书这六书。”殊不知最近他自己已增添为“十一书”：“我的确不喝酒，当然也不抽烟，不打牌，不跳舞，唯一嗜好是买书、读书、教书、写书、评书、编书、借书、藏书、搬书、玩书、卖书——在新开办的全武汉市最大的书店当营业员去。”这十一书的灵感不晓得是不是来自“十一哥”（即“石一歌”）。他每到一个城市，必逛书店，大方买书；近年有文章记述他在台北买书，一掷两万金的豪举。

古教授为当代汉语文学辑录史料的热忱与劳动，用“劳动模范”不足以形容，他是“超模”。最近编纂好的《当代作家书简》一点都不“简”：以我致远清教授、远清兄、老古三十多年来的众多信件为例，信中所提到的人名，他是一一加上注释的，都是文字工作的“超模”！当年我写《老古：文名远播，两袖清风》为了庆祝他七秩寿辰，现在敲键，则变为《古老：文名远播，两袖清风》，这是为了与庆祝八秩华诞有关的《古远清画传》。老古这位史家，如《周易》所冠冕的“乾元亨利贞”卦辞，其人当然更是《周易》所说的“天行健君子以自强不息”。“地牛踏实”，时而成为“奔牛”，但基本上如他自道的，是“平时静默观察、凝神结想、苦思陶炼的慢”。宋代李纲咏牛，谓其“耕犁千亩实千箱”，史家古教授的实绩实在超级丰盛。向来好评其“四史”

等论著的各地同行甚众，“努力收获”好评的远清兄，曾在书里罗列过这些评语，包括我的。不过，全面细析细评“四史”等论著的大手笔，好像还没有出现，大概也不容易出现。古远清一人而非一大组修撰“四史”，要全面细致评其“四史”的话，恐怕非一大组的人不可了。要全面而细致，我心余力绌。上面点评几个例子，顾及的真是“九牛一毛”而已。①

低调地誉之为“修史健力士”

远清兄年近八十而仍然辛勤奋发、文思勃发，以至意气风发，文章境内境外四面八方到处发。印象式地宏观其全部，抽样细察其部分学术成果，我只有钦佩叹服；很想给他戴上一顶高冠，称他为华文文学修史大家，却心里有点不踏实，也恐怕有人以为我廉价吹捧。如果只称他为修史专家，却又显得称号平凡。

光说论著的广度和厚度，老古修史可说创了一个纪录，是中华的纪录，可能也是个世界纪录。在世界范围有突破、创纪录的事物，我们说可进入“吉尼斯世界纪录”；吉尼斯（Guinness）香港翻译为“健力士”。如天之健，用汉语写作，文学史著述如此之扎实丰富壮观的古远清教授，我低调地誉之为“修史健力士”。

① 上文略举几个例子评古氏书，可评可说的还有很多。古远清《消逝的文学风华》（台北：九歌出版社，2011 年版）细说影响台湾当代文坛的胡适、林语堂、台静农、梁实秋等十六位名家。其记述虽然根据不少二手资料，但古氏探骊得珠，名家的事迹与隽言，引述有据，读来趣味浓郁；对胡兰成“顺美匡恶”，尤足称快。犹如“科普”书写，本书可称“文普”读物，对有兴趣于现代学者作家的普通读者，我特予推荐。古远清编写的《世界华文文学研究年鉴》首册，我有文评介，此文收于 2014 年那一册的《世界华文文学研究年鉴》。宏观细察古氏部分史书，我还有不少心得；本文篇幅已远超要求，不再记述。

抗战时期香港文坛的两次论争*

古远清**

摘　要：抗战诗应如何写以及是否要放逐“抒情”的讨论，是必要的。不过，这些讨论某些地方存在着过激倾向。这些“刚”性的左翼评论家，所张“扬”的观点无不是政治选择了文学，文学选择了政治，也只能选择政治；认为抗战文艺只需要进行曲，而不需要小夜曲。这种爱国精神诚然令人感动，但这种观点和做法毕竟不利于题材多样化。

关键词：香港文坛　抗战诗　放逐“抒情”

抗战前的香港，有人称之为文化沙漠。究其原因，是富丽的物质生活掩盖着贫瘠的精神生活。当时各报副刊发表的作品，格调不高。以方言小说为例，内容除了风花雪月、卿卿我我，就是飞檐走壁、铁掌袖剑一类的武侠故事。这固然与香港小市民阶层有此需要有关，但英帝国主义对进步文化活动严厉的钳制和压迫，也是重要原因。

1937 年，抗日战争全面爆发后，一批知名的进步作家如戴望舒、端木蕻良、萧红、林焕平、叶灵凤、楼适夷、徐迟等先后抵港，加上在港的作家许地山等人，初步形成了一支力量，沉寂的香港文坛由此活跃了起来。

这里说的“香港文坛”，主要是由内地来的作家组成。他们包办了香港文坛，使本土作家的成长受到了某种压抑。但不可否认，他们在香港抗战时期从事的是进步文化活动，这活动从 1938 年起，止于 1941 年 12 月香港沦陷。这一时期的香港文坛，与抗战文艺形式论争及抗战诗歌应如何写紧密联系着。

---

* 本文系首都师范大学诗歌基地教育部重大项目“百年新诗学案”阶段性成果。

** 古远清，陕西师范大学人文社会科学高等研究院驻院研究员。

抗战诗应如何写

抗战期间，作家们蜂拥而上写抗战。尽管田间等人也写出了佳作，但由于政治功利性太强，作品不免粗糙了些。有感于此，梁实秋在其主编的《中央日报》副刊“平明”上刊登《编者的话》中云：“现在抗战高于一切，所以有人一下笔就忘不了抗战。我的意见稍微不同。与抗战有关的材料，我们最为欢迎，但是与抗战无关的材料，只要真是流畅也是好的，不必勉强把抗战截搭上去。至于空洞的抗战八股，那是对谁都没有益处的。”[①] 差不多同时，孙毓棠在香港《大公报》发表的《谈抗战诗》[②]，其观点与梁实秋也大同小异。

孙毓棠是30年代著名诗人，虽然在诗坛他只是“过客”，但凭着一首长达八百行的史诗《宝马》，他完全可以在诗坛占一席之地，其发言别人当然不敢小视。孙毓棠强烈批评完全无视诗的艺术特性的“口号大全”和“抗战八股诗”，提出抗战文艺也需致力于“真正文学的诗”：

> 我很着重“表现”二字。因为现在有许多抗战诗被一般严格的批评家骂为“口号大全”或“抗战八股诗”者，都由于写诗的人自己太不下功夫，太随便，并且只讲宣传而不讲表现。有些诗人太热心了，写诗时心里就先打定下主意，打算这篇诗出去便可以激动许多读者的抗战情绪。我以为这种写作的心理完全错误了，因为我觉得拿诗来做宣传工具是宣传中最笨的方法。[③]

这里讲的“抗战八股”，是梁实秋提出的。1938年，又有人在香港发表的文章重新提到。作为左翼作家的王任叔（巴人），觉得“抗战八股”的提法非常不妥。他并不否认描写抗战的文学作品存在着公式化等缺陷，也觉得这些问题应该解决，但不能由此完全否定抗战文艺作品中的标语口号所具有的教育、激励、鼓舞群众的作用。王任叔的话有一定的道理，像著名的《黄河大合唱》，就有不少“保卫黄河，保卫家乡”的口号。如果把这些创作现象归纳为“抗战八股”，会被汪伪集团“和平文学”势力作为攻击抗战文艺的借口，由此王任叔向全国文化界呼吁，“从今以后，应废除‘抗战八股’一词”的使用。[④]这提议得到上海文化界众多人的赞同。从此以后，大家谈到抗战文艺不

---

① 写于1938年12月1日。

② 孙毓棠：《谈抗战诗》，载《大公报》，1939年6月14、15日。

③ 孙毓棠：《谈抗战诗》，载《大公报》，1939年6月14、15日。

④ 行者（王任叔）：《建议废除“抗战八股”一词》，载《文汇报》，1938年8月15日。

足时，改为使用“公式化”“模式化”“八股腔调”等词取代“抗战八股”。时在香港的茅盾也赞成废除“抗战八股”一词的使用。但孙毓棠认为这是换汤不换药。他说：

> 我相信我们读一首宣传的诗，远不如读一段X军X掠X烧某地或狂轰某城的新闻来得有力量，易受感动。要说以文字做宣传，我推重报告文学和小说（不过也得写得好）为第一，其次是出演的戏剧（戏本子本身无大用）。其实以宣传为目的小说与戏剧，已经不会成为好的文学作品了。这是因为作者的心理根本不是文学创作的心理而是政治心理的缘故。至于拿诗作宣传，简直是白费力，不可能。诗在今天的世界上本已走到末路，成了少数人的东西了（我不承认诗能大众化；即使能大众化也没有什么好处或价值，因为即使大众化了，大众也不会喜欢读诗），我不相信这些喜欢读诗的少数人，得等到读抗战诗，才能引起抗战的情绪。所以我想费功夫写宣传诗的人，不如改变一下自家的心理状态，专心致力写真正文学的诗，注重在表现时代。为表现这新时代的新人生，自然得忍住性。好的抗战诗，当产生于真实地“表现”时代。产生于忍住情感过分的激动，去实践，注视，观察，感受，深思；试验，研究，冒险，创造；产生于不怕失败，继续尝试；产生于诗人们大家努力求进步。批评家不该过分地发出悲观的论调以损人志气。如此大家多写，多想，多讨论，这新时代不会不产生新的时代的诗情。等到这新的时代的诗情，像罗马末年的基督教一样，渐渐普及一般而被承认了，那时好作品自然会运用大量地产生出来。谈到此，我不得不再讲几句关于工具与技巧的话。一切艺术的生命实在都寄托于工具和技巧，正如我们的心寄托于肉体一样。诗情人人有，徘徊于美丽的山林水涯，谁都高兴，有诗意，但不易写出来，或不会写出来。只是有工具技术修炼的诗人会把他写出来，而且写得美。……①

孙毓棠并非香港作家，他客串香港文坛，为的是支援香港的自由派诗人抵抗“抗战八股”。他提出好诗的标准必须是感情经过沉淀，不能过于锋芒毕露，并认为诗人不应着重于作品的宣传功能，而应把艺术磨炼放在首位。孙毓棠不人云亦云，敢于反潮流，强调诗本身的特殊艺术性，这没有错，可他态度倨傲，用词尖刻，便引起一些作家的非议。

针对孙毓棠《谈抗战诗》，《中国诗坛》有林焕平《诗到底是民众还是少

---

① 孙毓棠：《谈抗战诗》，载《大公报》，1939年6月14、15日。

数人的》和《“真正文学的诗”解析》；《文艺阵地》有锡金《诗歌的技术偏至论者的困惑——读孙毓棠先生的〈谈抗战诗〉》和穆木天《关于抗战诗歌运动——对于抗战诗歌否定论的常识的解答》；《立报·言林》有怀宇《斥〈谈抗战诗〉》，《大公报·文艺》有拉特《关于“真正文学的诗”》等文章，其中穆木天强调功能性与时代决定论，认为艺术与意识形态不可分割，这个观点很值得重视：

> 一篇抗战诗歌，必须是“时代”的表现，但必须是正确地去表现“时代”。怎样才能正确地表现“时代”呢？需要精良的技巧么？怎样才能获得精良的技巧呢？这是诗歌创作上的一个主要的问题。可是，一个诗歌工作者，没有正确地对于世界人生的认识的话，他就不会正确地认识时代；那么，一切的努力，都会落空的。伟大的革命诗歌的产生，并不是由于抑制热情的静观沉思的态度，也不是由于新技巧新词藻的练习，而是由于作者对于现实的正确的把握和表现。决定一篇诗歌艺术真实性的，主要不是诗人的技巧，而是他的感情的真实性。感情的真实性，是有客观的基准的。一个诗人自认是正确地表现了时代，还是不行；必须是能够在他的作品中，以一种客观的正确，把现实表现出来，才行。①

这里主张真实性才是评价抗战诗的首要标准，并反对唯技巧论。锡金也认为孙毓棠犯了“诗歌的技术偏至论”，只要艺术不谈思想，这是为艺术而艺术的老调重弹。② 可见孙毓棠与穆木天、林焕平等人之间的分歧，主要不是要不要写抗战，而是如何写抗战，以及什么是好诗的标准等问题。

相对穆木天的学术讨论口吻来说，怀宇的《斥〈谈抗战诗〉》从标题到行文，都充满了火药味。至于诗是小众化还是大众化的产物，这是长期争论不休的问题。左翼作家一贯主张诗要走向人民大众，所以林焕平才会发表《诗到底是民众还是少数人的》反弹孙毓棠。

拉特《关于“真正文学的诗”》没有从艺术上为抗战作品做辩解，而是重申抗战文艺的政治性和宣传教育功能：

> 目前的抗战诗虽然它的技术与辞藻还表现着相当的幼稚和脆弱，但它所反映着新的主题与新的现象都表现了某种真实的角度。虽然所反映着的某种真实角度一样的显示着相当的贫弱，但是这并没有消减抗战诗

---

① 穆木天：《关于抗战诗歌运动——对于抗战诗歌否定论者的常识的解答》，载《文艺阵地》1939年12月1日。

② 锡金：《诗歌的技术偏至论者的困惑——读孙毓棠先生的〈谈抗战诗〉》，载《文艺阵地》，1939年9月1日。

之成为真正文学的诗的重要因素。……所谓真实的表现时代，它必须是紧紧的表现神圣的抗战的各方面的真实，更具体的说，必须要诗人们有高度的政治热忱，用民族民主革命的精神来渗透新的主题，新的现象，向读者来宣传教育，提高他们民族的自信心和自尊心，涤清一切民族失败主义悲观主义的毒菌，披露一切阻碍民族觉悟与民主解放的愚顽，保守的黑暗要素。①

拉特还认为孙毓棠《谈抗战诗》所针对的，根本不是一个“合时”“适切”的问题，因此他重提抗战文艺的根本方向。由此看来，徐迟的《抒情的放逐》和孙毓棠的《谈抗战诗》受批评的原因相似，他们真正针对的不是纯艺术观点，而是他们忽略了意识形态这一重要板块，这才是抗战文艺论争的根本点，从中也不难看出主流的抗战文艺观的来龙去脉。

除孙毓棠外，当时在港编《星岛日报》副刊《星座》的戴望舒，也不满某些抗战诗。早在 1937 年，他已在上海发表过《关于国防诗歌》，除了批评国防诗歌口号化的倾向没有诗质，更反对国防诗歌主张诗必须包含国防意识情绪而不容许其他主题的偏狭取向：

在这些人的意思，一切东西都是一种工具，一切文学都是宣传，他们不了解艺术之崇高，不知道人性的深邃；他们本身就是一个盲目的工具……现在的所谓“国防诗歌”呢，只是一篇分了行，加了勉强的脚韵的浅薄而庸俗的演说辞而已。“诗”是没有了的，而且千篇一律，言不由衷……既不是诗歌而又和国防一点也不生瓜葛的“国防诗歌”，留在那么寒伧的书斋中做一个空虚的幌子吧。②

戴望舒毫不留情地批评只要宣传而不要文学的创作倾向。他以诗的崇高保护神自居，由此触怒了一些爱走偏锋的诗人，如对香港新诗做过重大贡献的鸥外鸥，就写了一篇连题目都很富刺激性的《搬戴望舒们进殓房》③。《今日诗歌》第 2 期则用“本社同人”的名义，发表火药味甚浓的《斥戴望舒谈国防诗歌》，逐条反驳这位“躲在象牙塔内”的诗人，文章结尾用词更是狠辣：

这株毒草不但又在放射毒气，而且变成一只疯狗乱吠噬人了，全国的新诗歌工作者们！起来吧！我们要合力消灭这种败类，这种无耻与阴谋的汉奸底化身！把他赶出门外，把他扔下海里！④

① 拉特：《关于“真正文学的诗”》，载《大公报》“文艺”副刊，1939 年 6 月 27 日。

② 戴望舒：《关于国防诗歌》，载《新中华》，1937 年 4 月 10 日。

③ 原载于《广州诗坛》，1937 年 10 月，第 7～13 页。

④ 原载于《今日诗歌》，1937 年 6 月，第 34 页。

这是抗战文艺营垒中“鹰派”和“鸽派”的分歧。有不同观点是正常的，但骂人就不对了。“国防文学”阵营内讧只会让汪派“和平文艺”主张者看笑话。

众所周知，文学有宣传的作用，但宣传不能代替文学；文学有教育的作用，但教育不能代替文学。孙毓棠认为“真正文学的诗”应着重在产生潜移默化、塑造灵魂的效果。戴望舒则主张诗是精致的艺术品，决不容宣传所染指。可在抗战时期，人们普遍强调诗的宣传功能，这可以理解。这场讨论尽管局限于文艺界，但一旦抗战诗写好了，便有助香港同胞的觉醒。长期生活在殖民统治下的小市民阶层，祖国和民族观念淡薄，安于现状，常常满足于一点可怜的物质利益。进步文化的开展对这一阶层无疑是一个冲击，尤其是广大青年会由此觉醒得更快。

是否应放逐抒情

“抗战诗歌”就是以抗战为题材的诗作，是为抗战服务的作品。卢沟桥事变爆发以后，无论是内地作家还是香港诗人，都在积极宣传文艺救国，宣传诗歌应该为抗战服务。有人提出“国防文学”的口号，诗坛则有人倡导“国防诗歌”。对这“国防诗歌”应如何写，写的时候要不要抒情，徐迟提出不同的看法。

众所周知，徐迟曾经是激进的现代派诗歌的实验者。1934 年，他在《现代》杂志发表过著名的都市诗《都会的满月》，1936 年又与戴望舒、路易斯、卞之琳等在上海创办《新诗》月刊，1938 年从上海去了香港。这位曾经“折心于惊人的纸烟的艺术”的唯美论者，到香港后在诗歌观上作了 180 度的变化。他于 1939 年在香港发表《抒情的放逐》[1]：

> 关于近代诗的特征的说明，C. 台·刘易士在他的《诗的希望》里所说艾略脱开始放逐了抒情，我觉得这是最中肯的一句话。因为抒情的放逐是近代诗在苦闷了时期以后，始能从表现方法里找到的一条出路。
>
> 有诗以来，诗与抒情几乎是分不开的，但在时代变迁之中，人类生活已开始放逐了抒情，这个放逐而且并不见得困难（关于这一点，我不知道是否还需要说明，但是，自人类不在大自然界求生活而恋爱也是在舞榭酒肆唱恋爱的 Overture 以来，抒情确已渐渐的见弃于人类。久居都会的人，当然更能感到抒情心灵与境界的缺乏而难堪苦闷，你会说，无

[1] 原载于《星岛日报·星座》，1939 年 5 月 13 日。

疑科学是这一切的最初原因),于是诗跟着走,这自然也是没有什么稀奇的事了。

艾略脱诗的放逐抒情,最初大概并不是有意识的。夏芝说他所以能“对他这个时代创造出这种诗的效果来,是因为他描写了一组以睡眠或觉醒视作仅系习惯的男人和女人”。这个时代里,生命仅是习惯,开始没有意义了。而这便是艾略脱的诗里面,抒情潜意识地被放逐的,悲剧的开始。但他虽已点破了这个时代的诗的新方向,似乎夏芝等等还没有意识到。然而一般的诗人如C. 台·刘易士他们却立即意识到了。于是他们的一群都写了已放逐了抒情的诗。

然而人类虽然会习惯没有抒情的生活,却也许没有习惯没有抒情的诗。我觉得这一点,在现在这个战争中说明它,是抓到了一个非常好的机会。因为千百年来,我们从未缺乏过风雅和抒情,从未有人敢诋辱风雅,敢对抒情主义有所不敬。可是在这战时,你也反对感伤的生命了。即使亡命天涯,亲人罹难,家产悉数毁于炮火了,人们的反应也是忿恨或其他的感情,而决不是感伤,因为若然你是感伤,便尚存的一口气也快没有了。也许在流亡道上,前所未见的山水风景使你叫绝,可是这次战争的范围与程度之广大而猛烈,再三再四地逼死了我们的抒情的兴致。你总是觉得山水虽如此富于抒情意味,然而这一切是毫没有道理的;所以轰炸区炸死了许多人,又炸死了抒情,而炸不死的诗,她负的责任是要描写我们的炸不死精神的,你想想这诗该是怎样的诗呢。

西洋的近代诗的放逐抒情并不像我们的,直接因战争而起,不过将间接因战争——尤其因纳粹的恐吓政策——而使这个放逐成为坚硬的事实。除了英国三鼎足的奥顿,斯班特,和C. 台·刘易士之外,许多新诗人所写的诗都是冷酷地放逐了抒情的,他们也不觉得这是不得已而然的事情,因为他们生下来已在一个不安的社会里了。

徐迟运用自己丰富的外国文学知识,精到地概括了事关民族生死存亡的抗战对诗人们心灵上发生的重大影响。徐迟认为诗歌选择什么样的表现内容和表现方式,必须服从时代的需要。他批评20世纪二三十年代以来中国新诗中浪漫感伤的倾向,希望诗人们适应抗战的诉求改变创作方法,希望为中国新诗提出抒情以外的选择。也许有人会问:徐迟为什么不赞成在战争的特殊年代让诗人与抒情挂钩?这主要是因为战争给人们带来的情感是愤怒、仇恨而非感伤,因此表现伤感的诗不利于鼓舞斗志。另外,在炮火纷飞的情况下,人们不可能有正常的审美心理,理性受到很大的伤害,这时人们的感受是荒诞。在徐迟看来,有什么样的时代就有什么样的表现方式。抒情本身无罪,而是在特殊情况下必须让抒情逃离：

我们自然依旧肯相信，抒情是很美好的，但是在我们召回这放逐在外的公爵之前，这世界这时代还必须有一个改造。而放逐这个公爵，更是改造这世界这时代所必须的条件。我也知道，这世界这时代这中日战争中，我们还有许多人是依然在享赏并卖弄抒情主义，那末我们说，这些人是我们这国家所不需要的。至于对于这时代应有最敏锐的感应的诗人，如果现在还抱住了抒情小唱而不肯放手，这个诗人又是近代诗的罪人。在最近所读到的抗战诗歌中，也发见不少是抒情的，或感伤的，使我们很怀疑他们的价值。然而这并不是我所要说的，我扯远了。我写这篇文章的意思不过说明抒情的放逐。

在文章的末尾，作者“卒章显其志”：

在中国，正在开始的，是建设的，而抒情反是破坏的。

徐迟在这里提出，抗战为我们改变诗风迎来了一个好时代：中国新诗应从过去注重浪漫感伤或风雅抒情的倾向走出来，要学会节制情感，加入思考性的内容。徐迟认为“黄河在咆哮”的时代，老祖宗的抒情写法已经难以奏效了，和平时期的表达方式再无法适用于战争的局面。他针对的是表达的方式，而不是表达的主题。也就是说，“抒情”不再是一种写作方式或方法，也不单纯是风格特征，而是与时代、与新诗历史的种种构想密切联系在一起。

不是理论家的徐迟，《抒情的放逐》写得很短，但他所提出的口号和问题，其影响不可小视，这是因为当时有不少作家、诗人的确在从“小我”向“大我”转化。然而，吹奏着《义勇军进行曲》冲锋号的诗坛无论如何也无法放逐抒情，在某种意义上，40 年代诗歌的抒情不但没有被淡化，被稀释，反而浓烈起来，高亢起来，一种新型的政治抒情诗在此时出现就是最好的说明。现实是如此吊诡，放逐抒情最终导向了它的反面，出现了救亡时代的宏大抒情。穆旦就曾用曲笔表示了他对《抒情的放逐》的不满，他认为“假如‘抒情’就等于‘牧歌情绪’加‘自然风景’，那末诗人卞之琳是早在徐迟先生提出口号之前就把抒情放逐了”。

徐迟把政治上的诉求放在首位而忽视诗歌审美特性的观点，引发一些权威人士的批评，如胡风不赞同放逐抒情的说法，并为抒情的作品辩护，叫我们不要把“个人主义的”和对待现实生活的诗人个人的精神动态——个人的倾向混为一谈；把“感伤主义”和现实生活反映在诗人的主观的苦恼、仇恨、兴奋、感激等的搏战精神混为一谈。胡风强调作者的主观与现实生活的联结作用，希望在作品里面看到这两者不是断裂而是联结。再如陈残云在《抒情的时代性》① 中指责徐迟“近于机械地否斥抒情”，认为“新的时代是需要新的情感”“我们的抒情诗是革命的，是一种斗争，而且比一切诗的形体，抒情诗是一种更有力的斗争工具”。徐迟是基于艺术因素而反抒情，陈残云则针对抗战的需要以诗为“投枪、匕首”而肯定抒情。正因为徐迟放逐抒情，被放逐了抒情的诗歌便成为时代的号角，有时还成了“口号大全”，如徐迟在1939年满腔热情地写出了所谓《最强音》：“听啊，最后这是最强的声音/中华民国人民一齐起来啊/打倒日本帝国主义！/中华民国万岁！万岁！万万岁！”

由此也可见，徐迟与胡风、陈残云的分歧不在于什么叫“抒情”，而在于应该如何运用好“抒情”。徐迟笔下的“抒情”，正如陈国球所说：“是小我的、由山水自然生发的”，而胡风、陈残云理解的“抒情”偏重于时代性和功能性。胡风与陈残云不同的是，他还强调个人的主观战斗精神。

古远清教授伉俪与四川大学三位研究生合影

这场论争涉及如何理解“抒情”：它是否是诗歌所不可缺少的元素或表现手段，还是一种生活态度，以及“抒情”有何意义，诗人是否要放下身段，从亭子间走出来参与政治斗争。

过了半个多月，徐迟又发表了一篇《诗的道德》②，希望诗人不要抱着五四以来的个人主义传统不放，应多去表现战争给时代造成的伤痕，并对抒发个人寂寞情怀的路易斯即后来迁居台湾的纪弦进行了批评，对袁水拍也就是马凡陀有关劳苦大众的创作给予道德价值的表彰。把诗歌表现题材等同于道德，这未免把复杂的问题简单化，但在“烽火连三月，家书抵万金”的时代，徐迟的爱国情怀自有其无可取代的价值。他对抗战诗歌技巧的思考，大体上

① 原载于《文艺阵地》，1939年11月。

② 原载于《星岛日报·星座》，1939年6月1日。

反映了抗战初期整个中国文艺界和诗歌界在抗战文学理论建设初级阶段的基本状况。

在左翼或左派占据统治地位的香港诗坛，必须对右翼或右倾或“自由资产阶级”的言论进行消音。尤其是随着全国抗战形势的变化和抗战文艺及其国防诗歌的开展，左翼诗人无不强调诗歌的政治性、战斗性，而当时的政治或战斗就是抗日救亡，故为端正作家的创作态度，纠正不良的创作倾向，抗战诗应如何写以及是否要放逐的“抒情”的讨论，是必要的。不过，这些讨论（或曰“消音”）某些地方存在着过激倾向。这些“刚”性的左翼评论家，所张“扬”的观点无不是政治选择了文学，文学选择了政治，也只能选择政治；认为抗战文艺只需要进行曲，而不需要小夜曲。这种爱国精神诚然令人感动，但这种观点和做法毕竟不利于题材多样化。大敌当前，最需要的当然是“大刀向鬼子们头上砍去”的投枪和刺刀，但也不能排斥风花雪月式的抒情，不能丢弃唢呐和小提琴。新诗创作如能每篇都响彻“车辚辚马萧萧”的亢奋声音自然最佳，但也应允许“香雾云鬟湿，清辉玉臂寒”的柔情存在。抗战诗应该着重战斗豪情的抒发，甚至要求它有鲜明的战斗意识，这只能说是重点，这只是“首先”而不能没有“其次”，更不应断言只有高扬战斗意识的诗歌才有价值，用其他文学风格写出的诗歌都是劣作。左翼评论家只要“怒发冲冠”而忽视“泪湿青衫”的偏狭诗歌观，难怪受到孙毓棠、戴望舒等人的抵制。这也是百家争鸣中的一家，理应受到尊重。

参考资料

杨祺：《香港抗战时期进步文化活动述略》，载《广东史志》，1991 年第 4 期。

郑树森、黄继持、卢玮銮：《早期香港新文学资料选（1927—1941 年）》，香港：天地图书公司，1998 年版。

陈国球：《左翼诗学与感官世界：重读“失踪诗人”鸥外鸥的三四十年代诗作》，载《汉语言文学研究》，2018 年第 1 期。

犁青：《香港新诗发展史》，北京：人民文学出版社，2014 年版。

侯桂新：《文坛生态的演变与现代文学的转折——论中国现代作家的香港书写》，北京：人民出版社，2011 年版。

陈国球：《放逐抒情：从徐迟的抒情论说起》，载《清华中文学报》，2012 年 12 月。

作家的品格与使命*

寒山碧

今天的讲题是“作家的品格与使命”，因此必须先弄清楚什么是作家。是不是凡是挥文弄墨会写几篇应景文章的人就是作家呢？我认为不是。是不是印过一两本书的人就能称“作家”呢？我认为也不是。他们可能只是自命作家，甚至是冒牌作家。社会上常有冒牌商品，相信也有冒牌作家。香港商品气息浓重，盛产冒牌“作家”，谁都可以指鼻子自称是“作家”。那么，怎样的人才配称为作家呢？我认为作家首先必须是知识分子，所以先要弄清楚什么是“知识分子”。

寒山碧先生在上海复旦大学演讲《作家的品格与使命》

是不是凡读过大学的人就是“知识分子”呢？工程师、医生、教师、高科技从业员算不算“知识分子”呢？我认为有的人是，但更多人却不是“知识分子”。“知识分子”不是指读过书有知识的人，它有特殊定义。知识分子

* 本文系香港著名作家寒山碧先生在高校的演讲稿，略有删节。

首先当然要有知识，但只有知识并不够，他必须关心国家民族的命运，必须关怀弱势群族和民间疾苦；必须对真理对社会公义有一份真挚的坚持。一个人不论他具有多么高的学历，多么丰富的知识，假如他所关心的只是他自己和他的家人，那么他根本就不配称为“知识分子”；一个具有高度知识技术的人，假如他不关怀社会，不同情弱势群体，不能坚持真理和社会公义，他只是一个赖出卖知识谋生的人，绝不是知识分子；一个人假如贪图富贵或屈服于压力，去说谎去误导众生，荼毒后世，他就更不配称为“知识分子”。依此而论，“知识分子”的定义跟古代“君子”的定义很接近，被称为“知识分子”或“君子”的人，不仅要有高深的知识，而且更要有崇高的道德修养。

同样道理，一个真正的作家，不仅要有高度的文字技巧和表达能力，而且他必须是知识分子，必须具备知识分子的品格和修养；他必须不是一个说谎者，必须不肯去做误导众生、荼毒后世的事。一个一心投机取巧，钻营名利的人，即使他的文字技巧再高超，有生花妙笔，也不可能成为真正的作家。在社会上，有一些冒牌“作家”，你只要给他钱，叫他写什么他就写什么。他可以把鹿写成马，把马写成羊，把黑写成白，把白写成红；他可以把疥疮写成花朵，把脓包写成蓓蕾。他只是用笔来写作，不是用心去写作，他本身也只是工具，因为没有灵魂，这种人配称为作家吗？另有一些人，嗅觉灵敏，精于计算，知道当道喜欢什么，上峰喜欢什么，于是刻意去写一些迎合当道和上峰的文章，借此以换取名利地位。他虽然用脑（计谋）去写作，但不是用心去写作，这样的人配称为作家吗？

作家的价值标准

一个写作人能否成为作家，文字技巧固然重要，但更重要的是他的自我定位和价值取向。作家不是圣人，也不是不食人间烟火的神仙，我们不能要求作家不要钱，不要官位，但一个真正的作家决不会把金钱和官位放在艺术价值之上。作家艺术家的人生目标和他的终极追求，必定是艺术而不是其他东西；1981 年，一位在三四十年代曾以《鬼恋》《风萧萧》红遍上海、重庆的作家徐訏在香港逝世了，另一位香港“作家”徐速写了一篇《忆念徐訏》的文章，他以悼念为名诋损为实，暗讽徐訏人生失败，生活困窘。我感到十分愤怒，立刻著文驳斥，我说：“一个作家到底成功或是失败，并不是看他在世时口袋里有多少钱，有没有享尽荣华富贵，而是看他身后别人如何对他‘盖棺定论’。古今中外许多伟大的作家生前往往都是穷困落魄的，俄国的陀思妥耶夫斯基，法国的司汤达尔，中国的曹雪芹都是身无分文潦倒终生，未曾享受过半点富贵味儿,但谁敢说这几位作家不是成功者而是失败者呢?”[①] 二十多年后的今天我仍坚持此一信念。我们不能想象一个不把艺术放在第一位,不肯孜孜不倦终身追求艺术成就的人,能够成为真正的作家。

在尘寰俗世,金钱权位是衡量一切的准绳,但在艺术的国度却有不同的价值标准。铁打的衙门流水的官,古今官员多如恒河沙粒,可是有几个能身后留名?古今富豪多不胜数,可是有多少人尸骨未寒,家产已被子孙败光?这是一个哲学的问题,你必须思考你为何而存活,你的终极追求目标是什么。也就是说,一个喜欢写作想当作家的人,首先必须解决思想上的问题,必须确定自己真的要当作家,愿为达此目标而奋斗终生。上两个月,海南作协一位年轻女作家要我给她写几个字留念,我稍为思索便写道:“一个写作人最要紧的是要把自己定位为作家,作家跟所有的人都是平等的,不论是帝王或是乞丐。作家要尽量说真话,当环境不允许你说真话的时候,要保持缄默,不要撒谎。”艺术的首要价值在于真,其次才是善与美。真是第一要素,无真的美,只是海市蜃楼,只能骗人于瞬霎之间。

在祖国内地,除非常时期之外,作家地位都很崇高,很受尊敬。现在作家吃香的程度虽然稍降了一点,却仍然很高,仍然为人所羡慕。但在香港,作家只是平常人而已,除了他的忠心读者之外,没有谁会对他刮目相看,这是两地文化上的差异。一些人总有点官本位思想,无论什么职业都要用官位去套,作家有部级厅级处级科级之分,甚至连和尚也有厅处科级之分。20 世纪 80 年代末在跟一些朋友交往的过程中,我常常遇到一句问话:“你在香港是什么级的?”我的回答是“我是逢官升级的”。何谓逢官升级呢?就是你是科级,我也是科级,你是处级,我也是处级,你是厅级,我也是厅级,你是部级,我也是部级,你是平民百姓,我也是平民百姓,总之我不比你高,也不比你低。一个真正的作家,以平等的态度待人接物是很重要的,一个写作人,特别是小有名气之后,很容易产生高人一等的感觉。有人曾封作家为“人类灵魂的工程师”,这碗迷汤把许多写作人都灌得迷迷糊糊,飘飘欲仙。可是我却敬谢不敏,因为我清醒地知道这顶高帽一戴下去,不仅会遮住眼睛,甚至遮到脚跟。我并不否定“作家是人类灵魂的工程师”,但那是指几百年才出现一两位的伟大作家,而在正常的情况下大多数作家都是平庸的。作为作家,我们必须清醒地认识到自己的平庸,然后才能从平庸中追求伟大,罗马不是一天建成的,伟大也不是一蹴而就的。

---

① 寒山碧:《澄清徐速悼徐訏文两三事》,原载于《东西方》,1981 年 11 月第 30 期,后编入《中国作家作品琐谈》,香港:东西文化事业有限公司,1984 年版。

作家的独立人格

不卑不亢、平等待人不仅是作家应该具备的品格，也是普通的读书人应该具备的修养。中国近代的屈辱史，使民族性格多少被扭曲了，本来应该普遍存在的品德，现在有的竟变得十分罕见。一些人得意时趾高气扬，态度嚣张；失意时垂头奄耳，摇尾乞怜，有如丧家之犬。这是失去自信、自尊、自我的表现。一个普通俗世人失去自我，犹觉可鄙可怜；一个作家失去自我，他将不能成为作家。作家必须时时刻刻都要记住自己是谁，时时刻刻都保持清醒的头脑，时时刻刻都认清自己所处的位置。我们要求大家不要去鄙夷歧视贫穷困厄中的人民，这还比较容易，因为只要心地善良，基本上就能做到这一点。但要求人们不去膜拜权力、不去膜拜金钱，那是很难做到的，因为中国毕竟曾是一个有两千多年封建统治历史的国家，过去的读书人长期依附权力，在权力的指缝中讨生活，能够独立思考保持自我的人已很少。至于一般老百姓根本没有能力去判断对错，他们已习惯不问对错地服从权威，习惯不分对错地膜拜权威。然而作为一个作家却不能如此，作家首先必须具有独立思考的精神，具有独立人格。一个人如果没有独立的人格，无论文字技巧怎样好都不可能成为真正的作家，他充其量只能是富豪权贵的仆役或秘书而已。

一位年轻人告诉我他想为某位名人写传，我送了两本书给他，一本是我主编的《香港传记文学的发展特色及其影响》（香港传记文学学术研讨会论文集），另一本是我写的《香港传记文学发展史》。我希望他看这两本之后再仔细想一想，为什么要为这位名人写传？然后才去研究怎样写。法国一位伟大的传记作家莫罗亚（Andre Maurois，1885—1968）曾经说："一个现代的传记作者，如果他是诚实的，便不会这样想：'这是一个伟大的帝王，一位伟大的政治家，一位伟大的作家；在他的名字的周围，已经建立一个神话般的传说，我所想要叙述的，就是这个传说，而且仅是这个传说。'他的想法应该是：'这是一个人。关于他，我拥有相当数量的文件和证据，我要试行画出一幅真实的肖像……'我们不会让传记作者先入为主的观念来左右他的判断；我们要求他根据对事物的观察，来做出整个的叙述……"① 一名传记作者最重要的是要先为自己定位，你到底要做一位史家、作家，还是要当一名为传主涂脂抹粉的化妆师？如果是前者，你就必须搜集足够的资料，分辨资料的真

① 寒山碧：《香港传记文学发展史》，香港：东西文化事业有限公司，2003年版。

伪，然后秉笔直书，不为尊者讳。“传记作者如果只依传主的意思来写，只展览传主光鲜亮丽的一面，只说传主想说的话，那么他就只是传主的录音机、摄影机，或者只是传主的宣传部主任，而不是能够独立思考具有独立意志的传记作家了。”[①] 一个传记作家特别在为名满天下受万民崇拜的历史人物作传时，“除了要有扎实的文字基础和表达技巧（即‘文才’）之外，还要掌握丰富的史料，但更重要的是要有足够的‘史识’。所谓‘史识’就是要求作者有足够的历史知识和文化知识，使自己能够站在高处观看历史长河，并把传主放到历史长河中去评估。也只有具备足够‘史识’的作者，才不会仰视或膜拜传主，才能站在百姓的立场、史家的立场对传主作平视的观察和描绘”[②]。一个传记作者，假如不能调整心态，不能对传主作平视的观察，那么他绝不可能对传主作正确公正的评价。

香港有一位叫余思牧的老作家，我跟他认识二十多年，早在 1964 年他就为巴金写传，出版了《作家巴金》。此书十分畅销，印刷了二十几次，余思牧也名声大噪，成为继曹聚仁之后香港著名的传记作家。我在写《香港传记文发展史》时，在肯定他的成就之余也对他的不足有所批评。我说：“由于作者不是把自己放在历史学家、文学批评家的高度，而是以一个‘巴金迷’的身份来写这本书，因此对传主难免要仰视，甚至崇拜。他看到的几乎全是传主的伟大成就，对传主的缺点视而不见，也不敢提出更高的要求。余思牧说：‘巴金先生很尊重我的意见……他除了说我对他评价过高之外，完全不过问我对人对文的看法。’笔者深有同感，他的确对巴金的评价太高了。”[③] 书出版后余思牧先生看到上述文字，曾向我表示同意我的看法。

主题先行论可休矣

作家的自我定位非常重要，不仅传记作家如此，即使写小说之类创作性文体的作家也如此。严肃的文学作品，其创作都不是凭空捏造出来的，而是源自生活，是生活的提炼与升华。这一来就必然涉及你为什么要写这本书？为什么要写这个故事？你想传递给读者的讯息是什么？有人认为这就是要主题先行。有一个时期，文艺理论家们热衷“指导”作家写作，各色各样理论说得天花乱坠，说多了流行了也俨然成为“真理”。坦白说，我是坚决反对主

① 寒山碧：《香港传记文学发展史》，香港：东西文化事业有限公司，2003 年版。

② 寒山碧：《六七十年代香港传记文学发展特色及其影响》，香港：东西文化事业有限公司，2003 年版。

③ 寒山碧：《香港传记文学发展史》，香港：东西文化事业有限公司，2003 年版。

题先行的，我不能想象下笔之前预先设定一个主题，然后像学生填充那样环绕主题把它填满。文学创作毕竟不是电脑程式，不可能于事前设定模式，然后依程式次序逐步书写。文学思维是多变的、不稳定的，很多时候连作者自己都无法控制，它来时如惊涛骇浪，汹涌而至，在你的脑际奔流翻腾，挡也挡不住；去时似薄雾轻烟，瞬间就消失得无影无踪，任你百般寻觅也不可复见。

在我的写作经验中我从来不预设什么主题，我写传记从来不预先设定要把传主写成好人或坏人，写成万世师表或是暴君恶魔，一切全凭资料决定。我只是把客观存在的历史材料搜索出来，搜集一起，去伪存真，然后进行分析评述而已；我写小说，也从来不预先设定什么主题，从来未想过要传递什么思想，我只是把自己的生活记忆，把我对自己存活的客观世界的认识和感想写出来而已。虽然作家不必刻意要表达什么或传递什么思想，可是当他的作品完成了，作品的主题思想就自然而然显露出来。所以我说创作的真谛，主题不可先行而是后至。作家们实在不必去理会什么文学理论，只要你有创作的冲动，你就应该努力把脑海里的形象和意念写出来，写出来就行了，管它符不符合当行的文艺理论，符不符合时尚的要求。我的“朋友”胡秋原先生（我视他为师，他待我如友）说：“艺术虽然不是‘至上’，然而决不是‘至下’的东西。将艺术堕落到理论的留声机、商业的附庸，那是艺术的叛徒。艺术虽然不是神圣，然而也决不是叭儿狗。”

用心灵去写作

写作是很艰辛的劳动，不是那么好玩的，有一个大家耳熟能详的笑话，话说一位秀才想写文章，苦苦思索而无果，久久都无法下笔。他有一个不好的习惯，就是在苦思沉吟之时，会情不自禁地拔胡子。他妻子看见桌子上布满了胡须，便说：“看你写文章，比我生小孩还要难!”秀才说：“当然啦，你肚子里有，生出来当然容易，我肚子里没有，当然难生得出来!”

太史公司马迁说：“夫《诗》《书》隐约者，欲遂其志之思也。昔西伯拘羑里演《周易》；孔子（厄）陈蔡作《春秋》；屈原放逐著《离骚》；左丘失明，厥有《国语》；孙子膑脚，而论兵法；不韦迁蜀，世传《吕览》；韩非囚秦，《说难》《孤愤》；诗三百篇，大抵贤圣发愤之所为作也。此人皆意有所郁结，不得其通道也，故述往事，思来者。”太史公之言甚是，无论文学创作或学术论文，都必然是“意有所郁结，不得其通，故述往事，思来者”。作家为什么要写作呢？并不是闲极无聊才去写作，而是因为内心积聚了很多很多生活感受，郁结于胸，困扰压挤他的心灵，他必须写出来，一吐为快。所有成功的作品都是在这种情况下写出来的，假如胸中无郁结之意念，“为赋新词强说愁”，硬挤出一些文字来，这类文字绝不可能是好作品。写作是很艰辛的也是很快乐的工作，当你孕育了写作的意念，这个意念就会在你的心里发育成长，困扰你，压挤你的灵魂，使你像孕妇一样感到沉重的负荷。可是当你经历思考的煎熬，分娩阵痛，当你把想写的写了出来，你就会产生一种分娩后的喜悦，会有一份当母亲的骄傲。一个用心灵写作的作家，当他沉浸于写作的时候，外在世界对他来说已变得模糊，他更多地活在自己的内心世界，在内心世界里，他自己就是主宰者，就是上帝。他要笔下的人物笑他们就得笑，要他们哭他们就得哭；他要笔下的人物生他们就能生，要他们死他们就得死。作家在写作过程和完成作品后的欣慰喜悦和满足感，非亲历某境是无法感受无法想象到的，也非笔墨所能形容的。

寒山碧在云南长江第一湾

回归心灵自由

我们一再强调，不能只用笔来写作，不能只用脑（计谋）来写作，要用心（灵）去写作，因为文学乃心声，是人们内心世界奇妙的音乐。然而心声也像天籁一样缥缈，平日在市尘中是无法听到的，只有在月冷风静的深夜，在我们肯静静细心地聆听的时候才会发现。一个成功的作家首先必须排除追求金钱权位的欲念，净化自己的心灵，这样才会比较容易聆听到心灵的声音，才能够写出好的作品来。聆听心声不是作家的特权，也不是作家的特异功能，每一个人都有机会在某个特定的时刻忽然听到，但一般人却无法捕捉心声，他们的心声一纵即逝，瞬间就消失得无影无踪。唯有作家可以捕捉住心声，把它转化成文字，能长久保存，让别人能分享，而捕捉心声也就是作家存在的价值和作家的历史使命。

我们想捕捉心灵的乐章，想逮住飘忽的灵感，就要身手敏捷头脑灵活，想敏捷灵活首先就要解除束缚，尤其是要解除心灵的束缚，恢复心灵的自由。人的自由可以分为三个层次，其一是人身自由，即你不是奴隶，你的身体不属于别人，是属于你自己，你可以决定自己的行动，要到哪里去、要做什么都由你自己决定。然而由于人类是群居动物，大家聚居在一起，个人的自由如果过度越轨，就会妨碍别的自由。所以生活在群体社会中，个人行为会受到社会的制约，使之适得其分。现代社会通过法律制约，保障人民的言论、出版等自由，让人们可以在不妨碍别人自由的情况下，充分享有基本人权；人民只要遵守法律，就享有不受威胁、免于恐惧的自由。其二是意志自由，意志自由就是可以自由思想，可以不屈从于别人或权威的意志，可以依照自己的意志做出决定；可以凭自己的知识了解事物的客观规律，达到掌握事物驾驭事物的目的，这是一种更高的自由境界。拥有意志自由的人，像鲲鹏自由自在地翱翔于蓝天之上，俯瞰大地，把一切都看得十分清晰。其三是精神自由，也就是心灵的自由，那又是更高一个层次的自由。一个人想达至心灵自由，首先必须摆脱意识形态和传统文化上的偏执，必须超脱世俗名利权力的束缚和诱惑，这样心灵才可以获得解放，才可以达至自由。

其实心灵本来就是自由的，婴儿的心灵是自由的，儿童的心灵是自由的，他们的一举一动都是率性而为，他们的一颦一笑都是来自心灵的声音。可是在成长过程中我们的心灵受到世俗的污染，受到名利权位的束缚和禁锢，我们患得患失，我们心存恐惧，我们逐渐失去了童真，心灵失去自由。

几年前有一位作者拿一本书的初稿给我看，希望我为他写序。他这本书触碰到一些阴暗面，他既想揭露又不敢揭露，欲言还休。我便写了一篇《心无羁绊就自由》，我鼓励他开放自己，解放心灵，放胆去写，可结果他还是吞吞吐吐，他的作品当然也得不到提升。如今在香港还有那么多人不能解放自己思想，由此可证无形的心灵束缚比一切有形的束缚更可怕。

佛说："菩提萨埵依般若波罗蜜多故，心无挂碍。无挂碍故无有恐怖，远离颠倒梦想，究竟涅槃。"我们为何恐惧？那是因为心有挂碍，怕失去已拥有的；我们为何多思多虑呢？那是因为我们多欲，既要黄金屋，又要颜如玉，自然满脑子"颠倒梦想"。人的贪念是很可怕的，你把整个世界给了他，他还想要月亮。有一个故事说，有一位神仙偶尔到乡间小店喝酒，看到店主很勤奋，招待得他很好。神仙想帮店主一点忙，临走时便问店主经营有什么困难，店主说，现在米粮很贵，酒价很高，没有多少盈利。神仙用手指往那口水井一指，说以后不必买酒，把井水打出来就是酒了。店主一试果然是真的，当然感恩戴德，跪拜多谢。几年后神仙再到这间小店时，店主已经是家肥屋润，发达起来了。神仙问店主，这几年来可好吗？店主说好是好，水能当酒卖，赚了不少钱，只可惜没有糟养猪。神仙长叹一口气，题了一首诗："天高不算高，人心第一高。井水当酒卖，还嫌猪无糟。"神仙走后井水自然变回井水，一切回复旧观。我无意在这里说佛，我只想说，想当作家的人，必须摈弃太多私欲，尽量排除各种欲望对心灵的束缚，这样才能一心一意地追寻你的目标，才会有希望成为一名成功的作家。

文学的风骨

文学的风骨，要详细研究可能得写一本书，在这里只拟浅尝即止，不作深究。风骨本来是品鉴人物词语，例如《晋帝纪》曰："羲之风骨清举也"；《世说新语》卷中之下《品藻》第九说："时人道阮思旷骨气不及右军"等等，我觉得做人要讲风骨，作家更要讲风骨，文学作品也要讲风骨。中国最早讲文章风骨的是魏晋南北朝的刘彦和，他在《文心雕龙·风骨》中曰："瘠义肥辞，繁杂失统，则无骨之征也。"刘彦和的意见是内容意义贫乏，华美辞藻一大堆，就是无骨。刘彦和把文骨和文意紧密联系起来，他在《文心雕龙·封禅》中又曰："树骨于典训之区。"依刘彦和之意，文的内容意义是文骨的第一要素。我不想在"风骨"一词上咬文嚼字，无论讲人物或讲文章，依我理解，行者为风，坚实稳固不变者为骨。风是指一种飘逸雅淡的仪态，也可称为风韵、风度，风行草偃，流行起来便是风气。骨是指一种深层的厚重稳固不变的思想意义。一部文学作品有没有生命力，有没有长久存在的价值，就是要看它有没有风骨。

有的人没有独立思想，写文章只是奉命而作，陈辞浮泛，辞藻之下空无一物；有的人刻意溜须拍马，堆砌辞藻，歌功颂德，这两类文章自然是"无骨之征"。那些只单纯发泄狭隘个人情绪的文章，专写我的小猫生了小猫咪啦，我的小狗生病啦之类琐事，当然也是"无骨之征"。近年香港流行随意写作，作者坐在电脑旁，随想随写，想到什么就敲打什么，不管这些文字有没有内涵，有没有意义。写作如果是如此随意如此轻松，只是把临时想到的未经深思、未经提炼升华的意念随意记录下来，这样能凝结成稳固厚重坚实的文骨吗？任何成熟的能感染人的思想都必然经过千锤百炼，任何成熟的作品都必然经过反复推敲。高才如欧阳修，如托尔斯泰，他们的每一篇文章都经过长期孕育，写出来之后又经过反复修改才面世。香港提倡随意写作的年轻人实在有必要扪心自问，自己的才华学问胜过欧阳修，胜过托尔斯泰吗？如此随意而写能创作出经得起时间考验的作品吗？年轻人思想不成熟，勇于尝试新事物一点也不足为奇，我深为之忧的是这种随意写作之风气，在香港竟然受到一些标榜创新的大学教授们的鼓励，颇有逐渐成为时尚之势。诗以言志，文以载道，文章千古事，我们执笔为文，岂敢不深思熟虑，岂敢不郑而重之，岂敢如此轻率？

为我们生存的年代留下印记

香港每月出版的新书有数百种，台湾每月出版的新书超过千种，内地的情况我不大了解，只知道改革开放之后出版书籍的数量一年比一年多。可是试想一下二十年后、五十年后、一百年后有多少本还能留在人们的记忆中？大江东去，浪淘尽多少风流人物？文学作品和学术著作经过时间溪流的洗涤冲刷，一百几十年后试问有多少本仍能屹立于文学史的长河之中？我相信目前在书肆上看到的百分之九十九点九都会像浮渣泥沙一样，被时间的流水冲刷得不留一点痕迹，只有那些坚实沉重得有如巨石一样的作品才能保存下来。什么样的作品才具有巨石般的质和量呢？是那些能反映社会特征和时代脉搏的作品，是那些关怀国家民族命运的作品，是那些敢于反映平民百姓疾苦，敢于说出人民内心爱憎的作品。在西方世界作家很受尊重，写作也还能致富，我的朋友叶永烈先生在内地作家中是比较富裕的了，但他的财富跟上海的大腕比起来却是小巫见大巫。所以我一直认为写作不是摄取名利的工具，不是进入富贵之门的敲门砖，而是一种奉献，是作家把自己的青春热情奉献给社会，奉献给人民，奉献给后世。1984 年我在一本书的后记中这样说："在电子传播媒介日渐发达的今天，文学的没落诚属必然，人们再也没有耐性也不肯花脑筋去慢慢欣赏文学。文学在七彩缤纷的视觉艺术和立体音响面前，显得何等寒酸和苍白。因此在这个时代，无论从事文学创作或文学批评都注定寂寞，像石子投进棉花堆，没有回响，也没有踪影。"① 我在内地读书和做事时，能够找到一本好书就互相借阅，一边生火烧小灶，一边看书就觉得非常惬意。可是这一切都已成为历史，现在年轻人面对的是永不停歇的声光幻影，他们不可能回到我们往昔的岁月。这是很冷酷的现实，我们无力改变现实，只能

① 寒山碧：《中国作家作品琐谈》，香港：东西文化事业有限公司，1984 年版。

正确面对，所谓正确面对就是要调整自己的心态，甘于淡泊，愿意奉献，以期为我们生存的时代留下一点形象的印记，为文学史的长河多留下一颗巨石，这既是我们这一代中国作家的宿命，也是我们的历史使命。

留学生文学之于台湾文学在美国的流播

——一个系谱学的考察*

李诠林**

摘　要：台湾文学研究在美国的起源与发展，首先应该归功于留学生对台湾文学创作及其研究的关注与参与，而留学生的互相派遣又反映着国家与地区之间文化教育方面的交流。美国的台湾文学研究与留学美国的台湾留学生，以及留学台湾的美国留学生有着天然不可分割的关联，正是他们将台湾文学研究的种子带到美国并促进它生根发芽，后来由中国大陆赴美的留学生也参与了这项工作，这一与日俱增的中国留美学生群体促使美国汉学家在前期台湾文学译介的基础上认真深入地考察探究包含台湾文学在内的中国当代文学，也使中西文化之间的交流得到更进一步的深入。

关键词：留学生文学　台湾文学　美国汉学　系谱

"留学生文学"得名于于梨华的小说，但其范围远不止于于梨华的留学生题材文学创作及其之后的留学生文学。有关留学生的文学应自有中国赴外留学生的时候开始。唐朝玄奘赴天竺国学佛，后来根据佛经译介的经文，尤其是其中的佛经故事，可以说是较早的留学生文学，因此，中国的赴外留学生文学的历史源远流长，其成就也灿烂辉煌。仅回观本文论题所及的关涉台湾文学在美国流播现象的留学生，即不难发现众多的学有所成且享有学术声誉的学者、作家，如夏志清、聂华苓、于梨华、白先勇、李欧梵、王德威、杜

---

* 福建省新世纪优秀人才支持计划项目（项目编号：JA13078S）；国家民族事务委员会项目（项目编号：2018－GMB－051）；福建省社科规划项目（FJ2019B056）。

** 李诠林，福建师范大学闽台区域研究中心教授，福建师范大学文学院教授、国家重点学科中国现当代文学专业博士生导师，福建省台港澳暨海外华文文学研究会副会长兼秘书长，曾任美国麻省理工学院访问教授，主要从事中国现当代文学、台港澳暨海外华文文学、海外汉学，以及文化产业管理方面的研究。

国清、张诵圣等，其影响早已超越了单纯的台湾文学研究的范畴，而向比较文学、文化研究等领域扩展。

一、留学生文学与美国汉学家的台湾文学研究的系谱分析

台湾文学研究在美国的起源与发展，首先应该归功于留学生对台湾文学创作及其研究的关注与参与，而留学生的互相派遣又反映着国家与地区之间文化教育方面的交流。美国的台湾文学研究与留学美国的台湾留学生，以及留学台湾的美国留学生有着天然不可分割的关联，正是他们将台湾文学研究的种子带到美国并促进它生根发芽，后来由中国大陆赴美的留学生也参与了这项工作，这一与日俱增的中国留美学生群体促使美国汉学家在前期台湾文学译介的基础上认真深入地考察探究包含台湾文学在内的中国当代文学，也使中西文化之间的交流得到更进一步的深入。

有关中西文化交流在台湾文学研究上的体现，首先是西方理论的介入。首先是众所周知的20世纪50年代以来西方文学理论在台湾现代派文学创作及其理论中的"移植"，美国汉学家的台湾文学研究著作中所运用的西方理论则很自然而熨帖地顺势解读这种在西方理论思维影响下产生的文学文本。德克萨斯大学奥斯汀校区的张诵圣教授借用布迪厄"场域理论"对于台湾文学进行研究，为中国台湾文学研究学者"提供了一个从线性时间叙述转向共时问题结构，进行关系主义探讨的富于启示的研究模式"[①]。圣路易华盛顿大学教授陈绫琪的论文《全球化自我：交混的美学》援用霍米·巴巴的后殖民理论论述朱天文的小说《荒人手记》，体现了"巴巴的理论对台湾小说美学的影响"[②]。受20世纪80年代以来大批量汉译的西方理论著作的浸染，并经由海外汉学家援用西方理论解读中国文学现象的启迪，很多中国学者对后殖民理论饶有兴趣，其他如霍米·巴巴的"后殖民理论"、爱德华·萨义德的"东方主义"、布迪厄的"场域理论"、福柯理论、伯明翰学派的文化研究理论、法兰克福学派的文化工业批判理论、詹姆逊的后现代理论等也在中国的文学研究领域盛行一时。当然，这种介入并非单向的西方对东方的影响，西方的后殖民理论对台湾批评界产生了很重要的影响，而台湾批评家对于后殖民理论的运用也引起了如金介甫（Jeffrey C. Kinkley）、利大英（Gregory B. Lee）

① 郑国庆：《现代主义、文学场域与张诵圣的台湾文学研究》，载《厦门大学学报》（哲学社会科学版），2008年第6期，第79页。

② 李奭学：《异地繁花：海外台湾文论选译（下）》，台北：台湾大学出版中心，2012年版，导论第15页。

等美欧汉学家的注意并从后殖民的角度思考中国大陆和台湾的文学和文化状况。

汉学家在美国国内的学术地位和影响之形成得益于中美文化的交流，这种交流最初是官方与准官方的交流（如基金会基金和官方研究计划经费的支持），后来扩展为以民间交流为主。台湾文学与美国本来看起来毫无干系，但是却产生了密切的关联，这种关联产生自中西文化的交流，台湾文学通过中美文化交流而在美国产生了影响。当然，这种影响并不都是“墙里开花墙外香”，也有的台湾文学作品是由台湾岛内的学者在岛内翻译出版后再流播到美国的，1975年，台湾编译馆曾经“推出齐邦媛等编的英译《现代文学选集》（*An Anthology of Contemporary Chinese Literature*），上下二册，外销供美国人阅读”[①]。正如美国汉学家金介甫所说，“颇受好评的台湾文学英译文集也有台湾本身出版的，如多卷本的《当代中国文学：台湾（一九四九——九七四）》（*An Anthology of Contemporary Chinese Literature*：*Taiwan*：1949—1974），其中收入的大部分是1949年以前迁徙到台湾的大陆作家的作品。《雏声》《青梅》和《中国笔会》（一种台北出版的期刊）也刊登了令人感兴趣的译作。《淡江评论》刊登比较文学文章”[②]。因此，中美台湾文学研究之间可以说是相互的影响。华裔美国汉学家所编译的台湾文学选集“选材精良、翻译精湛”[③]，而“齐邦媛、王秋桂编的《玉米田之死》（*Death in a Cornfield*），延续了这个传统，收入台湾以及移民到北美的台湾著名作家新近创作的短篇小说，再现了其精微和繁丽”[④]。在中美学者和作家的互动方面，美国汉学家

① 应凤凰（德州大学东亚系博士班）：《台湾文学研究在美国》，载《汉学研究通讯》，1997年11月，第397页。

② 金介甫：《中国文学（一九四九——九九九）的英译本出版情况述评（续）》，查明建译，载《当代作家评论》，2006年第4期，第143页。该文译自齐邦媛、王德威：《20世纪下半期中国文学评述》（*Chinese Literature in the Second Half of a Modern Century*：*A Critical Survey*. Bloominton and Indianapolis：Indiana University Press，2000.）中的附录“*A Bibliographic Survey of Publications on Chinese Literature in Translation from* 1949－1999”。

③ 金介甫：《中国文学（一九四九——九九九）的英译本出版情况述评（续）》，查明建译，载《当代作家评论》，2006年第4期，第143页。该文译自齐邦媛、王德威：《20世纪下半期中国文学评述》（*Chinese Literature in the Second Half of a Modern Century*：*A Critical Survey*. Bloominton and Indianapolis：Indiana University Press，2000.）中的附录“*A Bibliographic Survey of Publications on Chinese Literature in Translation from* 1949－1999”。

④ 金介甫：《中国文学（一九四九——九九九）的英译本出版情况述评（续）》，查明建译，载《当代作家评论》，2006年第4期，第143页。该文译自齐邦媛、王德威：《20世纪下半期中国文学评述》（*Chinese Literature in the Second Half of a Modern Century*：*A Critical Survey*. Bloominton and Indianapolis：Indiana University Press，2000.）中的附录“*A Bibliographic Survey of Publications on Chinese Literature in Translation from* 1949－1999”。

邓腾克(Kirk Alexander Denton),1980年9月至1981年7月期间曾在中国上海的复旦大学进修学习中国现代文学。1982年,杨逵曾到爱荷华大学学习,他在美国爱荷华城接受记者采访时,谈了他的创作所受鲁迅的影响,认为两人的创作风格“比较接近,如果对社会的不合理毫不关心的,我就没兴趣”[①]。杨逵以台湾作家的身份参加爱荷华国际写作坊,这种活动本身即为中美文化交流互鉴的一个缩影。

美国汉学家的研究成果对中国的台湾文学研究有着持续的影响。需要提出的是,美国汉学家对于台湾文学的研究用力甚勤,建树丰硕,对中国学者的台湾文学研究和台湾文学创作的本体皆产生了重要的影响。尤其是在当前全球化和媒体现代化的今天,华裔美国汉学家往往与中国国内的学者及媒体保持着密切的联系,如夏志清“1995年9月8日在电话上听到张爱玲去世的消息后,不出两三天即为中国时报《人间副刊》赶写了一篇文章《超人才华,绝世凄凉:悼张爱玲》”[②],身在美国,文章发表在台湾,这种现象对于台湾旅美学者们来说可谓司空见惯。

费正清、傅高义、劳干、白之(Birtch)、梅维恒(H Mair)等老一辈汉学家对于中国问题的关注带动了后起的博士们对于包含台湾文学在内的中国文学的研究。汉学家自身的师承与学统也对他们进入台湾文学研究领域起到了重要的引导作用,如葛浩文的老师是柳无忌,而柳无忌则是著名南社诗人柳亚子之子。张错也曾教过葛浩文。白睿文的老师是王德威。李欧梵、王德威都曾受到夏志清的提携。刘绍铭的老师是夏济安,夏济安则是夏志清的哥哥。陆敬思的导师是耿德华,他在博士学位论文(Cornell University,1993)中也曾向他的老师刘绍铭致敬。邓腾克也指导了一些博士生从事台湾文学的研究。

有一些盎格鲁-撒克逊人美国汉学家,他们的妻子或者丈夫是来自大陆或者台湾的中国人,这样,来自配偶的影响也是很有意思的研究课题。小说翻译家葛浩文的太太林丽君、诗歌翻译家陶忘机的太太黄瑛姿(Yingtsih Balcom)均来自台湾。而华人汉学家更是有可能有着深厚的家学渊源,著名的南社社长柳亚子先生的公子柳无忌自不必说,华人汉学家林张明晖是著名中国现代诗人林徽因的弟媳,其先生名林桓,是林徽因同父异母的二弟,其女儿是著名的华裔建筑设计师林璎,也是有着令人肃然起敬的家学关系。这些汉学家能够对中国文学(含台湾文学)产生研究兴趣,不能不说有着家室

① 《访台湾老作家杨逵》,原载于《七十年代》,1982年11月;后收入《杨逵全集》第14卷(资料卷),台南:台南文化资产保存研究中心筹备处,2001年版,第232页。

② 夏志清:《张爱玲给我的信件》,载《华文文学》,2013年第4期,第20页。

的关联与影响。

新时期以来，美国汉学家来往中国大陆与台湾更加方便，取得资料也更为快捷，这对于他们的台湾文学研究是一个促进。中国国内英语教育的普及对于中美关系的飞速发展居功厥伟，70 年代以后出生的赴美留学生的外语水平明显超越此前数代中国人的平均外语水平，作为研究工具的语言，他们运用得越来越自如，掌握得也更加丰富多样，如美国加州大学圣塔芭芭拉分校的杜国清教授和德克萨斯大学奥斯汀分校的蔡建鑫教授，除了汉语母语以外，还精通英语、日语，这些对于他们查找、翻译和研究台湾日据时期的日语文献提供了最大的语言方面的便利条件。这些都对台湾文学在美国汉学界地位的提升起到了重要的推动作用。

二、中国留美学生与美国留中学生双重视野下美国的台湾文学研究方法

正如上文所述，跨国主义（Transnationalism）作为一种方法被浑然天成地运用在美国汉学家们的台湾文学研究之中。但美国汉学家研究台湾文学的方法绝不仅限于此。美国汉学家的台湾文学研究方法是一个多元化的组合，远非本质主义的归纳可以一言而概之。方法之形成可以追溯至每一位汉学家的方法论（methodology），美国汉学家台湾文学研究的方法论属于形而上的范畴，而其研究台湾文学的方法则以形而下的形态出现但却闪耀着中西文艺理论融混的形上哲思，由此，美国汉学家的台湾文学研究是一种讲求方法学的研究（methodological study），因此，可以针对美国汉学家的台湾文学研究以“元批评”的视角展开一种方法研究（method study），或曰方法学（Methodology）。以方法学（method study，或曰 Methodology）的视角观察美国汉学家的台湾文学研究，从中探索汉学家们形式多样而绚丽多彩的个性风格。

美国汉学家的台湾文学研究，起始于对台湾文学文本的翻译。翻译要建立在对翻译对象的研究和了解的基础之上，也可以说，翻译就是一种研究，是翻译过程中的研究，是从翻译体现出来的研究。优秀的文学翻译作品都是在深入研究基础上的翻译。翻译是基于对于原著的理解的基础之上的，唯有进行深入的研究，才谈得上深刻理解与深入了解，因此，对于台湾文学作品的翻译，在某种意义上说，也是一种台湾文学研究，至少应该算是台湾文学研究工作的一部分。在台湾文学翻译的基础上，美国汉学家的台湾文学研究开始起步并蓬勃发展。当然，不同的汉学家存在着由翻译而研究或者为研究而翻译的差异，也有着不同的翻译方法和策略，由此也形成了美国汉学家台

湾文学翻译的个人风格及其翻译文本不同的传播路径。通过观察美国学者的台湾文学翻译成果，可以看出，美国学者对台湾当代文学的关注比中国学者要早，且对战后的台湾现代派作家作品有更多的兴趣。值得一提的是，中美联姻可以说是通向台湾文学翻译之路的一个有趣引子。如最早从事台湾文学英译的殷张兰熙，其父亲为中国人张承櫆，其母亲为来自美国弗吉尼亚州的盎格鲁-撒克逊美国人；翻译王德威著作《书写台湾》的罗鹏（Carlos Rojas）和上文所提到的葛浩文、陶忘机，他们的夫人也都是来自台湾的华人。在对于台湾文学的翻译和译介方面，葛浩文、陶忘机、杜国清等学者都有着持续几十年而不懈的努力，从而为美国汉学家的台湾文学研究提供了源源不断的文本素材。另外，民间的非专业翻译家们的加入，以及对于台湾民间文学的关注和译介也是台湾文学研究在美发展的一种形式。在台湾原住民文学作品的翻译出版方面，台湾原住民文学最早是通过民间文学、口传文学的形式进入西方视野的，尤其鲜明的是，早期出版的涉及台湾原住民口传文学的书籍，都由非专业作家和翻译者辑录而成。如早在1995年，美国休斯敦台湾语文学校（The Houston Taiwanese School of Languages and Culture）即编辑了一本非正式出版物*Folk Stories of Taiwan*，书中收入了“The Legend of Sun-Moon Lake”（日月潭的传说）和“The Aboriginal Hero”（原住民英雄）等台湾原住民故事。美国汉学家翻译台湾文学的传播路径及其意义给中国学者的文学研究以启发。通过观察美国汉学家的台湾文学翻译，可以在中美文化交流碰撞的视野中呈现台湾文学与美国文化界互动情况的一些重要特征，了解美国汉学家的翻译技巧，以及美国的“台湾文学翻译和研究”反馈台湾后造成的影响，以作为中国国内台湾文学研究乃至台湾问题研究方面的一个借镜。

除了语言层面的译介以外，美国汉学家们针对台湾文学文本和各种文学现象的理论解读也显示了方法的多样性。“文学和文化研究角度的多样化可表现出跨学科的旺盛活力，从而鼓动学者们勇于开疆辟壤，另创研究范畴，以及促进与其他学科的对话。”① 李欧梵的都市文化研究，蔡建鑫的“饮食美学”，詹姆逊的“台湾电影地图”，张英进、白睿文、鲁晓鹏等人的包含台湾电影在内的华语电影研究，均运用了文化研究的方法，张诵圣运用雷蒙·威廉斯的文化理论以及布迪厄的“场域理论”对于台湾现代派小说乃至整个中国当代文学的研究也有着文化研究的浓厚色彩。夏志清的感时忧国，刘禾的

① 王德威：《英语世界的现代文学研究之报告》，张清芳译，载《海南师范大学学报》（社会科学版），2007年第3期，第2页。

跨语际实践，周蕾的“写在家国以外”，以及耿德华的沦陷区研究则基本属于社会历史批评的方法。在美国戏剧评论杂志《戏剧评论》（*The Drama Review*）第38卷第2期中赖声川谈道：“政治事件永远影响我们工作的方式，也影响我们工作的素材。在许多方面，我觉得任何一个社会中，政治事件通常是人民在个人层面内化的一些议题的一种大量放大的外在呈现。”可以看出，近年来被中国学界视为“老套”理论方法的社会历史批评在美国汉学家和旅美台湾作家眼中却是可资开发利用的“老树新芽”。欧美传统的新批评的方法更是被美国汉学家们运用得炉火纯青，白之（Birch）运用欧美新批评的方法对朱西宁的《破晓时分》的文本细读，以及对台湾小说中“苦难形象”的详尽分析和归纳，逻辑清晰，视角独特，给人启迪；夏志清史事概说与文本细读相结合的文学批评风格尽显中西贯通的大家风范。王德威的福柯式批评、随笔式批评有着后现代批评的风采，阮斐娜的日据时期台湾文学研究则采用了后殖民理论的视角。基于语言的研究仍是美国汉学家台湾文学研究的重点，自20世纪六七十年代以来美国汉学界常见的“在台湾的中国（中文）文学”（Chinese literature in Taiwan）术语以外，“华语语系文学”（Sinophone literature）之说又在21世纪的第一个十年后半叶兴起，而华裔美国汉学家似乎对将自己的中国文学研究（包括台湾文学研究）融入华裔美国文学（Chinese American literature）的学术体系并无太大的主动愿望，而他们却对以语言为基准的跨国的语系文学更感兴趣，并且对华裔美国人（Chinese American），如同对Chinese Phillippine、Chinese Canada、Chinese Latin America等说辞一样，并不持强烈的反对态度，显示了他们包容开放的学术态度。此外，美国汉学家研究台湾文学的方法也受到了社会思潮、理论思潮与艺术风潮的影响，美国汉学家们对台湾的女性文学研究，与台湾地区的女性文学研究、美国国内的女性文学研究、中国大陆的女性文学研究等与世界上的女性主义思潮、女权主义运动、酷儿运动等基本同步。20世纪50年代以来在美国成长起来的汉学家们还承继了老一辈海外汉学家研究中国古代文学著作的学术精神，有的还直接运用中国古典文论从事中国现当代文学（含台湾文学）研究。

美国汉学家研究台湾文学的方法还体现于传播方式的革新。可以从教育学、译介学、消费社会学、新闻传播学、文化产业学等角度论述台湾文学选集和台湾文学研究课程在美国能够拥有立足之地，吸引较多数量学者的内在动因和外部动力，考察美国的文学体制与美国汉学家们的台湾文学研究的关系。美国文学体制对于台湾文学在美国传播的作用主要体现于以下几个方面：审美艺术与美国国际战略需求的结合；书评、译介对台湾文学在美国的传播的促进；大学教育课程、专业对于美国的“台湾文学研究”水平的提升；台湾留学生、移民与美国的“台湾文学研究”之间的密切关联。第二次世界大战后，美国许多大学生因学习中文而来到台湾，许多台湾学者则留学美国并在美国工作。长此以往，良性循环，台湾文学界与美国文化界的交流互动不断增加，这种情况一直延续至今，如台湾“文建会”就于2009年推动了“中书外译计划”，成批量地将台湾作家的著作翻译为英文在美国出版发行；台湾“教育部”与美国文化界人士和哈佛大学、德克萨斯大学等著名美国大学和相关研究机构合作，于2009年在美国设立了“台湾文学与电影”资助计划，向美国推介台湾文学与影视剧作品，并分批次地组成台湾作家代表团访美演讲和开展研究。美国汉学家培养台湾文学研究方向的博士研究生、硕士研究生（如Faurot，傅静宜），在大学开设、讲授台湾文学课程，也是一种极为有效的传播方式。在此种“教育传播”之中，又有一种“述而不作”式的研究，如刘绍铭培养了一大批以台湾文学为研究题目的博士、硕士研究生，但他个人却鲜有专门的台湾文学方面的论著。聂华苓、保罗·安格尔创办的爱荷华国际写作计划（爱荷华国际写作坊）曾延揽了众多的台湾作家赴美学习、写作，这也是一种述而不作式的研究，因为基于对作家的了解研究基础上的遴选与邀请和接纳，本身就是一种态度。书评式研究是欧美学界极有特色的一种研究方法，也是有着“不出版，即死亡”的评价体系的美国学术体制内重要的学术水平认定环节，在一定意义上可以说，书评是知名学者或同行学者对其他学者的推荐与提携，能够在《纽约时报》《时代周刊》等主流媒体上获评乃是美国学者们的普遍向往。由此也可看出，陈若曦《尹县长》一书由殷张兰熙、葛浩文译出后能够获得《纽约时报》书评人的高度认可，殊非易事，这是译者的荣耀，也是原作者的荣耀，此类书评对台湾文学在美国读者心目中的地位的提升，对于台湾文学在美国的传播的重要性不言而喻。

三、文学以外——文化、政治、经济、媒介及其他

影响某一领域的学术研究发展的往往不只是研究者的兴趣高低或者志趣方向，文化差异、学科体制的差异、专业设置的差异、留学生求学的需求（容易学习的专业、容易毕业、容易回国就业）都是影响从事某一领域的学术研究的研究者人数多寡的因素，文学研究亦然。美国德克萨斯大学奥斯汀校区张诵圣教授曾指出：“文学体制不单包括具体的、影响文学作品生产及接受的文化体制，同时也是指社会上经由各种话语的散布流通而获得正当性、广为接受的整套文学观念。文艺话语不断地规范定义文学是（或应该）以怎样

的形式存在以及公共文化体制赋予文学显要的位置。而文学体制在20世纪中国的广泛社会效应和高度政治化，其重要性远超过现代西方社会。通过对文学体制、文学理解模式以及与之相关的现象及历史构成因素的分析，探讨西化和现代化、国族建构和文化建设，以及现代社会中决定'文学'门槛的标准如何形成的重要议题。"[①] 媒体（Media）关注度、读者的接受（Reception）程度、跨国性与全球化（globalization）的强度也都是衡量台湾文学研究在美国生存、发展与传播的状况的不可忽视的重要指标。

目前，美国汉学家对于台湾文学的研究工作已在美国的亚洲研究学术体制中步入美国学界的学术主流。研究者正试图突破台湾文学一地之限，以东亚板块的文学场域，对中国大陆和台湾文学做整体观。然而，美国汉学家的台湾文学研究在生成与传播的过程中，也难以避免受到非文学因素的影响，有其自身内在的机缘与规律。其研究结论与社会文化的变迁的关系，与相关国家与地区的官方与民间的意识形态之关联，这些都是看似处于文学以外，实则直接影响文学研究的学术指向的文学周边的文化要素。当然，忘却民族国家的界限，是世界大同的标志，也是许多知识者的终极人生目标，但是在当今社会，这一目标还没有实现的可能。真正能够实现这一目标，让民族仇恨消亡，让种族歧视灰飞烟灭，让国家敌对情绪不再出现，当然是人类最佳的生存状态，也应该是人文知识分子们所努力去促使实现的理想国和乌托邦。但可怕的是，在当前的社会发展阶段，这一乌托邦也只是知识分子的一厢情愿的幻想与想象。文化往往与民族国家如影随形般紧密关联，消灭了民族国家，该民族国家的一些文化因素会不会随之消亡，也是值得担忧和思考的事情。如果是这样，此种观念的最终结果就与文化多元主义背道而驰。让一个民族国家自发内生地缴械投降，可是别的民族国家却借机发展自身，世界不仅不会"大同"，反而会滋生种族灭绝、弱肉强食的社会人生悲剧。这恐怕是"超民族国家"论者与"跨国主义"者所不愿意看到的悲惨结局。

欧美汉学家比较讲究学派、学统（熊式一语），虽然有其建构完整的学术体系、传承优秀的学术传统、便于持续深入开展一定领域的学术研究，保持研究的延续性等优点，但从容易产生门户之见的角度来看，也有其缺点。目前美国国内的中国研究侧重于对中国"乱世"历史的描述，但少有介绍中国"重义轻利"等传统美德者。中国"Kung Fu"并不重在宣扬武功和技艺，而在于弘扬隐藏在刀光剑影中的仁义道德和对爱恨情仇的看法。在美国的中国

① 张诵圣：《"文学体制"与现当代中国文学——一个方法学的初步审思》，载《华文文学》，2012年第6期，第22页。

现当代文学研究者主要是运用西方文学理论进行研究，充分发挥其外语方面的优势，但研究内容不见得比中国国内研究得深入。另外，在美国的中国现当代文学研究者大多是外语系出身，其本身的中国古典文学功底和中国传统文艺理论也比中国国内的研究者相形欠缺。另外，有一批旅美台湾学者因自身历史上的各种原因，往往倾向国民党，有仇视共产党或仇视中国大陆的心理，在研究方面往往有一种先入为主的偏见，将中国大陆十七年文学、“文化大革命”期间的文学极端地妖魔化，全盘否定，这是相当错误的。这些人在研究方面缺乏客观评判的科学标准，甚至为了巩固台湾学者在美国学界长久以来的话语霸权，有意地人为贬低中国大陆文学，低估应该获得较高评价的中国大陆现当代文学的价值。另一些人则无视社会接受，一味地沉溺于耽美、唯心、精致化、小众化的“现代派”花瓶中自斟自吟、故步自封、画地为牢，有着以往国民党右派文艺批评家的一贯弊病，缺乏大众化与社会历史批评的视野与胸襟。“应当打破传统汉学研究中的‘西方中心主义’偏见和建构出来的‘东方主义’之虚伪性，因此重建或革新后的汉学应当具有一种全球的视野和开阔的胸襟，从事汉学研究的学者不仅应有本学科的全面深入的知识，而且还应当广泛地涉猎其它相关的人文社会科学各学科，它应当克服根深蒂固的‘欧洲中心主义’或‘西方中心主义’的思维模式，与中国的国学研究者建立平等的交流关系，而不是仅仅将中国文化当作一个远离文明中心的‘他者’来考察研究，它应当及时时把国学家的最新研究成果拿来以充实自身的教学和研究。如果能做到上述几点的话，我们的文化送出和汉学家的拿来将共同为中国文化在世界的传播做出贡献。”① 由吸纳西方理论的合理因素出发，进而反观自身，提炼生发出切实符合中国文化实际的文学理论与研究方法，摒弃偏见，融会贯通，将是现代汉学的生命力所在。

此外，必须正视的是，文化的隔膜有时也会造成误译与误读，如葛浩文的翻译，将“花生花生花花生”(语出萧红作品，实际意义是借用花生的谐音双关，有着希望新娘子多多生育孩子的寓意)翻译成“Peanut peanut peanut”，很显然便是一种误译。美国汉学家有时也有过度强调语言的作用的现象。运用西方理论解读中国文学文化，有时候也不适合。而政治意识形态也会使得有的汉学家的学术研究产生一些偏斜，后殖民理论有时候不适合东方。“在全球化的语境下重建汉学首先要克服狭隘的民族主义观念，认识到作为一门长期以来一直在西方高等院校的课程中占有一席地位的汉学并非中国文化本身的产物，而是西方出于不同的需要而进行的一种建构，因此它本身

① 王宁：《中国现当代文学研究在西方》，载《中国文化研究》2001年春之卷，第126页。

是十分复杂的。而与之相反的是，代表中国的传统文化研究的国学，则是中国国内和港台地区的学者致力于在全世界弘扬中华文化而建立的一门学问，它与汉学的出发点是不同的，理论视角也迥然有别。”① 当然，当前的状态并不阻断对于未来的展望，汉学与国学有着广阔的对话空间。基于地域、区域板块的区隔而产生的心理空间、情感距离与空间距离的“屏隔”状态，使得美国汉学家的台湾文学研究与台湾本土的文学研究之间保持着一种“若即若离”的附魅形态。

台湾文学在美国的传播路径值得中国国内的文学者研究借鉴。总结论述美国汉学家的台湾文学的研究方法可以给中国大陆和台湾的“台湾文学研究”学者带来诸多启示，从现代全球所共同面对的“文明的冲突”与文化多样性保护及文化的互鉴之间的矛盾出发，体会民族文化软实力、民族文化价值的体现与挖掘对两岸文学创作和文学理论总结的影响，理解掌握意义解说的话语权的重要意义，同时展望今后台湾文学研究的发展前景，提升台湾文学研究的理论水平。当然，台湾文学的根脉仍然是中国文学，正如美国芝加哥大学博士、台湾“中央”研究院研究员李奭学所强调的，“探本求源……台湾文学也不能自外于为之开头引源的中国文学；中国的古典遗泽尤其是台湾先贤的文学资本，唯有从此下手，有志于台湾文学者才能整理出一条台湾独特的文学大道。纵使非属古典，中国近代对台湾‘新’文学的形塑也有推波助澜之力，不可轻忽”②。也正因如此，几乎所有的从事台湾文学研究的美国汉学家都是同时兼攻中国大陆的现当代文学，其中有一部分还从事中国大陆的古代、近代文学的翻译与研究。

① 王宁：《中国现当代文学研究在西方》，载《中国文化研究》2001 年春之卷，第 126 页。

② 李奭学：《异地繁花：海外台湾文论选译（上）》，台北：台湾大学出版中心，2012 年版，导论第 8 页。

论一九八〇年代台湾新兴诗社与诗刊之特质

杨宗翰*

一

20 世纪 80 年代是台湾社会剧烈变动的年代，也是诗社/诗刊与政经局势牵扯最深的年代。其实早在解除戒严与开放报禁之前，便可见到诗人积极介入、参与党外民主运动，特意考掘 20 世纪 30 年代的中国新诗左翼系谱，翻译外国弱小民族作家代表性诗篇。诗坛中人也亲睹神州诗社温瑞安、方娥真被控“为匪宣传”，最终遭受驱逐出境的结局。政治已是彼时诗人不可逃避也无从逃避的焦虑，且出于对现实的反思关怀，政治诗赫然成为新诗重要创作类型。诚如焦桐所述：

> 普遍采写实手法的政治诗，可以视为现代诗刊对现实感尖锐化的重要指标。随着民主运动蓬勃发展的政论杂志如《八〇年代》《关怀》《暖流》《夏潮论坛》《台湾新文化》均开辟篇幅刊载政治诗。影响所及，《台湾文艺》《阳光小集》先后制作政治诗专辑，《掌握》的风格亦为之丕变。高度的政治、社会关怀，使得政治、老兵、环保等主题纷纷在诗刊得到突显，《阳光小集》第九期，《掌握》第十、十一期合刊及每一期的《春风》，都超过当局所允许的言论尺度，遭到警备总部和新闻局的查禁。①

由政论杂志特辟园地刊登新诗，与诗刊因言论尺度遭受查禁，不难想见政治与新诗两者在 80 年代如何紧密相系；但 80 年代同时也是一般民众对新诗接受度的高峰，譬如席慕蓉两部诗集《七里香》《无怨的青春》不断重印，

---

* 杨宗翰，台湾淡江大学中文系副教授。

① 焦桐：《台湾文学的街头运动（一九七七～世纪末）》（台北：时报出版公司，1998 年版，第 277 页。

便缔造了空前的畅销纪录。[①] 值得注意的是，前引文中提到的刊物与五六十年代创办的“现代诗”“蓝星”“创世纪”“笠”四大诗刊之间，存在着不同文学世代的竞争角力，我认为应以“新兴诗社/诗刊”统称命名。这些组织与刊物自 70 年代起萌生，多由大专院校青年创办，力图摆脱现代主义之凄清苍白与晦涩诗风，催生许多新人新作。参与其中、逐渐成长的“战后世代”[②] 青年诗人，一方面努力重振民族文化，一方面尝试回归乡土与观照现实，并亟欲透过社会实践及参与改革，逐步介入国内现实、重建传统文化。前行代诗人的“西化”倾向、对欧美现代主义及其价值判断标准的全盘认同，便成为“战后世代”诗人及所创诗社/诗刊检讨批判的主要目标。晦涩聱牙、恶性西化、逃避现实……这些过往诗潮流弊皆被扬弃，“世界性”“超现实性”“纯粹性”等现代主义主张，也改为朝向“民族性”“社会性”“世俗性”等现实主义路线。他们将日常生活转化为书写题材，主张诗语言应明朗可解，重拾民族意识及文化传统。在创作上反映大众心声，在题材上拥抱土地现实，在意识上呈现城/乡原型及两者变迁……这些 70 年代台湾新兴诗社/诗刊与“战后世代”的存在，已然是探讨台湾新诗史时，不应也无法漠视的重要面向。[③]

虽然跟 70 年代一样受限于缺乏经费、社员游离、组织松散等因素，导致诗社/诗刊往往如流星般倏起倏落；但是解除戒严、开放媒体、朝向都市、中产阶级，这四者还是让 80 年代诞生的新兴诗社/诗刊产生了迥异于前的面貌。

二

作为研究工作的起点，笔者首先搜集、整理可见资料（纸本出版品），试拟出一份 80 年代台湾新兴诗刊年表。资料来源除了私人典藏与陆续购置，还包括以下五处：台湾“国家图书馆”馆内典藏、文讯“文艺资料研究及服务中心”藏书、张默编《台湾现代诗编目》修订版、陈建忠与沈芳序合编之《台湾新文学杂志之年表初编（一九二五～二〇〇三）》，以及《文讯杂志》第

---

① 席慕蓉第一部、第二部诗集《七里香》《无怨的青春》，在台湾由大地出版社分别于 1981、1983 年印行，在大陆由花城出版社于 1987 年印行，以印刷量（不含盗版）统计已逾百万册。仅台湾在 2000 年由圆神出版社重新编印再版前，大地版《七里香》与《无怨的青春》版权页所载合计亦超过一百刷（唯每刷印量向来是各社机密，外人不得而知）。

② 70 年代的新兴诗社/诗刊，创办者多为第二次世界大战战后出生的青年诗人，故可称之为“战后世代”诗人。就连 60 年代便成立的笠诗社，也在李敏勇（1947 年生）、江自得（1948 年生）、郑炯明（1948 年生）、陈明台（1948 年生）等战后世代诗人加入后，增添了更多创新与批判的因子。

③ 更进一步的说明，可参考杨宗翰：《一九七〇年代台湾新兴诗社/诗刊特质析论》，《交会的风雷：两岸四地当代诗学论集》，台北：允晨文化，2018 年版，第 253～280 页。

213 期“台湾文学杂志专号”。①

20 世纪 80 年代台湾新兴诗刊年表

◎1980 年
1 月《大雨童诗刊》于板桥创刊，为双月刊，仅出两期
《风筝童诗刊》于屏东创刊，为半年刊
4 月《布谷鸟》儿童诗学季刊于台北创刊，发行人林焕彰、舒兰
12 月《门神》于高雄创刊，掌门诗社发行
◎1981 年
3 月《阳光小集》自第五期改为诗杂志形态
5 月《掌握诗页》借嘉义《商工日报》副刊创刊，何郡主编
7 月《时报诗学月志》借《台湾时报》副刊版面创刊，共有六期
8 月《脚印》于高雄创刊，脚印诗社发行
《山城诗讯》创刊，共出刊六期，采取免费赠阅形式
◎1982 年
1 月《涓流》创刊，涓流诗社印行，共出版五期
3 月《汉广》于台北创刊，主编路寒袖，东吴大学汉广诗社发行
《掌握》在嘉义创刊，黄能珍、方俊成、何郡主编。“掌握诗社”由何郡在青年节发起筹组，集结了嘉南地区十一位诗友而成
6 月《现代诗》于台北复刊，由现代诗季刊社印行
10 月《诗人坊》于台北创刊，发行人贾乐平，社长谢秀宗
11 月《汉广诗页》借《中国晚报》副刊创刊，主编巴陵野
12 月《诗友》季刊于云林北港创刊，由陈建宇执编
◎1983 年
1 月《洛城》由谢建平、陈维都、雨箩等人于台南大内创办，四开报纸型季刊。1986 年于台中《民声日报》副刊另辟《洛城诗窗》
3 月《心脏》于高雄创刊，主编朱沉冬
《田园》于台北创刊，社长吴绍华，主编刘丽芬

① 张默：《台湾现代诗编目（1949～1995）》，台北：尔雅出版社，1996 年版。陈建忠、沈芳序：《台湾新文学杂志年表初编（一九二五～二〇〇三）》，载《文讯杂志》第 213 期（2003 年 7 月），第 119～137 页。

续表

6 月《台湾诗季刊》于台北创刊，林白出版社印行，乃林佛儿独资经营
《诗画艺术家》于台北创刊，主编德亮
7 月《春秋小集》借嘉义《商工日报》副刊创刊，由李瑞腾、焦桐主编
10 月《天水》于台北创刊，以报纸形式出刊。由参加“复兴文艺营”的大专生所组成，社名取“黄河之水天上来般绵延不绝”之意，象征创作灵感与友谊长长久久
11 月《诗人季刊》复刊，社长苏绍连，主编陈义芝
◎1984 年
3 月《晨风》于高雄创刊
4 月《春风》诗丛刊于台北创刊
5 月《传说》创刊
6 月《空间》于台中创刊，为东海大学写作协会刊物
《钟山》于台北创刊，由钟山诗社发行
《晨潮》于高雄创刊，为正修工专学生刊物
10 月《蓝星诗刊》由九歌出版社印行，为蓝星诗社后期诗刊，共 32 期
◎1985 年
1 月《南风》于台北创刊，为东吴大学文艺研究社刊物
2 月《诗评家》于台北创刊
5 月《四度空间》于台北创刊，社长林婷，主编林美玲
6 月《五陵》创刊
9 月《地平线》于台北创刊，推出“实验号”。总编辑许悔之，为跨校性校园诗刊
◎1986 年
1 月《握星》创刊
《季风》创刊
4 月《珊瑚礁》于台北永和创刊，主编李忠宪
6 月《我们的诗》创刊
8 月《汇流》于台北创刊，同仁有吴明兴、侯吉谅、田运良等
9 月《象群》于台北创刊，象群现代诗社主编发行
12 月《两岸诗丛刊》于台中创刊，由苦苓、蔡忠修、天洛、徐望云等人发起
◎1987 年

续表

1月《海鸥》于屏东发行，为《海鸥诗页》之复刊
3月《新陆诗刊》创刊，发行至第4期后调整刊名，第5期（1988年12月）起改以《新陆现代诗志》为名
《薪火》3月发行创刊号，6月发行第一期，社长李秋萍，主编陈皓
9月《曼陀罗诗刊》于台北创刊
◎1988 **年**
10月《长城诗刊》于台北创刊，社长涵玨，主编李渡愁
11月《海风》创刊于桃园中坜
12月《风云际会》创刊，共发行四期，田运良主编
◎1989 **年**
5月《逆时钟》于台北泰山创刊，为明志工专学生刊物
6月《诗坛》于台北创刊，出版一期后停刊
《五岳诗刊》于高雄创刊，主编黄28雅
9月《新诗学报》于台北创刊，发行人钟鼎文，主编绿蒂、刘菲

由上表可知，80年代的台湾新兴诗刊超过五十种，且除了少数例外，其运作多有赖刊物背后的诗社组织支撑。有了年表作为参照，倘若以影响力、突破性、诉求新三者作为判断标准，可选出以下八家台湾80年代诗社/诗刊作为代表（按：括弧内为创立年）：“汉广”（1982年）、“春风”（1984年）、“四度空间”（1985年）、“地平线”（1985年）、“两岸”（1986年）、“新陆”（1987年）、“薪火”（1987年）、“曼陀罗”（1987年）。[①] 先将这八家诗刊的基本资讯整理如下：

诗刊名称	总期数	创刊时间	性质	创办地	停刊时间
《汉广》	共13期	1982年3月	双月刊	台北	1984年5月
《春风》	共4期	1984年4月	五个月一期（1984.09、1985.02、1985.07）	台北	1985年7月

① 杨宗翰：《一九七〇年代台湾新兴诗社/诗刊特质析论》一文，同样是以影响力、突破性、诉求新三者作为判断标准，选出八家七〇年代新兴诗社与诗刊：“龙族”“阳光小集”“草根”“风灯”“长廊”“后浪”“诗人季刊”与“秋水”。见杨宗翰：《交会的风雷：两岸四地当代诗学论集》，台北：允晨文化，2018年版，第268页。

续表

诗刊名称	总期数	创刊时间	性质	创办地	停刊时间
《四度空间》	共8期	1985年5月	季刊	台北	1987年8月第7辑后休刊，1994年12月出版第8辑“唯情是问”
《地平线》	共12期	1985年9月	不定期，平均约半年出版一期	台北	推出“实验号”后，1985年11月方印行第1期。1990年12月出版第11期后休刊
《两岸》	共3期	1986年12月	不定期，平均约半年出版一期	台北	以“诗丛书”的形式发行，第二期（集）于1987年5月推出，第三期（集）于1987年10月推出。原欲规划在第四期（集）推出“当代色情诗大展”等专题
《新陆》	共13期	1987年3月	不定期，自第9期起改为平均一年出版一期	台北	发行至第4期后调整刊名，第5期（1988年12月）起改以《新陆现代诗志》为名。1996年3月停刊
《薪火》	共17期	1987年3月	季刊	台北	1987年3月出版“创刊号”，6月出版“第1期”。第11、12期为一册合刊（1991年8月），出版至第16期（1994年8月）后停刊
《曼陀罗》	共10期	1987年9月	季刊	台北	1991年9月

继而在此基础上，进行“动态”的邀约同仁座谈与“静态”的资料整理建档。座谈共举办五场，邀请昔日各家诗社重要成员与会，并于其间寻找说法断裂处及回忆差异点。① 资料整理则力图重建八家诗社之发行人、创办者、成员名单，整理八家诗刊之发刊辞、编辑群、作者群、专辑企画。采取逐刊、逐期、逐页的编目建档，确认各篇名称及相对应之页码。在编目时特意延续台湾文学馆之“台湾文学期刊目录资料库”（http://dhtlj. nmtl. gov. tw）原有架构，采取相同的检索栏位设定，包括三个方面：

---

① 五场座谈皆于文讯杂志社会议室举行，由杨宗翰设计提问与负责主持。各场次分别为：2018年1月2日《春风》诗刊座谈会（与谈人：李疾、陆之骏、杨渡、詹澈、钟乔）；2月26日《四度空间》诗刊座谈会（与谈人：王幼嘉、田运良、林婷、郭玉文、陈克华）；3月26日《新陆》诗刊座谈会（与谈人：纪小样、张国治、张远谋、杨平、魏秀娟）、4月30日《地平线》诗刊座谈会（与谈人：林志隆、许悔之、黄中宇、罗任玲、顾蕙倩）；5月30日《薪火》诗刊座谈会（与谈人：李秋萍、林群盛、庄源镇、陈皓、谢筠、颜艾琳）。

一是期刊基本资料。创刊时间、停刊时间、起讫卷期、刊期、出版地、发行单位、主编、创刊号书影（或主要专号、专题书影）。

二是期刊提要撰写。期刊（诗刊）提要、创刊缘起（沿革略述）、宗旨或发行旨趣、主要特色、编辑风格、重要专辑或专题之影响及贡献。

三是各期细目建档。卷期（号）、出版年月、专（特）辑（号、题）、专栏、篇名、著（编、译）者、页码。

如此当可稍微弥补“台湾文学期刊目录资料库”暂停于50年代上架/60年代编成的遗憾。[①] 笔者想方设法欲让80年代诗作归位、诗刊重现、诗人显影，除了欲从中理解各家新兴诗社/诗刊之特质及通性，也盼能提供其他学者后续研究所需，为日后重构台湾诗学发展脉络，储备一些可用的知识/资源。这项工作之价值当不限于“保存文献”“抢救孤本”，而是透过对诗社/诗刊史料的逐页考订及辨伪核实，让台湾新诗研究摆脱对“印象”“传抄”“据说”的依赖。同一类型工作，笔者曾从70年代的八家新兴诗社/诗刊出发，迄今已建立了资料条目档5607笔、资料文件档95088字。[②] 建档时之篇章顺序，乃是以原刊目次为基础，再参照正文逐一校勘。有必要时则适当加注按语，并补正阙漏或疑误之处。凡遇衍、脱、误字等状况必标示说明，力求齐备。各期诗刊上见到的任一则按语、广告或标题皆输入建档，务求让所有讯息无分大小，皆可以数位资讯样貌重现，俾利于学术界或研究者日后检索之用。

三

80年代极具代表性的这八家新兴诗社/诗刊，成立背景与发展情况分别整理如下：

“汉广”：创立于1982年3月，名称源于“汉之广矣，不可泳思”（《诗经·周南·汉广》），道出男子追求女子的情思。社长路寒袖于发刊词中说，“汉广”二字为“发抒中华民族之情思，广大包容各种风格”，点出“汉广”的古典意味与包容性。汉广成员多来自东吴大学，但也有辅仁大学、台湾中国医药学院、文化大学等大专院校学生。年轻的“汉广”诗人，在前辈诗人

---

① 该资料库“计画缘起”处写道：“自2009年5月起至2011年12月，完成二阶段日治时期（1910—1945）与战后初期（1945—1949）共56种文学期刊，目前进行编制第三阶段50年代40种文学期刊中。”据悉60年代部分已完成编制多年，唯迄今仍未上架公布。

② 阳光小集：1003笔，22886字。龙族：565笔，9835字。草根：504笔，7117字。风灯：1014笔，7278字。长廊：685笔，1862字。后浪：241笔，4432字。诗人季刊：469笔，1534字。秋水：1126笔，40144字。

所奠基的土地之上，持续以诗歌冲积出新世代的沃土。

“春风”：期望穿越政治严冬的春风诗社组成于 1982 年，发起人有杨渡、詹澈、钟乔等，期望能以诗歌改变社会。1984 年《春风》诗刊正式发行，从发刊词《“诗史”自许·写出“史诗”》可知《春风》的自我期许。自 1984 年至 1985 年，《春风》共发行了四期，每期均以专辑方式呈现，分别为：“狱中诗特辑”“美丽的稻穗——台湾少数民族与传说”“海外诗抄”“崛起的诗群——中国大陆朦胧诗专辑”。每个专题规划都碰触到解严前的台湾政治敏感神经，也因此每期都难逃遭禁的命运。

“四度空间”：立足当下，前瞻未来的“四度空间”创刊于 1985 年，发起人为林婷、林美玲、林耀德等人。四度空间这一名称代表在立体的空间加上时间的延续，形成了“四度空间”；或可认为“四度空间”立足于现实关怀，前瞻未来思潮。林婷于创刊号中撰写《八〇年代的诗路》：“我们可以从我们生长的领域来寻找题材……在八〇年代能够延续传统新诗优点并融合更多前卫性的思想。”可从此看出“四度空间”所呈现 80 年代现代诗所具有的包容性，以及面对未来的前卫感与奋进之心。

“地平线”：期许广阔视野的《地平线》创刊于 1985 年，由许悔之、陈去非等人创立。他们自认是“型态多元且较具普遍性而无狭隘的地域色彩”。诗社同仁横跨多所学校，群体色彩较为淡薄。发刊词中便有云：“地平线是一个自由、开放的群体……我们不强调社性。”相较于诗社群体色彩浓厚的 70 年代诗社与诗刊，“地平线”的宣言呈现了 80 年代诗社中较为浓厚的诗人个体性特色。

“两岸”：1986 年 12 月创设于台中的《两岸》，以两岸诗丛刊编委会为名义编印了第一至三集，主要成员为苦苓、蔡忠修、天洛、徐望云等人。[1]《两岸》特别重视诗评论，开辟“诗评诗”“评诗评”“诗论诗”“名诗会审”“诗谜”“诗评家”“诗论述”等栏目，援诗立论、强调批判、不避争议，故能迅速引起文坛人士侧目。创刊号便如《编辑报告及稿约》所述：“‘两岸’的诗作只占三十七页，不到全书的四分之一，我们希望给读者多看一点和诗有关的其他东西，尤其是评论。”[2] 第二、三集《两岸》不改其志，皆维持“论多、诗少”的特性。

“新陆”：《新陆》诗刊原由“曼陀罗现代诗学研究会新陆分会”所发行，后此分会才改名为“新陆诗社”。1987 年 3 月创刊的“新陆”，名称取用“诗

---

① 在推出《两岸》之前，苦苓已于 1985 年 2 月创立《诗评家》。

② 《编辑报告及稿约》，载《两岸》第 1 期（1986 年 12 月），第 160 页。

之新大陆”之意，期待有更多喜爱诗的人，能够一同至此新园地耕耘。王志坤、牧霏、纪小漾等人皆曾担任诗刊主编。《新陆诗刊》自1988年12月第五期起改为革新版，刊名亦变更为《新陆现代诗志》。

“薪火”：创刊于1987年的《薪火》抱持“有机的统一”之理想，以延续优良之民族诗风，发表优秀现代诗为目的。初期创办人有李秋萍、陈皓、颜艾琳等。刊物中除了诗作、诗评、诗人访问，也收录同仁的随笔与艺术评论。创刊号（第零期）跟第一期封面用书法字跟木刻版为设计元素，古典风强烈；其后开本大小与封面样貌屡有变化，朝前卫迈进。

“曼陀罗”：杨维晨于1987年征得“南风”“象群”诗社部分同仁应允后，将其解散并重新改组，再加入“薪火”诗社部分同仁，才组成了“曼陀罗”诗社。[①] 从1987年至1991年，共十期的《曼陀罗》皆秉持创刊词中所言：“‘曼陀罗’强调诗作品本身艺术表现的精致与艺术层次的提升。”特殊开本、精美设计、烫金烫银……都让《曼陀罗》成为台湾诗刊史上勇于迎向商业市场挑战的罕见例子，也传达出彼时诗人对中产阶级品味及美感的想象。

诗刊逐期编目与诗社资讯调查，毕竟不该停留于搜集或整理，而是进一步要求文献解读与分析诠释。根据目前所获资料，我认为80年代台湾新兴诗社/诗刊至少有五项特质：第一，路径殊异却奇特并存；第二，解严前后之编辑策略；第三，名诗会审及诗评诗论；第四，年轻出击与合纵连横；第五，从政治诗到后现代诗。分述如下：

第一项，路径殊异却奇特并存。80年代台湾的新兴诗刊与诗社各有主张，诉求多元，既有以精致文化、特殊开本、烫金烫银来面对商业市场的十期《曼陀罗》，也有大胆探索过往言论禁区、在戒严令末期还遭禁的四期《春风》。散发中产阶级品味的《曼陀罗》与心怀社会改革使命的《春风》，虽然路径殊异，在80年代台湾诗坛竟然能够奇特地并存无碍。至于毫不掩饰强烈学院风格及浓郁古典情思的“汉广”诗社，也与同样创办于1982年、却期待以诗歌改变社会的“春风”诗社并存。右与左，中或台，传统还是当下……其间之方向抉择当然值得深入讨论。可惜80年代台湾新兴诗社/诗刊普遍存续时间偏短，出刊频率又不稳定，被关注、讨论的程度不但无法跟龟寿鹤龄的“现代诗”“蓝星”“创世纪”“笠”相比，甚至还不及70年代同样短命的

① “曼陀罗诗社”跟《曼陀罗》诗刊之诞生，其实并非毫无征兆、横空出世。往前可推至“南风”“象群”，再往前溯就是成立于东吴大学的“汉广”。

众多前行者。[①]

第二项，解严前后之编辑策略。80年代中期开始，民间开始出现要求彻底解严的运动诉求，1986年5月19日党外人士于台北中山堂举行的“519绿色行动”，便高举“只要解严、不要国安法”与“百分之百解严”等标语示威。次年7月14日蒋经国颁布总统令，宣告自7月15日凌晨零时起解严，持续了长达38年又56天的戒严令至此正式解除。解除戒严此举，对现代诗刊究竟有何影响？梳理这些诗刊内容后便知，文学与诗歌终究不是政治的直接反映，解严后未见各刊编辑策略或总体选诗方向出现明显差异。反而是在解除戒严之前，四期《春风》（自1984年4月至1985年7月）的狱中诗专辑、大陆朦胧诗专辑、山地人诗抄、海外诗抄等规划，屡次勇敢触及政治敏感神经，遂与《阳光小集》第9期[②]、《掌握》第10、11期合刊[③]，同样惨遭查禁。《春风》更成为全台戒严令下，最后一份遭禁的诗刊。而宣告解严前夕创办的《两岸》（1986年12月）、《新陆》与《薪火》（同为1987年3月），或用心于开辟诗论战场域，或着力在开辟新大陆与薪传诗火苗，对现实政治议题的关切程度皆不及《春风》。[④] 解除戒严后第一份新创诗刊《曼陀罗》（1987年9

---

① 探讨70年代新兴诗社/诗刊的学位论文，计有蔡明谚：《龙族诗刊研究——兼论七〇年代台湾现代诗论战》，新竹：台湾清华大学硕士学位论文，2002年；林贞吟：《现代诗的街头运动——“阳光小集”研究》，新竹：玄奘人文社会学院硕士学位论文，2004年；蔡欣伦：《1970年代前期台湾新世代诗人群研究》，桃园：台湾“中央”大学硕士学位论文，2006年；解昆桦：《传统、国族、公众领域——台湾一九七〇年代新兴诗社研究》，台北：台湾师范大学博士学位论文，2008年；陈昱文：《台湾香港一九七〇年代现实主义文学传播现象——以“龙族”、“罗盘”诗刊为例》，花莲：东华大学硕士学位论文，2014年。学者解昆桦还有三本论著：《诗不安：七〇年代台湾新兴诗社及诗人之精神动员》，苗栗：苗栗县文化局，2006年版；《青春构诗：七〇年代新兴诗社与1950年世代诗人的诗学建构策略》，苗栗：苗栗县文化局，2007年版；《转译现代性：1960－70年代台湾现代诗场域中的现代性想像与重估》，台北：台湾学生书局，2010年版，他尝试从“区域”角度出发，探讨草根、后浪、诗人季刊、阿米巴、风灯、绿地、掌门、龙族、主流、大地、海韵、八掌溪、掌握等多家70年代后诞生的新兴诗社/诗刊。

② 《阳光小集》第9期上刊载“70年6月25日出版”应为误植，经推算当为71年（1982年）6月25日印行。

③ 1981年5月《掌握诗页》借嘉义《商工日报》副刊创刊，由何郡主编，特意选刊社会写实批判诗作，每月一期，共出版了13期。何郡又在1982年青年节发起“掌握诗社”，集结嘉南地区诗友11人，并印了13期《掌握》诗刊。以上资料参见何郡：《永远不敢伸出围墙——何郡诗集（2000－2011）》，台北：秀威资讯科技股份有限公司，2017年版；江宝钗：《嘉义县志·卷十·文学志》，嘉义：嘉义县政府，2009年版，第406页。

④ 《两岸》延续了《阳光小集》《春风》的现实主义路线，唯其所刊诗文虽普遍对虚无风格跟后现代主义多所抨击，也选登了政治诗、狱中诗、对“诗人的另一面”（政治及社会运动）之讨论，但终究没有真正“踩到红线”。该刊在苦苓等人主持下，还不无挑衅地写了一段编者按：“《两岸》迄今并未遭到查禁，如果真的有此命运，我们将把查禁之文用作下一期的封面。”见《两岸》第2期（1987年5月），第6页。

月）更直言要追求“诗作品本身艺术表现的精致与艺术层次的提升”，显然欲与“流行”之批判现实主义诗篇做出区隔——这恐怕才是解严后新兴诗刊，在编辑策略上真正的移转。传播媒体无论大众、小众，一个阶段有一个阶段的任务，故当政治诉求已获一定满足时，诗刊“守门人”转而追求其他目标，应属合理且不难想象。

第三项，名诗会审及诗评诗论。诗刊召开编辑会议时，有意见差异本不足为奇。但采取“会审”形式集体选稿，鼓励言辞激辩及诗观诘对，却成了80年代诗刊的普遍特色。就连走温柔敦厚[①]路线的《汉广》，第5期《编辑手记》便写道：“最后是本期参加会审的有路寒袖、胡思、林承谟、鸿鸿、庄裕安、李祖琛、楚放、巴陵野、孟樊、何别离等十位。”第9期《编辑手记》亦论及：“从会审取稿中可发现人的诗观均不同，因此常有为一首诗的录用与否耗上半个钟头。席间，有者引述了外人对汉广的看法，于是爆发了同仁间的激论，因此会审在一片激烈声中结束。冷静思考，其目的是要诗人走出自己的小天地，去看看外面这大世界，而巴陵野执着的是诗人应忠实于自己的感受，不能矫揉造作，无中生有。两者的出发点都没错，却让在旁的听者有了很大的启示和醒悟。”[②] 这种对诗刊投稿的“会审”，更进一步演变成对知名诗作主动进行“名诗会审”，以会议记录稿形式，将同仁的批评意见公告周知。80年代由《阳光小集》首开端倪，自第5期（1981年3月）起新辟“每季诗评”栏位，以颇有讽刺意味的“谬诗”为名，发表《得罪了！诗人——写在“每季新诗评介”之前》。[③] 第9期还特意刊载了司马不平《不太高明的呐喊——看政论杂志上的诗》，对时兴的“政论杂志踊跃登诗”现象颇不以为然。[④] 让“名诗会审”成为杂志常设性栏位，则始于《两岸》。该刊第2期由天洛、王广仁、吴明兴、周绿川、林丰明、徐望云、楚放、蔡忠修、谢建平九人，会审王添源获得第九届时报文学奖新诗评审奖之作《我不会悸动的心》；第3期则由毛袭加、林央敏、林辉熊、初安民、孟樊、许悔之、郭汉

---

① 关于“温柔敦厚”一词，汉广诗社同仁徐望云便曾写道：“长久以来，‘汉广’呈现在诗坛和读者面前的作品风貌（印象），是承袭自中国传统的诗教：‘温柔敦厚’。”见徐望云：《踏花归去马蹄香——“汉广”琐忆》，载《两岸》第1期（1986年12月），第92页。非属新兴诗刊的《笠》，自创刊时期起便设有“作品合评”专栏（唯自第16到19期一度中断）。除了诗人聚会合评或相约笔谈，《笠》亦有让读者参与评论的“大家评”专栏。

② 前者见《汉广》第5期（1982年11月），第1页。后者见《汉广》第9期（1983年7月），第1页。

③ “谬诗”应为对“缪思”（Muse）的刻意挪用。见谬诗：《得罪了！诗人——写在“每季新诗评介”之前》，载《阳光小集》第5期（1981年3月），第22～24页。

④ 司马不平：《不太高明的呐喊——看政论杂志上的诗》，载《阳光小集》第9期（1982年6月），第40～52页。

辰、黄树根、履疆、钟乔十人，会审罗青两首后现代诗《一封关于诀别的诀别书》与《关山亭观沧海》。仅出版三期的《两岸》，是80年代台湾最具诗歌批评意识的刊物，除了"名诗会审"外，尚有"诗评诗""评诗评""诗论诗""诗评家""诗谜""诗赏析""诗随想"等栏目，评论所占篇幅远大于创作，其间深意与企图不可小觑。[①]

第四项，年轻出击与合纵连横。80年代新兴诗社间虽难免竞争，唯理念相近者大多情谊甚笃，在诗的大旗下经常相互支援，也从不吝于推荐对方。譬如《薪火》第1期便有一篇《年轻出击》，欲将多家刊物交付杨维晨"现代诗库"负责总经销：[②]

> 南风诗刊编辑部：台北市大直通化街142巷22号
> 象群诗刊编辑部：台北市基隆路一段147巷5弄48~1号3F
> 地平线诗刊编辑部：台北市和平东路三段1巷44号11F
> 新陆诗刊编辑部：台北市邮政五八八一八号信箱
> 薪火诗刊编辑部：台北市邮政一一八六七号信箱
> （以上各诗刊园地均开放，欢迎踊跃投稿。）
> 各诗刊均可至各代销书店购买或直接邮拨总经销：
> I现代诗库　　一〇一六一三八—五杨维晨账户
> 各代销处：书林书店 金石堂堂书店 春之艺廊
> 新象艺术中心　知新艺术广场
> 敦煌书局 光统图书公司 久大书香世界

杨维晨创办的《曼陀罗》，也曾于第4期《编辑室》中述及：

> 本社"曼陀罗现代诗学研究会"即日起开始征收会员，希望借此学术组织联合全国各界年轻一辈的写诗朋友，相互交流学习，以提升现代诗的艺术水准。
>
> 本刊同仁刘美娜、严忠政已于台中成立曼陀罗现代诗学研究会台中分会；同仁陈忠伦也于台南成立台南分会；同仁吴清杉则于东吴大学文艺社诗组成立东吴分会；同仁王志坤则于新陆诗社内成立新陆分会。[③]

可以想见年轻诗人之间乐于合纵连横，以"提升现代诗的艺术水准"为

---

① 《两岸》也特别选刊过"跨界诗"创作，如第2期以"画中诗"一栏刊出画家李永平"用画笔所写的一首诗"；第3期有"诗广告"一栏，以"本社"之名发表《广告诗人王定国》，专文介绍小说家王定国所撰之房地产广告。

② 《年轻出击》，载《薪火》第1期（1987年6月），第4页。

③ 见《曼陀罗》第4期（1988年6月），第135页。

目的集会结社。

第五项，从政治诗到后现代诗。70年代台湾各家新兴诗刊的发刊辞、编者按与广告语中，经常出现“中国”与“现实”两词，尤其集中于《龙族》《大地》《草根》三份刊物上。[①] 随着时间推移，80年代中期以前最常见到“政治”一词，到80年代末期又换成了“后现代”。关于政治诗，《春风》与《两岸》上所刊所论甚多，连《阳光小集》最后一期也在做“政治诗专辑”(第13期，1984年6月)。宣布正式解严前后，诗社/诗刊对政治诗的书写、讨论热情反倒快速消退，取而代之的关键词成了“后现代”。固然有以推荐诗人方式，强力主打丘缓、夏宇等作者的《曼陀罗》，也有对后现代严词批判或心存犹豫者，譬如《两岸》上署名“本社”的这段《编后记》：“在诗坛忽然有人莫名其妙的高呼‘后现代状况来临了!’之时，为了正本清源，避免再重蹈覆辙，我们请钟乔访问了陈映真先生，对所谓的‘现代主义’及其仿冒品、劣级品痛加针砭，值得关心中国诗的前途者深思。另‘走向死亡的群象’‘关山楼笔记’及‘诗谜’中也有不少后现代的‘笑料’与‘奇观’，请读者哂纳。”[②] 这段显然是针对“象群”“四度空间”诗社成员，还剑指1986年发表《后现代状况出现了》一文的罗青。[③] 心存犹豫者，亦可见《薪火》上颜艾琳所撰《诗坛非常“后”现代》：“一年来，我感觉有些作者对‘后现代’的疑虑排斥，要不就随势迎合。前者对‘后现代’的破碎、不连接、片段式的蒙太奇意象剪辑，而无法细窥作者在创作时的心态，到底真的含有诗人的感情陈述，亦只是游戏文字、玩弄意象?他们一直怀疑后者的写作诚意，而口诛笔伐。”“支持‘后现代’的一群，为了要造就更强烈、明显的‘后现代’流行趋势，除了出版多本的诗集助阵，更加入了小说界、散文圈，急于着手把领域扩大，并刻意‘带’进几位年轻作者，仿佛有‘后现代一世宗师’的样子。”[④] 她最后归结为，期待诗人都能够当一个超越“主义”、自由自适的创作者，显然对彼时诗坛滥用“后现代”标签甚为不满。虽然如此，“政治”与“后现代”依然是80年代台湾新兴诗刊上，最常出现的两个关键词。

① 杨宗翰：《一九七〇年代台湾新兴诗社/诗刊特质析论》，《交会的风雷：两岸四地当代诗学论集》，台北：允晨文化，2018年版，第275页。

② 见《两岸》第2期(1987年5月)，第176页。

③ 罗青：《后现代状况出现了》，收入柯顺隆、陈克华、林耀德、也驼、赫胥氏：《日出金色——四度空间五人集》，台北：文镜出版社，1986年版，第3～19页。

④ 颜艾琳：《诗坛非常“后”现代》，载《薪火》第7期(1989年3月)，第4～5页。

四

笔者曾撰文指出，70 年代台湾新兴诗社/诗刊至少有五项特质[①]：第一，主动积极向外部联结；第二，鼓动叙事诗和小诗潮；第三，民族传统及现实意识；第四，诗与各种媒介之结合；第五，编目整理到诗史企图。

本文前一节所列，80 年代台湾新兴诗社/诗刊的五项特质（路径殊异却奇特并存、解严前后之编辑策略、名诗会审及诗评诗论、年轻出击与合纵连横、从政治诗到后现代诗），正可与 70 年代部分对照参看。能够做出这类分析，得力于在调查研究过程中，建立的数千笔 Excel 资料条目档与数万字 Word 资料文件档。这项诗社/诗刊研究若能往下延伸，则自 70 年代至 90 年代推估应可收录超过二十家新兴诗社/诗刊资料，并产出资料条目档一万五千条、资料文件档二十多万字之规模。一旦拥有这样的资讯量，笔者建议便可尝试进行小型资料库的数位典藏建制，并保留后续扩充之设计，以容纳未来可见之上溯（五六十年代校园诗刊）与下探（21 世纪第一个十年）新兴诗社/诗刊之空间，进而提供作为建构台湾“新诗史”或“诗刊学”之用。这样的资料库理应具备公开浏览与检索功能，包括各家诗刊每期篇目、诗社/诗刊的基本资料（如创刊及停刊时间、刊期、发行人、发行处等），并提供诗刊各期封面影像，以便一般读者或研究人员审视台湾新诗的阶段发展及个别变迁。资料库所预设之检索栏位，应包括诗刊名称、专号（专辑）名称、发行人、编辑者、篇名、著者、译者、页码等。它应能结合多种栏位同时查询，并支援从现有结果再搜寻之功能，以各种便利的方式，提供大众自由检索、浏览、下载与运用。若能建立起这个台湾新兴诗社/诗刊资料库，当不只可以支援、强化台湾文学研究，亦盼可以作为重新认识“台湾新诗史”的一种观看之道（ways of seeing）。

---

① 杨宗翰：《一九七〇年代台湾新兴诗社/诗刊特质析论》，《交会的风雷：两岸四地当代诗学论集》，台北：允晨文化，2018 年版，第 272～273 页。

【附：一九七〇年代台湾新兴诗刊年表】

1970 年	
1 月	"诗宗"丛书第 1 号《雪之脸》于台北创刊，季刊，40 开。仙人掌出版社林秉钦发行，郭震唐总编。诗宗社由南北笛、创世纪等诗社合并组成，出版四本丛刊：《雪之脸》《花之声》(仙人掌出版社)；《风之流》(晨钟出版社)；《月之芒》(环宇出版社) 《风格诗刊》于花莲创刊，24 开，第 2 期 4 月出刊，改 40 开后停刊，共出刊 2 期
2 月	《夜风》于基隆创刊，刊期不定，8 开。海洋学院发行
3 月	《中国诗》创刊，季刊。胡钝俞发行
1971 年	
1 月	《水星诗刊》于高雄左营创刊，双月刊，8 开，报纸型。水星诗刊社出版，张默、管管主编 龙族诗社成立
3 月	《龙族诗刊》于台北创刊，季刊，20 开。林白出版社发行，陈芳明、林焕彰等主编
7 月	《暴风雨》诗刊于屏东创刊，暴风雨诗社发行 《主流诗刊》于高雄创刊，双月刊，25 开。鸽铃杂志社出版，主流诗社发行，主流诗社编辑委员会主编
8 月	由高雄师范学生组成的风灯诗社于高雄成立，江聪平老师指导，李东庆(寒林)任社长，1973 年并于校内出版《风灯》第 1 期。不定期出刊，后易名为《风动·灯明》，至 2010 年 9 月出版第 28 期后停刊
10 月	《山水诗刊》于高雄创刊，不定期出版，23 厘米×26 厘米。殷雷出版社发行，朱沉冬、张绣绮主编
1972 年	
1 月	《长江诗苑》于彰化创刊，黄衡舟发行，中元出版社发行，3 月出刊第 2 期后停刊，共出版 2 期 《拜灯》诗刊于嘉义创刊，双月刊，20 开，明山书局出版，尹凡、渡也主编。出版 1 期停刊 复兴岗诗歌队成立，蓝俊筹组
3 月	《诗宗》季刊停刊，共出刊 5 期
5 月	《水星诗刊》停刊，共出刊 9 期
9 月	《大地》于台北创刊，双月刊，25 开。大地双月刊社出版，大地双月刊编辑委员会主编。第 2 期始，文馨出版社陈生松发行。第 7 期始，改季刊，易名《大地诗刊》

续表

	《后浪》双月刊于台中创刊，双月刊，8 开，报纸型。大升出版社出版，苏绍连主编
	《艺术季刊》于高雄创刊，季刊，12 开，艺术季刊编辑委员会主编，艺术季刊社发行
本年	《阿米巴诗刊》于高雄创刊，不定期出刊，1966 年创立之高雄医学院阿米巴诗社发行。休刊后又曾于 2000 年复刊
1972 年	
7 月	《暴风雨》诗刊停刊，共出刊 13 期 《龙族诗刊》第 9 期评论专号出刊。高信疆（高上秦）主编，收录成员萧萧、黄荣村、陈庭诗等人的诗以及诗人余光中、邢光祖、辛郁、温瑞安等评论
8 月	《艺术季刊》停刊，共出刊 3 期
11 月	《Chinese Poetry》（英文中国诗刊）于台北创刊，25 开，由钟鼎文发行
本年	天狼星诗社于马来西亚成立，前身为绿洲分社
1974 年	
1 月	《秋水诗刊》于台北创刊，季刊，25 开。秋水诗社发行，王吉隆（绿蒂）发行，古丁、涂静怡主编。1981 年古丁车祸逝世，同年 2 月《秋水诗刊》第 29 期制作纪念专辑。2014 年 1 月涂静怡主编第 160 期“终刊号”后宣布停刊。同年 10 月，原发行人绿蒂和中国企业家梅尔重组出刊《秋水诗刊》第 161 期，迄今仍持续出版发行中 《复兴岗诗刊》于台北创刊，双月刊，24 开。政治作战学校复兴岗诗歌研究社与复兴岗文艺社出版、发行，欧君旦、金超群、刘皓浩、杨日潭、浩康、怀远、心夫等编辑委员主编，姜海洲（碧果）指道，欧君旦任社长
7 月	《后浪》双月刊休刊，共出刊 12 期，转型为《诗人季刊》
10 月	森林诗社成立，林沧湆任社长 《也许》诗刊于台南创刊，季刊，25 开。森林诗社出版，大千文化出版社叶燕青发行，朱俊哲主编，施祖荣、黄文成、李正益、张善楠、龚宏琦、黄崇宪、李献琪、吴玲娜、林央敏、李昌宪、陈浩、林煌南任编辑委员
11 月	《诗人季刊》于台中创刊，20 开。编辑部设台中沙鹿，大升出版社李勤岸发行，诗人季刊社编辑部主编。1984 年 8 月停刊，共出刊 18 期
12 月	《蓝星季刊》新一号台北复刊，每逢 3、6、9、12 月出版，25 开。蓝星诗社出版、发行，成文出版社赞助，期号重启，张健、向明、夐虹、方莘、罗门、罗智成、王宪阳先后主编。1980 年复刊第 11 期，改林白出版社、王宪阳赞助
1975 年	
5 月	草根诗社于台北成立。同月《草根》诗刊于屏东创刊，25 开。太阳城出版社发行，草根诗社编辑部主编，罗青任社长

续表

6 月	《消息》诗刊于桃园杨梅创刊，半年刊，20 开。林民威发行，季野、许丕昌、欧君旦、李维疆主编
8 月	天狼星诗社的《天狼星诗刊》创刊，25 开。黄昏星、周清啸等主编
9 月	《海棠诗刊》创刊，与早期东吴大学诗社《大学诗刊》新旧合刊
10 月	《大海洋诗刊》于高雄左营创刊，20 开。大海洋诗社朱学恕、林仙龙、沙白、李冰出版、发行，朱学恕、汪启疆主编。1990 年 1 月第 34 期开始，易名为《大海洋诗杂志》 《也许》诗刊停刊，共出刊 3 期
11 月	草根诗社于台北新店增设编辑部，重心北移
12 月	《绿地》诗刊于屏东创刊，19 厘米×17.3 厘米。绿地诗刊社发行，主编傅文正、社长林吉郎
1976 年	
1 月	《主流诗刊》休刊，共出版 12 期 诗脉社成立
2 月	《小草诗刊》于台北创刊，台湾莒光图书中心出版
3 月	《轨迹星》诗刊创刊，张家麟主编 长廊诗社于政治大学内成立
5 月	《长廊诗刊》于台北创刊，半年刊，每逢 5、11 月出刊，25 开。政大长廊诗社黄宪东（黄维君）发行、主编，施至隆任社长 《龙族诗刊》停刊，共出版 16 期
7 月	《诗脉季刊》于南投草屯创刊，季刊，20 开。岩上、王灏、钟义明、洪锦章等人创办，赖义雄发行，岩上主编
8 月	《汇流》诗刊于台北树林创刊，25 开。汇流诗社出版，郑明助、洪名县、黄子尧主编
10 月	《诗学》丛刊由台北巨人出版社出版，痖弦、梅新主编
	《八掌溪》于嘉义创刊，32 开，杨振星等主编
1977 年	
1 月	《神州诗刊》于台北创刊，25 开。神州诗社出版，故乡文化出版事业经纪公司张朝钦发行，殷乘风、廖雁平主编。前身为《天狼星诗刊》，由温瑞安、黄昏星、方娥真、廖雁平等人创立 《大地诗刊》停刊，共出刊 19 期
3 月	《洛神诗刊》于台北创刊

续表

4月	月光光诗社成立。同月《月光光》于桃园中坜创刊，双月刊，25开，为全台第一本儿童诗刊物。台湾国语书店颜许美凤发行，林钟隆主编。1991年2月开始，易名为《台湾儿童文学》
5月	《诗潮》于台北创刊，不定期出版，每二、三个月出刊，25开。蓝灯文化事业公司出版，丁载臣（丁颖）发行，高准主编
	《消息》诗刊停刊，共出刊3期
12月	《韵声诗刊》于台北创刊，24开，横式，台北商专崇韵诗社出版
1978年	
1月	《风灯》校外版编辑部设于云林北港，双月刊，彩四开报纸型"诗页"模式。1984年出刊第36期后休刊，至1986年出刊"复刊一期"（第37期），1988年出刊"复刊二期"（第38期），1990年5月出刊第39期后停刊，结束"诗报"形式
5月	《风荷》于高雄创刊，20开，王廷俊主编，德馨室出版社发行
6月	《山水诗刊》停刊，共出刊16期 《主流诗刊》复刊，期号13，大汉出版社出版
9月	《草根》诗刊第37期开始，由月刊改双月刊
10月	《海韵诗刊》于澎湖创刊，季刊，32开，乃澎湖第一本现代诗刊。海韵诗刊社出版，王光照发行，海韵诗刊编辑部主编 掌门诗社于高雄成立，古能豪任社长 《诗坛》于屏东创刊，25开。舒兰主编
12月	《绿地》诗刊停刊，共出刊13期
1979年	
1月	《掌门诗刊》高雄创刊，季刊，20开。心影出版社出版，邱国祯发行，钟顺文主编。1986年5月休刊，1997年10月复刊，易名《掌门诗学》
3月	《诗脉季刊》停刊，共出刊9期
6月	《草根》诗刊发行第41期后休刊。1985年2月1日纪念草根社成立十周年，重回月刊并以彩色海报形式复刊《草根》第42期，白灵主编，罗青任社长。1986年6月出版了9期后，于第50期正式停刊
11月	"阳光小集"成立于高雄市热河一街39号，发起人为向阳、张雪映、陈煌、李昌宪、庄锡钊、陌上尘、林野、沙穗八人
12月	《阳光小集》创刊于高雄，32开。1980年7月第3期起开放外稿，1981年3月第5期改版为25开，1981年7月第6期起改为"诗杂志"形态。1984年6月推出"政治诗专辑"后停刊，共出版13期

泰华作家梦莉与冰心的交往考记

熊飞宇　林小米[*]

摘　要： 泰华著名作家梦莉，自1991年4月22日首次拜访冰心之后，与冰心多有往来，并撰有散文三篇：《珍藏一个喜悦的拜见》《温暖的手激动着我的心》和《冰心，永在我的心中》。相关文献和史料，既有助于探讨梦莉散文艺术风格的成因，同时也有助于考察冰心和海外华文文学的关系。

关键词： 梦莉　冰心　交往

梦莉，原名徐爱珍，另有笔名梦莉彬、张莉、莉莉，祖籍广东澄海。1938年10月生于泰国曼谷的三聘街，泰名颂诗·聪叻那茵。其父徐镜波，是泰国华侨界的著名爱国人士，因投身抗日爱国运动，被銮披汶政府驱逐，后音讯全无。其母不堪生活重负，最后精神失常。梦莉曾就读于暨南大学，后任永泰发有限公司、蚁氏兄弟有限公司及曼谷航运两合有限公司副董事长兼副总经理，叻差航运有限公司副董事长。经商之余，喜爱文学创作，擅写抒情散文，作品散见于曼谷各华文报副刊。[①] 饶芃子认为，"梦莉是当今泰国文学界一位很有才华的女作家，她的散文，柔美、淡雅，有一种诗也似的韵味"，作者"常常以至诚的态度"，"表达自己发自内心的感情，托情于文，视读者为友"，"用心力和感情，辛勤笔耕，执着追求"，因此其"散文园地里"，"鲜花盛开，呈现着一种诱人的景象"。[②] 又曾任泰华作协副会长、暨南大学台港海外华文文学研究中心研究员、云南省泰国归侨联谊会名誉会长、暨南大

---

* 熊飞宇（1974—），男，四川南江人，文学博士，重庆师范大学文学院副研究员，主要研究方向为中外文学关系。林小米（1995—），女，泰国孔敬人，重庆师范大学文学院硕士研究生，主要研究方向为泰华文学。

① 关于梦莉的生平介绍，参见陈春陆、陈小民：《泰国华文文学初探》，广州：新世纪出版社，1990年版，第60～61页；洪林：《泰华文化人物辞典》，曼谷：泰中学会，2000年版，第127～128页；高伟光：《泰华文学面面观》，曼谷：泰国留中大学出版社，2010年版，第63～64页。

② 饶芃子：《茉莉花串》，司马攻：《因为你是梦莉》，曼谷：八音出版社，1989年版，第22页。

学海外联谊会名誉理事等。①

一、梦莉与冰心的第一次相见

梦莉对冰心"敬仰和心仪已久"，为表达其"爱慕之情"，曾站在北京中国文学馆的冰心油画前合影，以偿心愿。1991 年 4 月中旬，梦莉赴广州参加春季贸易会，会后即从广州飞往北京，小住两天，又蒙北京农业机械总公司派车送至天津②，参加百花文艺出版社《散文》月刊举办的"当代散文创作研讨会暨中华精短散文大赛征文颁奖会"。梦莉发表于《散文》1990 年第 8 期的《在月光下砌座小塔》荣获优秀奖。③

会议于 4 月 22 日至 24 日召开。据当时的报道，全国文联副主席冯骥才、中国作协书记处书记邓友梅、《文艺报》副主编吴泰昌，以及黄秋耘、黄裳、佘树森、姜德明、张守仁、田野、徐城北、王英琦、叶延滨、滕云、平青、罗强烈等出席会议，袁鹰、贾平凹等写来贺信。"泰国华人作家协会副会长梦莉专程到会领奖。"23 日上午的开幕式上，"冯骥才、邓友梅、黄裳、吴泰昌、张守仁、滕云，以及年龄最小的获奖作者叶倩予先后讲话；梦莉介绍了泰国华人作家创作情况"。23 日下午和 24 日，进行当代散文创作研讨。④

开幕式后，梦莉再取道北京，准备飞回曼谷。因有两天时间空余，遂决意拜访冰心。⑤

对于这次会面，冰心日记中留有记载：

> 4 月 22 日，"下午，看《福建文学》和《收获》，总觉得心神不宁。舒乙来电话，说星（期）三上午十时，带一个泰国女作家来"⑥。
>
> 4 月 24 日，"一早，有东南亚研究所曾思明带一泰国女作家徐爱珍来，她送我一个小象、一个银杯和一本书，并照了相，我送她一合［盒］茶叶"⑦。

---

① 梦莉：《梦莉散文选》，天津：百花文艺出版社，1992 年版。

② 梦莉：《珍藏一个喜悦的拜见》，《相逢犹如在梦中——梦莉散文选》，北京：人民文学出版社，1998 年版，第 154～155 页。

③ 《中华精短散文大赛征文作品获奖篇目》，载《散文》1991 年第 5 期，第 3 页。

④ 《贴近时代 直面人生 百花齐放 百家争鸣——〈散文〉举行当代散文创作研讨会暨中华精短散文大赛征文颁奖会》，载《散文》1991 年第 7 期，第 42 页。

⑤ 梦莉：《珍藏一个喜悦的拜见》，《相逢犹如在梦中——梦莉散文选》，北京：人民文学出版社，1998 年版，第 155 页。

⑥ 冰心：《冰心日记》，王炳根编，北京：作家出版社，2018 年版，第 223 页。

⑦ 冰心：《冰心日记》，王炳根编，北京：作家出版社，2018 年版，第 224 页。

后来，梦莉将这次拜会写成散文《珍藏一个喜悦的拜见》，发表于1991年11月16日的《新中原报》。[①] 文中写道："那天上午，天气晴朗，云丝淡淡，阳光和煦，我和一位朋友，特地到冰心女士的寓所去。"[②] 由此可见，拜见的时间是"上午"，地点是"冰心女士的寓所"；至于"一位朋友"，据冰心日记，可知是"东南亚研究所曾思明"。曾思明，广东揭阳人，长期从事国内、国际新闻工作，卓有建树。历任新华社国内省级分社、中国人民志愿军分社（时名童生）记者、编辑、编译，中国通讯社泰国分社社长和新华社香港分社副社长。[③] 曾思明与泰华作家的交谊渊源深厚，1987年10月14日，司马攻的散文《湖上生明月》，亦曾提到"一路陪伴我们同行的曾思明先生"[④]。

梦莉这次见到的冰心："穿着一套素雅的衣裳，坐在椅子上，脸上盈满了慈祥的笑容。"[⑤] 谈话"近半个小时"[⑥]，临别时，梦莉将其散文集《烟湖更添一段愁》赠送冰心，这即是冰心日记中提到的"一本书"。

值得注意的是，冰心在和梦莉寒暄之后，"急从抽屉里拿出了一本小册子"，请梦莉"在本子上留了字"。[⑦] 王炳根编著的《冰心年谱长编》，根据当时的签名本，在"本月（即4月——引者注）拜访者"中，录有"梦莉，泰国作家协会；曾思明，北京"[⑧]，这也是冰心老人在该月会见的最后两位客人。

《珍藏一个喜悦的拜见》后收入梦莉散文集《在月光下砌座小塔》（八音出版社，1992年版），《梦莉散文选》（百花文艺出版社，1992年版），《心祭》（陕西人民出版社，1996年版），《相逢犹如在梦中——梦莉散文选》（人民文

---

① 卓如：《冰心年谱》，福州：海峡文艺出版社，1999年版，第423页。关于《珍藏一个喜悦的拜见》，或认为是"写于1991年12月16日"。参见李润新：《文化之花——梦莉评传》，北京：中国文联出版公司，1997年版，第255页。因资料所限，未及核实。

② 梦莉：《珍藏一个喜悦的拜见》，《相逢犹如在梦中——梦莉散文选》，北京：人民文学出版社，1998年版，第155页。

③ 《独辟蹊径 勇攀峥嵘——记著名病毒学家曾毅》，政协广东省惠州市第十届委员会：《客家文化研究丛书1：客家院士》，2011年版，第233页。

④ 司马攻：《明月水中来》，北京：中国友谊出版公司，1993年版，第104页。《烟湖更添一段愁——梦莉、司马攻散文集》（今日中国出版社，1990年版）在收入此文时，竟自"'几度中秋见月来'"，截去其后半段附于《木板桥的故事》之后。

⑤ 梦莉：《珍藏一个喜悦的拜见》，《相逢犹如在梦中——梦莉散文选》，北京：人民文学出版社，1998年版，第156页。

⑥ 梦莉：《珍藏一个喜悦的拜见》，《相逢犹如在梦中——梦莉散文选》，北京：人民文学出版社，1998年版，第157页。

⑦ 梦莉：《珍藏一个喜悦的拜见》，《相逢犹如在梦中——梦莉散文选》，北京：人民文学出版社，1998年版，第156页。

⑧ 王炳根编著：《冰心年谱长编》（下卷），上海：上海交通大学出版社，2019年版，第1172页。

学出版社，1998年版）等。其中《心祭》是“域外著名华文女作家散文自选集”之一，而丛书名誉主编亦即冰心，并由冰心题写封面。

对这篇散文，古远清曾有过精短的赏析，现录之于下：

> 从事文学创作的人，谁不想拜见文学前辈，谁不想与心仪已久的老作家作面对面的交谈？当然，有的人是为了借名人提高自己的身价，有的是谬托知己，事后好向人炫耀，但也有不少人纯粹是出于对文学前辈的景仰，抱着向文坛先进学习的精神求见的。梦莉渴望拜见文学老人冰心，正是属于后一种情况。

这是两代作家的相见，两国作家的会晤，两位不同成长背景的女作家的亲切的交流。为了强调自己对冰心的景仰，作者先写自己好几次错过了会晤的机会，不禁“怅然若失，懊悔万分”，这是铺垫。后来终于有机会到了冰心的家门口，只见门上高悬“遵医所嘱，谢绝见客”的木牌，这一方面是写实，另一方面也是为了制造悬念，吸引读者，同时也为了反证自己与老人会见决心之大。

到了真正写会见内容时，却显得平淡无奇，无非是彼此寒暄几句而已。但从这几句有限的对话中，可以看出冰心的记忆力之好和她对来人身份判断的精确。这便向读者报道了冰心不仅身健而且笔健的好消息。

值得注意的是：作者反复写会见时，看到一只“白绒绒棉絮似的罕见可爱的白猫”。写它活泼可爱，是为了增添会见时的欢愉气氛；它“以两颗蜜黄的友好的眼睛注视着我，来迎接我这个来自远方的陌生友人”，可见写猫是从另一个侧面写主人的好客，结尾写自己特地从香港买了一只白色的玩具猫回国，这既与前面的描写相呼应，同时又生动形象说明自己如何把会见的喜悦带回泰国。这个细节的精心设计，更加深了读者“相聚虽短，却久久难忘”的印象。①

《珍藏一个喜悦的拜见》既是一篇“人物访问记”，也是一篇“描写心理的优秀佳构”②，正是基于文章的艺术价值，该文获得中国中央人民广播电台举办的第七届《海峡情》征文特别奖。③

---

① 古远清：《恨君不似江楼月：（泰国）梦莉散文鉴赏》，天津：百花文艺出版社，1995年版，第212～213页。

② 陈贤茂：《海外华文文学史》（第二卷），厦门：鹭江出版社，1999年版，第532页。

③ 陈贤茂：《海外华文文学史》（第二卷），厦门：鹭江出版社，1999年版，第523～524页。李润新《文化之花——梦莉评传》（中国文联出版公司，1997年版）则认为是第6届（第265页）。

二、冰心的题辞

据梦莉自述："1993 年的时候，我去看她，老人曾给我一份题辞：'你要想到你首先是一个人，然后才是一个女人。'这句话，给了我巨大的鼓舞、启发、激励和鞭策。""她老人家谆谆教导我，要正确对待和珍视人生，要如何做一个真正的人和一个真正的女人。老人对我的关心，爱护，使我益发敬爱、景仰和感激。"①

冰心这份"题辞"，可见于海华编《茉莉花串——梦莉作品评论集》（中国文联出版公司，1994 年版）书前，说明是赠予"梦莉女士留念"，落款时间为"一九九三、三、六"。据此可知，冰心题辞写就的时间为 1993 年 3 月 6 日，不过，笔者检《冰心日记》与《冰心年谱长编》，均不见记。

题辞含义深远，尤其是在女性主义浪潮风起云涌的时代，此一箴言，对于如何处理"女人"与"人"之间的关系，无疑具有重要的指导意义和参考价值。其发端，可见于冰心 1991 年 11 月 11 日的日记："下午，有小妹参政讨论会来了，几位女同志同我谈了不少话，我说了做人的道理，'先是做一个人，然后才是女人'等"②。

此次拜见，冰心还告诉梦莉，曾给她寄过两封信，但因为"只写了中文地址"，结果被退回。③

三、梦莉探病

1995 年 3 月 1 日，第七届《海峡情》征文评选揭晓暨颁奖大会在北京大观园酒店举行。活动由中央人民广播电台对台湾广播部和厦门经济特区建设发展公司联合主办。王光英、蔡子民、张克辉、林丽韫、同向荣、李焕之、萧干、林一心、张楚琨等出席，梁凤仪（香港），梦莉（泰国），陈文隆（台湾），陈美华（新加坡），刘登翰、彭一万（福建）等先后发言。④ 在中华文学基金会和中国作家协会于文采阁举办的欢迎宴上，梦莉从舒乙处获悉冰心正

---

① 梦莉：《温暖的手激动着我的心》，《相逢犹如在梦中——梦莉散文选》，北京：人民文学出版社，1998 年版，第 159 页。

② 冰心：《冰心日记》，王炳根编，北京：作家出版社，2018 年版，第 286～287 页。

③ 梦莉：《冰心，永在我的心中》，载《散文》1999 年第 8 期，第 13 页。

④ 李瑾：《河山两岸美 海深万丈情——第七届〈海峡情〉征文颁奖大会侧记》，载《台声》1995 年第 4 期，第 45 页。

生病住院，于是打电话向吴青提出“希望能到医院去探望老人”①。

3月3日，一俟颁奖会结束，梦莉即驱车前往北京医院高干病房，行前还费尽周折，在金伦饭店为冰心买上一束红色的康乃馨。及至吴冰轻声唤醒“安睡的老人”：

> 她伸出手，紧紧握住我的手，我也十分激动地紧紧握住她伸过来的手。她马上露出欢悦的神情，笑容在她脸上绽开了。顿时，她精神好了很多，双眸流露出慈晖，带着感情的语调，连连对我说：“我好高兴看到你。”她把我的手握得更紧，多么亲切，一时间，我心中一种敬慕与感激之情，使闪在眼里的两行热泪不由自已地滚淌下来。
>
> 她对女儿说：“把我的供氧器拿掉。”随后反复地在我脸上，手掌上，亲了又亲。
>
> 吴冰急忙抓起相机，拍了几个镜头。并激动地说：“希望我能拍得好。”②

这张抓拍，可见于李润新《文化之花——梦莉评传》（中国文联出版公司，1997年版）书前，照片下面题诗一首：“亲情胜似祖母情，相握亲吻泪纷纷。河深海深千万尺，不及尊师爱生情。”附带说明一下，当下的冰心研究，主要还是聚焦于文字文本，对于冰心的题词与图像，则较少涉及。而此一题域，实是大有可为。

对于梦莉的此次来访，冰心因在病中，并无日记记载。同年3月21日，梦莉将此次探望的经过，写成散文《温暖的手激动着我的心——在北京医院拜见冰心老人》，发表于《中华日报》1995年3月30日副刊“文学”上。后收入《心祭》《相逢犹如在梦中——梦莉散文选》等。

文中写到梦莉与冰心的“相见和相别”，“两个场面，都写得字字泪、句句情，泪飞如雨，情深如海，读之令人动容”③。尤其是“在医院与冰心依依惜别的场面”，其所“溢荡着的激情，像一团永不熄灭的熊熊烈火，烤灼你的感情也沸腾起来。每读至此，都不禁热泪盈眶，激动的波潮，久久难于平静下来”。因此，论者认为，梦莉“很擅长写离情别绪”，而此文则是“最感人的篇章之一”④。也正因为如此，该文于1996年3月26日再次获得第八届

① 梦莉：《温暖的手激动着我的心》，《相逢犹如在梦中——梦莉散文选》，北京：人民文学出版社，1998年版，第160页。

② 梦莉：《温暖的手激动着我的心》，《相逢犹如在梦中——梦莉散文选》，北京：人民文学出版社，1998年版，第161页。

③ 李润新：《文化之花——梦莉评传》，北京：中国文联出版公司，1997年版，第256页。

④ 李润新：《文化之花——梦莉评传》，北京：中国文联出版公司，1997年版，第258页。

“海峡情”征文特别奖。①

值得注意的是，梦莉在文中提到与吴青“已很熟悉”②，说明自 1991 年 4 月 24 日首次拜会之后，梦莉与冰心一家已多有往来，如其自陈：“这以后，只要有机会到北京，我总会去看望她老人家，有时甚至在晚上，她都乐意接见我。我看到了一颗对晚辈关怀的爱心，她的慈爱使我深受感动。”③ 今检《冰心日记》，计有：1991 年 10 月 19 日，“下午，有泰国女作家梦莉来看，还拍了电视，她送我一合［盒］糖、一罐人参，我送她一本《近作选》、一张相片，照了许多相，她送我一付［副］眼镜，小妹拿走了。”④ 同年 11 月 30 日，“有泰国梦莉寄来许多相片”⑤。海华编《茉莉花串——梦莉作品评论集》（中国文联出版公司，1994 年版）书前，有照片题作“在冰心家中”，或即其中一张。

而在此次探望临别之际，冰心“又一再叮咛”梦莉：“不要太久回来看我，不要太久……”⑥ 考诸冰心日记，1996 年 3 月 27 日，有一简短的记载：“泰国梦莉；瞿勃，万树玉拜访。”⑦

四、《冰心，永在我的心中》

1999 年 2 月 28 日 21 时 12 分，冰心在北京医院逝世，享年 99 岁。3 月 2 日上午，泰华作家协会会长司马攻打电话告知梦莉这一噩耗。待悲痛稍微退潮之后，梦莉于 3 月 14 日，在泰国曼谷，和泪写下《冰心，永在我的心中》。

文章重点回顾了两人的初次会面以及 1995 年在北京医院的探视，文字多近似于《珍藏一个喜悦的拜见》和《温暖的手激动着我的心》，但也提供了一些新的信息：

有一年，我们泰华作家访华代表团，有司马攻、姚宗伟、陈博文、

---

① 李润新：《文化之花——梦莉评传》，北京：中国文联出版公司，1997 年版，第 265 页。征文活动由中央人民广播电台对台湾广播部和厦门市房地产股份有限公司联合主办，其评选揭晓暨颁奖大会在北京丰台饭店举行。参见永固：《海峡是一座流动的桥……——第八届〈海峡情〉征文颁奖大会侧记》，载《台声》1996 年第 5 期，第 46 页。

② 梦莉：《温暖的手激动着我的心》，《相逢犹如在梦中——梦莉散文选》，北京：人民文学出版社，1998 年版，第 160 页。

③ 梦莉：《冰心，永在我的心中》，载《散文》1999 年第 8 期，第 12 页。

④ 冰心：《冰心日记》，王炳根编，北京：作家出版社，2018 年版，第 279 页。

⑤ 冰心：《冰心日记》，王炳根编，北京：作家出版社，2018 年版，第 292 页。

⑥ 梦莉：《温暖的手激动着我的心》，《相逢犹如在梦中——梦莉散文选》，北京：人民文学出版社，1998 年版，第 162 页。

⑦ 王炳根：《冰心年谱长编》（下卷），上海：上海交通大学出版社，2019 年版，第 1453 页。

曾天、白令海、范模士和我等，访问山东、上海、南京、广东。路经北京时，一同到她家里，受到老人家热情接待，畅谈了一番。临别，在我们将跨出房门口时，老人叫住我说：“梦莉，能不能让我亲你一下?”我急走到她的身边，面对着冰心老师，蹲下去，她轻轻抚着我的脸，在我脸上亲了一下。我这后辈感动得热泪盈眶，同伴们见了也为我高兴。文友陈博文拿起相机，拍下了这个珍贵的镜头。可惜回来之后底片弄丢了，虽然十分遗憾，但这宝贵的镜头早已印在我的心上。

有一年冬天，我离开北京之前，在我下榻的酒店，我买了一件羽绒衣，托一位朋友送给冰心老人。后来，朋友在信上告诉我：他看到冰心老人生日的时候披上了这件衣。①

泰华作家访华代表团造访冰心一事，可见诸《冰心年谱长编》，1992 年 9 月 7 日，“司马攻、梦莉、曾无、姚宗伟、陈博文、白令海、范模士来访”②。其中，“曾无”应是“曾心”之误。冰心与泰华作家之间，互动不少，“她先后接待过方思若、司马攻、陈博文、白翎等多位泰华文友，每位见过冰心老人的，对她对海外华人作家的深情厚谊，都留有许多美好的记忆”③。在梦莉初次拜见冰心时，也曾有过对话：

“泰国……几年前，好像也有几位从泰国来的作家，到我这儿来。”

“是，是，是三年前，那一次是由方思若先生和司马攻先生，他们八位代表泰华作家来中国访问的，我曾听他们提起拜见您老人家的事。”④

不过，对于这些事例，卓如《冰心年谱》（海峡文艺出版社，1999 年 9 月）和王炳根编著《冰心年谱长编》多不见记，相关史料，值得发掘和阐扬。

最后，梦莉还表示：“为了纪念冰心老人崇高的爱心，她给我的题辞和后来寄来的一封信、照片，以前在她家拍的录影带及最后给我寄来的那本《往事》，我将永远珍藏着。”⑤ 其中的“题辞”，已在前文有述；寄来的信件，今检《冰心书信全集》（陈恕、周明编，人民文学出版社，2010 年 10 月）和《冰心全集》（卓如编，海峡文艺出版社，2012 年 5 月）均未入收；照片、录影带，都是冰心研究珍贵的图像史料；至于《往事》一书，应指开明出版社

---

① 梦莉：《冰心，永在我的心中》，载《散文》1999 年第 8 期，第 13 页。

② 王炳根：《冰心年谱长编》（下卷），上海：上海交通大学出版社，2019 年版，第 1263 页。

③ 李润新：《文化之花——梦莉评传》，北京：中国文联出版公司，1997 年版，第 263 页。

④ 梦莉：《珍藏一个喜悦的拜见》，《相逢犹如在梦中——梦莉散文选》，北京：人民文学出版社，1998 年版，第 156 页。

⑤ 梦莉：《冰心，永在我的心中》，载《散文》1999 年第 8 期，第 13 页。

1994年8月版，收入“开明文库”第二辑。1995年3月3日，梦莉去北京医院看望时，冰心曾让吴冰把《往事》赠予梦莉，因书放在家中，故又叮嘱吴冰寄赠。

《冰心，永在我的心中》发表于《散文》1999年第8期，又以“冰心，永在我的爱心中——怀念敬爱的冰心老师”为题，刊在《世界华文文学》1999年第6期（第57～59页）。两刊的区别，除冰心的头像不同之外，《世界华文文学》还较《散文》多配发了照片两帧，即《作者在冰心病榻前》和《作者在冰心家中》（冰心、梦莉对着白猫，喜笑颜开）。后收入其第三本散文集《我家的小院长》(八音出版社，2000年版)。

对于梦莉，冰心曾表示：“我太喜欢她了。”① 冰心为什么会“太喜欢”梦莉，李润新有专文予以探讨，此即《世上本没有无缘无故的爱——简析冰心“太喜欢”梦莉的原由》。在他看来，“‘爱’是冰心散文的灵魂”，“而梦莉所追求的，也正是‘真爱’”，“她们的结合，是两颗火热的爱心的结合”，这是“冰心‘喜欢’梦莉，梦莉崇敬冰心的感情基础”；另一方面，冰心作为“中华民族不屈不挠的奋斗史、解放史和振兴史”的“历史见证人”，是一位“伟大的爱国主义者”，而梦莉的“海峡情”“故土情”以及“对世代相传的中华文化的忠贞”，成为“冰心‘喜欢’梦莉，梦莉崇敬冰心的思想文化基础”。正是在此基础上，从冰心的《寄小读者》到梦莉的《烟湖更添一段愁》和《在月光下砌座小塔》，可以看出：梦莉在审美志向、创作方法、艺术风格三方面，都曾受到冰心的某些影响。②

综上所述，通过对梦莉与冰心交往的考察，既有助于探讨梦莉散文艺术风格的成因，如张国培认为，《珍藏一个喜悦的拜见》一文，“可以看作是对梦莉选择文学道路，坚持文以自娱和娱人的原因的一个不可缺少的诠释”③；同时，也有助于“研究冰心的晚年艺术生涯及其与海外华人文学的关系”④，从而进一步拓宽冰心研究的领域。

---

① 梦莉：《温暖的手激动着我的心》，《相逢犹如在梦中——梦莉散文选》，北京：人民文学出版社，1998年版，第162页。

② 李润新：《文化之花——梦莉评传》，北京：中国文联出版公司，1997年版，第261～264页。

③ 张国培：《20世纪泰国华文文学史》，汕头：汕头大学出版社，2007年版，第201页。

④ 李润新：《文化之花——梦莉评传》，北京：中国文联出版公司，1997年版，第255页。

编者按：我们尊敬的老校友、华文文学研究前辈、著名文学家流沙河先生，因病于2019年11月23日下午15：45于成都去世，享年88岁。

流沙河先生生前关爱教育事业，本辑刊托请友人龚明德教授代请题写书名，先生欣然命笔，书写多幅任拣选，笔墨间贯注着殷殷期许与慈祥。

本辑选载唁函与部分诗文，以寄托我们对流沙河先生的深切哀思与缅怀。

流沙河先生去世唁函

张叹凤

四川省作家协会并流沙河先生亲属：

我们惊悉流沙河先生因病倏然去世，离开了他热爱的祖国乡梓亲故与文学工作，震痛哀挽之至。魏文：“日月逝于上，体貌衰于下，忽然与万物迁化，斯志士之大痛也!”正仿佛我们此时的心情写照。

流沙河先生晚年照

流沙河先生早年投身民族解放进步文化事业，1949 年以优异成绩考入我校（四川大学）农科专业就读，后因新中国建设与其个人志向，肄业从事报刊文艺编辑与文学创作工作。流沙河先生是我们尊敬的老校友，他生前与我院张默生、林如稷、杨明照、唐正序、华忱之、尹在勤、王世德等诸教授相善，多有共事合作，他多次莅临我院学术讲座并担任评委参加研究生学位论文答辩，厘定书稿，不辞辛劳，不拒饤饾之屑，凡有求先生者，即使一青年学生前去问学，也有求必应，答恐不细。旅台诗人余光中先生等人来我院学术讲坛交流，先生陪同在侧，“导夫先路”，盖先生心中有乡邦，有学问，有赤子之情。

流沙河先生经历人生坎坷，“虽九死其犹未悔”，一直在他追求真善美的道路上勇敢前行。在文学创作、评论以及文化、文字学等诸多方面卓有建树，成绩为世瞩目，他对成都历史的生动书写，更赢得广大读者的好评。他不愧为巴蜀历史的一部活辞典，成都市的一道风景线，一位地标式的人物。

我们在悼念与缅怀先生的崇正人品、学问文章之外，要继承先生的文教精神，瞬火不息，为光不止，勇于开拓，培养新秀，以使先生精神发扬光大。

流沙河先生安息！

四川大学文学与新闻学院《华文文学评论》

2019 年 11 月 23 日夜

群仙也要读新诗

——流沙河和余光中都在白玉楼了*

黄维樑

流沙河先生于 11 月 23 日仙逝，要飞到天上的白玉楼，和陈子昂、李白、杜甫、李商隐、苏东坡、余光中这些蜀地诗人相见了。流沙河以诗名，是嘉名，也是“恶名”——20 世纪 50 年代，他的《草木篇》受到严厉的批判，篇中的白杨、梅花等都成为“恶木恶花”。“文化大革命”结束后，流沙河恢复写诗，迎来他诗歌的第二春，这次赢得的都是嘉名了。

他写诗，也评诗。文章有起承转合，诗歌有跌宕抑扬；80 年代后期开始，流沙河的文化之河，大大转弯，改而流向古典文学、古文字学、古代哲学的研究和著述。《庄子现代版》《诗经》等书，大受好评，大为畅销。他的散文和书法，则风格秀雅，自成一家；曾经在成都的杜甫草堂设馆卖字，笔墨有高价。成都一带的名胜，其匾额和楹联，以及书刊的名目，很多都是他的墨宝。

我和流沙河先生认识，始于 80 年代，诗歌是桥梁。确切地说，余光中先生的诗歌是桥梁。由于刘济昆的推荐，流沙河在改革开放伊始，就关心台湾的现代诗，阅读诸人的作品，并撰写评论。他出版《台湾诗人十二家》，所论包括余光中、痖弦等人，所选诗以这两位最多，各有二十首；又推出《隔海说诗》一书，由十四篇文章组成，评论余光中的占了六篇半。流沙河对余光中有偏爱，对他最为推崇。

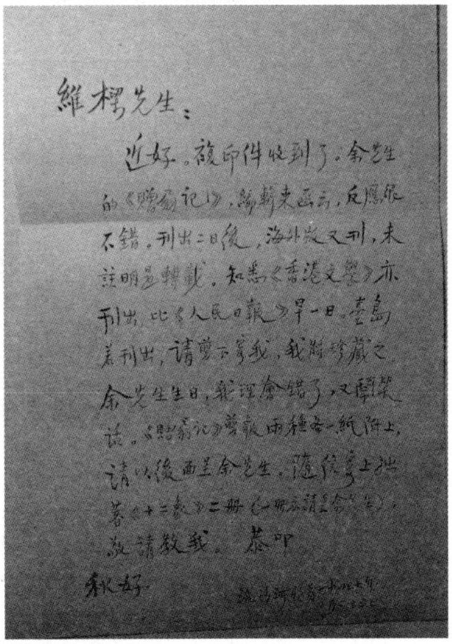
維樑先生：

近好。複印件收到了。余先生的《[illegible]記》，[illegible]，反應很不錯。刊出二日後，海外版又刊，未註明是轉載。知悉《香港文學》亦刊出，比《人民日報》早一日。臺島若刊出，請剪下寄我，我將珍藏之。余先生生日，我記錯了，又鬧笑話。《[illegible]記》[illegible]一紙附上，請以後面呈余先生。隨信寄上拙著《十二家》二冊（[illegible]），敬請教我。恭叩

秋好

[illegible]

流沙河致黄维樑书信，1987 年

流沙河原名余勋坦（和余光中没有亲戚关系），与余光中所居地相隔两千公里，诗大

---

* 原载《羊城晚报》2019 年 11 月 26 日的《花地》版。

大缩短了距离。两人写诗赠答，有一个起因是蟋蟀叫声引起的乡愁，其中流沙河的诗《就是那一只蟋蟀》为中学语文教科书所选，读者极多。余氏诗文全球华人地区都有知音，老一辈的知音中，湘水之滨有李元洛，浣花溪畔有流沙河。流沙河 80 年代初读余光中的诗，感到“震动”；读到《当我死时》《飞将军》诸篇，“想起孔子见老聃时所说：‘吾始见真龙！’”

成都这位诗人在 2004 年发表《昔年我读余光中》一文，这样写道：“天下之诗汗牛充栋……可读的却很少；可读而又可讲的更少。余光中诗不但可读，且读之而津津有味；不但可讲，且讲之而振振有词。”余诗之不同凡响在此。流沙河讲余光中，讲“上了瘾”。有人请他讲，“有请必到。千人讲座十次以上，每次至少讲两小时，兴奋着魔，不能自己”。这样的盛况，绝对是一项纪录；在余光中的“接受史”上，应大书特书。

2018 年秋天，我在四川大学文新学院讲余光中的诗，谈到这样的盛况，在座众多年轻的同学，觉得真不可思议。当年手抄诗集的“壮举”，在今天更是天“府”夜谭：80 年代有人向流沙河借了《余光中诗选》，熬了一个通宵，把整本诗集抄录了。在《昔年》一文中，流沙河引述他自己讲过的话：“余光中的诗作儒雅风流，具有强烈的大中华意识。余光中光大了中国诗，他对得起他的名字。”

流沙河先生与后学合影（从左至右）：张阿泉、冉云飞、龚明德、流沙河、张叹凤、董宁文、贺宏亮

新诗从五四时期开始到现在，有一百年的历史。很多人仍然不能接受新诗，一大原因是读不懂。很多深受西方现代主义思潮影响的分行书写，诚然

晦涩难明。余光中的诗可读可解，还可讲，“且讲之而振振有词”；流沙河讲余诗，如此激情燃烧，其理在此。他品诗有得，发表文章，后来在内地和香港出书，名为《余光中一百首》，对余诗要言不烦加以评点，其文字清隽活泼，个性流露，本身即为上佳的散文。这本书的香港版由我主编，1989 年初面世。余光中的诗，题材繁富，情思深广，技巧高妙，领一代之风骚。流沙河于诗于文也卓有成就，我曾有文章称他是“蜀中大将”。他隔海析诗，具见文人相亲、同胞互爱、英雄相重的风范。两人都儒雅，饶有古风；我曾在杜甫草堂和流沙河先生喝茶，他有妙联述其怀古情调：“新潮你喝拉罐水，保守我饮盖碗茶。”

余光中 1974—1985 年任教于香港中文大学，离港后两岸仍相隔不通；期间我人如其名，“维樑（梁）”成为两位余先生之间“维”系情谊和文脉的桥“梁”。二余工书法，风格不同，但其往还的尺牍都优雅，可讽诵。两岸互通后，1996 年余光中第一次赴成都讲学，与知音流沙河见面；李白和杜甫的传人相见于诗圣的草堂，并拍照留念。80 年代流沙河编辑《星星》诗刊，二余在《星星》相遇，他们惺惺相惜相知三十多年，1996 年初见后还有多次相聚。2017 年秋余光中（生于 1928 年）仙逝，两年后流沙河（生于 1931 年）病故。2017 年流沙河有挽联曰：

我未越海前来，想泉下重逢，二友还能续旧话；
君已乘风远去，知天上久等，群仙也要读新诗。

已离凡尘，挽联悼诗没能写了；相信余光中在天上正要发出对知音的欢迎词，在白玉楼头，共饮盖碗茶，畅论古今诗。

听先生一席话，回乡村教书

——忆念流沙河先生

杨　然*

在我 25 岁至 27 岁那几年，每逢寒暑假，我都到《星星》去做助理编辑，帮第 4 组看稿。主要是看西北和东部两大板块的自然来稿，每天都一两百篇，从中海底捞针式地选出比较好的稿子，报送给组长鄢家发，再由他签单呈报给值班主编白航或陈犀先生拍板。

当送审单返还，每当看到白航或陈犀先生“用”或“留用”寥寥一字或两字审阅文字，便知道我初选的稿子通过了，将在《星星》刊发。鄢家发先生一脸高兴，我同样欢喜。这种审稿成绩，能够达到几百分之一，已经相当可观了。

诗人杨然

---

* 杨然，本名杨天福，1958 年生于成都，当知青，做教师，现居四川邛崃。作品散见国内外 500 多家书报刊。编有《古今中外爱情诗三百首》《中国成都“汶川大地震”诗歌选》《中华美文·新诗读本》《诗缘》等书刊。印有《黑土地》《遥远的约会》《寻找一座铜像》《雪声》《杨然短诗选》（中英对照），以及《千年之后》《麦色青青》《在春天我把眼睛画在风筝上》《那片星座就要升起》《回澜之诗》等诗集。担任《芙蓉锦江》诗刊主编。

那时候，《星星》如日中天，来稿量之大，每天都一麻袋。邮差一到，我们几个助理编辑便连忙跑去分捡，各自抱回一大堆，桌面上总是堆积如山，仿佛永远也挖山不止，“为他人作嫁衣裳”的初级活路没完没了。唯有值班主编“用”或“留用”一二字，可以填平其间的劳苦沟壑，使我们享受到助理编辑初级审稿的收获与欢乐。

我的任劳任怨获得了老师们的好感。白航、陈犀、流沙河、蓝疆、曾参明这些老师都对我很好。

三年后的某一天，缘于主编白航、副主编陈犀等《星星》老师们的厚爱，蓝疆先生拿来一份《借用合同》，要把我从冉义中学正式“借用”到《星星》当编辑。所谓“借用”，其实就是“调动”的前奏曲。那时候，教师是不允许调动的。“借用”消息传到县委，当时的县长董朝永先生不同意，跟文化局领导傅尚志先生打招呼，“不准杨然走”。他们出台的措施是把我“借用”到文化局当办公室主任……

我纠结此事，到流沙河先生家里求教。他说：“你不要到《星星》来，当编辑，你就写不成东西。你就在乡下教书，放假了，就到我家来读书。”也在《星星》当助理编辑的好友廖亦武劝我还是当编辑好，我没听他的，而是听了流沙河先生的话，到《星星》跟蓝疆先生说“我回乡下教书算了”，就离开了《星星》。

那是 1986 年寒假的事。从此我在乡村教书，直到退休。

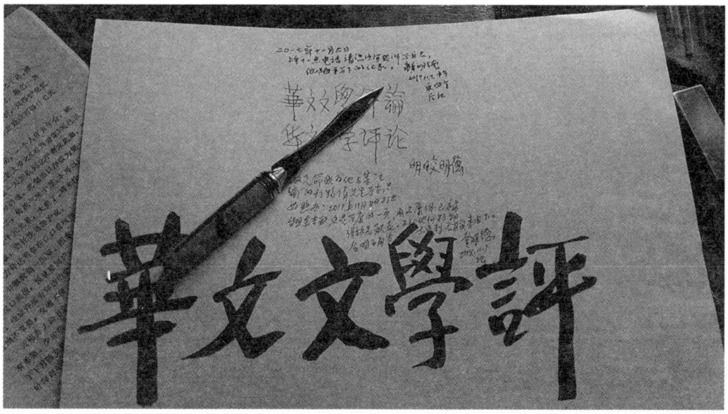

流沙河先生为本书刊题名稿样

那年暑假，我到流沙河先生家里读书。抄了许多台湾诗歌，包括纪弦、郑愁予、罗门、高准、陈煌、林亨泰、洛夫、白荻、周梦蝶、余光中、夏宇、痖弦、朱陵、罗青等人的作品。自己写了些学习心得，以赏析文形式，投给《名作欣赏》等报刊，发表了其中一些章节。

9年后，我任冉义中学校长不久，流沙河先生通知我，他要把他家里除余光中外的所有海外华语诗歌书籍都送我。我马上去了成都，到他家里，哼哼哈哈把那些书籍搬下楼，装上车，一口气拉回了冉义。

这些书籍像一座小山，从此使我与海外诸多诗家有了直接的对话。我继续撰写些学习心得，时不时有些赏析文字或多或少发表。

我听从了流沙河先生的意见，没有再去省城当编辑，而是安心在乡村教书，生活，阅读，写作。后来也编辑一些诗歌书刊，哪怕自己掏腰包，也在所不惜。

在中国大陆与台湾当代诗歌的交流中，流沙河先生的开拓性功勋是有目共睹的，独一无二，不可替代。我受其潜移默化影响，在后来的《芙蓉锦江》“新诗百年·长诗100首”专号、“新诗百年纪念专号”、《中华美文·新诗读本》等书刊编辑中，都大量采用了流沙河先生送我的台湾诗歌书籍中的资料。

我把流沙河先生送我的书籍，无论内容与精神，还是精华与艺术，都坚持传播与分享，没有视为己有之物，而是还给社会，让诗歌之魂发扬光大。

甚至，包括青年诗评家胡亮等朋友，都跑到冉义来借阅这些书籍，我也没有吝啬。这样让朋友们分享的书籍，有50多本吧。

我对流沙河先生的感念，数十年了，一直存在。回冉义教书那时候，培培母女还有自留地，春种秋收，所以我写有《想送新米给流沙河先生》一诗感激他。还写有《一位中国诗人在麦坚利堡》《谢流沙河赠书》等诗篇，感念他。

我现在退休了，仍住在乡镇。他送我的书籍，常在身边陪伴。《诗歌月刊》编辑刘康凯“建议杨老师把受赠书目整理公布一下，也是重要文学文献”，这是个细活，我会抽时间去做的。

我曾经先后数次遇到调进城当干部、到省城当某刊副主编等摆脱乡村教师职位的机会，但我都没挪动。我是个乡村教师，也是乡村诗人。

我的女儿已经长大成人，在成都安家，已为人母。她的名字，是流沙河先生取的。她的存在，是我家对流沙河先生的永远纪念。

我在冉义教书三十九年，作为成都知青，是彻头彻尾的扎根派。我的乡村教师身份，是对流沙河先生的永远纪念。我的诗歌成绩，也是对流沙河先生的永远纪念。

2019年11月25日写于临邛东路义渡苑

谢流沙河赠书

杨　然

1997 年 11 月，我在《青年作家》发表了两首诗，其中一首是《谢流沙河赠书》。

赠书的源头，来自流沙河先生的一封信——

杨然老弟：

断鸿多年，忽得来信，心头快活。迨及拜读《我的诗生活》后，又惊叹岁月之易逝，与君相识已十二年矣。我辈有幸，多逢剧变，遍尝百味。日后若有成就，皆是天赐也。

我尚存贮着台岛诗集与资料一柜，你若有兴趣钻研，请来拿去。太多，须多次提携方能拿完。愚兄我不诗久矣。玩不出新花样，吼不出新语言，便不想弄了。

问候培培安好。愿你全家多福，融融其乐。

流沙河九五年四月四日

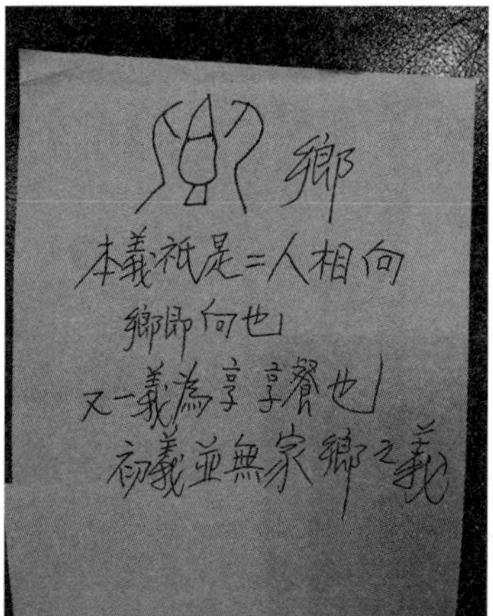

流沙河先生手迹

我于当年十月因事去成都，一次性将那些台湾及海外诗歌书籍拉回。当时《邛州教育》编辑杨子祥在成都办事，随他同行的是一辆皮卡车，我沾其光，将书运回冉义。

6年后，流沙河先生在一次访谈中提到了这件事情——

南都周刊：八十年代末你就不再写诗了。

流沙河：是。不能回避，也无法直面。我也不会写，不写了。包括诗歌的介绍啊、研究，我都不做了。我把我关于台湾诗的资料，有几百本书吧，都送给了一个叫杨然的青年作家，他很感兴趣，之前经常住在我们家抄这些资料。他把这堆东西拖走的时候，拖了整整一个三轮卡车。

（引自《流沙河：我是一个失败者》，原载2011年9月7日《南都周刊》）

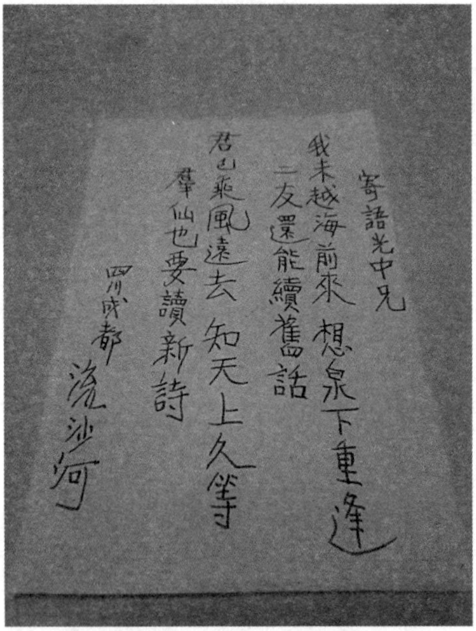

流沙河敬挽余光中

我于两年后写诗一首，感谢流沙河赠书，如下——

家里没有书的年代
中国也没有书
……
我阴冷角落抄诗
从三千年抄到国外
先生，那时候你在牛棚

再清再亮也很臭很臭
……
后来《星星》重新发光了
后来《草木》重新芳香了
后来我，被你找出了《铜像》
我是先生府上的书虫
吃掉你一个夏天也不心痛
后来我回乡下教书
命中注定不会爬行
……
这回，是你送我三百本书
这些让海翻读让岛惊动
让港湾让岸边那云那树
哭过羞过醉过醒过
难堪过也好受过
玄妙过也通俗过的这些诗
现在，从你十五年的深藏
转移到我这简单的乡下
我是难以入梦啊，又好梦连天
……
谢你这些赠书
够我读一辈子
我还是从前那个乡村教师
再苦也懂得爱书
并且幻想：在这些书海诗岛以外
会惊异出我的帆影和飞鸥

（诗原载《青年作家》1997 年第 11 期）

2020 年 6 月 4 日记于三河村

四十年

——忆流沙河

凸　凹[*]

第一个十年
为给我所在工厂
那本叫《长征青年》的杂志
求一句题词
我以一名文青的身份
走进先生红星路的家

第二个十年
余光中渡海来访
两位余先生在茅屋和秋风中对谈
最后的大合影
我以一名诗人的身份
与先生同框

再一个十年
龙泉山
建桃花诗村
通过文友搭力
这次，我是以一名村长身份
请先生题写村名

---

* 凸凹，本名魏平。生于都江堰。诗人，小说家，编剧。著有《大三线》《甑子场》《汤汤水命》《花儿与手枪》《蚯蚓之舞》诸书凡二十余种。

第四个十年
先生离去
大海刷屏
应两家媒体相邀
我以一名虚构兼非虚构作家
为先生写下悼词二十八字

上世纪八十年代以来
每过十年都会遇到一次先生
只是，我每一次遇到的
都是雷打不动的流沙河三字
而先生遇到的
却是一丘随波的沙、一条逐流的河

2020.4.10

流沙河

张叹凤*

趟过草木荆棘
让锯齿锯木也锯自己
夜晚则舔血锯字
断句的声响总是很大
赶紧叫何洁用棉絮捂住
金堂不产黄金堂
产你，鲲鲲蝉蝉小儿女
一座透风的篱居

近四十年好好过哟
你反而显得焦急
逢人就说汉字是诗啊
银鱼游过庄子
手越来越枯瘦
五千年的分量快提不动了
公益讲座还一个个喊你
台海、飞虎队、巴蜀
都需要穿越、磨洗
负重，难免佝偻
由一座叹号变成问号
八十八岁，把嗓子喊哑
膏血写干
涅槃——白发依旧荆棘

2019 年 11 月 24 日

* 张叹凤，本辑刊执行主编，中国作家协会会员，四川大学中文系教授。